KB000170

장생전長生殿

【상】

장생전長生殿

The Translation and Annotation of **"Changshengdian"**

【상】

홍승洪昇 저

이지은李知恩 역주

장생전[상] 長生殿 上

1판 1쇄 인쇄 2014년 12월 15일
1판 1쇄 발행 2014년 12월 22일

—

저 자 | 홍승洪昇
역주자 | 이지은
발행인 | 이방원

—

발행처 | 세창출판사
신고번호 · 제300-1990-63호 | 주소 · 서울 서대문구 경기대로 88 냉천빌딩 4층
전화 · (02)723-8660 | 팩스 · (02)720-4579
http://www.sechangpub.co.kr | e-mail: sc1992@empal.com

—

ISBN 978-89-8411-503-3 94820
978-89-8411-502-6 (세트)

—

· 이 책은 한국연구재단의 지원으로 세창출판사가 출판, 유통합니다.
· 잘못된 책은 구입하신 서점에서 바꾸어 드립니다.
· 책값은 뒤표지에 있습니다.

—

이 도서의 국립중앙도서관 출판시도서목록(CIP)은 e-CIP홈페이지(http://www.nl.go.kr/ecip)와 국가자료공동목록시스템(http://www.nl.go.kr/kolisnet)에서 이용하실 수 있습니다.(CIP제어번호: CIP2014035117)

역주자 서문

『장생전長生殿』의 저자 홍승洪昇(1645-1704)은 자字는 방사昉思, 호號는 패휴稗畦와 패촌稗村으로, 절강성浙江省 전당錢塘[지금의 항주杭州] 출신이다. 명明나라가 패망하고 혼란스럽던 시기인 청淸 순치順治 2년(1645)에 태어나, 강희康熙 43년(1704)에 60세를 일기로 세상을 떠났다. 8종의 전기傳奇와 3종의 잡극雜劇을 지었지만, 전기 『장생전長生殿』과 잡극 『사선연四嬋娟』만이 전할 뿐이다. 시가 창작에도 정통하여 『소월루집嘯月樓集』과 『패휴집稗畦集』을 남겼다.

홍승은 명청 교체기라는 혼란한 시대에 태어났지만, 유복한 집안을 배경으로 넉넉한 유년 시절과 청년기(1-23세)를 보낼 수 있었다. 그가 태어나기 한 해 전인 1644년에 명나라가 멸망하고, 이자성李自成이 이끄는 농민 반란군이 북경北京을 점령하자 명나라 최후의 숭정崇禎 황제는 자결하고, 오삼계吳三桂가 청군淸軍과 결탁해 농민 반란군을 진압한다. 그리고 1645년 청군에 의해 양주揚州, 남경南京, 소주蘇州, 항주, 곤산崑山이 차례로 함락되자, 강절江浙 지방에서는 반청反淸 운동이 가속화된다. 그해 7월 1일, 항주 출신의 유명한 학자 황기黃機의 딸은 피란길에서 홍승을 출산한다. 당시는 청조淸朝의 통치자들이 강남의 선비들을 잔혹하게 진압하던 참혹한 시절이었다. 그러나 홍승의 집안에는 '학해學海'라 불릴 정도의 많은 책이 있었고, 그의 외조부와 장인과 부친은 모두 관직에 올랐다. 또 당시 항주에는 청조를 위해 벼슬살이를 하지 않는 이른바 '서랭십자西冷十子'라 불리는 유로遺老들이 은거하고 있었는데, 홍승은 열 살 때부터 그들 중 변문騈文 학자였던 육번초陸繁弨와 음운音韻 학자였던 모선서毛先舒에게서 수학하기도 했고, 소년 시절에는 서호西湖의 남병산南屛山에 있는 승방僧房에서 독서를 하며 지내기도 했다.

홍승이 『장생전』을 비롯한 뭇 작품을 펴낸 시기(24-45세)는 강희 7년(1668) 봄 고향을 떠나 청운의 꿈을 안고 북경으로 상경하여 강희 29년(1690)에 귀향하기 전까지에 해당한다. 그는 고향을 떠나 북경에 가서 진사進士 시험을 준비하는 국자감생國子監生이 되었으나 평생토록 벼슬길에 오르지는 못하고, 북경으로 갔다가 이듬해 잠시 항주로 돌아온 뒤로는 더 이상 어린 시절의 넉넉함을 누리지도 못했다. 또 28세(1672)에 '가난家難' 사건이 벌어지며 다시 북경 주변에서 유랑생활을 시작한 뒤로 17년 동안 대부분의 시간을 그곳에서 보내게 된다. 이 사건에 대해서는 부친 홍기교洪起鮫가 정치적 사건에 연루되어 그 역시 유랑을 시작했다는 설, 계모와의 불편한 관계 때문에 집에서 쫓겨났다는 등의 여러 가지 설이 있다. 사실이 어떠하든, 풍요로운 배경을 상실했음은 틀림없다.

그는 북경에서 왕사정王士禎(1634-1711)의 문하에 들어가 극작에 전념하였는데, 『장생전』은 가장 뛰어난 작품으로 세인의 많은 주목을 받아 왔다. 이 작품은 글을 팔아 생계를 유지하던 빈곤한 나날 속에서 10여 년 동안 각고의 노력과 3번의 수정을 거쳐 완성되었다. 첫 번째 원고의 명칭은 『침향정沈香亭』으로 1673년(29세)에 완성되었으며, 두 번째는 『무예상舞霓裳』으로 1679년(35세)에 완성되었다. 그리고 1688년(44세) 세 번째 원고에 와서 비로소 『장생전』이라 명명하였는데, 이는 탈고된 즉시 "대갓집의 잔치 자리나 술집과 기방에서는 이 노래가 아니면 연주하지 않았기 때문에 공연료도 폭등했다.(朱門綺席, 酒社歌樓, 非此曲不奏, 纏頭爲之增價.)"(서령소徐靈昭 〈장생전 서序〉)라고 할 정도로, 당시 사대부들의 주목을 받았고 많은 사람들이 서로 주고받을 만큼 큰 인기를 끌었다.

그러던 와중인 강희 28년(1689), 강희제가 궁정의 교방敎坊 예인이 연출한 『장생전』을 불경스럽다고 여겨 관련인물을 하옥하는 사건이 발생한다. 바로 '기일공연치화忌日公演致禍'라 불리는 이 문자옥으로 인해 홍승은 국자감생 자격을 박탈당하고 낙향한다. 그 원인에 대해서는 개인적인 정치보복에 연루되었다는 설과 작품 내의 정치적 색깔로 인해 청 정부의 견제를 받았다는 두 가지 설이 있는데, 그 사건의 전말은 이렇다. 1689년 7월 황후 동씨董氏가 타계하자, 청조는 "27일 동안 북경의 백성들로 하여금 소복을 입고 100일 동안 향락을 금지하며 한 달 동안 결혼을 하지 말라"는 명령을 내렸다. 그런데 홍승의 친구였던 찬선贊善 조집신趙執信 등이 '취화반聚和班'의 악공을 불러 『장생전』을 공연하였다. 이 일로 인해 어사御史 황륙홍黃六鴻의 탄핵을 받은 나머지, 공연에 참가한 배우들은 물론이고 공연을 관람했던 그의 친구들마저 모두 관직을 박탈당하고, 홍승 본인도 하옥되고 만 것이다. 그 뒤로 홍승은 더 이상 과거시험을 볼 수 있는 자격을 상실한 채 평생토록 공명을 이루지 못하는 처지가 되었다.

결국 홍승은 46세가 되던 해에 고향 항주로 되돌아와 '패휴초당稗畦草堂'을 짓고 친구들과 어울려 서호西湖에서 시와 술로 마음을 달랬다. 그럼에도 불구하고 그의 『장생전』은 더욱 유명해져, 그 후로도 소주·항주·송강松江·남경 등 각지에서 초청을 받아 성황리에 공연되었다. 특히 당시 강녕직조江寧織造를 지냈던 『홍루몽紅樓夢』의 작가 조설근曹雪芹의 조부 조인曹寅(1658-1712)이 홍승을 초청하여 함께 사흘 동안 『장생전』 공연을 관람한 것은 유명한 일화이다.

홍승은 강희 43년(1704) 항주를 떠나 송강과 남경으로 여행을 갔다가 돌아오던 길에 음력 6월 1일 가흥嘉興을 지나던 중 오진烏鎭이라는 곳에서 술에 취해 물에 빠져 세상을 떠났으니, 그의 나이 60세였다. 그런데 마침 음력 6월 1일은 『장생전』의 주인공인 양귀비의 생일이기에, 사람들은 양귀비가 홍승을 아낀 나머지 데려갔다는 전설을 만들기도 했다.

장생전長生殿 — 황제와 후비의 사랑

당명황唐明皇[당현종唐玄宗] 이융기李隆基와 귀비貴妃 양옥환楊玉環의 사랑 이야기는 역대로 수많은 시와 소설과 희곡 작품의 제재가 되었는데, 이러한 문학작품을 총칭하여 이양고사李楊故事라고 하고, 희곡작품을 이양희李楊戲라고 한다. 이양고사와 이양희의 결정판인 『장생전』은 '황제와 후비의 사랑'이라는 제재에 견우牽牛와 직녀織女, 그리고 항아姮娥와 같은 신화적 인물을 등장시켜 죽음을 초월한 신비롭고도 아름다운 사랑의 세계를 그려냈다.

『장생전』은 당명황과 양귀비의 사랑에 대한 역대 고사의 결정판이라 할 수 있다. 홍승은 『신당서新唐書』와 『구당서舊唐書』, 『자치통감資治通鑑』, 『양태진외전楊太眞外傳』, 『명황잡록明皇雜錄』 등의 역사서와 상술한 각종 '이양고사'를 숙지한 뒤에, 이전에 자신이 썼던 『침향정沈香亭』(1673)과 『무예상舞霓裳』(1679)을 개편改編하여 비로소 『장생전』(1688)을 완성했다. 『침향정』과 『무예상』은 현재 남아 있지 않지만, 『침향정』은 이백이 당명황과 양귀비에 관해 쓴 사詞 『청평조』 3장의 내용을 바탕으로 한 것으로 당명황을 찬양한 내용이며, 주인공 이백이 황제를 만나는 내용이 중심이다. 『무예상』은 이백에 관한 내용을 삭제하고 숙종肅宗을 도와 당나라를 중흥시켰던 이필李泌에 관한 내용을 첨가하여, 당명황이 귀비를 총애해 나라를 망친 일을 비판하였다. 주인공 이필을 중심으로 서술하였다. 『장생전』은 주인공 양귀비가 당명황과 '장생전'이라는 궁정의 한 전각에서 맺은 사랑의 언약과 그 완성을 중심으로 하며, 귀비가 죽은 뒤 천상에서 당명황과 상봉한다는 후반부의 내용이 강조되었다.

당명황과 양귀비의 이야기는 당대唐代에 이미 이백李白의 사詞 〈청평조淸

平調〉와 두보杜甫의 시詩 〈여인행麗人行〉에서 등장하였고, 중당中唐 백거이白居易(772-846)의 『장한가長恨歌』와 진홍陳鴻(831전후)의 『장한가전長恨歌傳』에서 처음으로 장편 서사문학으로 거듭나게 되었으며, 남송南宋에 들어서는 무명씨의 『매비전梅妃傳』과 장유張兪의 『여산기驪山記』와 같이 문언전기文言傳奇의 제재로 활용되기도 하였다. 원대元代에는 백박白樸의 잡극雜劇 『당명황추야오동우唐明皇秋夜梧桐雨』로 희곡화된 후, 현재까지 제목을 알 수 있는 작품이 40종, 내용까지 전해지는 것이 20종에 달할 만큼 중국 전통극의 주요 제재로 자리 잡았다. 송금宋金 잡극으로는 『마천양비馬踐楊妃』, 『매비梅妃』, 『세아회洗兒會』, 『격오동擊梧桐』 등이 있고, 원 잡극 중에는 관한경關漢卿의 『당명황곡향낭唐明皇哭香囊』, 백박의 『당명황유월궁唐明皇遊月宮』, 무명씨의 『명황촌원회가기明皇村院會佳期』, 악백천岳伯川의 『나공원몽단양귀비羅公遠夢斷楊貴妃』, 유천석庾天錫의 『양태진예상원楊太眞霓裳怨』 등이 있었지만, 안타깝게도 지금은 모두 제목만 전할 뿐이다. 지금 전하는 작품으로 원 제궁조諸宮調 왕백성王伯成의 『천보유사제궁조天寶遺事諸宮調』, 명 만력萬曆 때의 전기傳奇 오세미吳世美의 『경홍기驚鴻記』, 청 강희 때의 전기 손욱孫郁의 『천보곡사天寶曲史』가 대표적이다.

홍승의 『장생전』에서는 양귀비를 나라를 망하게 한 '경국지색傾國之色'으로 보는 관점에서 벗어나, 양귀비의 아름다움과 뛰어난 재능과 변함없는 사랑을 새롭게 조명하였다. 당명황 역시 전반부에는 여러 여인에게 마음을 주는 우유부단한 인물로 그려지지만, 후반부에 들어서면서 자신의 과오를 뉘우치고 양귀비와의 사랑만을 사랑하는 인물로 거듭난다. 결국 그들의 진실한 사랑은 신선과 천제의 마음을 움직여, 월궁에서 다시 만나 영원한 생명과 사랑을 나누게 된다.

차 례(상)

차 례(하)

장생전 長生殿

上

제1척

서 막【전개傳概】

등장인물 해설자(말末)

남려인자南呂引子 · 만강홍滿江紅

(말末이 해설자로 분扮하여 등장한다.)

해설자 예로부터 지금까지 사랑의 세상에서,

그 누가 끝까지 진심을 지켰던가?

하지만 변함없이 진심을 지켜,

결국 연리지連理枝[1]가 된 사람들도 있다네.

진심이 있다면 동서남북 천리만리 떨어진들 무엇이 걱정이며,

두 마음만 굳세다면 살고죽음 그 무슨 상관이랴.

우스웁다,

인간세상 청춘남녀 제 짝 없다 한탄함은,

모두 다 정情이 없기 때문이니,

무릇 정이란,

금석金石을 감동시키고, 천지天地를 돌이키고,

태양太陽처럼 빛나며, 청사靑史에 길이 남는다네.

보라,

신하의 충성과 자식의 효심은 모두 정에서 말미암고,

성현 공자께서 일찍이 《시경詩經》을 편찬하실 적에,

〈정풍鄭風〉과 〈위풍衛風〉[2]을 삭제하지 않으셨으니,

우리들도 그 뜻을 따라서 희곡을 만들었다네.

《양태진외전楊太眞外傳》을 개편하여 새 희곡을 만든 것은,

오로지 정情을 이야기하려 함이라네.

중려만사中呂慢詞 · 심원춘沁園春

해설자 천보天寶[3] 황제 당명황唐明皇,[4] 귀비貴妃 양옥환楊玉環,[5]

두 사람은 전생의 인연으로 맺어졌다네.

화청지華淸池[6]에서 온천욕을 하고부터,

양옥환은 총애를 받기 시작했고

장생전長生殿[7]에서 걸교乞巧[8]를 지내며,

두 사람은 영원한 사랑을 맹세했다네.

아름다운 춤 새로 만들어,

청명한 노래 가락 채 끝나기도 전에,

범양範陽[9]에서 전쟁의 북소리 호각소리 들려오고.

마외역馬嵬驛[10]에서 황제의 호위부대 전진하지 않는 바람에,

아리따운 미인은 그만 생을 마감하고 말았다네.

서천西川으로 피란하는 황제의 마음 심히도 비통하지만,

아아, 저승과 이승은 너무나 아득하기만 하네.

다행히도 양옥환의 유혼은 전생의 죄를 참회하여,

이미 우화등선羽化登仙하였고,

피란길에서 돌아온 황제가 양옥환의 무덤을 이장하려 하였더니,

당현종상
명明 〈역대고인상찬歷代古人像贊〉

양귀비상
〈백미신영百美新咏〉

무덤에는 그녀의 향낭만이 남아 있을 뿐이었네.
천손天孫[11] 직녀織女가 그들의 사랑을 증명하고,
도사가 두 사람의 마음을 전달해준 덕에,
양옥환은 금채金釵와 전합鈿盒[12]을 다시 명황에게 보낼 수 있었다네.
이제 월궁月宮에서의 만남,
〈예상우의곡霓裳羽衣曲〉[13]의 이야기를,
무대 위에서 널리 전해드리려 하오.

하장시下場詩 1[14]

해설자 당명황은 예상霓裳의 연회를 좋아하였고,
양귀비는 어양漁陽의 변란에서 목숨을 잃었다네.
도사의 인도로 두 사람은 광한궁廣寒宮에서 만나고,
직녀성織女星은 장생전에서의 맹세를 이루어 주었다네.

주

1 연리지連理枝 : 두 나무의 가지가 한데 붙은 나무로, 사랑이 깊은 부부를 상징한다.

2 〈정풍鄭風〉과 〈위풍衛風〉 : 《시경詩經》에 나오는 작품으로, 애정시가 많아 예전에는 음란한 노래[음미지성淫靡之聲], 난세의 노래[난세지음亂世之音]로 취급받았다.

3 천보天寶 : 당명황의 연호. 742-756년.

4 당명황唐明皇 : 이융기李隆基(685-762, 수공垂拱 원년 9월 8일-상원上元 3년 5월 3일, 재위 712-756)는 중국 당나라의 제6대 황제이다. 명황은 별호別號이며, 현종玄宗으로도 불린다. 당예종唐睿宗의 셋째아들로, 어머니는 숙명황후肅明皇后 유씨劉氏이다. 당태종唐太宗 이세민李世民 이후, 최고의 번영을 이끌었으나 동시에 국가를 쇠락의 길로 빠트린 황제이기도 하다.

5 양옥환楊玉環 : 719-756년. 당명황의 귀비貴妃로, 절세미인인데다 재주와 총명함을 겸비하여 황제의 마음을 사로잡아 황후 이상의 권세를 누렸다. 안사安史의 난이 일어나 도주하던 중 살해되었다. 양아버지의 임지인 사천성四川省에서 자랐으며, 17세 때 당명황의 18번째 왕자 수왕壽王 이모李瑁의 비妃가 되었다. 당명황의 무혜비武惠妃가 죽자, 황제의 뜻에 맞는 여인이 없어 물색하던 중 수왕비壽王妃 옥환玉環이 절세絶世의 미녀라는 소문을 듣고, 황제가 온천궁溫泉宮에 행차하여 그녀를 보고 총애를 내리게 되었다고 전한다. 당명황은 수왕에게 새로운 여자를 아내로 주었고 옥환에게는 태진太眞이란 이름을 하사하여 여도사女道士로 삼고 당명황의 가까이에 두었다. 궁중에 들어온 지 6년 만인 27세에 정식으로 귀비貴妃로 책봉되었다. 그녀는 다년간의 치세로 정치에 싫증이 난 황제 당명황의 마음을 사로잡아 궁중에서는 황후와 다름없는 대우를 받았고, 세 자매까지 각기 한국韓國·괵국虢國·진국부인秦國夫人에 봉해졌다. 또한, 육촌오빠인 양소楊釗는 황제로부터 국충國忠이라는 이름을 하사받았다. 이 외에도 양씨 일족은 많은 친척이 고관으로 발탁되었고, 여러 친척이 황족과 통혼通婚하였다. 양귀비가 남방南方 특산의 여지荔枝라는 과일을 좋아하자, 그 뜻에 영합迎合하려는 지방관이 급마急馬로 신선한 과일을 진상進上한 일화는 유명하다. 755년 그녀의 친척 오빠인 양국충과의 반목反目이 원인이 되어 안녹산安祿山이 반란을 일으키자, 황제·귀비 등과 더불어 사천으로 도주하던 중 장안長安의 서쪽 지방인 마외역馬嵬驛에 이르렀을 때, 양씨 일문에 대한 불만이 폭발

한 호위 군사가 양국충을 죽이고 당명황에게 양귀비의 목숨을 요구하였다. 황제도 이를 막을 방법이 없자, 양귀비는 군사들에 의해 살해되었다. 정사正史에는 그녀가 절세의 미인인데다가 가무歌舞에도 뛰어났고, 군주君主의 마음을 끌어당기는 총명함을 겸비하였다고 전하고 있다. 시인 이백李白은 그를 활짝 핀 모란에 비유했고, 백거이白居易는 양귀비와 당명황의 비극을 영원한 사랑의 노래로 만들어 〈장한가長恨歌〉로 지은 것에서 알 수 있듯이, 그녀는 중국 역사상 가장 낭만적인 주인공이 되었다. 진홍陳鴻의 《장한가전長恨歌傳》과 악사樂史의 《양태진외전楊太眞外傳》 이후 윤색潤色이 더욱 보태져서, 후세의 희곡에도 좋은 소재를 제공하고 있다.

6 화청지華淸池 : 섬서陝西 임동현臨潼縣의 여산驪山 아래에 위치.

7 장생전長生殿 : 당대의 궁전. 화청궁華淸宮 내에 있으며, 천보天寶 원년元年에 세워졌다. 《구당서舊唐書》 권9 《현종본기玄宗本紀》에 "천보 원년 음력 겨울 10월 … 새로이 장생전을 짓고 이름을 집령대集靈臺라 하였으며 하늘에 제사를 지냈다."고 기록하고 있다. 호삼성胡三省은 《자치통감資治通鑑》 주注에서 장생전은 침전寢殿이라고 밝혔다. 학자들의 고증에 의하면 장생전은 처음에는 신전神殿이었다가 후에 침전寢殿으로 바뀌었다.

8 걸교乞巧 : 음력 칠월 칠석 밤에 직녀성에게 자수와 바느질을 잘 할 수 있게 해달라고 기원하는 풍속.

9 범양範陽 : 중국 삼국시대 위魏나라의 현縣·군郡의 명칭이자 및 당나라의 번진藩鎭이다. 현재의 하북성河北省 탁현涿縣에 해당한다. 설에는 지금의 북경시北京市와 하북성 보정시保定市 북부에 해당한다고 한다. 역사적으로 유명한 것은 유주幽州[오늘날의 북경을 중심으로 한 범양]의 번진이다. 713년에 설치되어, 936년 연운십육주燕雲十六州의 일부로서 요遼나라에게 할양될 때까지 약 2세기 동안, 인접한 성덕成德·천웅天雄의 두 번진과 더불어 하북 삼진河北三鎭이라 불렸으며, 당나라로부터 이탈하고자 하였다. 이 때문에 안녹산安祿山과 사사명史思明도 이곳을 거점으로 하여 난을 일으켰다.

10 마외역馬嵬驛 : 지금의 섬서성陝西省 흥평興平에 있다. 안녹산의 난이 발발했을 때 황제는 사천 지역으로 피란을 떠나는데 장안長安 서쪽인 마외역에 이르자, 호위 군사들이 양충국과 양귀비 등의 양씨 가족에 대한 불만을 품고 그들을 살해한 곳이다.

11 천손天孫 : 천제의 손녀, 직녀.

12 금채金釵와 전합鈿盒 : 금채는 금비녀, 전합은 나전 세공으로 금과 주옥 등을 상감해서 만든 보석상자이다.

13 예상우의곡霓裳羽衣曲 : 당대의 무곡舞曲으로, 원명은 〈파라문婆羅門〉이다. 인도에서 전해졌을 가능성이 있으며, 천보天寶 시기에 이미 몇 차례의 수정과 가공을 거쳤다. 북송北宋 시기에 실전되었다.

14 하장시下場詩 : 이 네 구의 하장시는 전 작품의 내용을 개괄하는 것으로, 이는 명청明淸 전기傳奇의 일반적인 체제에 따른 것이다. 송원宋元 남희南戲에서는 이 네 구의 시를 작품 시작 전에 놓는다. 그 예로 《장협장원張協壯元》, 《소손도小孫屠》, 《착립신錯立身》과 원본元本 《비파기琵琶記》 등이 있다. 원잡극元雜劇에는 전체 작품의 후반부에 놓으며, '제목정명題目正名'이라 부른다.

제2척

사랑의 약속【정정定情】

등장인물 당명황唐明皇(생生), 내시內侍 2인, 고역사高力史(축丑), 양귀비楊貴妃(단旦), 궁녀宮女 2인
배　　경 궁중

대석인자大石引子 · 동풍제일지東風第一枝

(생生이 당명황으로 분하여 두 명의 내시를 대동하고 등장한다.)

당명황 곤룡포 입고 태평성세 이끌며,
제도를 제정해 나라를 통치하니,
온 천하가 당나라 치하에 들어왔네.
비와 이슬에 봄이 돌아오니,
일제히 꽃망울 틔우는 궁궐의 초목들.
〈태평악太平樂〉 일찌감치 울려 퍼지고,
봄빛 또한 화창하니,
좀 즐긴들 무슨 거리낌 있으리.
이 생명 다할 때까지 온유향溫柔鄉[1]에
머물며,
흰 구름 둘러싸인 선향仙鄉 따위 부러

당명황(명대 그림)

워하지 않으리라.

"구중궁궐 안으로 춘광春光이 스며드니,

황궁의 수목들 춘휘春暉를 발하고.

훌륭한 날씨는 시국과 부합하고,

민심을 얻으니 만사가 순탄하다.

구가九歌[2]는 시정의 요강을 선양하고,

육무六舞[3]에 군신의 조복朝服이 펄럭인다.

조례를 마치면 양대陽臺의 즐거움[4] 누리나니,

전일엔 밤비[5]가 흩날렸지."

짐은 대당大唐 천보天寶 황제이다. 잠저潛邸[6]에서 봉기하여 황궁에 들어와 황위를 계승하였다. 사람을 임용함에 두 마음을 품지 않아 요숭姚崇[7]과 송경宋璟[8]을 재상으로 임명하고, 직언을 물처럼 쏟아내는 장구령張九齡[9]과 한휴韓休[10]를 중앙정부에 임용하였다. 다행히 변방 만리萬里에 평화가 찾아오고, 민간의 쌀값은 삼전三錢에 불과하다. 정녕 태평성세가 돌아왔으니, 정관貞觀[11]의 시대와 다름이 없다. 형벌을 폐지하는 것이 유행처럼 번지니, 한문제漢文帝 시대에 뒤지지 않는다. 근래에 대사를 처리하고 여유가 생겨, 가무와 여색에 마음을 두게 되었다. 일작에 양옥환楊玉環이라는 궁녀를 본 적이 있는데 성품이 부드럽고 자태가 수려하여, 오늘 길일을 택해 귀비에 책봉하였다. 이미 전령을 내려 화청지에서 목욕을 하게 하고, 영신永新과 염노念奴[12]에게 옷을 갈아입히게 하였다. 고역사高力史[13]에게 그녀를 데려와 알현토록 하였으니, 아마 금방 도착하겠지.

옥루춘玉樓春

(축丑이 고역사로 분하고, 두 명의 궁녀가 부채를 잡고, 양귀비로 분한 단旦을 이끌고 등장한다.)

양귀비 폐하의 은총이 하늘로부터 내려와,
목욕을 마치고 단장을 하고 화려한 의장대 따라가노라니.

궁 녀 육궁六宮[14] 여인들 눈으로 보기도 전에 일시에 근심에 휩싸여,
궁전宮殿 계단에 줄줄이 서서 몰래 훔쳐보누나.

(일행이 도착하자 고역사가 들어가 당명황에게 절하고 무릎을 꿇는다.)

고역사 노비奴婢[15] 고역사가 폐하를 배견하옵니다. 귀비에 책봉된 양옥환 마마가 궁문에 도착하여 폐하의 명령을 기다리고 있사옵니다.

당명황 들라 이르라.
(고역사가 나간다.)

고역사 귀비 마마는 궁으로 들라는 분부시오.
(양귀비가 궁으로 들어와 절을 한다.)

양귀비 신첩 귀비 양옥환이 배견하옵나이다. 황제폐하, 만세를 누리시옵소서!

고역사 몸을 드시오.

양귀비 신첩, 빈천한 출신과 누추한 용모에도 불구하고 후궁에 간택되었다가, 갑자기 귀비에 책봉된다는 소식을 듣고 제 신분에 안 어울리면 어쩌나 두려움을 금할 수가 없었사옵니다.

당명황 귀비는 명문귀족의 후손인데다, 덕성과 미모를 겸비하였소. 그대를 귀비에 책봉하니 짐의 마음도 몹시 흡족하오.

양귀비 만세를 축원하옵나이다!

고역사 몸을 드시오.

(양귀비가 몸을 일으킨다.)

당명황 여봐라, 연회를 준비하라 이르라.

(고역사가 어명을 전한다.)

(풍악이 울리기 시작한다. 양귀비가 당명황에게 술잔을 올리고, 궁녀들이 양귀비에게 술잔을 올린다. 당명황이 가운데 자리에 앉고, 양귀비는 당명황의 곁에 앉는다.)

대석과곡大石過曲·염노교서念奴嬌序

당명황 이 땅 천리만리,

요조숙녀 찾으러 사방팔방 다녔으나,

누가 감히 내명부 최고의 자리 차지했으랴.

오늘 하늘이 내려주신 가인佳人은,

정녕 세상에 둘도 없는 오직 하나.

아마, 황궁에서 총애를 독차지하고 귀비로 책봉되어도,

삼천 궁녀 모두 기꺼이 양보하리라.

함 께 부디 아름다운 사랑 하늘과 땅처럼 영원하소서.

전강前腔 **환두換頭**

양귀비 과찬의 말씀이시옵니다.

아무리 생각해보아도, 용졸한 자색과 비천한 몸,

폐하를 잘 모시지 못할까 걱정만 가득하옵니다.

총애를 받고 성은을 입으니,

삽시간에 신분이 바뀌어,

속세에서 천상으로 날아오른 건 아닐지요.

반드시 몸으로 곰을 막은 풍예馮嫕[16]를 본받고,
황제와 한 수레에 타기를 사양한 반희班姬[17]를 본받아,
영원히 폐하를 잘 모시겠사옵니다.

함　께　부디 아름다운 사랑 하늘과 땅처럼 영원하소서.

전강前腔 **환두換頭**

궁　녀　기쁜 상을 받으셨으니,
이제부터 궁중의 제일은 누구인지 아시겠지요?
마치 소양전昭陽殿[18]에 거하시던 조비연趙飛燕같이.
총애를 받을 때는 온몸으로 받으셔야 하나이다.
부디 사양하지 마시고,
금옥金屋[19]에서 곱게 단장하고,
옥루玉樓[20]에서 마음껏 노래하며,
천년만년 폐하에게 술잔을 올리시옵소서.

함　께　부디 아름다운 사랑 하늘과 땅처럼 영원하소서.

전강前腔 **환두換頭**

고역사　우러러 바라보니,
태양은 용린龍鱗[21]을 감싸고,
깃털부채는 오색구름처럼 움직이는데,
폐하는 흡족한 얼굴로 새로 단장한 신부를 바라보시누나.
거듭 술을 권하노니,
궁전 가득 봄바람에 향내 흩날리고,
참으로 아름답구나,
둥근 달은 금빛으로 흔들리고,

저녁노을은 비단처럼 펼쳐지고,
오색구름 가득한 곳 황혼에 물드누나.

함 께　부디 아름다운 사랑 하늘과 땅처럼 영원하소서.

고역사　달이 떴습니다. 폐하, 연회를 파할 시간이 되었습니다.

당명황　짐은 귀비와 함께 옥계玉階 앞을 거닐며, 달구경을 한번 하련다.
(무대 안에서 풍악이 울린다. 당명황은 귀비의 손을 잡고 앞에 서고, 다른 사람들은 뒤로 물러나 가지런히 선다.)

중려과곡中呂過曲 · 고륜대古輪臺

당명황　궁전을 내려와,
등불과 달빛에 비추어 자세히 바라보니,
정원의 꽃들도 그대의 아리따운 모양새 따를 수가 없고.
가벼이 다가와 고개를 숙이니,
이 쪽진 머리의 그림자와 옷의 빛깔이,
아름다운 자태를 천태만상으로 빛내는구나.
(나지막이 웃으며, 양귀비를 향해 말한다.)
오늘 밤의 이 즐거움
이 청풍清風 명월明月,
다른 운우지정은 가소롭기만 하오.

양귀비　폐하를 따라 노닐며 연회에서 큰 상을 받고,
행복하게도 이제부터 폐하를 모시게 되었사옵니다.
옥돌계단 위에 섰노라니,
춘정春情이 폐하의 말씀에서 솟아나고,
향불 연기가 폐하의 옷을 감싸며,

이슬방울이 치맛자락을 적셔오는데,

눈을 들어 바라보니,

구중궁궐 안에는 원앙이 잠들어 있나이다.

당명황 등불을 들어라, 서궁西宮[22]으로 가자꾸나.

(고역사가 응답하고, 내시와 궁녀들이 등불을 들고 당명황과 양귀비를 인도하여 길을 간다.)

전강前腔 **환두換頭**

함 께 휘황찬란한 등불,

등불을 둘러싼 수천 개의 그림자.

고개 돌려 바라보니 비스듬히 열린 주렴 사이로,

은하수가 은은하게 빛나고 있구나.

복도와 회랑은,

가는 곳마다 향기 피어오르는데.

야색夜色은 어떠한가?

달이 선장仙掌[23] 위로 둥싯 떠오르누나.

오늘 밤 좋은 풍광 한껏 누리고,

붉은 덮개 푸른 휘장 속에서,

비단구름 누비는 한 쌍의 봉황이 되리라.

〈경화옥수璟花玉樹〉, 〈춘강야월春江夜月〉,[24]

일제히 울려 퍼지고,

달은 궁궐 담장을 넘어가니,

비단 주렴 걷어 올리고,

취한 부부를 부축해 신방으로 모셔드리누나.

고역사　폐하, 서궁에 도착하였습니다.

당명황　내시들은 그만 물러가거라.

고역사　"춘풍春風[25]에 붉은 궁문宮門이 활짝 열리면,"

내　시　"천악天樂[26]이 진주 누각에 내려오리라."

(고역사가 내시와 함께 퇴장한다.)

여문餘文

당명황　꽃 그림자 등불에 흔들리고,

달빛은 신방을 비추는데,

아름다운 밤 즐거운 사랑 나누어보자꾸나.

함　께　별원別院[27]과 이궁離宮[28]의 다른 후궁에게, 밤이 너무 길지 않은지 물어보지 말지어다.

(궁녀가 당명황과 양귀비에게 옷을 갈아입혀주고 몰래 퇴장한다. 당명황과 양귀비는 자리에 앉는다.)

당명황　"은촉銀燭 불빛 비단처럼 펼쳐지고,"

양귀비　"어향御香[29] 짙은 곳에서 크신 은혜 받자오니."

당명황　"궁중의 미녀들 오늘 밤 눈썹을 찡그린 채 쳐다보겠지만,"

함　께　"내일이면 다투어 〈득보가得寶歌〉[30]를 부르리라."

당명황　짐과 귀비, 백년해로의 맹세는 오늘 밤이 그 시작이오.

(소매에서 비녀와 칠보상자를 꺼낸다.)

그대와 혼인을 맺은 기념으로, 특별히 금채金釵와 전합鈿盒을 예가져왔소.

월조근사越調近詞 · 면탑서綿搭絮

당명황
당현종진상唐玄宗眞像

당명황 이 금채와 전합은,
백가지 보석과 비취 조각을 모아
만든 것으로,
내가 품속에 깊이 간직하고,
소중하게 보관하며 아껴온 것이오.
오늘 밤 이 비녀,
그대에게 주나니,
구름 같은 머리에,
한 쌍의 봉황[31] 비스듬히 꽂으시오.
이 전합은,
아침부터 밤까지 비단 소매에 깊이 간직하고,
향환香紈[32]을 꼭 싸놓으시오.
금채의 봉황처럼 날개를 나란히 펼쳐 날아다니며,
단단히 맺은 동심결同心結[33]처럼 즐겨보자꾸나.
(양귀비에게 건네주자, 양귀비가 비녀와 전합을 받아들고 하례 한다.)

전강前腔 환두換頭

양귀비 금채와 전합에,
폐하의 사랑을 담아 주시니 성은이 망극하나이다.
하지만 누추한 자태로,
폐하의 크나큰 은택 감당치 못하면 어떡할지요.
(뒤돌아서서 살펴본다.)
살짝 바라보니,

봉황이 춤추며 날아다니고,
용이 휘감고 있누나.
두 마리 봉황 아름답게 어우러진 모습,
어쩜 이리 사랑스러운지,
이 한 쌍의 봉황은 아름답고,
두 짝의 전합은 단란하기도 하구나.
우리 사랑도 황금처럼 굳세어,
금채처럼 떨어지지 않고,
전합처럼 영원히 온전하기를.

하장시下場詩 2[34]

당명황	봄날 어슴푸레한 달빛 꽃가지를 비추니,	원 진元 稹
양귀비	비로소 은총을 받기 시작하고.	백거이白居易
당명황	미인에게 한참 기대니 절로 취하는 마음,	옹 도雍 陶
함 께	해마다 이곳에서 행락하기를.	조언소趙彦昭

주

1 온유향溫柔鄕 : 미색美色이 사람을 미혹하는 곳. 부드럽고 따뜻한 곳.

2 구가九歌 : 하夏나라 묘당廟堂에서 쓰이던 노래.

3 육무六舞 : 여섯 조대朝代의 춤으로, 여섯 조대는 황제黃帝, 요堯, 순舜, 우禹, 탕湯, 주周를 가리킨다. 육무에 군신의 조복이 펄럭인다는 표현은 임금과 신하가 함께 즐거워함을 의미한다.

4 양대陽臺의 즐거움 : 원문은 양대악陽臺樂으로, 남녀의 환락을 상징하는 말이다. 양대는 초양왕楚襄王과 무산巫山 신녀神女가 밀회를 즐기던 곳이다.

5 밤비 : 원문은 모우暮雨로, 남녀의 정교情交를 상징하는 말이다.

6 잠저潛邸 : 황제가 즉위하기 전에 거처하는 곳으로, 태자의 신분이 아닌 사람이 황제가 되기 전에 살던 곳을 가리킨다.

7 요숭姚崇 : 650-721년. 당나라의 명재상으로, 섬석陝石[하남河南 섬현陝縣] 출생이다. 자는 원지元之, 본명은 원숭元崇으로, 현종玄宗의 호칭을 피해 요숭으로 개명하였다. 측천무후則天武后에게 발탁되어 관직에 오른 이래 중종中宗·예종睿宗과 현종 초기에 걸쳐 여러 번 재상의 직에 올라 국정을 숙정하고 민생의 안정에 힘을 썼으며, 716년에 은퇴하였다. 송경宋璟과 함께 개원開元(713-741)의 명재상으로 숭앙되며, '요숭과 송경'은 명상名相의 대명사가 되었다. 불교와 도교가 존숭되던 시대임에도 불구하고 '승려나 도사를 부르지 말라'고 유언하였다는 유명한 일화를 남겼다.

8 송경宋璟 : 663-737년. 시호는 문정文貞으로, 하북河北 형주邢州 태생이며 진사 출신이다. 요숭과 함께 명상名相의 대명사이다. 측천무후則天武后 시대에 어사중승御史中丞으로서 총신寵臣 장씨張氏 형제의 주벌誅伐을 주청하여 그의 강직한 인품이 널리 알려졌다. 8세기 초에 재상이 되자 요숭과 함께 관기官紀의 숙정肅整에 힘썼고, 또 근검절약을 솔선하여 국력 배양을 도모하고 개원開元의 치세治世에 탄탄한 기초를 만들었다. 이부상서吏部尙書로부터 우승상으로 올라 광평군공廣平郡公에 봉해졌다.

9 장구령張九齡 : 673-740년. 자가 자수字壽이며 소주韶州 곡강曲江[지금의 광동성廣東省 소관韶關] 출신이다. 시詩·문文에 뛰어난 정치인이기도 하였다. 문인재상 장열張說의 추천을 받아 중서사인中書舍人, 중서시랑中書侍郞을 거쳐 재상이 되었다. 안녹산安祿山의 모반을 경계하여 당명황에게 주청을 올렸으나, 재상 이임보李林甫의 질투를 사 형주荊州로 귀양을 갔다. 뒷날 안녹산의 난이 발

생하자 당명황은 장구령의 충간을 수용하지 못한 것을 몹시 후회하였다. 장구령의 문장은 실용實用을, 시는 청담清談을 중요시하였으며, 뒤에 산수시의 개척에 큰 영향을 끼쳤다. 주요 저서로는 《곡장장선생문집曲江張先生文集》이 있다.

10 한휴韓休 : 673-739년. 당명황 시기의 재상으로, 자字는 양사良士이며, 장안長安[지금의 섬서성陝西省 서안西安] 출생이다.

11 정관貞觀 : 당태종唐太宗의 연호, 627-649년에 해당하며 천하가 태평하였다.

12 영신永新과 염노念奴 : 개원開元, 천보天寶 시기의 유명한 궁정가수이다. 영신의 본명은 허화자許和子로, 생졸년은 미상이다. 염노는 천보 시기의 명창名倡으로, 노래에 뛰어났다. 두 사람은 이 작품에서 양귀비를 수행하는 궁녀로 등장한다.

13 고역사高力士 : 본명은 풍원일馮元一이다. 고주高州 양덕良德[지금의 광동성廣東省 전백현電白縣] 출신이다. 측천무후則天武后(재위 690-705) 당시 698년 성력聖曆 원년에 환관宦官이 되어 입궁하였으며, 환관 고연복高延福의 양자養子가 되어 성명을 고역사로 바꾸었다. '역사力士'라는 이름은 '금강역사金剛力士'의 불상佛像에서 비롯되었다고 하지만, 자세한 사실은 알려지지 않는다. 입궁한 뒤에 예종睿宗(재위 684-690, 710-712) 이단李旦의 아들인 임치왕臨淄王 이융기李隆基(685-762)와 가까이 지내며 그의 심복心腹이 되었다. 그리고 710년 이융기가 정변을 일으켜 위황후韋皇后(660?-710) 일파를 제거하는 데 큰 공을 세웠으며, 713년 태평공주太平公主(665?-713) 일파의 모반謀反을 진압하는 데에도 크게 기여하였다. 이융기는 712년 아버지인 예종에게 양위받아 황제가 되었는데, 곧 '개원의 치治'라고 불리는 당唐의 최고 전성기를 이끈 현종玄宗이다. 현종의 통치기에 고역사는 황제의 절대적인 신임을 받으며 권세權勢를 누렸다. 현종은 전제 황권을 강화하고자 측근인 환관의 권한을 확대하였다. 감군제도監軍制度를 만들어 환관을 파견해 지방군을 감시하였으며, 중앙의 금병禁兵 통수권도 환관에게 부여하였다. 또한 환관을 황제의 명령을 전달하는 추밀사樞密使로 임명하여 환관들이 정치에 개입할 수 있는 길을 열었다. 고역사는 현종의 신임을 배경으로 내정內廷의 권력을 장악하였다. 그리고 표기대장군驃騎大將軍의 지위에 올랐으며, 개원(713-741) 연간의 후기에는 신료臣僚들이 올리는 상주上奏를 미리 심의하여 필요한 것들만 황제에게 보고할 정도로 조정朝廷의 실권을 장악하였다. 이처럼 개원과 천보天寶(742-756) 연간에 고역사는 황족들조차 그의 눈치를 보아야 할 정도로 막강한 권세를 누렸으며, 그 때문에 당唐 후기에 나타난 환관 세도勢道 정치의 길을 열었다는 평가를 받는다. 그는 개원 28년(740)에 양귀비楊貴妃(719-756)를 후궁後宮으로 들여왔으며, 이임보李林甫(?-

752)와 양국충楊國忠(?-756) 등을 등용하여 정치를 문란케 하였다. 또한 안녹산安祿山(705-757)을 조정에 추천하여 뒷날 '안사安史의 난亂'이 일어날 계기를 만들기도 하였다. 755년 양국충과 반목한 안녹산이 반란을 일으키자 고역사는 현종과 함께 사천四川 방면으로 피신하였다. 하지만 장안長安 서쪽의 마외역馬嵬驛에 이르렀을 때 양씨楊氏 일족一族에 불만을 품은 병사들은 양국충을 죽이고 현종에게 양귀비를 내놓을 것을 요구하였다. 현종은 처음에는 허락하지 않았지만, 고역사의 설득으로 결국 양귀비는 목을 매어 자살하였다. 756년, 현종이 태상황太上皇으로 물러나고 숙종肅宗(재위 756-762)이 즉위하자 고역사는 환관 이보국李輔國(704-762)의 탄핵을 받아 무주巫州[지금의 호남湖南 검양黔陽]로 유배되었다. 762년 보응寶應 원년 현종이 죽자 고역사는 사면되었지만, 현종의 죽음 소식을 듣고 7일 동안 음식을 끊고 슬퍼하다가 낭주朗州[지금의 호남湖南 상덕常德]에서 죽었다. 숙종의 뒤를 이은 대종代宗(재위 762-779)은 고역사의 현종에 대한 충정忠情을 높이 평가하여 그에게 양주대도독揚州大都督의 관위官位를 추증追贈하였다. 그리고 현종의 유지遺志에 따라 현종의 능묘陵墓인 태릉泰陵[지금의 섬서성陝西省 포성현蒲城縣]에 그의 배장묘倍葬墓[중심 능묘를 수호하기 위한 달린 무덤]를 만들어 장례를 치러 주었다.

14 육궁六宮 : 황후와 비빈이 거처하는 궁실.

15 노비奴婢 : 내시가 황제의 앞에서 자신을 낮추어 부르는 말.

16 풍예馮嫕 : 한원제漢元帝의 부인으로, 원제가 다치지 않도록 자신의 몸으로 우리에서 뛰쳐나온 곰을 막았다.

17 반희班姬 : 한성제漢成帝의 부인으로, 성제에게 현신賢臣을 가까이 하고 여색女色을 멀리하도록 간언諫言하기 위하여 원제와 같은 수레에 타는 것을 사양했다.

18 소양전昭陽殿 : 한성제漢成帝의 총희寵妃 조비연趙飛燕의 침궁寢宮.

19 금옥金屋 : 비빈이 거하는 고귀한 집.

20 옥루玉樓 : 화려한 누대.

21 용린龍鱗 : 황제의 위엄을 비유적으로 일컫는 말.

22 서궁西宮 : 황궁의 뒤편 서쪽에 세워진 건축물로, 황후나 첩이 거주하는 장소.

23 선장仙掌 : 이 용어에 대해서는 '선인장仙人掌'으로 보는 설과 '화산華山'으로 보는 두 가질 설이 있다. 선인장은 신선이 손으로 쟁반을 들고 있는 형상의 기물로, 이슬을 받는 용도로 쓰인다. 화산은 장안長安 근처에 위치한 산으로, 오악五嶽 중의 하나이다.

24 경화옥수璟花玉樹, 춘강야월春江夜月 : 가곡歌曲의 명칭. 전자는 〈옥수후정화玉樹後庭花〉, 후자는 〈춘강화월야春江花月夜〉로, 진후주陳後主의 작품이다.

25 춘풍春風 : 춘풍은 봄바람, 은혜, 성교 등을 의미한다.

26 천악天樂 : 천상의 음악, 궁중의 음악.

27 별원別院 : 다른 궁전.

28 이궁離宮 : 황제가 국도國都의 왕궁 밖에서 머물던 별궁으로, 행궁行宮이라고도 한다. 피서避暑·피한避寒·요양을 위해 짓거나 경승지景勝地에 짓기도 하지만, 통치력의 효과적인 파급을 위해 지방의 요지에 이궁을 지어 돌아가면서 머물기도 하였다. 《한서漢書》에 의하면 중국 한漢나라 때는 이궁이 300에 이른다 하였고, 중국 역대의 통일왕조에서는 특히 이궁을 많이 지었다.

29 어향御香 : 황궁의 향기.

30 득보가得寶歌 : 이 노래에 대해 당唐 단안절段安節의 《악부잡록樂府雜錄》에 다음과 같은 설명이 있다. "〈득보가〉는 〈득보자得寶子〉라고도 하고, 〈득봉자得鞛子〉라고도 한다. 명황이 태진을 귀비로 맞이하고 나서, 기뻐하며 후궁들에게 '짐이 양씨楊氏를 얻은 것이, 마치 지극한 보배를 얻은 것과 같구나.'라고 말하였다. 이에 곡을 만들고, 그 이름을 〈득보가〉라 하였다.(〈得寶歌〉, 一曰〈得寶子〉, 又曰〈得鞛子〉. 明皇初納太真妃, 喜而謂後宮曰 : '朕得楊氏, 如得至寶也.' 遂製曲, 名〈得寶歌〉.)" 한편 송宋 악사樂史의 《양태진외전楊太眞外傳》에는 다음과 같은 구절이 있다. "황제께서는 매우 기뻐하며, 관리들에게 말했다. '짐이 양귀비를 얻은 것이, 마치 지극한 보배를 얻은 것과 같다.' 이에 노래를 만드니 〈득보자〉라고 하고 또 〈득봉자〉라고도 한다.(上喜甚, 謂後官人曰 : '朕得楊貴妃, 如得至寶也.' 乃製曲子曰〈得寶子〉, 又曰〈得鞛子〉.)" 홍승洪昇은 이러한 설을 채택하였다. 그러나 《구당서》 권105 〈위견전韋堅傳〉에 의하면 〈득보가〉는 양귀비와는 아무런 관계가 없으며, 이는 실제로는 위견이 섬군태수陝郡太守와 수륙전운사水陸轉運使로 임명된 후 각지의 특산품을 황제에게 헌상한 것과 관련한 노래이다.

31 한 쌍의 봉황 : 금채에 달린 장식물을 가리킨다.

32 향환香紈 : 향을 쏘인 비단.

33 동심결同心結 : 납폐納幣에 쓰는 실이나 염습殮襲의 띠를 매는 매듭처럼, 비단 끈으로 두 골을 내어 맞죄어서 매는 매듭이다. 견고한 애정을 상징하는 말로 쓰인다.

34 제2척부터 하장시下場詩에 당시집구唐詩集句를 사용하였다. 첫 번째 구절은 원진元稹의 〈인풍이저작원취후기리십仁風李著作園醉後寄李十(一)〉(《만수당인절구萬首唐人絶句》 권21, 《전당시全唐詩》 권413 참조), 두 번째 구절은 백거이白居易의 〈장한가長恨歌〉, 세 번째 구절은 옹도雍陶의 〈재하제장귀형초상백사인再下第

將歸荊楚上白舍人〉(《만수당인절구》 권33, 《전당시》 권518 참조), 네 번째 구절은 조언소趙彦昭 〈봉화행안악공주산장응제奉和幸安樂公主山莊應製〉(《전당시》 권103 참조)를 인용하였다.

제3척

뇌물을 바치다【회권賄權】

등장인물 안녹산安祿山(정淨), 장천張千(축丑), 양국충楊國忠(부정副淨), 양국충의 하인

배 경 양국충의 부저

정궁인자正宮引子 · **파진자**破陣子

(정淨이 안녹산安祿山[1]으로 분하여, 전의箭衣[2]와 전모氈帽[3] 차림으로 등장한다.)

전의箭衣
소전의素箭衣

안녹산 남다른 재능 품고도 뜻을 이루지 못해 속상한데,
설상가상 원통하게 감옥에 갇혀버렸구나.
하지만 남다른 포부 버리기 힘들고,
넘치는 용기 어찌 덮을 수 있으랴?
잠시 참으면서 기다릴 수밖에.
"커다란 배는 무릎을 덮고, 팔은 삼천 근의 힘,
넘치는 지모智謀와 절륜絶倫의 담력.

누군가 말했지, 이무기가 벌레처럼 몸을 웅크리고 있는 것은,
강과 바다를 뒤집어엎어 사람들을 깜짝 놀라게 하려 함이라고."

안녹산

내 이름은 안녹산, 영주營州 유성柳城[4] 출신이다. 어머니 아사덕阿史德이 알락산軋犖山에서 아들을 낳게 해 달라고 기도하고, 집에 돌아와 나를 낳으셨기에 내 이름을 녹산이라 지으셨다. 그때 빛이 장막을 가득 메웠고, 금수들은 일제히 울부짖으며 뿔뿔이 달아났다. 후에 어머니가 안연언安延偃[5]에게 개가하시면서 의붓아버지의 성을 따서 안安씨가 되었다. 나는 절도사節度使[6] 장수규張守珪[7]의 수하에 들어가 군인이 되었는데, 절도사는 내가 특이한 관상을 타고났다며 자기의 수양아들로 삼았다. 그리고 나에게 토격사討擊史[8]의 직위를 하사하여, 나는 해奚와 거란契丹을 정벌하러 갔다. 하지만 용기만 믿고 경솔하게 진격했다가, 대패하여 도망쳐 되돌아와야 했다. 다행히도 장수규 절도사의 관대한 은혜로 죽음을 면하긴 했지만, 경성京城으로 압송되어 황제의 처벌을 기다리고 있다. 어제 경성에 도착하였는데, 앞날의 길흉을 보장하기가 어렵다. 하지만 다행히도 나와 의형제를 맺은 장천張千이 승상 양국충의 관부에서 일하고 있어서. 어제 호송관을 돈으로 매수하여 잠시 풀려나 자유의 몸이 되었다. 장천을 찾아가 청탁을 하여 양 승상에게 선물을 보냈다. 오늘 거기서 결과를 듣기로 했으니, 이제 가볼까.

(걸음을 옮기며) 아, 안녹산, 나처럼 훌륭한 사나이가 설마 이렇게 끝장이 날 리 있겠는가? 생각만 하면 정말 억울하구나.

정궁과곡正宮過曲 · 금전도錦纏道

안녹산 본시 이무기처럼 강을 뒤집고 바다를 가르려다가,
도리어 물독에 빠진 자라의 꼴이 되었네.
원통하다, 영웅호걸이 삽시간에 감옥에 갇히게 되다니.
전쟁에서 패하면 사형에 처해진단 사실을 진즉에 알았다면,
차라리 전장에서 죽어버려 포박이나 당하지 말 것을.
갑자기 두 발을 동동 구르는 신세 되었네.
재상에게 뇌물을 바쳤으니,
이 한 몸은 함정에서 벗어날 수 있겠지.
하늘이 나를 살릴 뜻이 있다면,
설마 중도에 억울하게 죽도록 내버려둘까.
벌써 재상의 문 앞에 도착했군. 장형이 나올 때까지 잠시 기다려 볼까.

(축丑이 장천張千으로 분하여 등장한다.)

장 천 "폐하의 처남이신 양국충楊國忠[9] 나리는 삼공三公의 작위,
재상의 하인인 나도 칠품七品의 관리."
(안녹산에게 인사하며) 형님 오셨군요. 승상대감께서 선물을 받으시고서, 승상부에서 뵙자고 하셨습니다.
(안녹산이 읍揖[10]한다.)

안녹산 중간에서 다리를 놓아주어 참으로 고맙소이다.

장 천 승상대감께서 아직 출두하지 않으셨으니, 집무실에서 잠시만 기

다리십시오.

"모든 것은 내각에 계신 승상대감의 손에 달렸답니다."

안녹산 "변방에서 패전한 이 사람을 부디 구해주시게."

(함께 퇴장한다.)

선려인자仙呂引子 · 작교선鵲橋仙

(부정副淨이 양국충으로 분하여 수종을 이끌고 등장한다)

양국충 영화는 경성에 뻗치고,

은총은 외척에게 이어져,

형제자매 모두 천자의 총애를 입고 있네.

중서성中書省[11]에서 조정 정권 독점하니,

손대면 델 것 같은 나의 혁혁한 권세를

보라.

양국충

"국정이 내 손아귀 안에 있으니,

삼태팔좌三台八座[12] 관리들의 지극한 존경

받는다네.

해 저물어 퇴조退朝하고 사택으로 돌아갈 때면,

무수한 관료들 뒤따라와 절을 올리누나."

나는 양국충, 서궁西宮 양귀비의 오라비요. 관직은 우승상의 자리에 올라 있고, 관계는 사공司空의 자리에 있다오. 해와 달의 광채를 나눠가지고, 바람과 우뢰를 호령한다오. (차갑게 웃으며) 마음껏 사치를 누리면서, 즐길 수 있을 때 실컷 즐겨야 하는 법. 뇌물을 받고 권세를 농단하니, 참으로 하늘을 움직일 힘이 있다오.

여봐라, 이만 물렀거라.

수종들 네.

(수종들이 퇴장한다.)

양국충 방금 장천이 아뢰기를, 변방 장수 안녹산이 전쟁에서 패하여 경성으로 압송되어 사형을 기다리던 중에, 특별히 선물을 바치고 여기에 와서 사형을 면제해달라고 부탁하였다고 한다. 내 생각에 '이기고 지는 것은 병가지상사兵家之常事'라, 전쟁에서 우연히 패하였다 하니, 정상을 참작해줄 만하다. (웃으며) 그에게 사형을 면제해주는 것도, 조정을 위해 인재를 아끼는 것이 아니겠는가. 내 이미 그를 들라 이르렀으니, 다시 대책을 세워야겠구나.

(장천이 조용히 등장하여 인사를 드린다.)

장 천 소신 장천 아뢰옵나이다. 안녹산이 밖에서 기다리고 있사옵니다.

안녹산 데려오라.

장 천 알겠사옵나이다.

(장천이 살그머니 물러서서,[13] 청의青衣와 소모小帽[14]를 쓴 안녹산을 이끌고 등장한다.)

장 천 이리 오시지요.

(안녹산이 무릎을 꿇은 채 양국충에게 절한다.)

안녹산 죄인 안녹산 승상나리께 하례하나이다.

양국충 일어나라.

안녹산 죄인은 죽어 마땅한 죄수이오니, 무릎을 꿇고 아룀이 마땅하옵니다.

양국충 그대가 찾아온 이유는 장천이 이미 다 이야기하였느니라. 이제 죄의 내막을 소상히 아뢰어보아라.

안녹산 승상나리, 제 말씀 좀 들어보십시오. 죄인은 군령을 받들어 해와 거란을 정벌하러 갔나이다.

양국충 일어나서 이야기해 보거라.

(안녹산이 자리에서 일어난다.)

선려과곡仙呂過曲 · 해삼정解三酲

안녹산 용맹과 배짱을 믿고,

적진을 향해 출격하니,

우리의 앞길을 막을 것이 없었지요.

아뿔싸, 오랑캐 군대들 밤을 틈타 진영을 포위하니,

적군의 예리한 칼에 맞서다,

빈 화살통만 남았더이다.

양국충 그 후엔 어떻게 도망쳤느냐?

안녹산 그때 죄인은 길을 피로 물들이며, 겹겹의 포위를 뚫고 도망쳐 나왔나이다.

단창單槍 필마匹馬로 이 한 몸 겨우 죽음을 면하였사온데,

이전에 세운 미미한 공을 살펴보시고 형벌을 줄여주시옵소서.

오늘에 와서!

형벌을 받게 될 줄 어찌 미처 생각이나 했겠나이까!

(머리를 조아리며)

바라옵건대 용서를 베풀어주시고,[15]

부디 불쌍히 여겨주시옵소서.

전강前腔 **환두換頭**

(양국충이 자리에서 일어난다.)

양국충 군율을 어기고 군대를 잃은 것은,

국법과 관련된 큰 문제이니,

내 비록 국법을 다스리고 있지만,

어찌 마음대로 처리할 수 있겠는가?

게다가 형량이 이미 정해져 바꾸기가 쉽지 않으니,

아마 돌이킬 힘이 없을 것 같구나.

(안녹산이 꿇어앉아 통곡한다.)

안녹산 승상나리께서 만약 저를 구원해주신다면, 이 죄인은 살아날 수 있을 것이옵니다.

양국충 (웃으며) 비록 내가 큰 신뢰를 받으며,[16]
실권을 장악하고 있기는 하지만,
이 마음속의 계략은 상주하기 쉽지가 않구나.

안녹산 (머리를 조아리며) 모든 것이 승상나리의 손에 달려 있사옵니다!

양국충 좋다. 내가 내일 조정에 가서, 기회를 봐서 잘 행동하면 될 것이다.
때를 잘 탄다면,
법망에서 풀려나,
너의 생명을 보전할 수 있을 것이니라.

안녹산 (머리를 조아리며) 승상대감의 크나크신 은혜를 입었사오니, 이 죄인이 견마지로犬馬之勞[17]의 심정으로 은혜를 갚을 수 있도록 윤허해주시옵소서. 그럼 이제 그만 물러나보겠사옵니다.

양국충 장천은 안녹산을 데리고 가거라.
(장천이 대답하고, 안녹산과 함께 나간다.)

장 천 "눈을 들어 승리의 깃발 바라보면서,
귓가에 좋은 소식 들려오길 기다려봅시다."
(안녹산과 장천이 함께 퇴장한다.)

양국충 (곰곰이 생각에 잠겨) 내 생각에 안녹산은 변방의 말단 무관인데다가, 특별한 공적을 세운 적도 없다. 죽을죄를 지은 마당에, 만약 내가 그를 억지로 구해주기라도 한다면, 필히 황제폐하의 의심을 살 것이 분명하다. (웃으며) 아하! 그렇지. 전에 절도사 장수규가 상소문을 올려 아뢰기를, 안녹산이 여섯 가지 언어[18]에 능통한데다가, 여러 가지 무예에 정통하여, 변장邊將의 중임을 맡길 수 있다고 한 적이 있었지. 내가 병부兵部[19]에 귀띔을 한 후에, 이것을 빌미로 삼아, 황제폐하께 그를 어전御前에 불러 시험해보시도록 주청해야겠군. 좋은 기회를 틈타 황제폐하의 마음을 얻게 된다면, 이 어찌 좋지 않겠는가.

하장시下場詩 3[20]

양국충	권세와 의기는 본래 영웅호걸이지만,	노조린盧照隣
	천태만상 순식간에 변하였도다.	오 융吳 融
	산처럼 쌓인 황금으로 형벌을 사고팔며,	이함용李咸用
	거리낌 없이 사사로이 추천하여 공작에 봉하네.	두순학杜筍鶴

주

1 안녹산安祿山 : 출생연도는 명확하지는 않으나 703년이 유력하다. 영주營州[지금의 요녕성遼寧省 조양朝陽] 사람으로서 북방 이민족의 후예이며, 어릴 적 이름은 알락산軋犖山이었다. 당시 안녹산의 집안은 이민족으로, 당나라 한족들로부터 잡호雜胡로 간주되었다. 어머니가 돌궐족의 장수와 재혼하였고 안安이라는 성씨는 양아버지의 성이다. 그는 6개 국어를 구사하여 영주에서 무역 중개인 역할을 하기도 하였다. 30대에 유주절도사幽州節度使 장수규張守珪를 섬겨 무관으로서 두각을 나타내었고 742년 영주에 본거를 두는 평로절도사平盧節度使가 되었다. 절도사가 된 이후 현종과 양귀비의 총애를 받게 되었으며, 이임보가 죽은 752년에 안녹산은 평로平盧·범양範陽·하동河東 3진鎭을 다스리는 절도사가 되어 당의 국경방비군의 $\frac{1}{3}$의 병력을 장악하였다. 이임보의 사망 직후부터 양국충楊國忠과의 사이에 권력투쟁이 벌어졌으며, 755년 안녹산은 양국충을 제거하기 위해 15만의 대군으로 수도로 진군하여 1개월 만에 낙양洛陽을 함락시키고, 756년 음력 정월에 안녹산은 스스로 대연 황제임을 선포한 뒤 성무聖武로 개원하였다. 현종은 장안長安을 떠나 사천으로 피란 중, 마외파馬嵬坡에서 황제의 금위군禁衛軍들이 반란을 일으켜 양국충을 죽이고 애첩 양귀비의 처형을 요구하자 현종은 마지못해 동의하였다. 안녹산의 군대는 장안을 점령했으나 중병상태로 낙양에 머물렀고, 757년 초 아들 안경서安慶緖의 사주를 받은 환관에 의해 살해되었으며, 반란은 안녹산의 부장部將이었던 사사명史思明과 그 아들 사조의史朝義가 주도하는 가운데 지속되었으나 763년 사조의가 패하여 죽음으로써 안사의 난은 공식적으로 끝나게 되었다.

2 전의箭衣 : 전의는 원래 고대 궁수들이 착용한 소매가 좁은 복장이다. 소매의 앞부분은 길어서 손등을 덮고, 소매의 뒷부분은 짧아서 활쏘기에 편리하다. 희곡 무대에서 착용하는 전의는 제왕, 부마駙馬 및 고급무관이 입는 군인용 평상복을 가리키며, 전수의箭袖衣라고도 부른다. 복식의 형태는 청대 망포蟒袍[대신들이 입는 예복이나 중국 전통극에서 제왕·장수·재상·후비 등의 배역이 입는 두루마기로, 금색의 이무기가 수놓아져 있음]의 원형으로, 용전수龍箭袖[마제수馬蹄袖, 청대 남자 예복의 말굽형 소매]가 달려 있다. 만주족은 주로 유목생활을 하였고, 추운 곳에서 활동했기 때문에 손에 동상을 입는 것을 방지하기 위해 짐승의 가죽으로 만든 토시를 착용하여 손목이나 손등을 보호하였는데, 이런 토시는 위로 뒤집을 수도 있고 아래로 내릴 수도 있다. 시간이 흐르면서 말

굽[마제馬蹄] 모양의 소맷부리인 마제수馬蹄袖로 변화되었다. 활을 쏠 때는 또 말을 타는 일이 잦기 때문에, 편리를 위해 청대 망포의 하단에는 4면에 트임이 있다. 희곡 무대에서는 큰 동작을 선보이는 큰 무장들의 군대용 평상복으로 사용한다. 전의의 종류에는 용전龍箭[위에는 용무늬를 수놓고, 아래에는 바닷물을 수놓은 것], 화전花箭[위에 단화團花를 수놓은 것], 소전素箭이 있다. 용전은 황제와 고급 장군들이 착용하며, 화전은 일반 무사가 착용하며, 흑색과 남색 등의 소전은 관아의 심부름꾼이나 늙은 군인이 착용한다. 여기서 안녹산이 착용한 것은 전의 가운데서도 '화전'임이 분명하다. 이 옷은 주로 전쟁에서 패한 무장이 무기를 버리고 도망갈 때 입는다.

3 전모氈帽 : 희곡 무대복장의 일종. 융단으로 만든 모자로, 길고도 좁으며, 앞으로 약간 접혀 있고, 꼭대기에는 작은 장식 하나가 있다. 희곡에서 하층시민이 착용한다.

4 영주營州 유성柳城 : 지금의 요녕遙寧 조양朝陽.

5 안연언安延偃 : 돌궐족突厥族[투르크족]의 부락 족장을 지냄.

6 절도사節度使 : 여러 주州의 군정軍政을 총람總攬하는 장관.

7 장수규張守珪 : 당나라의 명장, 섬서陝州 하북河北[지금의 산서山西 평륙平陸, 예성芮城, 운성運城 동북지구] 출신이다. 생졸년은 미상으로, 주로 당唐 중종中宗, 예종睿宗, 현종玄宗 시기에 활동하였다.

8 토격사討擊史 : 군대에서의 직함.

9 양국충楊國忠 : ?-756년. 본명은 양소楊釗. 산서성山西省 예성芮城 출생으로, 측천무후則天武后의 총신인 장이지張易之의 사위이자, 양귀비의 육촌오빠이다. 학문은 없었으나 계수計數에 밝았다. 등용되어 재상 이임보李林甫와 결탁, 재정적 수완을 발휘함으로써 당명황에게 중용重用되었다. '국충'이란 이름도 이 무렵 현종이 내린 것이다. 752년 이임보가 죽자 재상으로서 제일의 실권자가 되었다. 그러나 뇌물로 인사人事를 문란하게 하고, 중앙정계를 그의 일파로 독점하였으며, 백성으로부터 재물을 수탈하는 등 실정失政을 계속하였다. 또 남조南詔[당대唐代, 현재의 운남雲南 지방에 있던 티베트·버마 족이 세운 왕국. 당나라와 친하기도 하고 대립하기도 했다. 8세기 후반 전성기를 누렸으며, 도읍都邑은 대리大里] 원정에 실패하였으면서도 이를 황제에게 숨겼고, 안녹산安祿山과의 반목으로 '안사의 난'을 자초하였다. 난이 일어나자 현종을 따라 사천四川으로 달아났으나, 도중 마외역馬嵬驛에서 군사에게 살해되었다.

10 읍揖 : 두 손을 맞잡아 얼굴 앞으로 들어 올리고, 허리를 앞으로 공손히 구부렸다가 몸을 펴면서 손을 내리는 인사.

11 중서성中書省 : 중앙 최고의 기관, 재상이 집권하는 기구.

12 삼태팔좌三台八座 : 최고의 권력기관. 한대漢代에는 상서上書, 어사御使, 알자謁者가 삼태三台에 해당한다. 수당隋唐 시기에는 육부상서六部上書와 좌우복야左右僕射가 팔좌八座에 해당한다.

13 살그머니 물러서서 : 원문은 허하虛下로, 실제로 하장하지 않지만 무대에서 퇴장하는 척하는 동작을 지시하는 용어이다. 이 책에서는 '살며시 물러난다'라고 풀이하였다.

14 청의青衣와 소모小帽 : 고전 희곡 복장이다. 청의는 말을 탈 때 입는 옷이다. 깃이 크고, 소매가 크며, 의수水袖[소매의 접는 부분, 흰 색의 비단으로 만듦]를 두르고, 길이는 발목까지 온다. 검은색의 명주옷에, 백색의 옷깃을 두른다. 소모는 단단한 재질의 명주로 만든 모자로, 검은색을 띤다. 모두 지위가 낮은 천민이 입는 옷이다.

15 바라옵건대 용서를 베풀어주시고 : 원문은 고태귀수高抬貴手로, 용서를 구할 때 쓰는 성어이다.

16 큰 신뢰를 받으며 : 원문은 언종계청言從計聽으로, 어떤 사람의 말이나 계책을 모두 듣고 받아들이다, 대단히 신뢰하다는 뜻이다.

17 견마지로犬馬之勞 : 개나 말 정도의 하찮은 힘이란 뜻으로, 임금이나 나라를 위해 충성을 다하는 것을 비유한 말.

18 여섯 가지 언어 : 원문은 육번언어六蕃言語로, 갖가지 이민족의 언어를 가리킨다.

19 병부兵部 : 병무를 관장하는 관청.

20 전부 《전당시全唐詩》에 실린 시로 구성되어 있다. 첫 번째 구는 노조린盧照隣의 〈장안고의長安古意〉(《전당시》 권41), 두 번째 구는 오융吳融의 〈무제無題〉(《전당시》 권684), 세 번째 구는 이함용李咸用의 〈금용원金容園〉(《전당시》 권646), 네 번째 구는 두순학杜荀鶴의 〈투종숙보궐投從叔補闕〉(《전당시》 권692)에서 인용하였다.

제4척

봄날의 낮잠【춘수春睡】

등장인물 양귀비楊貴妃(단旦), 영신迎新(노단老旦), 염노念奴(첩貼), 당명황唐明皇(생生), 고역사高力士(축丑), 양국충楊國忠(부정副淨)
배　　경 궁중 양귀비의 침소

월조인자越調引子 · 축영대근祝英臺近

(양귀비가 노단老旦이 분한 영신永新과 첩貼이 분한 염노念奴를 대동하고 등장한다.)

양귀비 꿈에서 막 깨어났더니,
봄기운이 스며들어,
빗질과 화장 노곤하고 귀찮지만,
화장대 곁에 가고 싶은 이유는,
분과 연지 번졌을까 창피하기 때문.

영신·염노 창으로 들어오는 봄날의 햇빛,
주렴을 흔드는 부드러운 바람에,
잠시 한가로이 앉아 향을 쪼이시누나.

영신·염노 영신과 염노가 문안 인사드리옵니다.

양귀비　일어나려무나.

해당춘海棠春

양귀비　창 밖에 곱디고운 꾀꼬리 노랫소리,
잠이 모자란 사람,
놀래 깨우네.

영 신　비췻빛 이불 새벽이라 조금 싸늘하고,

염 노　보석향로에 짙은 향기 하늘하늘 피어오르네.

양귀비　잠에서 미처 깨지 못했는데 궁녀가 하는 말,

영신·염노　다른 궁전에선 벌써 연주와 무도회가 시작되었나이다.

양귀비　저 해당화海棠花는,

함 께　밤새 또 얼마나 피어났을까.

양귀비　저 양귀비는 홍농弘農[1] 출신이에요. 아버님의 성은 양楊, 이름은 원元자 염琰자로, 촉蜀에서 사호司戶[2]를 지내셨어요. 저는 조실부모하고 숙부님의 집에서 자랐어요. 태어날 때 왼팔에 옥팔찌를 차고 있었는데, 팔찌 위에 '태진太眞'이라는 두 글자가 새겨져 있었데요. 그래서 이름은 옥환玉環이 되었고, 어릴 적엔 태진이라 불렀어요. 성격은 부드럽고 자태는 아름답고, 옷소매로 가볍게 눈물을 닦으면 흘러내린 눈물은 붉은 얼음구슬이 되고, 노을빛 얇은 생사生絲를 입은 몸에 흐르는 땀은 향기로운 옥구슬 같았지요. 폐하의 총애를 입어 후궁에서 뽑혀, 신분은 귀비貴妃이지만 황후皇后의 예우를 받고 있답니다. 오라버니 양국충은 우승상右丞相에 임명되고, 세 명의 언니는 모두 부인夫人에 봉해지니, 일가一家의 영화와 총애가 절정에 다다랐지요. 어젯밤엔 서궁西宮에서 폐하의 잠자리를 모셨는데,

(나지막한 목소리로) 운우지정雲雨之情에 지쳐서, 그만 정오가 되어서야 일어났지 뭐예요.

영신·염노 경대와 화장대를 준비해두었사오니, 단장을 하시옵소서.

(양귀비가 화장대로 다가간다.)

양귀비 "화려한 창문, 진주 주렴이 햇살에 빛나는데,
연지와 분과 거울이 어서 봄단장을 하라고 재촉하누나."

월조과곡越調過曲 · 축영대祝英臺

(양귀비가 거울을 마주보고 앉는다.)

양귀비 귀밑머리 살짝 매만지고,
쪽진 머리 찬찬히 손질하며,
자꾸 거울에 얼굴을 비춰보네.

영 신 마마, 이 꽃 화전花鈿[3]을 붙이셔요.

양귀비 비취색 화전 붙이고,

염 노 다시 이 연지를 바르셔요.

양귀비 붉은 연지 바르고,

당대唐代 화전

화전을 이마에 붙인 모습

영 신 마마, 눈썹을 그리셔요.

양귀비 (눈썹을 그리며) 꼼꼼하게 두 눈썹 그리네.

양귀비 (일어나서) 걸음을 옮기고 싶으니,
버들가지 허리 천천히 일으켜주려무나.

염 노 아참, 마마, 꽃 꽂는 걸 깜빡했어요.
(염노가 양귀비의 머리에 꽃을 꽂는다.)

양귀비 앵두 꽃송이 보기 좋게 꽂으니.
(영신과 염노가 양귀비를 바라본다.)

염 노 꽃단장 마친 마마의 얼굴 곱고 부드러워,
바람이 불면 부스러질 것만 같아요.

양신·염노 마마, 옷을 갈아입혀 드릴게요.
(영신과 염노가 양귀비의 옷을 갈아입혀준다.)

전강前腔 **환두換頭**

영신·염노 사향과 난향 먹인,
금실 자수 비치는,
살굿빛 비단 적삼 갈아입고.
(양귀비가 걸음을 옮긴다.)
(영신과 염노가 양귀비를 바라본다.)

영신·염노 머리에 꽂은 보요步搖[4] 한들한들 흔들리고,
치맛자락 사뿐사뿐 살랑이며.
(양귀비가 신발을 신는다.)

영신·염노 몸을 숙여 두 발에 신발 신고,
단장을 마치시었네.

당대 복식
저우쉰周迅 그림

(양귀비가 자신의 그림자를 바라본다.)

영신·염노 바람을 마주하고 하늘하늘 걸으니,

백 가지 요염함 피어나고.

(양귀비가 몸을 돌려 거울에 자신의 모습을 비춰본다.)

영신·염노 돌아와 거울을 마주하니,

천 가지 아름다움 솟아나네.

(양귀비가 피곤한 몸짓으로 하품을 하자, 영신과 염노가 부축한다.)

영신·염노 마마,

이리도 피곤해 하시니,

다시 침소에 드심이 어떠신지요.

당대 후궁의 보요

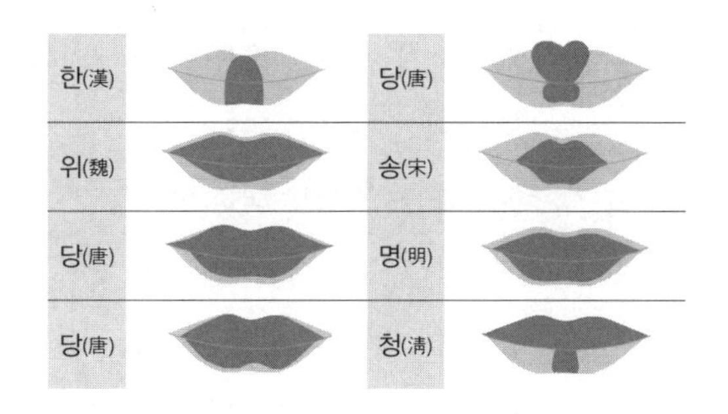

역대 여인의 입술 화장

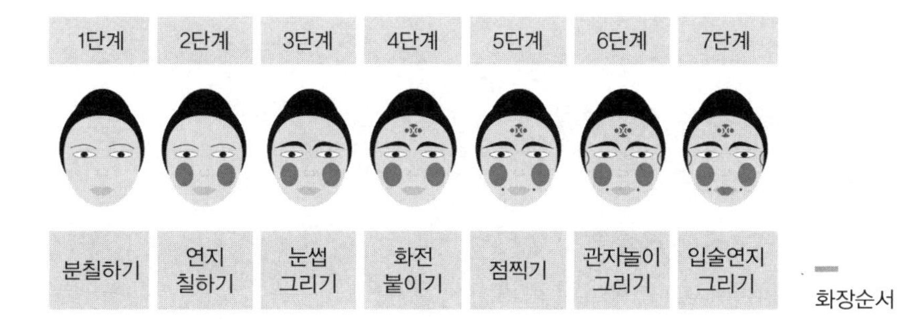

화장순서

양귀비　그럴까 봐. 피곤하고 졸려서 잠시 눈을 붙여야겠어. 영신, 염노, 침대의 휘장을 좀 내려 줘. 정말이지 봄기운은 아무 이유 없이 사람을 피곤하게 해서, 방금 일어나 머리를 빗었는데 또 졸음이 밀려오지 뭐야.

(양귀비가 잠을 잔다.)

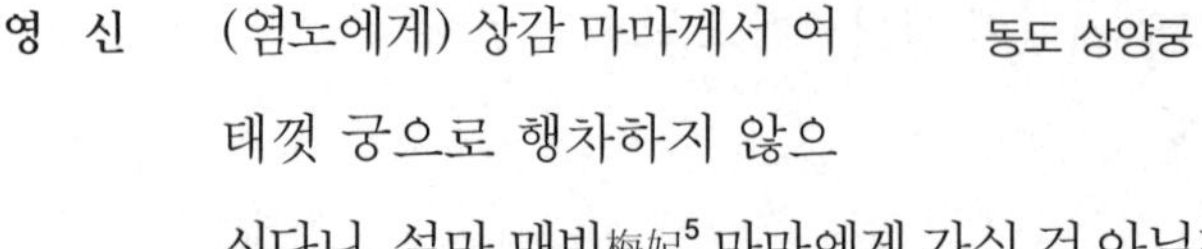

동도 상양궁

영　신　(염노에게) 상감 마마께서 여태껏 궁으로 행차하지 않으시다니, 설마 매비梅妃[5] 마마에게 가신 건 아닐까?

염　노　언니, 아직 모르고 계셨어요? 매비 마마는 일찌감치 상양궁上陽宮 동루東樓로 쫓겨났다구요.

영　신　에구머니, 어떻게 그런 일이!

염　노　영신 언니, 요 며칠 상감 마마께서는 양귀비 마마만 총애하셔서, 시도 때도 없이 서궁을 들락날락하고 계시잖아요. 심지어 내시도 따라오지 못하게 하신다니까요. 그러니 언니랑 제가 특별히 신경 써서 모셔야 해요.

(당명황이 등장한다.)

전강前腔　**환두換頭**

당명황　참으로 즐겁구나!
후궁에 새로운 미인을 얻어두고,
하루에도 몇 번이나 어루만지는지!

당명황
산서성山西省 고평시高平市의 제왕 이융기 형상 벽화, 원대元代

(당명황이 들어가자, 영신과 염노가 인사를 드린다.)

영신·염노 상감 마마 납시었사옵니까. 마마께서는 방금 잠이 드셨사옵니다.

당명황 일부러 깨울 것 없느니라.
(침대의 휘장을 걷어 올리며)
비단 장막을 천천히 젖히니,
은은히 풍겨오는 용뇌龍腦[6] 향기,
미인美人의 향내와 썩 잘 어우러지누나.
(양귀비를 바라보며)
사랑스럽게도, 홍옥紅玉처럼,
원앙금침 깔고 옆으로 누워 있구나.

영신·염노 (영신과 염노가 몸을 돌려) 저다지도 애틋하시니,
풍류風流[7]의 고좌高座를 어떻게 차지하지 못하시랴!

전강前腔 환두換頭

(양귀비가 잠에서 깨어나 낮은 목소리로 묻는다.)

양귀비 누군가 갑자기 원앙 휘장 걷어 올리기에,

침침한 눈 다시 비벼보네.
(일어나 앉아서 눈을 비비고 귀밑머리를 쓸어 올린다.)

당명황 얼굴에 바른 분 희미해지고,
입술의 붉은 연지 지워지고,
귀밑머리 헝클어져 들쭉날쭉하구나.
(영신과 염노가 양귀비를 부축하여 일으키자, 양귀비는 눈을 뜨려다 다시 감고, 일어나려다 다시 주저앉는다.)

당명황 사랑스러운 그대여,
궁녀가 허리를 부축해 일으켜도,
힘이 없어 앉지도 서지도 못하누나.
(영신과 염노가 양귀비를 부축하여 앉힌다.)
(당명황이 부축한다.)

당명황 이렇게 잠에 흠뻑 취했으니,
아직 좀 더 쉬어야겠소.

양귀비 폐하, 납시었사옵니까!

당명황 화창한 봄날엔 마땅히 밖으로 나가 구경을 해야지, 어찌 해가 중천에 뜨도록 잠을 자고 계시오?

양귀비 (나지막한 목소리로) 어젯밤 폐하의 사랑을 받을 때, 폐하의 사랑이 너무나 강렬해서 저도 모르게 온몸에 힘이 다 빠져버렸나 봐요. 억지로 일어나서 단장을 하다가 또다시 잠이 드는 바람에, 미처 폐하를 영접하지 못했사와요.

당명황 (웃으며) 그렇게 말씀하시니, 과인이 미안해지는구려.
(양귀비가 부끄러워 말을 잇지 못한다.)

당명황 귀비, 아직 잠이 덜 깬 것 같으니, 같이 전전前殿으로 가서 잠시 거널자꾸나.

양귀비 네.

(당명황과 양귀비가 동행하고, 영신과 염노가 수행한다.)

당명황 "낙조落照가 왕모王母에게 머무르니,[8]"

양귀비 "미풍微風이 소아少兒에게 기대네요.[9]"

영신·염노 "궁궐 속 행락行樂의 비밀,
바깥사람 중엔 아는 이가 드물다네."[10]

(당명황과 양귀비가 돌아와 자리에 앉는다.)

(고역사가 등장한다.)

고역사 "한낮 높은 누각에서 희미하게 들려오는 물시계 소리,
폐하의 즐거움을 근신近臣은 잘 알고 있다네."[11]
상감 마마께 아뢰옵나이다. 국구國舅[12] 양승상楊丞相이 폐하의 명령을 받아 안녹산을 시험한 후, 보고를 드리려고 궁문 밖에서 기다리고 있습니다.

당명황 들라 이르라.

(고역사가 알린다.)

고역사 양승상은 들라신다.

(양국충이 등장한다.)

양국충 "천하의 상소문은 모조리 내 손을 거치고,
담장을 사이에 두고 궁중의 온갖 소식 듣노라."[13]
(절하며) 신 양국충이 문후 드리옵나이다. 우리 폐하께옵선 만수萬壽를 누리시고, 우리 마마께옵선 천수千壽를 누리소서!

고역사 일어나시오.

양국충 신이 폐하께 아뢰옵니다. 분부를 받들어 안녹산을 시험해 보았더니, 과연 건장한 인재였고, 궁마弓馬에도 능하였습니다. 이에 특별히 복주覆奏[14]하옵나이다.

당명황 일전에 짐이 장수규張守珪[15]가 올린 상주문을 보았더니, 안녹산은 여섯 가지 언어에 능통하고, 여러 가지 무예에 정통하여, 변장邊將의 중임을 맡길 만하다고 하였다. 근래에 군기軍機를 어기는 바람에 참형斬刑[16]을 내려야 했기에, 경에게 그를 시험해보도록 하였다. 과연 상주문이 거짓이 아닌 것 같으니, 경은 안녹산에게 나의 명을 전하여 전에 지은 죄를 사면하도록 하라. 내일 아침 군신들이 조알할 때 짐에게 데려오면, 경성의 관직을 수여하고 앞으로 공을 세우는지 감찰하도록 하겠노라.

양국충 알겠사옵니다.
(양국충이 퇴장한다.)

고역사 상감 마마께 아뢰옵나이다. 침향정沈香亭[17]에 모란꽃이 만발하였사옵니다. 상감 마마, 마마와 함께 구경하러 가시옵소서.

당명황 오늘 귀비를 마주하고 명화名花를 감상하겠구나. 고역사, 한림翰林[18] 이백李白[19]을 침향정으로 불러 새로운 시를 지어 바치게 하여라.

고역사 알겠사옵니다.
(고역사가 퇴장한다.)

당명황 귀비, 그대는 나와 꽃구경하러 가자꾸나.

하장시下場詩 4[20]

당명황	난간 곁 무성한 꽃들 이슬 머금고 피어나니,	나 규羅 虯
양귀비	서로 희롱하며 연못가 누대를 맴도네.	맹호연孟浩然
당명황	새 노래 한가락에 그대 모습 더욱 아름다우니,	만 초萬 楚
함 께	대하는 모습이 마치 황제의 조령을 받드는 듯.	이상은李商隱

주

1 홍농弘農 : 지금의 하남河南 영보靈寶.

2 사호司戶 : 호구戶口를 관리하는 관리.

3 화전花鈿 : 여인의 얼굴을 장식하는 고대의 장식물. 남조南朝, 송宋나라에서 시작되었으며, 홍색·녹색·황색을 주로 사용한다. 금과 은으로 꽃모양을 만들어 머리에 꽂기도 한다. 매화꽃·새·물고기·오리 등의 다양한 문양이 존재한다.

4 보요步搖 : 한대漢代 황후의 머리장식. 당명황이 양귀비에게 보요를 선물한 것은 그녀를 황후와 같은 예로 대함을 의미한다. 《장한가전長恨歌傳》에는 "결혼식 날 밤, 금채와 전합을 주어 이를 공고히 했다. 또 보요를 꽂게 하고 금당金鐺을 늘어트리게 하였다."고 기록하고 있으며, 《양태진외전楊太眞外傳》 권상卷上에서 "황제는 … 보요를 만들어 장각妝閣에 이르러 친히 머리에 꽂아주었다."고 기록하고 있는데, 《장생전》은 이를 참고하였다.

5 매비梅妃 : 남송南宋 작자 미상의 《매비전梅妃傳》에 양귀비가 등장함으로 인해 황제의 총애를 빼앗긴 후비로 묘사되어 있다. 《장생전》에서는 양귀비와 삼각관계를 형성하는 인물로 등장한다. 학자들의 고증에 의하면 실존인물이 아니라고 한다.

6 용뇌龍腦 : 용뇌수龍腦樹에서 추출한 결정체. 방향성芳香性이 있으며 중풍이나 담, 열병 따위로 정신이 혼미한 데나 인후통咽喉痛 등의 치료에 쓴다. 용뇌수는 높이가 50m 정도이며, 잎은 어긋나고 타원형으로 두껍고 짙은 광택이 난다. 꽃은 향기가 있으며, 열매에는 한 개의 씨가 들어 있고, 줄기의 갈라진 틈에서 용뇌를 얻어 약재로 쓴다. 원산지는 말레이시아로, 보르네오, 수마트라에 분포한다. 현재는 천연빙편天然冰片이라 부른다. 옛날에는 빙편冰片, 용뇌향龍腦香, 용뇌빙편龍腦冰片, 뇌자腦子, 서룡뇌瑞龍腦, 매화뇌자梅花腦子, 매화편뇌梅花片腦, 편뇌片腦, 매화뇌梅花腦, 빙편뇌冰片腦, 매편梅片, 매병梅冰, 노매편老梅片, 매화빙편梅花冰片, 갈포라향羯布羅香 등으로 불렀다.

7 풍류風流 : 사랑.

8 낙조落照가 왕모王母에게 머무르니 : 낙조의 원문은 낙일落日로, 지는 해는 당명황 자신을 비유하는 말이다. 왕모王母는 양귀비를 비유하는 말로, 양귀비가 일찍이 도사로 입적한 적이 있기에 당대唐代 사람들은 그녀를 서왕모에 비유하였다.

9 미풍微風에 소아少兒에게 기대네요 : 미풍은 양귀비를 비유하는 말이고, 소아는

양귀비의 형제자매들을 비유하는 말이다. 소아는 위소아衛少兒, 즉 한무제漢武帝(B.C. 156-B.C. 87)의 황후 위자부衛子夫의 언니, 대장군大將軍 위청衛青의 손윗누이를 가리킨다. 이 구절은 양귀비로 말미암아 양귀비의 형제자매들이 득세得勢함을 의미한다.

10 낙조落照가 왕모王母에게 ~ 아는 이가 드물다네 : 이상의 네 구절은 두보杜甫의 시 〈숙석宿昔〉의 제5-8구에 해당한다. "낙일류왕모落日留王母, 미풍의소아微風倚少兒. 궁중행락비宮中行樂秘, 소유외인지少有外人知."

11 한낮 높은 누각에서 ~ 잘 알고 있다네 : 두보杜甫의 시 〈자신전퇴조구호紫宸殿退朝口号〉의 제5-6구에 해당한다. "주루희문고각보晝漏希聞高閣報, 천안유희근신지天顏有喜近臣知."

12 국구國舅 : 황제의 처남.

13 천하의 상소문은 ~ 소식 듣노라 : 왕건王建의 시 〈증곽장군贈郭將軍〉의 제2-3구에 해당한다. "천하표장경원과天下表章經院過, 궁중어소격장문宮中語笑隔牆聞."

14 복주覆奏 : 보내온 공문을 검토하여 임금에게 아룀.

15 장수규張守珪 : 제3척 〈뇌물을 바치다〉의 장수규 주석 참조.

16 참형斬刑 : 목을 베어 죽임.

17 침향정沉香亭 : 흥경지興慶池 안 용지龍池 동북쪽에 위치한 정자. 당명황이 이백李白을 불러 시를 짓게 한 곳으로 유명하다.

18 한림翰林 : 황제를 수종하는 문인. 당唐 이후 역대로 설치한 관직의 하나로, 황제의 문학 시종을 맡거나, 조정의 문서를 저술하거나, 국사를 편찬하고 황제의 언행을 기록하는 등의 일을 하였다. 한림학사翰林學士라고도 하는데, 학사라는 벼슬은 남북조南北朝 시기에 처음 설치되었고, 당나라 초기에는 저명한 학자에게 황제의 조령詔令의 초고草稿를 쓰게 했지만 그런 일을 하는 이를 가리키는 전문적인 칭호는 없었다. 그러다가 당명황 때는 황제의 측근을 한림학사로 임명하기 시작했는데, 이 벼슬을 받은 이는 종종 재상으로 승진했다. 북송 때도 한림학사는 제고制誥, 즉 황제의 조칙詔勅을 담당했다. 그러나 이후로는 점차 그 지위가 낮아졌는데, 그래도 명청 시대까지 그 이름은 남아 있었다. 명나라 때는 재상에 임명된 사람은 모두 한림학사의 직무를 수행했다. 다만 청나라 때는 한림장원학사翰林掌院學士가 한림원翰林院의 장관이었고, 그냥 한림학사라고 칭하는 벼슬은 없었다.

19 이백李白 : 701-762년. 자字는 태백太白, 호號는 청련거사青蓮居士이다. 두보杜甫와 함께 '이두李杜'로 병칭되는 중국 최대의 시인이며, 시선詩仙이라 불린다. 1,100여 편의 작품이 현존한다. 이 장면에서 당명황의 부름을 받고 이백이 지

은 시는 〈청평조사清平調詞〉 3수이다. 이 시는 작품 제24척 〈안사의 난〉에서 등장한다.

20 첫 번째 구절은 나규羅虯의 〈비홍아시比紅兒詩〉(《만수당인절구萬首唐人絶句》 권36, 《전당시全唐詩》 권666 참조), 두 번째 구절은 맹호연孟浩然 〈춘정春情〉(《전당시》 권160 참조), 세 번째 구절은 만초萬楚의 〈오일관기五日觀妓〉(《전당시》 권145 참조), 네 번째 구절은 이상은李商隱의 〈증유십이주판贈庾十二朱版〉 (《만수당인절구》 권28, 《전당시》 권539 참조)을 인용하였다.

제5척

삼짇날 봄나들이【계유禊遊】

등장인물	고역사高力史(축丑), 안녹산安祿山(정淨), 왕손王孫 1(부정副淨), 왕손 2(외外), 공자公子 1(말末), 공자 2(소생小生), 한국부인韓國夫人(노단老旦), 괵국부인虢國夫人(첩帖), 진국부인秦國夫人(잡雜), 시종, 매향梅香, 수행인(잡雜), 양국충楊國忠(부정副淨), 촌부(정淨), 추녀醜女(축丑), 매화낭자賣花娘子(노단老旦), 공자公子(소생小生), 소내시小內侍
배 경	궁중, 곡강曲江으로 가는 길, 곡강

쌍조인자雙調引子 · 하성조賀聖朝

(고역사가 등장한다.)

고역사 궁중의 내감들 가운데 존경을 받으며,
아침부터 밤까지 친히 폐
하를 모신다네.
금과 담비, 옥대玉帶[1]와 망
포蟒袍[2] 새로이 빛나고,
황궁을 드나들며 특별한
성은을 입고 있다네.

망포蟒袍

저는 고역사입니다. 관직은 표기장군驃騎將軍[3]이며, 직책은 육궁六宮[4]을 관리하며, 권세는 백관百官들을 압도합니다. 기회를 봐서 일을 잘 처리하며, 폐하의 마음을 은밀히 살피고, 뜻을 굽혀 조심스레 폐하를 모시면서, 폐하의 은총을 입고 있습니다. 오늘은 음력 삼월 삼짇날이라, 폐하께서는 귀비 마마와 함께 곡강曲江[5]에 유람을 가실 예정입니다. 폐하께서 저에게 양승상楊丞相과 진국秦國, 한국韓國, 괵국虢國 삼국부인三國夫人을 불러, 함께 수행하도록 분부하셨습니다. 저는 그분들께 명령을 전하러 가봐야겠습니다.

"귀비 마마의 친지들에게 알리오.
오늘 곡강으로 행차하라는 폐하의 분부시오."

(고역사가 퇴장한다.)

전강前腔

(안녹산이 관대冠帶[6]를 갖추고, 시종을 거느리고 등장한다.)

안녹산 권문세가權門勢家와 내통한 이후로,
우로雨露 같은 천자의 은혜 온몸으로 누리노라.
감옥에 갇혔던 신하가 이제 친신親臣이 되었으니,
마땅히 웅장한 포부를 펼쳐야 하리.

나 안녹산은 성은을 입어 관직에 복귀한 후 큰 총애를 받고 있다. 내 배는 유달리 커서 무릎을 덮을 정도인데, 하루는 폐하께서 내 배를 보시고선 웃으면서 그 속에 뭐가 들었냐고 물으시기에, "오직 폐하를 향한 일편단심이 들어 있습니다."고 대답했다. 폐하께서는 크게 기뻐하시더니 그 후로 더욱 믿고 아껴주셨고, 얼마 지나지 않아 왕의 자리에 앉혀주셨다. 이 어찌 특별한 대우가 아니란 말인가!

여봐라, 모두 물러가거라.

시종들 네.

(시종들이 퇴장한다.)

안녹산 오늘은 음력 삼월 삼짇날, 폐하께서 귀비 마마와 함께 곡강으로 봄놀이를 가고, 삼국부인도 수행한다고 한다. 성내의 남녀 중에 구경하러 가지 않는 이가 없으니, 나도 편복便服[7]으로 갈아입고, 필마匹馬에 몸을 싣고 구경이나 한번 가볼까.

(안녹산이 옷을 갈아입고, 말을 타고 길을 간다.)

문밖을 나서니, 저기 좀 보게, 먼지가 길 위에 가득하고, 수레와 말들이 구름같이 몰렸으니, 참으로 장관이로구나. 정말이지,

"길가의 가느다란 거미줄 취객을 휘감고,

꽃 너머 우는 새가 행인을 부르누나."[8]

(안녹산이 퇴장한다.)

선려입쌍조仙呂入雙調 · 야행선서夜行船序

(부정副淨과 외外가 왕손王孫 1과 왕손 2로 분하고, 말末과 소생小生[9]이 공자公子 1과 공자 2로 분하여, 각각 화려한 복장으로 등장한다.)

함 께 춘색春色이 사람의 마음 유혹하는데,

부채처럼 바람에 흔들리는 사랑스러운 저 꽃봉오리,

연무烟霧처럼 무성한 버들가지가 진을 치고 있네.

지나가는 곳마다,

도성의 교외인지 번화한 거리인지 분간할 수가 없구나.

(서로 인사하며) 안녕들 하시오.

왕손 1·2 오늘은 삼월 삼일 수계修禊[10]가 있는 날이니, 우리 함께 곡강으로

유람을 가십시다.

공자 1·2 그럽시다. 저기 한 무리의 수레가 에워싼 것을 보니, 아마도 삼국 부인이 오나 봅니다. 우리도 서둘러 가봅시다.

(길을 간다.)

함 께 오색찬란五色燦爛,

수놓은 장막과 화려한 수레.

진주로 감고 비취로 둘러,

누가 더 화려하고 큰지 경쟁하는구나.

자욱한 향기,

난향과 사향이 바람 타고 흩날리고,

의복의 빛깔과 패옥의 광채는 멀리서도 한눈에 들어오누나.

(함께 퇴장한다.)

(노단老旦이 수놓은 옷을 입은 한국부인韓國夫人으로 분하고, 첩帖이 흰 옷을 입은 괵국부인虢國夫人으로 분하고, 잡雜이 붉은 명주 옷을 입은 진국부인秦國夫人으로 분하여, 시종과 매향梅香[11]들을 대동하고 각기 수레를 타고 등장한다.)

전강前腔 **환두換頭**

함 께 준비를 마치고,

오색구름 빛나는 비단옷 입고,

요염함과 미색을 다투며,

제각기 아리따운 검은 눈썹,

매미 날개처럼 빗은 머리모양 뽐내네.

폐하의 은총을 입어,

함께 강가에 봄놀이 가자는 특명을 받았다네.

한국부인 나는 한국부인,

괵국부인 나는 괵국부인,

진국부인 나는 진국부인,

삼국부인 (함께) 폐하의 명령을 받들어 함께 곡강으로 유람을 간답니다.
여봐라, 서둘러 거마를 몰아 앞으로 가자꾸나.

시 종 알겠습니다.
(길을 간다.)

함 께 꽃송이 무성한 제방 위로,
붉은 수레바퀴 지나가자,
떨어진 귀걸이, 떨어진 금비녀, 떨어진 꽃,
반짝반짝 서로를 비추고,
부귀영화 누리는 외척들,
폐하 따라 봄놀이 가고,
궁복 입은 무리들도 앞으로 가네.
(함께 퇴장한다.)

흑마서黑蟆序 **환두**換頭

(안녹산이 말에 채찍질을 하며 등장하여, 퇴장하는 삼국부인의 모습을 바라본다.)

안녹산 고개 돌려 바라보니,
절세의 미인들.
나도 모르게 바라보다,
온종일 혼을 쏙 빼놓는구나.
안타깝게도 저들은 수레 안에 있고,

나는 말 위에 있어서,

까마득히 멀어 다가갈 수 없구나.

나는 안록산이다. 곡강으로 가던 중 삼국부인과 맞닥뜨렸는데, 하나하나가 다 절세미인[12]들이다.

아, 당나라 황제여, 당나라 황제여! 당신에겐 귀비도 있고, 또 이런 처제들까지 있으니, 그야말로 대단한 풍류風流[13]가 아닌가! 사람들은 당신을 두고 이렇게 말하지.

온갖 꽃이 한 사람에게 모여 있으니,

비로소 천자의 존귀함을 알겠다고.

자, 앞으로 좇아가서, 눈요기나 한번 해볼까.

앞을 바라보니 피어오르는 먼지에,

탐욕으로 불타는 눈동자 혼미해져,

자꾸만 자꾸만 채찍을 휘두르게 되누나.

(안녹산이 말에 채찍질을 하며 앞으로 달려가는데, 잡이 수행인으로 분장하여 앞을 가로막는다.)

수행인 워어 워, 승상 나리께서 예 계시는데, 어떤 놈이 이렇게 요란하게 달려가는 게냐?

(양국충이 말을 타고 등장한다.)

양국충 웬일로 이리 소란스러우냐?

(안녹산과 양국충이 눈이 마주치자, 안녹산이 말을 돌려 급히 퇴장한다.)

수행인 방금 한 녀석이 말을 타고 요란스레 지나가기에, 소인이 앞을 가로막았습니다.

양국충 (웃으며) 저기 가는 저 놈은 안녹산이로구나. 그런데 어째서 나를 보고는 부리나케 도망가 버리는 걸까. (생각에 잠긴다.) 그나저나 삼국 부인들의 수레는 어디에 있느냐?

수행인 바로 앞에 있습니다.

양국충 어허! 안녹산 그 놈, 어찌 이리 무례할꼬!

전강前腔 **환두換頭**

양국충 가증스럽구나.

황친皇親을 멸시하고,

향거香車[14]에 무례하게 끼어들려 하다니.

갑자기 분기탱천,

참을 수가 없구나.

여봐라, 수레를 바짝 쫓아가면서 상관없는 놈들은 썩 내쫓아라.

수행인 네!

(수행인이 응답하고 길을 간다.)

양국충 서둘러 몰아라,

금 채찍 휘둘러 길을 열고,

안장[15] 위에 올라타 수레[16]를 쫓아가자.

함 께 행인들에게 고하노니,

절대 앞으로 다가오지 말지어다.

승상 나리의 진노를 살까 겁나니 말이다.

(함께 퇴장한다.)

금의향錦衣香

(정淨이 촌부村婦로, 축丑이 추녀醜女로, 노단이 매화낭자賣花娘子

로, 소생小生이 공자公子[17]로 분하여 등장한다.)

함 께　새로 꽃단장하고,
연지와 분 찍어 발랐네.
몸뚱이는 촌스러워도,
우아하게 변장했네.
사랑스럽게도 앞섶엔 방초芳草 꽂고,
귀밑머리엔 야초野草 올렸다네.
(서로 인사한다.)

촌 부　여러분, 모두 곡강에 놀러가는 거예유?

함 께　맞아요. 오늘 황제폐하와 귀비 마마께서 모두 거기에 가 계신다고 해서, 우리도 함께 구경 가는 길이에요.

추 녀　황제폐하께서 귀비 마마를 보배처럼 사랑하신다고 들었는데, 저랑 미모를 비교해보면 어떨지 모르겠단 말예요.
(매화낭자가 웃는다.)
(공자가 추녀를 쳐다본다.)

추 녀　뭘 그렇게 뚫어져라 쳐다봐요?

공 자　누이의 얼굴을 보니 보석 몇 개가 있군요.

촌 부　무슨 보석 말예유?

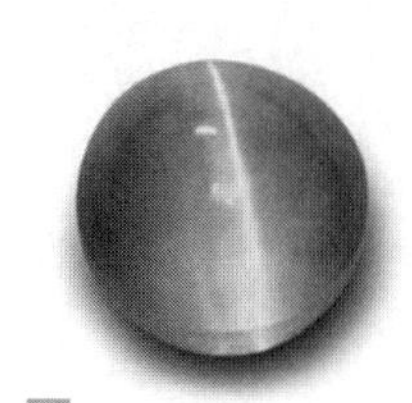
묘안석

공 자　봐요, 눈에는 묘안석猫眼石[18]을 박아 넣었고, 이마에는 구불구불 마노瑪瑙[19] 주름을 조각해 넣었고, 치아엔 황금 밀랍을 붙여 넣고, 입술엔 산호를 둘렀잖아요.
(촌부가 깔깔 웃는다. 추녀가 부채로 공자를 때린다.)

마노

추 녀　고 반지르르한 주둥이 당장 닥치지 못해요.

댁에겐 보석이 없는 줄 알아요?

공 자　어디 말해 봐요.

추 녀　은광 같은 댁 엉덩이는 벌써 몇 놈들이나 파갔겠죠!

촌 부　(깔깔 웃으며) 그만들 웃겨유. 소문에 의하면 삼국 부인의 수레가 지나가는 길엔 반드시 뭔가 떨어져 있데유. 우리 함께 따라가서 찾아봐유.

추 녀　그렇다면 빨리 가 봐요.

(함께 길을 간다.)

(추녀가 교태를 부리며 공자와 서로 익살을 부린다.)

함 께　천천히 불어온 미풍에 맑은 구름 흔들리고,

금은보석 치장한 수레 지나간 자리엔,

초목들도 모두 봄이로구나.

공 자　이 수풀 속을 뒤져보면 뭔가가 나올까나?

매화낭자　저는 먼저 가볼게요. 저는,

붉은 문, 화려한 누각에 대고,

"꽃 팔아요, 꽃을 팔아요." 부지런히 외칠 거예요.

(매화낭자가 "꽃 팔아요."를 외치며 퇴장한다.)

(무리가 함께 물건을 찾다가, 각자 물건을 줍는다.)

추 녀　(촌부에게) 뭘 좀 주웠어요?

촌 부　비녀 한 쪽이유.

(추녀가 비녀를 본다.)

추 녀　금덩이에 선홍빛 보석 한 알이 박혀 있어요. 정말 좋겠어요!

촌 부　(추녀에게) 댁은유?

추 녀　봉황 신발[20] 한 짝이요.

촌 부　아유 정말 좋겠어유. 한번 신어봐유.

(추녀가 발을 뻗어서 신어본다.)

추 녀　첫, 발가락 하나도 안 들어가네. 신발 꼭대기에 달려 있는 요 진주나 떼서 챙길까 봐.

(추녀가 진주를 떼어내고 신발은 버린다.)

공 자　잠깐, 내가 소매에 넣어 가져가겠소.

추 녀　그래요, 댁이 주워가면 되겠네요! 당신이 주은 물건도 어디 꺼내서 보여줘 봐요.

공 자　박사薄紗 손수건으로 싼 금합金盒이라오.

(촌부가 받아들고서 열어본다.)

촌 부　아니, 요 거뭇거뭇 노오란 얇은 조각에서 향기가 솔솔 나는 것이, 혹시 무슨 춘약春藥[21]이 아닐까유?

공 자　(웃으며) 하하, 이것은 향차香茶[22]라오.

추 녀　내가 한번 먹어봐야지.

(촌부도 빼앗아 먹어보고는, 모두 뱉는다.)

촌 부　퉤퉤! 아이쿠 써라. 이런 걸 어떻게 먹는대유!

(공자가 주워 담는다.)

공 자　자, 이제 모두 갑시다.

(길을 간다.)

함 께　꿀벌과 나비가 나풀나풀 한가로이 무리를 따라오고,

버들가지는 사람을 맞이하고 꽃들이 손짓하네.

저 멀리 물 위에 용루龍樓가 어른거리니,

곡강이 바로 코앞이로구나.

(공자와 촌부가 먼저 퇴장하고, 추녀가 무대에 남아 소리를 친다.)

추 녀　나 좀 기다려줘요. 아이고, 오줌 마려 죽겠네. 여기서 볼 일이나

좀 보고 갈까.

(추녀가 퇴장한다.)

(한국부인, 괵국부인, 진국부인이 시종과 매향을 대동하고 등장한다.)

장수령漿水令

함 께 코끝을 스치는 옷 향기,

어지러이 스며드는 꽃향기.

꾀꼴꾀꼴 꾀꼬리 소리에 섞여,

가늘게 들려오는 사람들의 웃음소리.

버들개지 눈송이처럼 떨어져 자라풀[23] 새하얗게 덮고,

쌍쌍이 나는 비취새[24]는,

입에 붉은 수건[25] 물었네.

봄날의 좋은 경치 절정에 이르러,

봄날의 아름다운 햇살 수레를 재촉하네.

시 종 부인 마님, 곡강에 도착하였사옵니다.

한국부인 승상 나리는 어디 계시느냐?

시 종 상감 마마께서 망춘궁望春宮에 납시어서, 승상나리께서는 먼저 그곳으로 가셨사옵니다.

(한국부인, 괵국부인, 진국부인이 수레에서 내린다.)

삼국부인 저것 좀 보세요. 과연 아름다운 풍경이로군요!

곡강의 언덕,

곡강의 언덕,

만개한 붉은 꽃 사이에 드문드문 푸른 잎.

곡강의 봄물,

곡강의 봄물,

자그마한 버들잎과 막 피어난 창포꽃.

(고역사가 소내시小內侍와 함께 말을 끌고 등장한다.)

고역사 "폐하의 명을 받아 옥 재갈 씌운 도화마桃花馬[26]에,

금박金箔 호접蝴蝶 치마의 미인들을 태우러 왔답니다."

(인사를 하며) 폐하의 명령입니다. 한국부인과 진국부인을 위해 별전別殿[27]에서 연회를 하사한다 하셨습니다. 괵국부인께는 즉시 말을 타고 입궁하여, 귀비 마마를 모시고 연회에 참석하라 하셨습니다.

(한국부인, 진국부인, 괵국부인이 꿇어앉는다.)

삼국부인 폐하의 만세를 축원하나이다!

(삼국부인이 일어선다.)

고역사 (괵국부인에게) 부인, 말에 오르시지요.

미성尾聲

괵국부인 내관께서는,

어찌 이리 급히 재촉하시는가.

언니와 동생을 버리고 혼자 춘풍春風[28]을 맞으러 가네.

한국·진국부인 열은 아미蛾眉[29] 헛되지 않아 지존至尊[30]에게 가누나.

(괵국부인이 말을 오르자, 고역사가 인도하여 퇴장한다.)

진국부인 언니, 둘째 언니 좀 보세요. 자기 손으로 채찍을 휘두르며 달려가고 있어요.

한국부인 마음대로 내버려둬.

매 향　부인마님, 별전의 연회에 납시옵소서.

하장시下場詩 5[31]

매　향	붉은 복사꽃 푸른 버들 계당禊堂[32]에 찾아온 봄,	심전기沈佺期
한국부인	즐거운 봄놀이에서 함께 섬겨야 할 것인데.	장　악張 諤
진국부인	폐하의 마음을 받들며 끝없는 기쁨 바랐건만,	무평일武平一
함　께	바람은 오직 봄날의 여인[33]을 향해서만 미소 짓누나.	두　목杜 牧

주

1 옥대玉帶 : 옥으로 장식한 가죽 혁대.

2 망포蟒袍 : 명청明清 시대 대신들이 입던 예복으로, 금색의 이무기가 수놓여 있다. 망포에는 옥대를 찬다.

3 표기장군驃騎將軍 : 서한西漢 시기 무제武帝 원수元狩 2년(B.C. 12)에 설치한 관직. 대장군大將軍과 같은 위치이며, 곽거병霍去病이 이 직무를 맡았다. 표기대장군驃騎大將軍이라 부르기도 한다.

4 육궁六宮 : 후궁, 황후 비빈의 처소.

5 곡강曲江 : 장안長安의 동남에 위치, 한무제漢武帝 시기에 만들어졌다.

6 관대冠帶 : 머리에는 관모官帽를 쓰고, 허리에는 옥대玉帶를 차는 것을 가리킨다.

7 편복便服 : 평상복. 예복禮服이나 제복制服과 구별되는 복장.

8 길가의 ~ 부르누나 : 구양수歐陽修의 시 〈완계사浣溪沙〉의 제4-5구이다.

9 원문에는 소생小生의 등장과 역할에 대해 아무런 표기가 없다.

10 수계修禊 : 음력 삼월 삼짇날[상사일上巳日, 음력 삼월 초사흘]에 요사妖邪를 떨어버리기 위한 의식으로 행하는 제사이다. 계유禊遊, 불계祓禊, 상사절上巳節이라고도 한다. 처음에는 강에서 목욕을 하는 것, 특히 남녀가 함께 목욕을 하는 것에서 시작되었다. 목적은 배우자를 구하고, 자식을 얻는 것이다. 당대唐代 곡강曲江에서 열리는 수계는 상당한 규모였지만, 단순한 봄놀이로 바뀌었다. 한편, 《송사宋史》에 의하면, 고려高麗에서는 상사일에 쑥떡을 제일 맛있는 음식으로 친다 하였고, 동월董越의 《조선부朝鮮賦》에 의하면, 삼월 삼짇날 쑥 잎을 따서 찹쌀가루에 섞어 쪄서 떡을 만드는데, 이것을 '쑥떡'이라고 하였으며, 중국에는 없는 것이라 하였다.

11 매향梅香 : 시녀. 원元 잡극雜劇이나 명청明清 전기傳奇와 소설小說에서 시녀를 주로 매향이라 부른다.

12 절세미인 : 원문은 천자국색天姿國色으로, 천자는 타고난 아름다운 미인을 의미하고, 국색은 나라에서 가장 아름다운 미인을 의미한다.

13 풍류風流 : 풍류에는 여러 가지 의미가 있는데, 여기서는 색정적인 특색, 혹은 색정적인 만족을 가리킨다.

14 향거香車 : 향나무로 만든 가마, 화려하고 아름다운 수레나 가마. 신선이 타는 수레.

15 안장 : 원문은 조안雕鞍으로, 장식을 조각한 화려한 말안장이란 뜻이며, 훌륭한

말을 가리킨다. 화려한 수레나 승마용 말을 빗대어 가리키기도 한다.

16 수레 : 원문은 화륜花輪으로, 그림을 그리고 채색한 수레바퀴란 뜻이며, 화려한 수레를 가리킨다.

17 공자公子 : 원문은 사인舍人으로, 고대 귀족의 문객門客, 관직, 권문귀족의 자제인 공자 등을 가리킨다.

18 묘안석猫眼石 : 원문은 묘정석猫睛石으로, 보석의 일종이다. 광물성 섬유가 남아 있으며, 연마하면 고양이 눈처럼 단백광을 발한다. 캣츠 아이cat's eye, 묘정석이라고도 한다. 황록색에서 청색까지 여러 종류가 있으며, 대부분 반투명하다. 금록석金綠石에 속하는 것과 섬유상 광물이 가정假晶을 이룬 석영石英에 속하는 것의 두 종류가 있다.

19 마노瑪瑙 : 원석의 모양이 말의 뇌수腦髓를 닮았다고 하여 붙여진 이름이다. 마노는 수정류와 같은 석영광물로서, 결정을 이룬 방법이 다른 광물인데, 수정과는 달리 눈에 잘 보이지는 않지만 내부에 미세한 구멍이 많이 나 있다. 일반적으로 반투명하니 빛깔이 아름답고 다양하여 일찍이 장신구로 이용되었다.

20 봉황 신발 : 여자의 신발. 원문은 봉혜鳳鞋로, 봉황을 수놓은 신발이다.

21 춘약春藥 : 성욕을 일으키는 약으로 미약媚藥, 음약淫藥이라고도 한다. 강정제强精劑나 최음제aphrodisiacs로, 복용하면 사람의 몸이 흥분하며, 성적인 욕구가 들게 하는 향정신성 의약품이다.

22 향차香茶 : 꽃을 곁들여 꽃향기가 나는 차.

23 자라풀 : 원문은 백평白苹으로, 다른 이름으로는 수별水鱉, 모근毛堇, 지매地梅 등이 있다. 연못에서 자라는 수중식물로, 높이는 1m 안팎이다. 물의 깊이에 따라 길어지며 줄기가 옆으로 벋으면서 마디에서 뿌리가 내리고 턱잎이 자란다. 턱잎의 겨드랑이에서 잎이 자라서 물 위에 뜬다. 잎은 둥글고 심장의 밑부분과 모양이 같은 밑부분의 양쪽 가장자리가 겹쳐지며 밋밋하다. 잎에 털이 없고 뒷면에 기포가 있으며 잎맥이 뚜렷하다. 꽃은 8~9월에 물 위에서 피는데 흰색 바탕에 중앙은 노란색이다. 꽃받침조각과 꽃잎은 3개씩이다. 수술은 6~9개이며 암꽃의 암술은 2개씩 갈라지는 6개의 암술머리가 있다. 열매는 달걀 모양 또는 긴 타원형이며 육질이고 10월에 익는다. 잎이 미끈하고 윤기가 나는 모양을 자라에 비유하여 붙여진 이름이다. 관상용으로 심는다. 동아시아의 온대에서 아열대에 분포한다.

24 비취새 : 청조青鳥. 참새 정도 크기의 청록색의 새로, 물총새라고도 한다.

25 붉은 수건 : 홍건紅巾. 낙화落花를 상징한다. 미인을 상징하기도 한다.

26 도화마桃花馬 : 흰 털에 붉은 점이 있는 말. 월모마月毛馬라고도 부른다.

27 별전別殿 : 정전正殿 이외의 궁전.

28 춘풍春風 : 춘풍에는 봄바람, 은혜, 성교 등의 여러 가지 함의가 담겨 있다.

29 아미蛾眉 : 미녀의 가늘고 긴 아름다운 눈썹. 미녀, 미인을 상징한다.

30 지존至尊 : 황제.

31 첫 번째 구절은 심전기沈佺期의 〈상사일불계위빈응제上巳日祓禊渭濱應製〉(《만수당인절구萬首唐人絶句》 권41, 《전당시全唐詩》 권97), 두 번째 구절은 장악張諤의 〈구일九日〉(《전당시》 권110), 세 번째 구절은 무평일武平一의 〈흥경지시연응제興慶池侍宴應製〉(《전당시》 권102), 네 번째 구절은 두목杜牧의 〈자미화紫薇花〉(《만수당인절구》 권32, 《전당시》 권524)를 인용하였다.

32 계당禊堂 : 수계修禊를 거행하는 당실堂室.

33 봄날의 여인 : 원문은 염양인艶陽人으로, 괵국부인을 가리킨다. 염양艶陽은 음력 삼월을 달리 부르는 말로, 아름답고 화창한 봄날이라는 뜻이다.

제6척

입방아【방아傍訝】

등장인물　고역사高力士(축丑), 영신迎新(노단老旦)
배　　경　궁중

중려과곡中呂過曲 · **누루금**縷縷金

(고역사가 등장한다.)

고역사　즐거운 유람 파하고,
어가御駕가 돌아왔는데,
서궁西宮 마마[1]는 무슨 연유로,
임금님 마음 괴롭히는가?
설마 곡강 봄놀이 연회에서,
풍류風流로 난감해지셨나.
즐거움이 어찌 별안간 엉망이 되었나?
참으로 기이하고,
참으로 기이하구나.

전일에 폐하께서는 양귀비 마마와 곡강으로 유람을 가면서, 몹시 즐거워하셨습니다. 그런데 뜻밖에도 어제 마마께서 갑자기 먼저 궁으로 돌아오시더니, 만세나리께서는 오늘에야 돌아오셨습니다. 폐하의 심기가 몹시 언짢아 보이시는데, 무슨 연고인지 도통 알 수가 없습니다. 저 멀리 영신 소저小姐가 오고 있으니, 좀 물어 봐야겠습니다.

(영신이 등장한다.)

전강前腔

영 신　후궁에서 벌어지는 일은,

대처가 어려운 법.

구름이 뒤집히고 비가 쏟아져,

갑자기 양대陽臺[2]가 요란하구나.

(고역사가 영신에게 인사한다.)

고역사　영신 소저, 마침 잘 오시었소. 말 좀 물어 봅시다. 상감 마마께선 어째서 귀비 마마의 처소에 발길을 끊으신 것이오?

영 신　아니, 태감님. 아직 모르고 계셨답니까?

삼성參星과 상성商星[3]처럼 틀어지신 후로,

짐짓 튕기는 척하시는 거랍니다.

고역사　왜 그러신 답니까?

영 신　한 쌍의 병두련竝頭蓮[4] 옆에,

한 송이 꽃이 더 피어났기 때문이지요.

고역사　꽃이라니 무슨 꽃 말이오?

영 신　(웃으며) 태감님.

태감님은 총명하신 분이니 직접 알아맞혀보시지요.

총명하신 분이니 직접 알아맞혀보시지요.

고역사　(웃으며) 내가 무슨 수로 알아맞힐 수 있겠소! 영신 소저, 내게 좀 알려주오.

영 신　이 일은, 사실 우리 마마께서 스스로 자초한 것이라고 할 수 있지요.

고역사　어째서 그렇소?

영 신　그건 말이죠, 귀비 마마께서는 저 괵국부인을 두고,

척은등剔銀燈

영 신　폐하의 앞에서 늘 자랑하셨지요.
화장과 단장을 거의 하지 않아도,
그 누구도 필적할 수 없는 타고난 미인이라고 말이에요.
그날 망춘궁望春宮에서, 귀비 마마는 폐하더러 괵국부인을 불러 연회에서 시중을 들게 하였답니다. 술 석 잔이 돌고나자,
남몰래 사랑의 울타리를 쌓아주시고,
사랑의 끈으로 묶어주셨답니다.
(고역사가 손뼉을 치며 웃는다.)

고역사　아하, 나도 혹시나 하고 의심을 했던 적이 있었지 말이오. 그런데 폐하께서는 왜 괴로워하고 계시오?

영 신　그 후에 귀비 마마께서는 폐하의 은총을 뺏기지나 않을까 두려운 마음에,
괵국부인을 시샘하고 의심하셨지요.
폐하께서 갑자기 사랑을 배신하는 바람에,
한 쌍의 원앙鴛鴦[5]이 뿔뿔이 흩어졌지요.

고역사　그럼 괵국부인은 망춘궁에서 무슨 말다툼을 하고 돌아갔던 것이로군요.

영 신　바로 그렇지요. 괵국부인이 떠날 때, 우리 마마께서는 붙잡지 않

으셨어요. 폐하께서는 심히 불쾌해하시더니, 오늘은 결국 서궁에 납시지 않으셨어요. 마마는 거기서 울고만 계세요.

고역사　내가 귀비 마마에 대해 생각해보니,

전강前腔

고역사　철부지 유치한 마음,
타고난 성품이 대단하시네요.
예전에 매비梅妃 마마를,
상양궁上陽宮 동루東樓로 쫓아내신 건 어쩔 수 없다고 쳐도,
그런데 지금 같은 경우엔, 괵국부인이 자신의 언니가 아닌가 말이에요.
동기 간의 정이 남다르다는 것을 알아야 할 터인데,
어째서 조그마한 사랑도 나누어주려 하지 않을까요.

영　신　그 이야긴 그만 접어두세요. 그나저나 예전엔 폐하께서 앉으나 서나 귀비 마마와 잠시도 떨어지지 않으셨는데, 이젠 두 분이 서로 얼굴도 보려고 않으시니, 어떡하면 좋을까요?

고역사　우리 같은 사람들이 무슨 수가 있겠소.
그대와 내가 곁에서 좀 더 지켜보도록 합시다.

안에서　폐하께서 태감님을 부르십니다.

고역사　네, 갑니다.

하장시下場詩 6[6]

고역사 연회가 열린 궁전에 해는 더디 지는데, 한 악韓 偓

영 신 총애 깊어지자 도려 총애 먼저 쇠할까 걱정이라. 나 규羅 虯

고역사 얼굴은 웃으며 이야기하지만 마음으로는 시기하니, 육구몽陸龜蒙

영 신 남에게 물어본들 어떻게 알겠는가? 최 호崔 顥

주

1 서궁西宮 마마 : 서궁은 양귀비가 거처하는 곳으로, 서궁 마마는 양귀비를 가리킨다.

2 양대陽臺 : 남녀가 은밀히 사랑을 나누는 곳.

3 삼성參星과 상성商星 : 서쪽의 별과 동쪽의 별. 두 별은 동시에 나타나지 않기 때문에, 혈육이나 친구 혹은 연인이 오래도록 만나지 못하거나, 사이가 좋지 않은 상황을 가리킨다.

4 병두련並頭蓮 : 하나의 꼭지에 두 송이 꽃이 나란히 피는 연꽃으로, 금실이 좋은 부부를 상징한다. 한 쌍의 병두련 옆에 꽃 한 송이가 더 피었다는 말은, 부부 사이에 제삼자가 끼어들었다는 뜻이다. 즉 양귀비와 당명황 부부 사이에 괵국부인이 개입했음을 가리킨다.

5 한 쌍의 원앙鴛鴦 : 부부를 상징한다. 여기서는 당명황과 양귀비를 가리킨다.

6 첫 번째 구절은 한악韓偓의 〈시연侍宴〉(《만수당인절구萬首唐人絶句》 권209, 《전당시全唐詩》 권680), 두 번째 구절은 나규羅虬의 〈비홍아시比紅兒詩〉(《만수당인절구》 권36, 《전당시》 권666), 세 번째 구절은 육구몽陸龜蒙의 〈학매가鶴媒歌〉(《전당시》 권621), 네 번째 구절은 최호崔顥의 〈맹문행孟門行〉(《전당시》 권130, 《악부시집樂府詩集》 권91)에 보인다.

제7척

은총을 입은 괵국부인【행은倖恩】

등장인물 괵국부인虢國夫人(첩帖), 시종 1(말末), 매향梅香 1(부정副淨), 한국부인韓國夫人(노단老旦), 시종 2(외外), 매향 2(축丑)
배 경 괵국부인의 저택

상조인자商調引子 · 요지유繞池游

(괵국부인이 등장한다.)

괵국부인 요지瑤池[1]에서 수행하다,
새로이 총애를 받게 될 줄 어찌 짐작이나 했으랴.
이건 모두 청란青鸞[2]이 사람을 꼬드겼기 때문이거늘,
곰곰이 생각해보더니,
그 사이 괜스레 부러운 맘 동했는지,
미인[3]을 헐뜯으니 용납할 수 없어라.
"제비들[4]이 가벼운 날갯짓으로 백설白雪의 광채[5] 희롱하다,
은행나무 대들보[6]에 쌍쌍이 기대어 몰래 잠들었네.
조가趙家의 자매들[7]은 질투가 심하니,
소양전昭陽殿[8] 안으로 날아들지 말지어다."
저 양씨楊氏는 어린 나이에 배씨裴氏 문중에 시집을 갔다가, 불행

히도 남편이 세상을 일찍 떠나는 바람에 탁문군卓文君[9] 같은 과부의 신세가 되었어요. 깊은 규방에 홀로 앉아, 어찌 사공연司空掾[10] 한수韓壽[11]같은 남정네를 끌어들여 가벼이 정을 통했겠어요? 그러다가 동생 옥환이 폐하의 총애를 받은 덕에, 괵국부인에 봉해졌어요. 비록 몸은 부귀영화를 누리고 있지만 분칠을 즐기지 않는 까닭에, 감히 절세미인임을 자처하며 화장기 없는 얼굴로 폐하를 알현하였지요. 뜻밖에도 전일에 폐하께서 곡강曲江으로 행차하시면서, 함께 유람하며 구경하자고 하셨지요. 다른 자매들을 위해선 바깥에 연회를 배설하셨지만, 유독 저만 망춘궁으로 불러 연회에 배석하라고 하시지 뭐예요. 결국 폐하의 총애를 입어, 어쩔 수 없이 성은을 받게 되었어요. 폐하의 사랑은 비록 깊지만, 다른 사람들의 입방아는 두려워요. 어제도 폐하께서는 저에게 함께 황궁으로 가자고 하셨지만, 재삼 사양하고 집으로 돌아왔어요. 곰곰이 생각해보니, 저는 참 운이 좋은 사람인 것 같아요.

상조과곡商調過曲 · 자자금字字錦

괵국부인 천상에서 내려온 뜨거운 은총,
전생에서 맺어진 우리의 인연.
꽃그늘 아래 금빛 새장 열어두고,
고운 봉황새[12] 교묘히 끌어들이셨네.
은촉의 불꽃 빨갛게 타오르는데,
술잔을 잡고 돌려가며 마시고,
술잔을 돌려가며 마시다가,
갑자기 은밀하게 속삭이시더니,
서둘러,

꼼짝달싹 못하게,
침대 안으로 밀어넣으셨지.
생각해보면 침대 안,
침대 안에서의 사랑은 꿈만 같은데,
두 사람의 몸이 하나가 될 때,
두 사람의 마음도 하나가 되었지.
두 사람의 몸이 하나가 될 때,
두 사람의 마음도 은밀히 하나가 되었지.
하지만 아침이 다가오자 등 뒤에서,
누군가 거기에서,
누군가 거기에서,
허세를 부리며,
이러쿵저러쿵 이야기하면서,
알나리깔나리 비웃고 있었지.
나는 수줍고 창피하고,
놀랍고 무서워서,
놀리는 대로 당할 수밖에 없었지.

불시로不是路

(말末이 시종 1로, 부정副淨이 매향梅香 1로 분하여 조용히 등장한다.)
(한국부인이 외外가 분한 시종 2와 축丑이 분한 매향 2를 대동하고 등장한다.)

한국부인 봄바람을 흠뻑 맞고,
척리戚里[13]의 꽃이 유달리 붉게 피었구나.
전일에 동생 배씨[14]가 혼자서만 폐하의 은총을 입었답니다. 저는 동생 유씨柳氏[15]랑 한번 보러 가자고 약속을 했지요. 하지만 뜻밖에 동생이 화가 나서 병이 드는 바람에, 저 혼자 왔답니다.

시종 2　부인 마님, 괵부虢府에 도착하였습니다.

한국부인　내가 왔다고 알리게.

(시종 2가 한국부인의 도착을 알린다.)

(시종 1이 괵국부인에게 전한다.)

시종 1　한국부인께서 납시었사옵니다.

괵국부인　드시라 이르라.

(매향 1이 한국부인을 안으로 청한다.)

(시종 1과 시종 2가 조용히 퇴장한다.)

(괵국부인이 나와서 한국부인을 맞이한다.)

괵국부인　언니, 어서 오세요.

(매향 1과 매향 2가 익살을 부리며 퇴장한다.)

한국부인　동생, 경사가 났군.

괵국부인　경사는 무슨 경사가 났다는 거예요?

한국부인　특별한 은총을 받고,

꽃가지 하나 해님 곁에서 붉게 물들었잖아.[16]

괵국부인　(수줍은 표정으로) 언니, 무슨 소리 하시는 거예요!

전 이궁離宮에 입궁하여,

술잔 들고 연회에 배석했을 뿐이에요.

짙은 이슬[17] 같은 폐하의 은혜는 안팎으로 똑같은 법이라고요.

한국부인　(웃으며) 비록 똑같이 연회에 배석했다 해도, 바깥이 어떻게 안을 따라가겠어?

거짓말로 숨길 것 없어.

구중九重[18]에서 유달리 춘색春色[19]을 아끼시는데,

누가 감히 동등해질 수 있겠어?

곽국부인 동등해지기 힘들 건 또 뭐예요?

한국부인 그나저나 보아하니 동생 옥환玉環이는 궁에서 어떻게 지내든?

만원춘滿園春

곽국부인 봄날의 강가,

경치는 평화로운데,

잔치에 배석하라 재촉하시기에,

망춘궁으로 갔더니,

옥환이는 말이죠,

요즘 높으신 분 덕분에 점잖아졌더군요.

한국부인 폐하께선 동생을 어떻게 사랑해주시는지 모르겠구나.

곽국부인 봄날 밤,

봄날 밤의,

비목어比目魚[20]마냥 다정했지만,

운우雲雨[21]의 행적일랑 누가 알 수 있겠어요.

한국부인 설마 조금도 느끼지 못했단 말은 아니겠지?

곽국부인 제 눈엔 글쎄 동생 옥환이의 성격이 더 오만해진 것만 보였어요.

자세히 동생의 마음을 엿보고,

찬찬히 동생의 의중을 살펴보니,

제멋대로였어요.

제멋대로인데다가,

남의 흠집을 잡으려들고,

하나같이 자기 맘대로 하려고 들었어요.

한국부인 그 애는 어려서부터 성격이 그랬잖아. 동생이 좀 잘 타일러줘어야지.

곽국부인 뭘 번거롭게 타일러요?

전강前腔 **환두換頭**

한국부인 성격이 많이 제멋대로이긴 하지.

워낙 영리하게 타고났으니 말이야.

하지만 자매니까 뒷말을 해서는 안 돼.

더구나 옥환이는 이제,

소양전 안에서,

소양전 안에서,

삼천 궁녀 총애를 혼자서 독차지하고 있으니,

누가 옥환이와 자웅을 겨룰 수가 있겠어?

곽국부인 누가 옥환이랑 겨루겠대요? 다만 옥환이의 그런 성격 때문에, 임금님 마음에 뜻밖의 일이 일어날까봐 그러는 거라고요!

(한국부인이 일어서서, 등을 돌려[22] 방백한다.)

한국부인 동생의 말을 자세히 들어보니, 무슨 이유가 있는 게 분명해.

자세히 동생의 마음을 엿보고,

찬찬히 동생의 의중을 살펴보니,

이렇게 앙탈을 부리고 골을 내면서,

이렇게 앙탈을 부리고 골을 내면서,

머리는 숨기고 꼬리만 내놓는 게,[23]

아마 달리 꿍꿍이속이 있는 게 분명해.

(시종 1이 등장한다).

시종 1 "뜻밖에 폐하의 지엄하신 어명을 듣고,

부인 마님께 아뢰러 왔습니다."

(인사를 하며) 부인 마님 큰일났습니다. 귀비 마마께서 성심聖心을 거역하는 바람에, 대노하신 폐하께서 고역사 태감을 시켜 승상 양국충 나리의 관저로 돌려보내셨습니다.

한국부인 (깜짝 놀라며) 아니, 이런 변고가 있나!

괵국부인 제가 그랬죠. 그런 성격이 결국 화를 자초할 거라고요.

한국부인 그렇기는 하지만, 너랑 나는 자매로서의 정이 있고, 게다가 한집안의 영욕이 달려 있으니, 필히 가서 돌봐주는 게 맞지 않겠어!

괵국부인 맞아요, 같이 가보아요.

미성尾聲

한국부인 엄벌을 당했다는 소식에 놀랍고 두려운 마음,

괵국부인 가마를 정돈하고 길흉을 살피러 가네.

언니, 그나저나 동생 옥환이가 매비梅妃의 웃음거리가 되어서는 안 돼요!

함　께 자금紫禁[24]에 여전히 피어 있는,

냉대 받는 매화梅花[25]만도 못하게 되다니!

하장시下場詩 7[26]

괵국부인 궁궐에서 내려지는 조칙은, 유장경劉長卿

한국부인 주문朱門[27]으로 나가 극문戟門[28]으로 들어온다고 하네. 가도賈島

괵국부인 군은이 어찌 한 사람에게 오래 머무를 수 있겠는가, 교지지喬知之

한국부인 아침에 피었다가 저녁에 지고마는 가련한 꽃이여. 이상은李商隱

주

1 요지瑤池 : 선경仙境, 서왕모西王母가 살던 곳. 여기서는 곡강曲江을 가리킨다.

2 청란靑鸞 : 청조靑鳥, 서왕모의 사자. 전설에 서왕모가 한무제漢武帝를 만나기 전에 먼저 청조를 보내어 연락을 했다고 한다. 여기서는 양귀비를 가리킨다. 청란을 태감太監 고역사라고 보는 학자도 있다. 당대唐代에 청란이나 청조는 양귀비를 가리키는 말로 널리 쓰였으므로, 양귀비를 가리킨다고 보는 것이 타당하다.

3 미인 : 원문은 아미蛾眉로, 괵국부인 자신을 가리킨다.

4 제비들 : 원문은 옥연玉燕으로, 궁중의 제비에 대한 미칭이다. 여기서는 양귀비와 괵국부인을 비유하는 말로 쓰였다. 원래는 조비연趙飛燕과 그녀의 여동생 조합덕趙合德[조소의趙昭儀]을 가리키는 말이다. 《서경잡기西京雜記》 권1에 "조비연은 몸이 가볍고 허리가 가늘며, 앞뒤로 걷기를 잘 했다. 여동생 조소의는 이에 미치지 못했다. 하지만 조소의는 뼈는 가늘지만 살은 통통하고 특히 재미있는 이야기를 잘 했다. 두 사람은 모두 그 미색이 홍옥紅玉과도 같아 당시 최고가 되었고 함께 후궁의 총애를 독차지했다."라는 기록이 있다.

5 백설白雪의 광채 : 원문은 설휘雪輝로, 달빛을 비유한다.

6 은행나무 대들보 : 원문은 행량杏梁으로, 은행나무[행목杏木]로 만든 대들보를 가리키며, 화려한 가옥을 상징한다.

7 조가趙家의 자매들 : 조비연과 그녀의 여동생 조합덕. 여기서는 양귀비와 괵국부인을 비유하는 말로 쓰였다.

8 소양전昭陽殿 : 조비연이 살던 곳으로, 주로 고대 후비들이 살던 후궁後宮을 가리키는 말로 쓰인다. 여기서는 양귀비가 사는 궁전을 가리킨다. 제2척 〈사랑의 약속〉 주석 참조.

9 탁문군卓文君 : 원래 이름은 문후文後이다. B.C. 1세기경 서한西漢 임공臨邛 거상 탁왕손卓王孫의 딸로 음률音律에 정통하여 명성을 얻었으며, 16세에 출가하였으나 몇 년 후 남편이 죽어 과부가 되었고, 친정으로 돌아와 기거하였다. 사마상여司馬相如는 탁왕손의 연회에 초청받아 왔을 때, 탁문군이 과부가 되었다는 사실을 알고 〈봉구황鳳求凰〉이라는 곡을 연주하여 애모愛慕의 정을 노래하였고 탁문군도 사마상여의 금琴 연주에 감동하여, 당일 밤 사마상여와 함께 성도成都로 도주하였다. 부부는 빈궁한 삶을 살다가, 다시 임공으로 돌아가 작은 주점을 열었다. 탁문군이 술을 빚어 팔고 사마상여는 설거지를 하며 생활을 하였다. 탁문군의 부친 탁왕손은 처음 대노大怒하였으나, 이후 마음을 바꾸어 친

구를 통해 이들을 돕도록 하여 생활이 나아져 부유해졌다. 이후 사마상여는 그의 작품이 한무제漢武帝에게 알려져 총애를 받았고 관리로 중용되었다. 현재 탁문군의 작품으로 〈백두음白頭吟〉, 〈수자시數字詩〉가 전해지고 있다.

10 사공연司空掾 : 사공의 속관屬官. 사공은 고대의 관명官名이며, 연은 고대 속관의 총칭이다. 사공은 서주西周 시기에 처음으로 설치되었고, 그 직위는 삼공三公의 다음이며, 육경六卿과 엇비슷하다. 사마司馬, 사구司寇, 사사司士, 사도司徒와 합쳐 오관五官이라고 부른다. 수리水利와 건설, 금문金文[종정문鐘鼎文]을 관장하였다. 춘추春秋 전국戰國 시기에도 계속 설치되었다. 한대漢代에는 원래 이 관직이 없었으며, 성제成帝 시기에 어사대부御史大夫를 대사공大司空으로 바꾸었으나, 그 직책은 주대周代의 사공과 같지 않다.

11 한수韓壽 : ?-300년. 진대晉代의 한수는 아름다운 자태와 용모로 가충賈充에 의해 사공연司空掾이 되었다. 가충의 딸은 한수를 좋아한 나머지, 황상이 그의 아버지에게 하사한 서역西域에서 진공한 진귀한 향을 훔쳐다 한수에게 보냈다. 다음은 청대淸代 포송령蒲松齡의 《요재지이聊齋志異》에 나오는 이야기이다. 가충은 진나라 무제武帝 때의 권신權臣으로, 그에게는 가오賈午라는 딸이 있었다. 딸은 아버지가 손님들과 술을 마실 때면 푸른 주렴 사이로 몰래 엿보기도 했는데, 한수를 보자마자 첫눈에 반해 사모하게 되었다. 한수의 자字는 덕진德眞이고, 남양南陽의 도양堵陽 사람으로, 위魏나라의 사도司徒인 기의 증손자였는데, 얼굴 모습이 아름답고 행동거지도 단정했다. 가충의 딸은 하녀로부터 한수의 성姓과 자字를 알아내고, 자나 깨나 한수를 생각하게 되었다. 마침내 하녀는 한수의 집으로 가서 가오의 생각을 전하고, 그녀가 행실이 올바른 사람임을 말하자, 한수도 마음이 움직였다. 드디어 두 사람은 남몰래 정의상통情意相通하여 서로 선물을 주고받으며 은밀히 만나게 되었다. 한수가 담을 넘어 가오와 만났지만 주위 사람들은 모두 눈감아주었다. 다만 가충만은 딸의 기뻐하는 모습이 평소와는 다르다는 것을 깨달았다. 그때 임금이 서역西域으로부터 진기한 향香을 공물로 받았는데, 임금은 이를 매우 귀히 여겨 오직 가충과 대사마인 진견에게만 하사한 일이 있었다. 그런데 이 향은 한번 사람에게 그 향내가 배면 한 달이 지나도 가시지 않았다. 가충의 딸이 남몰래 이 향을 훔쳐서 한수에게 주었다. 가충의 친구가 한수와 담소하다가 그 좋은 향내를 맡고, 가충에게 그것을 이야기했다. 이리하여 가충은 딸이 한수와 통하고 있는 것을 알게 되었다. 가충은 딸의 주위에 있는 사람들을 심문하여 그 실상을 알게 되었다. 그는 이 일을 비밀로 하고 마침내 딸을 한수에게 시집보냈다. '투향偸香'이란 말은 이 고사로부터 나온 것으로, 남녀 간에 서로 밀통함을 비유하여 이르게 되었다.

12 봉황새 : 괵국부인을 상징한다.

13 척리戚里 : 임금의 내척과 외척. 원문은 척원戚畹으로, 여기서는 황제의 외척인 양귀비 자매를 가리킨다.

14 동생 배씨裴氏 : 배씨 집안에 시집간 동생. 괵국부인을 가리킨다.

15 동생 유씨柳氏 : 유씨 집안에 시집간 동생. 진국부인을 가리킨다.

16 꽃가지 하나 해님 곁에서 붉게 물들었잖아 : 꽃가지 하나는 괵국부인을, 해님은 당명황을 상징한다. 붉게 물든 것은 붉게 꽃을 피웠다는 의미이다. 괵국부인이 황제의 총애를 받은 것을 비유한다.

17 짙은 이슬 : 원문은 담로湛露로, 남편의 사랑을 상징한다.

18 구중九重 : 황궁. 여기서는 황궁에 거처하는 황제를 가리킨다.

19 춘색春色 : 아름다운 얼굴. 여기서는 괵국부인을 가리킨다.

20 비목어比目魚 : 쌍쌍이 헤엄치는 물고기. 다정하여 서로 떨어지지 않는 부부를 상징한다.

21 운우雲雨 : 남녀 간의 성행위.

22 등을 돌려 : 무대 앞으로 몸을 돌려 방백傍白하는 것을 가리킨다.

23 머리는 숨기고 꼬리만 내놓는 게 : 원문은 장두노미藏頭露尾로, 말이나 일처리가 보일 듯 말 듯 진실을 완전히 드러내지 않거나, 애매모호한 태도를 보이거나, 얼버무린다는 뜻이다.

24 자금紫禁 : 궁궐. 궁금宮禁. 황제가 거처하는 궁궐. 자금성紫禁城은 중국 명청대明淸代 24개의 황궁이다. 명대 세 번째 황제 주체朱棣가 황위를 찬탈한 후, 북경北京에 천도遷都하기로 결정하고, 자금성 궁전을 짓기 시작하여 명明 영락永樂 18년(1420)에 낙성한다. 자미원紫微垣 즉 북극성은 하늘의 중앙에 있고 천제天帝가 거처하는 곳이므로, 땅에 있는 황제의 거처를 자금성이라 부르게 되었다.

25 매화梅花 : 매비를 가리킨다.

26 첫 번째 구는 유장경劉長卿의 〈옥중문수동경유사獄中聞收東京有赦〉(《전당시全唐詩》 권151 참조), 두 번째 구는 가도賈島의 〈상두부마上杜駙馬〉(《전당시》 권574 참조), 세 번째 구는 교지지喬知之의 〈절양류折楊柳〉(《만수당인절구萬首唐人絶句》 권11, 《전당시》 권81 참조), 네 번째 구는 이상은李商隱의 〈권화權花〉(《만수당인절구》 권11, 《전당시》 권540 참조)를 인용하였다.

27 주문朱門 : 붉은 문. 지위가 높은 벼슬아치의 집, 호족을 상징한다.

28 극문戟門 : 벼슬이 높거나 귀한 집. 옛날 궁문宮門 또는 관계官階가 삼품三品 이상인 관리의 집문 앞에는 극戟[미늘창]을 세웠다.

제8척

머리카락을 바치다【헌발獻髮】

등장인물 안녹산安祿山(부정副淨), 고역사高力士(축丑), 양귀비楊貴妃(단旦), 매향梅香, 한국부인韓國夫人(노단老旦), 괵국부인虢國夫人(첩貼)

배　　경 양국충의 저택

(양국충이 허둥지둥 등장한다.)

양국충 "하늘에 예측불허의 풍운이 있다면,

사람에겐 조석으로 찾아오는 재앙이 있구나.[1]"

하관下官[2] 양국충은 누이가 귀비로 책봉되고부터, 권력이 날로 커졌다. 그러나 뜻밖에도 오늘 아침 갑자기 귀비가 성심을 거스르는 바람에 황궁에서 쫓겨나, 고역사 내감內監이 가마로 문 앞에 바래다주었다고 한다. 어떻게 된 영문일까? 정말이지 놀랍고 두렵구나! 영접하러 문밖에 가봐야겠구나.

(양국충이 잠시 퇴장한다.)

선려과곡仙呂過曲 · 망오향望吾鄉

(고역사가 양귀비를 거마에 태우고 등장한다.)

고역사 정처 없는 군왕의 마음,

은총과 영광은 어디서 찾을 수 있을까?
미인이 갑자기 좌절을 당하니,
그 속사정 어떻게 헤아릴 수 있을까?
어찌 이다지도 모질게 내치셨는가!
장문長門은 가로막혀 있고,[3]
영항永巷은 깊은 곳에 있으니.[4]
고개 돌리는 곳마다,
근심을 금치 못하리라.

(고역사가 등장하자 양국충이 무릎을 꿇고 영접한다.)

양국충 신 양국충이 귀비 마마를 영접합니다.

고역사 승상, 마마를 어서 안으로 모십시오. 드릴 말씀이 있습니다.

양국충 여봐라, 시녀들에게 마마를 후당後堂[5]으로 모셔가게 하여라.
(시녀들이 등장하여 양귀비를 거마에서 내리게 한 후 옹위하고 퇴장한다.)
(양국충이 고역사에게 읍을 한다.)

양국충 태감나리, 앉으시지요. 어떻게 이런 일이 일어났는지 통 영문을 모르겠습니다.

고역사 마마께서는 말입니다.

일봉서一封書

고역사 임금님의 총애 가장 두터워,
초방椒房[6]의 으뜸이 되어 홀로 시침侍寢을 드셨지요.
그런데 어제는 말입니다.
까닭 없이 성심聖心을 거스르는 바람에,

순식간에 두 분의 관계가 어긋나버렸지요.

승상께서는 제가 쓸데없이 말이 많다고 탓하지 말아주십시오. 마마께서는,

철부지 성격이 습관이 되어서,

딴 사람이 잠자리 시중을 들었다[7]고 시샘을 하셨지요.

양국충 이제 궁에서 쫓겨났으니, 어찌하면 좋겠습니까?

고역사 승상께서는 조정에 가서 사죄를 하시고, 기회를 봐서 움직이도록 하세요.

양국충 태감님,

모든 것은 태감님의 권유에 달려 있으니,

폐하의 마음을 납득시켜 주소서.

고역사 그거야 당연하지요.

함　께 모쪼록 궁화宮花[8]를 다시 상림上林[9]으로 모셔가십시다.

고역사 그럼 이만 물러가보겠나이다.

양국충 하관이 동행하겠습니다.

(안을 향해) 아환丫環[10]더러 마마를 잘 모시라고 하여라.

(안에서 "네."라고 응답한다.)

양국충 "까막까치 함께 다니듯,[11]

길흉吉凶을 전혀 보장할 수 없구나."

(양국충이 고역사와 함께 퇴장한다.)

(양귀비가 매향을 이끌고 등장한다.)

중려인자中呂引子 · 행향자行香子

양귀비 지금 막 궁문을 나섰더니,

놀란 마음 아직 진정되지 않고,
수심 가득한 얼굴을 적시는 눈물자국.
그간의 시름,
너무 많아 말로 하기 어려운데,
꽃다운 얼굴 안타깝고,
박명의 신세 가련하고,
깊었던 총애 기억날 뿐.
"폐하의 사랑은 강물처럼 동쪽으로 흘러가고,
총애를 얻어 두렵던 마음은 총애를 잃은 근심으로 바뀌었구나.
술잔 앞에 두고 〈꽃이 떨어지네〉[12] 노래 연주하지 말지니,
시원한 바람은 궁전 서쪽에만 머물겠지."

저 양옥환은 궁위宮衛[13]에 들어온 후로, 넘치는 총애와 사랑을 입었답니다. 님의 마음이 미더우니, 평생 행복하게 살 줄로만 알았지요. 하지만 기구한 제 운명, 하루아침에 노여움을 사게 될 줄 누가 알았겠습니까. 결국 궁거宮車에 몸을 실어, 사저私邸[14]로 쫓겨나고 말았습니다. 궁문宮門[15]을 나오고 나니, 구천九天[16]으로 가로막힌 것 같습니다.

(눈물을 흘리며) 하늘이시여, 금중禁中의 달님이, 제 모습을 비추어줄 날은 영원히 오지 않겠지요. 동산[17] 밖에 흩날리는 꽃이, 꽃가지에 돌아갈 가망은 이미 사라진 것이겠지요. 자신을 돌아보며 스스로 뉘우치고, 소매로 얼굴을 가린 채 헛되이 탄식하며, 정녕 비탄에 빠져 있나이다!

중려과곡中呂過曲 · 유화읍榴花泣

양귀비 석류화石榴花

비단옷 털고 털어도,

폐하의 향기 여전히 스며 있는데,

어디에 가면 옛 사랑에 사례할 수 있을까?

봄날 봄놀이를 즐기며 새벽부터 황혼까지 함께했거늘.

읍안회泣顔回

비가 그치고 구름이 걷힐 줄[18] 어찌 알았으리.

내가 애교를 부리고 앙탈을 피우면,

항상 내 뜻대로 따라주셨거늘,

곁가지 때문에,

돌연 연리지連理枝를 쉽사리 갈라버리실 줄이야.

양귀비 이곳에서 궁중을 볼 수 있는 곳이 어디 있더냐?

매 향 저 앞에 있는 어서루御書樓 위에서 서북쪽으로 보이는 것이 바로 궁궐의 성벽이랍니다.

양귀비 날 따라 누각으로 가자꾸나.

매 향 알겠사옵니다.

(양귀비가 누각을 오른다.)

양귀비 "서궁西宮[19]이 묘연하니 보이지 않아,

애타는 마음으로 누대에 오르누나."

매 향 (손으로 가리키며) 마마, 저 일대에 번쩍번쩍한 황금빛 유리기와가 바로 구중궁궐이 아니온지요?

(양귀비가 눈물을 짓는다.)

전강前腔

양귀비 높은 곳에 올라 눈물을 흩뿌리며,
저 멀리 구중궁궐 바라보니,
지척사이를 홍운紅雲[20]이 가로막고 있구나.
아, 어젯밤에는 봉황 장막 안[21]에서,
마음을 돌려 다시 자상하게 대해주시기를 바랐거늘.
아, 하늘은 무심도 하시지,
백발이 되기도 전에 임의 사랑 끊어놓으셨구나.

매 향 (손가락으로 가리키며) 아아, 저 멀리 환관님 한 분이 있어요. 말을 타고 오고 있는 걸 보니, 아마 마마를 부르러 오나 봐요!

양귀비 (탄식하며)
붉은 봉황새가 서신을 물어오는 것[22]이 아니라,
까만 까마귀가 소식을 전하러오는 것이면 어떡하나.[23]

(양귀비가 누각에서 내려온다.)
(고역사가 등장한다.)

고역사 "남몰래 옛정을 품고 계신다는 사실을,
환심을 잃은 이[24]에게 알려드리리라."
마마께 인사 올립니다.
(고역사가 양귀비에게 절을 한다.)

양귀비 태감나리, 어인 일로 오셨습니까?

고역사 소신이 방금 폐하께 보고를 드렸더니, 폐하께서는 마마께서 집으로 돌아가는 광경에 대해 자세히 물어 보시고는, 후회를 하시는 것 같았습니다. 지금 홀로 궁중에 앉아 연거푸 한숨만 쉬고 계시니, 마마를 그리워하고 계신 것이 분명합니다. 그래서 일부러 알려드리려고 왔습니다.

양귀비 휴, 나 같은 여자를 왜 그리워하시겠어요?

고역사 소신이 어리석어 비록 현명한 간언을 드릴 수 없지만, 마마께서도 너무 고집을 부리지는 마시옵소서. 만약 저에게 어떤 물건을 주신다면, 기회를 봐서 진상하도록 하겠습니다. 혹시 폐하의 마음을 감동시킬지도 모르는 일이니까요.

양귀비 제가 무엇을 진상하면 좋을까요?
(양귀비가 생각에 잠긴다.)

희어등범喜漁燈犯

양귀비 **희어등喜漁燈**

어떤 물건으로 마음을 전해야,
폐하의 마음을 감동시킬 수 있을까요?
제게 이 몸뚱이 외에는 모두 폐하께서 하사하신 것이니까요.
근심 가득 천 줄기 눈물만 방울방울 어지러이 흘러내리는데,
금실에 꿰어 쟁반에 받쳐 진상할 수도 없는 노릇.
아, 있어요!

척은등剔銀燈

나의 이 향기롭고 윤기 나는 검푸른 머리칼.
일찍이 폐하와 함께 침상에서 나란히 머리를 기대기도 했고,
폐하를 마주하고 거울 속에서 구름 같은 머리 단장하기도 했었죠.
얘야, 경대와 가위를 가져오너라.
(매향이 "네." 하고 대답하고 가위를 가져온다.)
(양귀비가 머리를 푼다.)
아, 머리칼아, 머리칼아!

어가오漁家傲

네가 나와 꽃다운 세월을 함께한 것이 아쉬워,

차마 너를 잘라내기 어렵지만,

네가 내 속내를 보여주는 수밖에 없겠구나.

(양귀비가 머리카락을 자른다.)

너를 잘라내는 내 자신이 애처롭구나.

(잘려진 머리카락을 들고 일어서서, 소리 내어 운다.)

머리칼아, 머리칼아!

희어등喜漁燈

모든 것은 네가 나의 간절한 마음을 전하는 데 달려 있단다.

(절하며) 나의 성군이시여.

소첩,

가진 것이라고는 헝클어진 머리칼 몇 가닥뿐이오나,

이것이 바로 저의 얼마 남지 않은 한 줄기 목숨이옵니다.

(양귀비가 일어선다.)

양귀비 고역사, 부디 이것을 가지고 가셔서 저를 대신하여 폐하께 전해주세요.

(곡하며) 첩의 죄 일만 번 죽어 마땅하니, 이번 생애에서는 다시 용안을 뵈올 수 없겠지요! 부디 이 머리카락을 바쳐서, 저의 변함없는 사랑을 보여주세요.

(고역사가 꿇어앉아 양귀비의 머리카락을 받아 어깨에 멘다.)

고역사 마마님, 근심을 거두십시오. 소인은 이만 가보겠습니다.

"검은 머리칼로,

다시금 쌍쌍이 백수연白首緣[25] 맺으시옵소서."

(고역사가 퇴장한다.)

(양귀비는 앉아서 흐느낀다.)

(한국부인과 괵국부인이 등장한다.)

유화등범榴花燈犯

한국·괵국부인 **척은등剔銀燈**

듣자하니 동생이 폐하께 무례를 범하여,

석류화石榴花

듣자하니 집으로 돌아오고,

보천악普天樂

듣자하니 실세한 오라버니는 근심에 빠지고,

듣자하니 태감님께서 오셨다고 하는데,

도대체 무슨 이야긴지 도통 모르겠구나.

(한국부인과 괵국부인이 안으로 들어간다.)

한국·괵국부인 귀비 마마는 어디 계시느냐?

매 향 한국, 괵국 이국부인二國夫人께서 납시었습니다.

(양귀비가 흐느끼며 아무런 말도 하지 않는다.)

(한국부인과 괵국부인이 귀비에게 인사한다.)

한국부인 귀비, 그만 근심을 거두어요.

(한국부인이 양귀비와 함께 흐느낀다.)

괵국부인 전일에 망춘궁에 갔을 때 폐하께서는 몹시 즐거워하셨는데, 어떻게 갑자기 이런 변이 생겼을까?

어가오漁家傲

나는 다만,

천년만년 영원히 행복하라 말했고,

미범서尾犯序

나는 단지,

웃든지 찡그리든지 마음대로 하라고 했어요.

석류화石榴花

설령 잘못이 있다는 생각이 들어도,

누가 귀비에게 함부로 말할 수 있었겠어?

한국부인 동생.

금전도錦纏道

쓸데없는 이야기는 그만하렴.

귀비,

전하의 노여움을 사게 된 데 무슨 이유가 있었나요?

(양귀비가 아랑곳하지 않는다.)

괵국부인 귀비, 내 말을 이상하게 여기진 말아.

척은등剔銀燈

자고로 총애가 커지면 질투와 불화가 생겨나는 법,

임금님의 사랑이 추풍낙엽이 되어버린 이유를 알 만하군.

그런 됨됨이로,

어떻게 지존至尊[26]의 마음을 기쁘게 할 수 있겠어?

한국·괵국부인 **안과성雁過聲**

자매들이 애절한 마음으로 문안을 왔건만,

어째서 귓가에 하는 말을,

도통 듣지 않는 것 같구나.

미성尾聲

양귀비 가을바람 앞의 부채[27]가 원래 나의 운명이거늘,

양귀비상마도楊貴妃上馬圖

언니들이 와서 특별히 위로해주시니 참으로 고맙군요.
설령 천 마디 만 마디 말이라도,
모두 가슴에 두고 곰곰이 되씹어볼게요.
(양귀비가 퇴장한다.)

괵국부인 언니, 저 꼴 좀 봐요. 어쩜 좋아요?

한국부인 정말이야. 우리가 일부러 보러 왔는데도, 무슨 일이 있는지 결국 혼자 방으로 들어가 버리네. 동생, 동생이 다시 망춘궁에 입궁하면, 저 아이처럼 굴어선 안 돼.

괵국부인 (수줍은 표정으로) 아이 참!

하장시下場詩 8[28]

괵국부인 오늘아침 갑자기 궁궐에서 내려왔으니, 장 적張 籍
한국부인 얼굴을 보니 어찌 마음 상하지 않겠는가. 요 광廖 匡
괵국부인 차가운 눈으로 조용히 쳐다보는 것이 정말 우습지만, 서 인徐 夤
한국부인 그 속에 가시를 품고 있어 기분 나쁘게 하는구나. 육구몽陸龜夢

주

1 조석으로 찾아오는 재앙이 있구나 : 원문은 단석화복旦夕禍福으로, 행운이나 재앙, 주로 재앙이 언제든지 찾아올 수 있음을 의미하는 성어이다.

2 하관下官 : 관리가 자신을 낮추어 부르는 말.

3 장문長門은 가로막혀 있고 : 장문은 한무제漢武帝 진황후陳皇后가 총애를 잃고 거처한 곳으로, 총애를 잃은 후비들이 사는 곳을 가리킨다. 장문이 가로막혀 있다는 것은 양귀비가 총애를 잃은 후비보다 못한 신세가 되었음을 의미한다.

4 영항永巷은 깊은 곳에 있으니 : 영항은 한대漢代 궁정의 장항長巷으로, 죄를 지은 궁녀를 감금하는 데 사용했다. 한고조漢高祖가 죽자 여후呂后는 척부인戚夫人을 영항에 가두었다. 영항이 깊은 곳에 있다는 것은 양귀비가 죄를 지은 궁녀보다 못한 신세가 되었음을 의미한다.

5 후당後堂 : 본채 뒤의 별채. 정당正堂 뒤의 별당別堂.

6 초방椒房 : 후비의 거처, 궁실宮室. 산초나무 열매의 가루를 바른 방이라는 뜻으로, 후비가 거처하는 곳이나 궁실을 일컫는 말이다. 후추나무는 온기가 있고 열매가 많은 식물로, 자손이 많이 퍼지라는 뜻에서 황후의 방 벽에 발랐다. 산초나무를 벽에 바르면 방안이 따뜻해지고 향기가 난다고 한다.

7 딴 여인이 잠자리 시중을 들었다 : 괵국부인이 황제의 잠자리 시중을 든 것을 가리킨다. 원문은 포금抱衾으로, 이부자리를 안았다는 의미이다. 〈시경詩經·소남召南·소성小星〉에 "반짝이는 작은 별은, 삼성과 묘성, 총총걸음으로 밤에 가서, 이불과 적삼을 안고 도니, 이것은 내 타고난 팔자로다.(嘒彼小星, 維參與昴, 肅肅宵征, 抱衾與裯, 寔命不猶.)"라는 구절이 있다. 첩의 고달픈 운명을 노래한 내용이다. 후에 포금抱衾은 '시침侍寢을 드는 것', '첩살이'를 가리키게 되었다.

8 궁화宮花 : 양귀비를 가리키는 말. '궁화를 다시 상림上林으로 모셔간다'는 말은 양귀비를 다시 궁으로 돌려보낸다는 뜻이다.

9 상림上林 : 상림원上林苑. 중국 장안長安 서쪽에 있었던 궁원宮苑으로, 진시황제秦始皇帝가 건설하고, 한무제漢武帝가 증축하였다. 안에 36원苑, 12궁宮, 25관觀을 설치하고, 진기한 동물이나 여러 가지 화초를 길렀다. 여기서는 궁중의 화원, 즉 궁중을 상징한다.

10 아환丫環 : 시녀, 여종. 갈래 머리로 땋았다는 의미, 머리를 땋아서 위로 둥글게 둘러 얹은 젊은 여자를 일컫는다. 아환丫鬟이라고도 부른다.

11 까막까치 함께 다니듯 : 까마귀는 흉조를, 까치는 길조를 의미한다.

12 꽃이 떨어지네 : 원문은 〈화락花落〉으로, 〈매화락梅畵落〉이라는 노래를 가리킨다. 총애를 잃은 여인을 비유한다.

13 궁위宮衛 : 후비가 거주하는 곳.

14 사저私邸 : 원문은 사제私第로, 고급 관리의 사택을 의미한다. 여기서는 양귀비의 친정집을 가리킨다.

15 궁문宮門 : 원문은 금문金門으로, 황금으로 장식한 화려한 집을 의미한다. 여기서는 황금으로 장식한 궁정의 문을 가리킨다.

16 구천九天 : 가장 높은 하늘. 옛 사람들은 하늘에 구천이 있고, 구천에 궁궐이 있다고 여겼다. 비슷한 말로 구중천九重天, 구소九霄가 있다.

17 동산 : 원문은 원苑으로, 앞에서 등장한 상림上林[상림원上林苑]과 같은 의미이다. 궁중을 상징한다.

18 비가 그치고 구름이 걷힐 줄 : 원문은 단우잔운斷雨殘雲로, 남녀의 사랑이 끝나버려서 즐거운 사랑을 지속할 수 없음을 의미하는 성어이다.

19 서궁西宮 : 양귀비의 거처를 가리킨다.

20 홍운紅雲 : 궁궐의 상서로운 구름.

21 봉황 장막 안 : 원문은 봉위鳳幃로, 봉황 무늬가 수놓인 장막을 가리킨다. 여인의 방 안이나 침대 주위에 주로 사용하였으며, 여인이 사는 곳을 상징한다.

22 붉은 봉황새가 서신을 물어오는 것 : 원문은 단봉함서丹鳳銜書로, 기쁜 소식을 가져오는 것을 일컫는다.

23 까만 까마귀가 소식을 전하러 오는 것 : 원문은 오아전신烏鴉傳信으로, 흉보를 의미한다.

24 환심을 잃은 이 : 원문은 실환인失歡人으로, 실환失歡은 다른 사람의 환심을 잃거나, 사이가 나빠진 것을 의미한다.

25 백수연白首緣 : 머리가 하얗게 될 때까지 닿는 인연. 깊은 부부의 인연, 백년해로百年偕老를 의미한다.

26 지존至尊 : 황제.

27 가을바람 앞의 부채 : 원문은 추풍단선秋風團扇으로, 남자의 총애를 더 이상 받지 못하고 버려진 여인을 가리킨다.

28 첫 번째 구는 장적張籍의 〈조일사사백관앵도朝日赦賜百官櫻桃〉(《전당시全唐詩》 권358 참조), 두 번째 구는 요광도廖匡圖의 〈구일배동내소등고九日陪董內召登高〉(《전당시》 권740 참조), 세 번째 구는 서인徐夤의 〈상노삼습유이언견출上盧三拾遺以言見黜〉(《전당시》 권709 참조), 네 번째 구는 육구몽陸龜蒙의 〈장미薔薇〉(《전당시》 권625 참조)를 인용하였다.

제9척

양귀비의 환궁【복소復召】

등장인물 당명황唐明皇(생生), 내감內監 1(부정副淨), 내시內侍 2인, 내감 2(정淨), 양귀비楊貴妃(단旦), 매향梅香, 궁녀宮女
배 경 궁중

남려인자南呂引子 · 우미인虞美人

(당명황이 등장한다.)

당명황 아무 이유 없이 생겨나는 부질없는 번뇌,
하고 싶은 말이 있은들 누구에게 말할까.
이내 심정 이제 혼자서 견뎌내기 어려운데,
희한하게도 잉꼬[1]는 끊임없이 날 보고 말을 거는구나.
"어가御駕 지나간 길엔 봄풀이 돋아나고,
상림원上林苑 나뭇가지엔 봄꽃이 만발하다.
높은 곳에 올라보니 한없는 그리움,
내 마음 알아주는 벗이 다시는 없구나."
어제 양귀비가 앙탈을 부리며 질투를 하기에, 과인은 내심 화를 참지 못하고 한순간의 실수로 그만 그녀를 쫓아내고 말았다. '가인佳人은 얻기 힘들다'는 것을 어찌 몰랐던가. 그녀가 떠난 후론,

눈길이 닿는 곳마다 화가 나고, 경치를 대할 때마다 후회가 몰려 올 뿐이다. 양국충이 사죄하러 찾아왔지만, 과인 역시 그를 대할 면목이 없었다.

(탄식하며) 아아, 그녀를 불러서 다시 궁으로 데려오고 싶지만, 차마 말을 꺼내기 어렵구나. 만약 그녀를 다시 불러올 수 없다면, 짐은 앞으로 어떻게 살아가야 하나. 정말 이러지도 저러지도 못할 노릇이로구나!

남려과곡南呂過曲 · **십양금**十樣錦

당명황 **수대아**綉帶兒

잠잠해진 봄바람,

반쯤 열려진 주렴 사이로,

태양은 지겹게도 더디게 지나간다.

어여쁜 새들 여전히 즐겁게 지저귀고,

새로 핀 꽃들 자태와 빛깔 뽐내는데.

돌이켜 뉘우치나니,

의춘령宜春令

나의 경솔한 행동 후회스럽기만 하구나.

귀비의 심한 앙탈 이해하지 못하여,

그녀를 아끼는 마음 저버리다니.

(부정副淨이 내감內監 1로 분장하여 등장한다.)

내감 1 "옥빛 쟁반에 붉은 실처럼 가늘게 회 떠놓고,

금빛 술항아리에 향이 짙은 좋은 술 펴왔사옵니다."

(무릎을 꿇고 당명황에게 인사를 드리며) 만세나리, 어서 드시옵

소서.

(당명황이 아무런 응답도 하지 않는다. 내감이 다시 음식을 권한다.)

당명황 (화를 내며) 네 이놈, 누가 너더러 음식을 가져오라 했느냐!

내감 1 폐하께옵서 이른 아침부터 음식을 드시지 않으시기에, 후궁이 식사를 올리라고 재촉하였사옵니다.

당명황 뭐라? 후궁이라 했느냐? 내시, 거기 있느냐!

(두 명의 내시가 등장한다.)

당명황 이 녀석을 썩 끌고 가서 곤장 백 대를 치고, 정군소淨軍所[2]에 처넣어라.

내시들 네!

(두 명의 내시가 함께 내감 1을 끌고 퇴장한다.)

당명황 에잇, 짐이 한참 귀비 생각에 잠겨 있는데, 저 녀석이 방해를 하다니. 정말 화가 치밀어 오르는구나!

강황룡환두降黃龍換頭

당명황 님 향한 그리움에,
제 아무리 천상의 좋은 술과 산해진미 있다 한들,
무슨 맛인지 알게 무어랴!
사모하는 이가 앞에 있어야,
나의 굶주림을 달래줄 수 있을 텐데.

(정淨이 내감 2로 분장하여 등장한다.)

내감 2 "술잔 앞 연회석에 가무단이 진열하고,
화단 밖 홍루紅樓에 관현악단이 도열해 있사옵나이다."
(인사드리고 무릎을 꿇으며) 폐하, 침향정沈香亭[3]의 연회에 참석하

시어, 이원자제梨園子弟[4]가 연주하는 새 노래를 감상하시옵소서.

당명황 에잇, 침향정은 무슨 침향정. 곤장이라도 맞고 싶은 게냐!

(내감 2가 머리를 조아린다.)

내감 2 소인이 관여할 일은 아니옵니다만, 폐하의 심사가 편치 않으셔서, 태자와 제왕들이 심사를 좀 푸시라고 청한 것이옵니다.

당명황 에잇, 내 심사가 뭐가 편치 않단 말이더냐! 여봐라, 거기 내시 있느냐!

(내시가 응답하고 등장한다.)

당명황 이 녀석을 끌어다가 곤장 백 대를 치고, 석신사惜薪司[5]에 처넣어 석탄 때는 놈으로 부려라.

내 시 알겠사옵니다.

(내감 2를 끌고 함께 퇴장한다.)

당명황 내시, 이리 오너라.

(내시가 응답하고 등장한다.)

당명황 너희 둘은 궁문을 수위하면서, 쥐새끼 한 마리도 얼씬하지 못하게 하라. 이를 어기는 자는 엄히 매질할 것이니라.

내 시 알겠사옵니다.

(내시가 무대 앞에 선다.)

당명황 아, 짐이 지금 무슨 심정으로 거기 가서 풍악을 듣고 술을 마신단 말이냐.

취태평醉太平

침향정 떠올리니,
함께 기댔던 난간은 옥난간玉欄干 그대로겠지만,
그 누가 새로이 단장하고 함께 기대리?
새로운 노래 있다 한들,

지음知音은 떠나가 버리고.
그녀의 비파 울리지 않으니,
나도 옥적玉笛 불기 무안하구나.
(고역사가 양귀비의 머리카락을 어깨에 걸치고 등장한다.)

고역사 **완계사浣溪紗**
이별의 슬픔,
사랑의 그리움.
두 사람의 사랑을 그 누가 알아주리?
이 몸이 옆에서 마음을 꿰뚫어보았으니,
봉황이 한데 날 수 있도록 엮어드리리라.
(내시에게) 폐하께선 어디에 계신가?

내 시 홀로 궁중에 앉아 계십니다.
(고역사가 안으로 들어가려고 하자, 내시가 가로막는다.)

고역사 어허, 어찌 나를 막는 겐가?

내 시 만세나리께서 몹시 화가 나셔서 수라상을 가져온 사람을 연달아 두 명이나 매질하시더니, 저희더러 궁문을 지키며 개미 한 마리도 얼씬하지 못하게 하셨습니다.

고역사 아, 그런 일이 있었구나. 그럼 기다려 보는 수밖에.

당명황 너무나 무료하니, 궁문 밖으로 나가 잠시 산보나 할까.
(길을 거닐며)
옥돌 계단 근방을 바라보니,
방초芳草는 예전처럼 일제히 피어났건만,
치맛자락 밟으며 구슬신발 신고 따르던 여인은 보이지 않는구나.
(고역사가 바라본다.)

고역사 만세나리께서 나오셨으니, 잠시 문 밖에 몸을 숨기고 기회를 살펴야겠다.

(고역사가 퇴장하는 시늉을 하고 곧 등장하여, 당명황의 말에 귀를 기울인다.)

당명황 과인은 지금 귀비가 너무 그리운데, 귀비는 과인을 얼마나 그리워하고 있을지. 아침에 고역사에게 물어보니, 귀비가 궁을 나갈 때 하염없이 눈물을 흘렸다고 한다. 그 말에 짐의 가슴은 찢어지는 것만 같았다. 그런데 여태까지 종무소식이라니. 고역사 이놈, 아직 앞에 나타나지 않다니, 정말 괘씸하구나!

고역사 (당명황에게 절하며) 노비奴婢[6] 대령했사옵니다.

당명황 (고역사를 보며) 고역사, 어깨에 둘러메고 온 것이 무엇인고?

고역사 귀비 마마의 머리칼이옵니다.

당명황 (웃으며) 무슨 머리칼이라고?

고역사 마마께서는 자신이 우매하여 성심을 노하게 한 것을 매우 후회하면서, 만 번 죽어도 마땅하다고 하였습니다. 또 지금 이 세상에서 다시는 용안을 뵈올 수 없을 것 같다고 하면서, 특별히 이 머리칼을 잘라 저에게 주었습니다. 저더러 이것을 폐하께 바쳐, 변함없는 사랑을 전해달라고 부탁하였습니다.

(고역사가 머리카락을 바친다.)

(당명황이 머리카락을 부여잡고 곡한다.)

당명황 아아. 나의 귀비야!

탁목아啄木兒

전날 밤에 베갯머리에서 맡았던 향기 아직도 생생한데,
오늘 아침에 싹둑 잘려진 채 수심과 함께 보내졌구나.
검푸른 머리칼을 보니 창자가 끊어지고 혼이 나가는구나.
과인과 귀비의 끊어져버린 사랑이, 마치 이 머리칼과 꼭 닮았구나.

삽시간에 칼날에 잘리어 쪽지머리와 영영 이별하다니.

고역사 전하!

포로최鮑老催

이제 그만 슬픔을 거두시옵소서.

제 생각에 귀비 마마는 이미 은총을 입었던 몸인데, 폐하께서는 왜 이 넓디넓은 궁중 안, 조그만 자리가 아깝다고 바깥으로 내쫓으십니까!

춘풍春風[7]이 하늘로부터 기꺼이 되돌아오면,

명화名花[8]도 화원 밖에서 저절로 돌아오는 법입니다.

당명황 (생각에 잠겨) 하지만 과인이 이미 그녀를 쫓아내버렸으니, 어떻게 불러와야 좋겠는가?

고역사 죄를 지으면 쫓아내고 죄를 뉘우치면 소환하는 것, 그것이 하늘과 같은 주상폐하의 법도가 아니겠사옵니까?

(당명황이 고개를 끄덕인다.)

고역사 게다가 오늘 단거單車로 내보내신 때는 새벽이었고, 지금은 이미 해가 저물었으니, 안경방安慶坊[9]의 문을 열고 태화택太華宅[10]을 통해 모셔온다면, 외부인은 아무도 알아차리지 못할 것이 분명하옵니다.

(머리를 조아리며)

부디 살피고 용서하시어,

돌아오도록 허락해주소서.

부디 지체하지 마시옵소서.

따뜻한 마음으로 미소 한 번 지으시면,

근심의 문은 저절로 활짝 열릴 것이옵니다.

당명황 고역사, 그대는 가서 귀비를 궁으로 데려오도록 하라.

고역사 알겠사옵니다.

(고역사가 퇴장한다.)

당명황 아, 귀비가 오면, 과인이 무슨 면목으로 그녀를 볼 수 있을까!

하소루下小樓

옥 같은 미인이 돌아온다니 내심 기쁘지만,
앙탈을 부리고 투정을 부리면 또 어떡하나.
등을 돌린 채 눈물을 흘리면,
그땐 어떤 말로 과거의 잘못을 둘러댈꼬!

아니다, 아니야. 이건 본디 과인의 불찰이다.

내 기꺼이 온갖 방법으로 위로하고 달래어,
한나절의 이별을 보상해주리라.

(고역사가 비단 등을 든 내시와 궁녀와 함께, 양귀비를 인도하고 등장한다.)

쌍성자雙聲子

고역사 향거香車[11]를 끌고,
향거를 끌고,
궁중의 푸른 홰나무 헤치고 가네.
비단등불 짝을 이뤄,
비단등불 짝을 이뤄,
궁중의 고운 꽃들 비추며 가네.

(내시와 궁녀가 퇴장한다.)

(고역사가 들어가 아뢴다.)

고역사 귀비 마마 납시었사옵니다.

당명황 어서 모시어라.

고역사 네. 마마, 안으로 드시지요.

(양귀비가 들어가 인사한다.)

양귀비 신첩 양옥환, 폐하를 알현하옵나이다. 죽을죄, 죽을죄를 지었사옵니다.

(양귀비가 바닥에 엎드린다.)

당명황 몸을 들라.

(고역사는 조용히 퇴장한다.)

(양귀비가 무릎을 꿇고 흐느껴 운다.)

양귀비 신첩의 행실이 바르지 못해, 폐하의 버림을 받았사옵니다. 그런데 이제 다시 폐하의 용안을 뵙게 되었으니, 죽어도 두 눈을 감을 수 있을 것만 같사옵니다.

(당명황도 함께 눈물을 흘린다.)

당명황 귀비, 어찌 그런 말을 하시오?

옥루지서玉漏遲序

양귀비 신첩의 죄가 산더미같이 쌓였으나,
하늘과 같은 용서를 입었사옵니다.
이제 스스로 뉘우치고,
질서를 따르기[12] 원하나니,
언감생심 다른 미인을 질투하겠습니까?

(당명황이 양귀비를 부축하여 일으켜 세운다.)

당명황 과인이 잠시 잘못을 저질렀으니, 지난 이야기는 다시 꺼내지 마시오.

(양귀비가 울면서 일어난다.)

양귀비 폐하의 만세를 축원하옵나이다!

(당명황이 양귀비의 손을 잡고, 그녀의 눈물을 닦아준다.)

미성尾聲

당명황　이제 슬픔의 맛을 깨달았으니,
우리의 사랑이 열배는 깊어질 것이오.
귀비여,
나도 오늘 하루 얼마나 그대를 그리워했는지 고백하겠소.
(궁녀가 등장한다.)

궁　녀　서궁西宮에 연회를 준비하였습니다. 전하와 귀비 마마, 연회에 납시옵소서.

하장시下場詩 9[13]

당명황	진정주眞情酒를 빚어 술독에 넘치게 담아도,	이　중李　中
양귀비	이 마음을 어찌 다 표현할 수 있을지.	나　은羅　隱
당명황	익숙하지 않은 이별과 한없는 그리움,	소　절蘇　籂
양귀비	다시금 초방椒房[14]에 들어가 눈물 자국 닦으리.	유공권柳公權

주

1 잉꼬 : 원문은 앵가鸚哥로, 앵무과에 속하는 대부분의 새를 통틀어 가리키는 말이다. 이 잉꼬에 대해 《태평광기太平廣記》 권460에서 《담빈록譚賓錄》의 내용을 인용하여 다음과 같이 기록하고 있다. "천보天寶 연간에 영남嶺南에서 흰 잉꼬를 진상하여 이를 궁중에서 길렀다. 시간이 지나자 총기가 꽤 늘어 말을 잘하게 되었다. 황제와 양귀비는 이 잉꼬를 '설의녀雪衣女'라고 불렀다." 《사문류취事文類聚》 후집後集에 《명황잡록明皇雜錄》과 《양태진외전楊太眞外傳》 권하卷下에도 이 에 대해 기록하고 있다.

2 정군소淨軍所 : 명대明代에 태감太監을 감금하던 곳.

3 침향정沈香亭 : 제4척 〈봄날의 낮잠〉의 침향정 주석 참조.

4 이원자제梨園子弟 : 궁중의 예인藝人.

5 석신사惜薪司 : 명대明代의 내관內官 사사四司[환관 관서官署의 통칭]의 하나, 석탄 때는 일을 담당한다.

6 노비奴婢 : 내시가 황제의 앞에서 자신을 낮추어 부르는 말.

7 춘풍春風 : 봄바람. 황제, 은혜를 상징한다. 여기서는 당명황을 가리킨다.

8 명화名花 : 진귀한 꽃. 미인을 상징한다. 여기서는 양귀비를 가리킨다.

9 안경방安慶坊 : 청淸·서송徐松의 《당양경성방고唐兩京城坊考》 권3에 의하면 당唐 장안長安에 안흥방安興坊은 존재하지만 안경방安慶坊은 존재하지 않는다고 한다.

10 태화택太華宅 : 당명황의 25번째 딸인 태평공주太平公主의 저택으로, 장안長安 숭인방崇仁坊에 있었다.

11 향거香車 : 향나무로 만든 수레, 화려하고 아름다운 수레나 가마. 신선이 타는 수레를 상징한다.

12 질서를 따르기 : 원문은 어관魚貫으로, 물고기처럼 줄지어 순서를 따른다는 의미이다. 후궁의 질서를 지킨다는 의미와 같다.

13 첫 번째 구는 이중李中의 〈증사허백贈史虛白〉(《전당시全唐詩》 권77 참조), 두 번째 구는 나은羅隱의 〈삼구곡손원외三衢哭孫員外〉(《전당시》 권658 참조), 세 번째 구는 소정蘇頲의 〈춘만자미성직기내春晚紫薇省直寄內〉(《전당시》 권73 참조), 네 번째 구는 류공권柳公權의 〈응제위궁빈영應制爲宮嬪詠〉(《만수당인절구萬首唐人絶句》 권28, 《전당시》 권479 참조)을 인용하였다.

14 초방椒房 : 후비의 궁실宮室. 제8척 〈머리카락을 바치다〉의 초방 주석 참조.

제10척

의문의 예언【의참疑讖】

등장인물 곽자의郭子儀(외外), 점원店員(축丑), 내감內監(노단老旦), 관원官員(부정副淨·말末·정淨), 수행인隨行人(잡雜), 안녹산安祿山(정淨), 의장대, 수행원隨行員(부정副淨)

배 경 장안의 거리, 주막

(외外가 장건將巾[1]을 쓰고 검을 차고 곽자의郭子儀[2]로 분하여 등장한다.)

곽자의 "원대한 포부 털어놓은들 알아줄 이 뉘 있으랴,
몸을 지켜주는 칼 한 자루만 나를 따르네.
천지를 정돈하고 세상을 구제하고 나면,
그때 비로소 사내대장부임을 알아주리라."

장건將巾

저는 성이 곽, 이름은 자의이며, 본관은 화주華州 정현鄭縣[3]입니다. 육도六韜와 삼략三略[4]을 두루 배웠으며, 뱃속엔 경륜經綸[5]이 가득합니다. 하늘을 받치고 땅을 세우는 사나이가 되어, 나라를 안정시키고 평안하게 다스리는 것이 저의 꿈입니다. 지금은 무거武擧[6]의 신분으로, 장안長安에 와서 등용을 기다리는 중입니다. 마침 양국

충은 권모술수를 부리고 있고, 안녹산은 총애를 남용하고 있으니, 조정의 기강은 꼴이 말이 아닙니다. 나 곽자의 같은 인물이 미관말직도 얻지 못하고 있으니, 조정을 위해 언제쯤 힘을 써 볼 수 있을지 모르겠습니다!

상조집현빈商調集賢賓

곽자의 모름지기 사내대장부란 원대한 포부를 스스로 토해야 하는 법,
어찌 하늘이 무너진다[7] 소리만 지르겠는가?
우습게도 저들은 집안에 사는 제비[8] 같으니,
지붕 위의 까마귀를 보는[9] 이 뉘 있으랴?
우리 안의 호랑이와 울타리 속의 곰[10] 막지 못하고,
성벽 위의 여우와 사당 안의 쥐[11] 설쳐대게 내버려 두는구나.
몇 차례 닭 우는 소리 듣고,
일어나 홀로 한밤에 검무劍舞를 추노라.[12]
예로부터 얼마나 많은 흥망성쇠興亡盛衰 있었던가.
반드시 공훈을 세워 온 우주에 이름을 떨치고,
늙은 나무꾼이나 어부[13]의 이름으로 살지 않으리라!
장안 시내에 나가서 어디 한번 취하도록 마셔볼까.
(곽자의가 걸음을 옮긴다.)

소요락逍遙樂

곽자의 장안 거리[14]로 천천히 발걸음 옮겨,
잠시 마음속 푸념 풀어놓고,
잠깐 객사客舍의 외로움 달래리라.
구름떼처럼 오가는 사람들을 보니,

하나같이 흥청망청 몸을 가누지 못하는 취한醉漢[15] 같으니,
홀로 깨어 있던 초楚나라 대부大夫 굴원屈原[16]은 어디에 있는가!
나 곽자의,
같은 뜻을 품은 동료를 찾고 싶지만,
슬프도다,
고기 잡던 강태공姜太公[17]도 가버리고,
호랑이를 활로 쏘던 이광李廣[18]도 멀어지고,
개를 잡던 번쾌樊噲[19]도 사라지고 없구나.
(곽자의가 퇴장한다.)
(축丑이 주루의 점원으로 분하여 등장한다.)

굴원

강태공

이광

번쾌

점 원 "우리 주루는 끝내주는 고급이지요.
외상은 절대 사절, 팻말을 걸어두었으니,
돈이 있으시면 마음껏 드시고,
돈이 없으면 물 한 방울 먹을 생각 마시오."
소인은 이 장안시長安市 신풍관新豐館 대주루大酒樓의 점원이랍니다. 우리 주루는 동시東市와 서시西市[20]의 중간에 있어서 사람들의 왕래가 꽤 빈번합지요. 무릇 장안 안팎의 왕손과 공자, 관원과 시민, 군인과 백성들치고 우리 주루에 와서 술 석잔 마셔보지 않는 이가 없습니다. 안주 없이 술만 드시는 분, 안주랑 같이 드시는 분, 술을 사서 가시는 분, 술을 싸가지고 오시는 분 등등 한 분 한 분

진왕과 형가

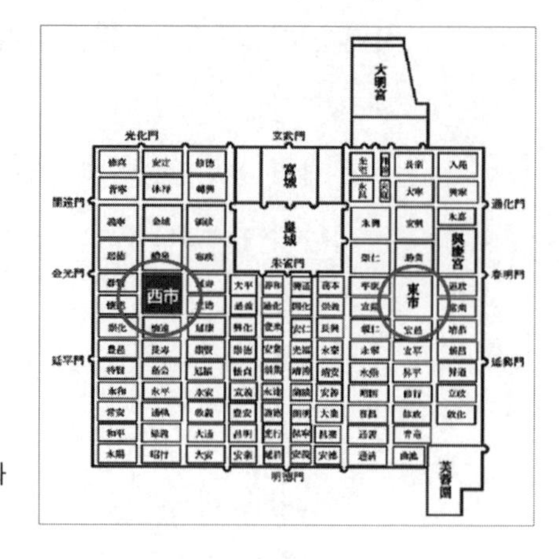

장안성 동시와
서시의 위치

접대하느라 분주하답니다. 말이 끝나기도 전에, 또 누가 술을 마시러 오는군요.

(곽자의가 걸어서 등장한다.)

상경마上京馬

곽자의　저 멀리 푸른 수양버들 그림 같은 누각에 비스듬히 드리워 있고,
주루의 깃발 펄럭펄럭 바람에 나부끼며 춤추고 있는데,
어떡하면 연시燕市의 형가荊軻[21]를 만나 함께 한잔 할 수 있을까!
(소리쳐 사람을 부르며) 주인장 계시오?
(점원이 곽자의를 맞이한다.)

점　원　손님, 주루로 올라가시지요.
(곽자의가 주루에 올라가 앉는다.)

곽자의　훌륭한 주루로구나.
탁 트인 창문,
채광 좋고 바람도 잘 통하네.
사방 벽을 둘러보니,

온통 취선도醉仙圖로 가득하구나.

점 원 손님께선 혼자 드시러 오셨는지요, 아니면 다른 손님을 기다리시는지요?

곽자의 혼자서 술 석 잔 마시러 왔으니, 좋은 술 있으면 가져오게.

점 원 좋은 술이야 많이 있습지요.

(점원이 술을 꺼내온다.) 여기 대령했습니다.

(무대 안에서 "이봐, 여기 좀 와봐."라며 부르는 소리에 점원이 서둘러 퇴장한다.)

(곽자의가 술을 마신다.)

오엽아梧葉兒

곽자의 나는 술 좋아하는 한가한 도연명陶淵明[22] 아니고,

술주정 부리는 거친 권부灌夫[23] 아니다.

그저 실컷 마시고 흥이 오르면 거리낌 없이 호탕해질 뿐.

또렷한 눈동자로 버틴들 누가 나를 거들떠볼까?

취향醉鄕[24]은 깊다 하니 나도 받아줄 수 있을까?

저잣거리 떠들썩한 소리에,

외려 쓸쓸해지는 고양高陽의 술꾼.[25]

(곽자의가 일어나서 바깥을 본다.)

(노단老旦이 내감內監으로 분하고, 부정副淨·말末·정淨이 관원으로 분하여 각기 길복吉服[26]을 입고 등장한다. 잡雜은 금화를 들고, 양을 끌고, 술독을 메고 따라 등장한다. 무대를 한 바퀴 빙돌고 퇴장한다.)

(점원이 술을 들고 등장한다.)

점 원 나리, 따끈한 술 대령했습니다.

곽자의 이보게, 뭐 하나만 좀 물어봄세. 이 주루 앞의 저 관원들은 어디로 가는 건가?

점 원 나리, 나리께서 술을 드시면, 제가 옆에서 말씀을 드리겠습니다. 상감께선 국구國舅이신 양승상楊丞相 나리와 한국韓國, 괵국虢國, 진국秦國 삼국부인三國夫人에게 각각 새 저택을 하사하셨다고 합니다. 여기 선양리宣陽里에 네 개의 저택이 서로 연달아 들어섰는데, 모두 황궁을 축조하는 것과 같은 방법으로 지었다고 합니다. 이 집을 짓고 나면 저 집보다 나은 듯하고, 저 집을 짓고 나면 또 이 집보다 훌륭한 것 같아서, 저 집이 화려하게 지어진 것을 보면, 이 집을 허물고 다시 지어 저 집과 비슷한 정도가 되어야 비로소 멈추었다고 합니다. 대청大廳 하나만 해도 족히 천만 관貫[27]은 나간다고 합지요. 오늘 완공을 해서, 조정의 대소大小 관원들이 모두 양고기와 술과 예물들을 마련하여 축하를 하러 가는 길입지요. 그래서 모두들 이곳을 지나가고 있답니다.

(곽자의가 깜짝 놀란다.)

곽자의 아, 어찌 이런 일이!

점 원 저는 그럼 다시 따뜻한 술을 좀 더 가져오겠습니다.

(점원이 퇴장한다.)

곽자의 (탄식하며) 아. 외척들의 총애가 깊어져 이 지경에까지 이르다니, 어찌하면 좋단 말인가!

초호로醋葫蘆

곽자의 신하가 감히 황실의 건축법을 베껴,

누가 더 호화로운지 경쟁하며 화려한 건물을 과시하고,
모든 공경대신들이 굽신굽신 허리 굽혀 추종하고,
권문세가를 향해 달려가 문전성시를 이루고 있구나.
더구나 어느 한 사람도,
폐하에게 민심을 말하는 이가 없으니,
저 붉은 용마루와 푸른 기와가,
모두 백성들의 피와 기름으로 칠한 것을 어찌 아시랴!

(곽자의가 자리에서 일어선다.)

곽자의 갑자기 화가 나서, 나도 모르게 술기운이 치밀어 오르는구나. 어디 사방 벽이나 한번 둘러보자.
(둘러보며) 벽에 누군가 작은 글씨로 몇 줄 시를 적어놓았구나. 어디 한번 볼까.
(시를 읽는다.)
"연시의 사람들 모두 떠나고,
함관函關의 말 돌아오지 않으리라.
만약 산 아래 귀신을 만나면,
옥고리에 비단 옷 묶게 되리라."
오호, 참으로 기이한 시로다.

요편幺篇

곽자의 내 여기 뚫어져라 쳐다보며,
처음부터 한 줄 한 줄 읽어보니,
아무리 생각해도 시의詩意에 불길한 징조가 담긴 것이 틀림없도다.
그렇다면 과연 누가 적은 걸까?

(다시 들여다보고 읽는다.)

"이하주李遐周[28] 적음."이라고?

(생각에 잠기며) 이하주라, 그 이름 참으로 익숙하다. 아하, 그렇지, 이하주란 술사術士가 과거와 미래를 맞춘다는 말을 들은 적이 있는데, 그 사람임이 틀림없다.

말로 하기 힘든 예언을 수수께끼 속에 숨겨놓은 것 같은데,

수수께끼 시를 풀어줄 두가杜家[29]는 어디 있는가?

설마 술에 취해 벽에 붓 가는 대로 마구 갈겨놓은 건 아니겠지!

(무대 안에서 시끄러운 소리가 들린다. 곽자의가 점원을 부른다.)

곽자의 이보게, 어디 있는가?

(점원이 등장한다.)

점 원 나리, 무슨 일이신지요?

곽자의 아래쪽이 왜 저리 떠들썩한가?

점 원 손님, 이쪽 창에서 아래쪽을 보시면 바로 아실 수 있습죠.

(곽자의가 본다.)

(안녹산이 왕복王服을 입고 말을 타고, 의장대가 앞에서 길을 인도하며 등장한다. 무대를 돌며 걸어서 퇴장한다.)

곽자의 저 사람은 누군가?

(점원이 웃으며 안녹산을 가리킨다.)

점 원 나리, 저기 저 배불뚝이가 보이십니까? 저 자의 이름이 바로 안녹산이랍니다. 폐하께서 그를 심히 총애하셔서, 심지어 어좌御座의 금계보장金鷄步障[30]에 앉는 것을 허락하시더니, 오늘은 또 그를 동평군왕東平郡王으로 봉해주셨다지요. 그래서 방금 조정에 나가 폐하의 은혜에 사례謝禮하고, 동화문東華門 밖 폐하께서 하사하신 새

저택으로 돌아가는 길에 이곳을 지나가는 중이랍니다.

곽자의　(깜짝 놀라 분노하며) 아, 저, 저 자가 안녹산이라고? 무슨 공로를 세웠다고 갑자기 왕의 작위를 받는단 말인가? 에잇! 내가 저놈의 꼴을 보니 역적의 상인지라, 천하를 어지럽힐 놈은 필히 저놈이 틀림없다!

금국향金菊香

곽자의　야심 가득한 저 잡종 양치기 놈을 보니,
벌처럼 불룩한 두 눈에 승냥이의 목소리, 필시 교활한 놈이로다!
어떻게 야생 늑대를 데려와 집안에 살게 한단 말인가?
설마 벽에 적힌 시가 장차 현실이 되는 것은 아닐까?
게다가 저놈과 귀척들이,
한꺼번에 요사스런 기세를 드러내기라도 한다면.

점　원　손님, 무슨 일로 그리 괴로워하십니까?

유섭아柳葉兒

곽자의　아,
나도 모르게 분기탱천 머리카락이 쭈뼛쭈뼛 솟아오르고,
뜨거운 열이 활활 온 가슴을 달구질하니,
허리에 찬 보검으로 자꾸만 눈길이 가는구나.

점　원　손님, 부디 노여움을 푸시고 저랑 술 한 병 하시지요.

곽자의　아,
천 잔의 술 들이붓고 백 개의 술병 비워낸들,
이 마음속 무거운 걱정 하나 어찌 삭일 수 있으랴!

(곽자의가 일어선다.)

곽자의 다 마셨네. 여기 술값이나 받아 감세.

(심부름꾼이 돈을 받는다.)

점 원 다른 손님들은 술 석 잔에 만사가 술술 풀리는 법인데, 이 손님은 한 숨에 천 가지 시름이로구나.

(심부름꾼이 퇴장한다.)

(곽자의가 주막에서 내려와 길을 따라간다.)

곽자의 이제 그만 숙소로 돌아가볼까.

낭래리浪來里

곽자의 가슴 아픈 시국 하나하나 살펴보니 마음이 언짢고,
혼란한 시국 슬퍼하는 예언의 시 한 구절 한 구절 보니,
천심天心과 인심人心 두 가지 모두 헤아리기 어려워,
깊은 한숨 내쉬며,
걱정으로 두 눈썹 찌푸려진다.
온 대지에 저물어가는 석양을 바라보며,
적막한 객사로 돌아가는 길,
여전히 풀리지 않는 이 내 심사.

(곽자의가 도착하여 객사에 들어가 앉는다.)

(부정이 수행원으로 분하여 등장한다.)

(수행원이 곽자의에게 인사한다.)

수행원 나리, 조정에서 임명장이 내려왔습니다.

(곽자의가 조서를 읽는다.)

곽자의 "병부兵部에서 임명장을 내려 관리로 임명하는 바이다. 성지聖旨

에 따라 곽자의를 천덕군사天德軍使에 임명하나니, 황제폐하께서 이를 비준하셨다."

성지가 벌써 내려왔구나. 서둘러 봇짐을 꾸려 오늘 당장 임지로 떠나야겠다.

(수행원이 응답한다.)

곽자의 나 곽자의, 비록 미관말직의 신분이지만, 이제부터라도 조정의 은혜에 보답하리라!

고과수조살高過隨調煞

곽자의 교룡蛟龍[31]은 한 척의 물에서도 지느러미와 비늘을 펼치고,
새는 탱자나무 가시덤불에서 깃털과 날개를 펼치는 법.
마침내 오래 묵은 구름을 떨치고 하늘로 올라가게 되었구나.
하늘과 땅을 다시 평정할 날이 온다면,
천년 제일의 공훈을 도모하리라.
설령 요기妖氣를 품은 독벌레가 설치고 있지만,
어깨에 해와 달을 짊어지고,
두 손으로 당나라를 지탱하지 않을 수 없으리.

하장시下場詩 10[32]

곽자의 말발굽 몇 년 동안 헛되이 내달리고, 호 숙胡 宿
권문세족들은 요직을 점령하고 있으니, 사공도司空圖
자신을 낮추고 하늘과 떨어져, 왕 건王 建
나라를 근심하는 자 그 누구인가? 여 온呂 溫

주

1. 장건將巾 : 무사가 쓰는 모자. 보통 무생건武生巾이라도 부르며, 전통희곡에서 무생武生이 쓰는 모자이다. 비단으로 만들어 꽃을 수놓고, 꼭대기에는 작은 화염火焰과 융絨으로 만든 구슬을 달고, 좌우에 장식용 술을 매단다. 여기에서 곽자의는 아직 관직을 얻지 못했기 때문에, 이것을 쓰고 등장한다.
2. 곽자의郭子儀 : 697-781년. 화주華州[섬서陝西 정현鄭縣] 출신이다. 천보天寶 연간에 북경北境 방위를 맡아 삭방절도사朔方節度使 휘하에 있었는데, 안녹산의 난이 일어나자 삭방의 군사를 거느리고 하동절도사河東節度使 이광필李光弼과 함께 중원의 반란군을 토벌하였다. 756년에 숙종肅宗이 서북의 영무靈武에서 즉위한 후에는 황태자 광평왕廣平王[훗날의 대종代宗] 밑에서 부원수副元帥가 되어 관군의 총지휘를 맡았으며, 회흘回紇[위구르]의 원군을 얻어 장안長安과 낙양洛陽을 수복하였다. 그러나 그와 같은 공로에도 불구하고 환관宦官 어조은魚朝恩 등의 배척으로 한때 실각하였다. 그 후 대종의 광덕廣德·영태永泰 연간에 토번吐蕃이 복고회은僕固懷恩 등과 연합하여 장안을 치려 하자 다시 기용되어, 회흘을 회유懷柔하고 토번을 무찔러 당나라를 구하였다. 그의 무공은 비할 데가 없다고 칭송되어, 상부尙父의 칭호를 받고 분양왕汾陽王에 봉해졌으며, 당나라 최대의 공신으로서 영광을 누렸다.
3. 화주華州 정현鄭縣 : 지금의 섬서陝西 화현華縣.
4. 육도六韜와 삼략三略 : 고대의 병서兵書.
5. 경륜經綸 : 나라를 다스리는 식견과 재능.
6. 무거武擧 : 무과武科에 합격한 거인擧人. 거인은 명청대明淸代 과거 시험에서 향시鄕試에 급제한 사람이다.
7. 하늘이 무너진다 : 원문은 기천杞天으로, 기우杞憂의 고사故事에서 나온 말이다. 옛날 기국杞國에 하늘이 무너지면 몸 둘 곳이 없을 것이라 걱정하여 침식을 전폐한 사람이 있었다.
8. 집안에 사는 제비 : 원문은 당간처연堂間處燕으로, 집안에 사는 제비가 앞으로 닥칠 위험을 모르는 것을 의미한다. 비슷한 말로 연처분소燕處焚巢가 있다. 제비가 불타는 둥지에 있다는 뜻으로, 매우 위험한 상황에 처한 것을 비유하는 말이다. 역시 비슷한 말로 처당연작處堂燕鵲이 있다. 사람의 집에 제비와 까치가 산다는 의미로, 위험한 상황에 처해 있지만 자신은 잘 모르고 있는 것을 가리킨다.

9 지붕 위의 까마귀를 보는 : 원문은 옥상첨오屋上瞻烏로, 나라에 닥쳐올 재난에 백성을 걱정한다는 의미이다. 〈시경詩經·소아小雅·정월正月〉에 "슬프게도 우리 백성들은, 어느 곳에서 복록을 누리는고? 저기 앉으려는 까마귀 보니, 그 누구 집에 앉을 것인가?(哀我人斯, 于何從祿? 瞻烏爰止, 于誰之屋?)"라는 구절이 있다.

10 우리 안의 호랑이, 울타리 속의 곰 : 원문은 합호번웅柙虎樊熊으로, 감옥에 수감된 악한들을 가리킨다.

11 성벽 위의 여우, 사당 안의 쥐 : 원문은 사서성호社鼠城狐로, 권세를 믿고 악행을 저지르는 악한, 소탕하기 힘든 소인배들을 가리킨다.

12 한밤에 검무劍舞를 추노라 : 밤에 홀로 무예를 닦는 것을 의미하며, 구국의 의지를 상징한다.

13 나무꾼이나 어부 : 원문은 초어樵漁로, 시골사람을 상징하는 말이다.

14 장안 거리 : 원문은 천가天街로, 당대唐代 장안성長安城 남측의 주작문朱雀門 밖의 큰 거리를 가리킨다. 천안가天門街라고 부르며, 주작대가朱雀大街라고도 부른다.

15 취한醉漢 : 술에 취한 사람. 시국에 대해 관심이 없는 사람을 가리킨다.

16 굴원屈原 : BC 343?-BC 278년?. 초楚의 왕족과 동성同姓이며, 이름 평平, 자는 원原이다. 생존연대는 《사기史記》 〈굴원전屈原傳〉에 명기明記되지 않았기 때문에 여러 설이 있으나, 지금은 희곡 《굴원》의 작자인 곽말약郭沫若의 설에 따르고 있다. 학식이 뛰어나 초나라 회왕懷王의 좌도左徒[좌상左相]의 중책을 맡아, 내정·외교에서 활약하였으나 법령法令을 입안할 때 궁정의 정적政敵들과 충돌하여, 중상모략으로 국왕에게서 멀어졌다. 《이소離騷》는 그 분함을 노래한 것이다. 그는 제齊나라와 동맹하여 강국인 진秦나라에 대항해야 한다는 합종파合縱派였으나, 연횡파連衡派인 진나라의 장의張儀와 내통한 정적과 왕의 애첩愛妾 때문에 뜻을 이루지 못하였다. 왕은 제나라와 단교하고 진나라에 기만당하였으며, 출병出兵하여서도 고전할 따름이었다. 진나라와의 화평조건에 따라 자진하여 초나라의 인질이 된 장의마저 석방하였다. 제나라에 사신으로 가 있던 굴원은 귀국하여 장의를 죽여야 한다고 진언했으나, 이미 때는 늦었고 왕의 입진入秦도 반대하였으나 역시 수포로 돌아갔다. 왕이 진나라에서 객사客死하자, 장남 경양왕頃襄王이 즉위하고 막내인 자란子蘭이 영윤令尹재상이 되었다. 자란은 아버지를 객사하게 한 장본인이었으므로, 굴원은 그를 비난하다가 또다시 모함을 받아 양자강 이남의 소택지로 추방되었다. 《어부사漁父辭》는 그때의 작품이다. 《사기》에는 〈회사부懷沙賦〉를 싣고 있는데, 이는 절명絶命의 노래이다.

한편, 자기가 옳고 세속이 그르다고 말하고, 〈난사亂辭〉 최종 악장에서는, 죽어서 이 세상의 모범이 되고 결국 자살로써 간諫하겠다는 결의를 밝히고 있는데, 실제로 그는 장사長沙 멱라수汨羅水에 투신하여 죽었다. 그의 작품은 한부漢賦에 영향을 주었고, 오늘날에도 높이 평가받고 있다.

17 강태공姜太公 : BC 1156-BC 1027년, 향년 139세. 서주西周의 개국공신 여상呂尙[강자아姜子牙]을 가리킨다. 그는 주문왕周文王을 만나기 이전, 위수渭水 가에서 낚시를 했다.

18 이광李廣 : ?-BC 119년. 한漢나라의 명장. 그는 사냥을 나가면 풀 속의 돌을 호랑이라 여겼고, 활을 쏘면 화살촉이 돌 안으로 들어갔다고 전한다.

19 번쾌樊噲 : BC 242-BC 189년. 한漢나라의 공신. 그는 일찍이 패현沛縣[지금의 강소성江蘇省 패현]에서 개를 잡아 파는 일을 했다. 서한西漢의 개국공신이자, 대장군, 좌승상을 지냈다. 유명한 군사 통수統帥이다.

20 동시東市와 서시西市 : 당대唐代 장안長安에 있던 두 개의 큰 시장. 동시는 주로 고관과 귀인 등 상류층을 위한 것이고, 서시는 일반평민뿐만 아니라 서역西域, 일본, 한국 등 국외 행상들을 위한 국제적 시장이었다. 당대의 서시의 규모는 1600여 무畝[1무는 약 666.7m²]에 달하며, 건축면적은 100만m²에 달한다. 약 220여 개의 업종이 있었으며, 고정적인 상점은 4만여 점에 달해, 황금시장[금시金市]으로 불렸다. 당시 세계 최대규모의 상업중심지였다.

21 형가荊軻 : ?-BC 227년. 전국시대의 자객으로, 위衛나라 하남성河南省 출생이다. 독서와 검술을 좋아했다. 연燕나라 태자 단丹의 식객이 되었고, 형경荊卿·경경慶卿이라 불렸다. 진秦이 침략한 땅을 되찾아주거나 진왕秦王 정政[후의 진시황始皇帝]을 죽여 달라는 단의 부탁을 받고, 진에서 도망해온 장수 번오기樊於期의 목과 연나라 독항督亢[하북河北 고안현固安縣]의 지도를 가지고 출발하여, 역수易水 근처에서 단과 헤어지며 다음과 같이 노래했다. "바람 쓸쓸하니 역수도 차갑구나, 장사 한번 가면 다시 돌아오지 못하리! 호랑이 굴을 찾아 이무기의 궁으로 들어가나니, 하늘을 우러러 숨을 내쉬니 흰 무지개 되었구나.(風蕭蕭兮易水寒, 壯士一去兮不復還. 探虎穴兮入蛟宮, 仰天噓氣兮成白虹.)" 진에 들어가 진왕을 알현하고 죽이려 하였으나 실패로 끝나고, 오히려 죽임을 당하였다.

22 도연명陶淵明 : 365-427년. 이름은 잠潛, 자字는 연명 또는 원량元亮이다. 강서성江西 구강현九江縣의 남서쪽 시상柴桑 출생이다. 문 앞에 버드나무 다섯 그루를 심어 놓고 스스로 오류五柳 선생이라 칭하기도 하였다. 그의 증조부는 서진西晋의 명장 도간陶侃이며, 외조부는 당시의 명사 맹가孟嘉였다고 전한다. 이와

같은 가문에서 태어났지만 생활이 그렇게 풍족하지 못한 소지주 정도의 가정에서 자랐다. 29세 때에 벼슬길에 올라 주州의 좨주祭酒가 되었지만, 얼마 못 가서 사임하였다. 그 후 군벌항쟁의 세파에 밀리면서 생활을 위하여 하는 수 없이 진군참군鎭軍參軍·건위참군建衛參軍 등의 관직을 역임하였다. 그의 시풍은 당대唐代의 맹호연孟浩然·왕유王維·저광희儲光羲·위응물韋應物·유종원柳宗元 등을 비롯하여 많은 시인들에게 영향을 끼쳐, 문학사상으로 남긴 업적은 매우 크다. 그리고 양梁나라 소명태자昭明太子의 《문선文選》에 9편이 수록되었다. 이후 판본版本 및 주석서가 나왔으며, 시 외에 《오류선생전五柳先生傳》, 《도화원기桃花源記》 등 산문에도 뛰어났다.

23 술주정 부리는 거친 권부灌夫 : 서한西漢 시기의 사람으로 성격이 강직했다. 술을 마신 후 승상丞相 전분田蚡을 욕하다가 죽임을 당했다.

24 취향醉鄕 : 술이 거나하게 취하여 느끼는 즐거운 경지.

25 고양高陽의 술꾼 : 역이기酈食其(?-BC 203)를 가리킨다. 진대秦代 진류현陳留縣 [지금의 하남성河南省 개봉시開封市 개봉현開封縣 동남쪽] 고양高陽 출신이다. 한고조漢高祖 유방劉方의 책사策士를 지냈다. 그가 처음 유방을 찾아갔을 때, 문밖에서 "나는 고양高陽의 술꾼이지, 유학자가 아닙니다."라고 외쳤고, 이로써 유방을 접견할 기회를 얻었다. 《사기史記》 〈역생열전酈生列傳〉에 다음과 같이 기록하고 있다. 역이기는 독서를 즐겼지만 집안이 가난해서 마을의 성문을 관리하는 감문리監門吏로 있었다. 그는 술을 즐기고 능력을 드러내지 않아 사람들은 그를 미치광이 선생이라고 불렀다. 진승陳勝과 항량項梁 등이 진秦에 반기를 들고 일어서자, 그는 자신이 몸을 의탁할 만한 인물을 찾았다. 그러다 유방을 만나 그의 뜻을 확인한 뒤에 섬기게 되었다. 역이기는 유방이 진류陳留를 점령하는 데 공을 세워 광야군廣野君이라고 불렸으며, 그 뒤 세객說客으로서 제후諸侯들을 회유하고 설득하는 일을 맡아 활약하였다.

26 길복吉服 : 예복. 경사慶事가 있을 때 입는 화려한 옷.

27 관貫 : 엽전 꾸러미. 엽전 천 개.

28 이하주李遐周 : 당명황 시기의 술사術士이자 예언가로, 《명황잡록明皇雜錄》에 의하면 도술에 뛰어났다고 한다. 다음은 《명황잡록》에 등장하는 내용이다. 당唐 개원開元 연간에 그는 황제의 명을 받아 궁중으로 들어갔다가 후에는 현도관玄都觀에 가게 해달라고 부탁했다. 재상 이임보李林甫는 그를 찾아갔다. 이하주는 이임보를 보고 "재상님이 살아계시면 재상님의 집이 안전하고, 재상님이 돌아가시면 재상님의 집도 망합니다."라고 말했다. 이임보가 눈물을 흘리며 절을 하며 도와달라고 부탁하자, 이하주는 웃으면서 아무 대답도 하지 않다가 "농담

을 한 것뿐입니다."라고만 했다. 천보天寶 말년 안녹산이 제멋대로 발호하자 모두가 걱정하였지만 황제만은 깨닫지 못하였다. 하루는 이하주가 아무도 모르게 은거해버렸는데, 그의 거처에 몇 수의 시가 남아 있을 뿐이었다. 기억나는 내용은 안녹산이 나라를 도적질하고, 당명황이 촉蜀으로 피란을 간다는 내용이었는데, 당시 사람들은 그 시를 보고도 아무도 이해하지 못하다가 시간이 흐른 후에 그 시가 사실로 드러났음을 알게 되었다. 그중 마지막 시는 다음과 같다. "연시인개거燕市人皆去, 함관마불귀函關馬不歸. 약봉산하귀若逢山下鬼, 환상계나의環上系羅衣." "연시인개거燕市人皆去"의 뜻은 '안녹산이 유주幽州와 계주薊州의 장군들을 모아 함께 반란을 일으킨다'는 뜻이고, "함관마불귀函關馬不歸"는 '가서한哥舒翰의 군대가 동관潼關에서 패전하고 전군이 전멸해서 말들이 돌아오지 못한다'는 뜻이다. "약봉산하귀若逢山下鬼"는 '만약 마외파馬嵬坡를 지난다면'이라는 뜻이고, "환상계나의環上系羅衣"는 양귀비의 소자小字가 옥환玉環인데 당명황이 촉蜀으로 피란을 가다가 마외파에 이르면 고역사가 그녀를 '비단수건으로 목매달아 죽인다'는 뜻이다.

29 두가杜家 : 전설에 등장하는 인물로, 수수께끼 시를 잘 맞추었다.

30 금계보장金鷄步障 : 금계金鷄가 그려진 황제의 자리와 병풍. 금계는 꿩과의 새로, 꿩과 비슷하다. 수컷은 광택 있는 황금색 우관羽冠과 뒤 목에는 누런 갈색 및 어두운 녹색의 장식깃이 있어 매우 아름답다. 암컷은 엷은 갈색 바탕에 검은 점이 있다. 번식이 쉽고 추위에 강하여 관상용으로 기르며 중국이 원산지이다.

31 교룡蛟龍 : 상상 속의 동물. 모양이 뱀과 같고 몸의 길이가 한 길이 넘으며 넓적한 네 발이 있고, 가슴은 붉고 등에는 푸른 무늬가 있으며 옆구리와 배는 비단처럼 부드럽고 눈썹으로 교미하여 알을 낳는다고 한다. 때를 못 만나 뜻을 이루지 못한 영웅호걸을 상징한다.

32 첫 번째 구는 호숙胡宿의 〈감구感舊〉(《전당시全唐詩》 권731 참조), 두 번째 구는 사공도司空圖의 〈유감이수有感二首〉(《만수당인절구萬首唐人絶句》 권34, 《전당시》 권633 참조), 세 번째 구는 왕건王建의 〈상장홍정상공上張弘靖相公〉(《전당시》 권300 참조, "비산자지소한격卑散自知霄汉隔"을 응용), 네 번째 구는 여온呂溫의 〈정원십사년한심견권문이작약화貞元十四年旱甚見權門移芍藥花〉(《만수당인절구》 권21, 《전당시》 권371 참조)를 인용하였다.

제11척

노래를 듣다【문악聞樂】[1]

등장인물 항아嫦娥(노단老旦), 선녀仙女, 한황寒簧(첩貼), 양귀비楊貴妃(단旦)
배 경 월궁月宮

남려인자南呂引子 · 보섬궁步蟾宮

(노단老旦이 항아嫦娥[2]로 분하여 선녀를 대동하고 등장한다.)

항 아 청아한 달빛 황홀한 밤하늘 홀로 차지한 채,
만고천추萬古千秋 지나도록 홍진紅塵에 물들지 않았네.
푸른 하늘에 흩날리는 청풍淸風 백로白露가 은섬銀蟾[3]에 뿌려지고,
한 줄기 선음仙音[4]이 바람결에 잔잔히 울려 퍼지누나.
"장생약長生藥[5]을 빻는 이곳은 속세에서 억겁이나 떨어져 있으며,
맑고 고운 모습은 본래부터 타고난 진면목이라오.
구름 속에서 떨어지는 계화桂花를 세심히 바라보며,
울창한 계수나무 한 그루에 기대어 있다오."
저는 항아嫦娥랍니다. 원래 달나라의 주인이었지만, 후예后羿[6]의 부인이라고 잘못 알려져 있지요. 칠보七寶[7]로 만들어진 둥근 달은 삼만 육천 년이 되었고, 휘영청 밝은 달덩이는 천이백 리를 빛으로 가득 채운답니다. 옥토끼와 금두꺼비는 영원히 빛나는 진기한

보물을 만들고, 흰 느릅나무[8]와 붉은 계수나무는 만년 동안 지지 않는 진기한 꽃송이를 피우고 있답니다. 예로부터 〈예상우의霓裳羽衣〉[9]이라는 선악仙樂 한 부가 오랫동안 월궁에 보관되어 있었는데, 아직 인간 세상에는 알려지지 않았답니다. 지금 속세의 당나라 황제는 지음知音[10]으로 음악을 좋아하고, 그의 후궁인 양옥환은 전생에 원래 봉래蓬萊의 옥비玉妃[11]로 예전에 이곳에 온 적도 있지요. 아무래도 양옥환의 몽혼夢魂[12]을 초청하여 다시금 이 노래를 들려주어, 그녀가 꿈에서 깨어난 후 이 노래를 기억해서 관현악으로 작곡하게 해야겠습니다. 천상의 선음을 인간세상의 아름다운 이야기로 길이 남겨둔다면, 어찌 좋지 않겠습니까!

한황寒簧[13]아, 이리 오너라.

한 황 대령하였사옵니다.

항 아 당나라 궁궐로 가서, 양옥환의 몽혼을 이곳에 데려와 노래를 들려주어라. 곡이 끝나고 나면, 그대로 모셔드리도록 하고.

한 황 잘 알겠사옵니다.

(한황이 명령을 받는다.)

항 아 "하룻밤 유선몽游仙夢을 빌려,

천추千秋의 법곡法曲[14]을 몰래 전해주리."

(항아가 선녀를 데리고 퇴장한다.)

한 황 항아님의 명을 받았으니, 월궁을 떠나 당나라 궁궐로 가 볼까요.

(한황이 길을 나선다.)

남려과곡南呂過曲 · 양주서범梁州序犯 **본조本調**

한 황 비스듬히 빛나는 은하수,

희미하게 반짝이는 무수한 별들.

고개 숙여 저 멀리 홍진세상 엿보니,
보이는 것이라곤 자욱한 안개뿐.
이제 청정하고 엄숙한 옥부玉府[15]를 떠나,
패옥佩玉을 흔드는 바람결에 내 몸을 맡기고,
노을빛에 물든 옷자락 찰랑이며,
느린 걸음으로 붉은 구름을 디디노라.
천상의 음악을,
궁중에 전해주려고,
아무도 몰래 미인의 영혼을 섬궁으로 모셔 오리라.
여기가 당나라 궁전 안이로구나.

하신랑賀新郎

보세요, 굳게 잠긴 물고기 자물쇠,[16]
가려진 용 휘장,
저기 양귀비 마마가,
해당화처럼 단잠에 빠져[17] 더욱 고와보이고,

본서미本序尾

살짝 부르며 깨우니,
옥 대자리 꼭 끌어안으시누나.

(한황이 양귀비를 부른다.)

한 황 양귀비 마마, 일어나셔요.
(단旦이 양귀비의 몽중혼夢中魂으로 분장하여 등장한다.)

어등아漁燈兒

양귀비 방금 서늘한 바람을 쐬고,

운우지정雲雨之情에 빠졌다가,
막 단잠을 자고 일어난 자리에,
분가루 묻어 있고 꽃잎 화장 붙어 있네.[18]

꽃잎화장

한 황　마마, 일어나보세요.

양귀비　아, 깊은 구중궁궐 속,
처마 아래에서 누가 나를 부르는 걸까?
궁아의 보고도 없이 살금살금,
가벼운 걸음으로 궁궐 안 처마까지 오다니.

한 황　마마, 어서 일어나보세요.
(양귀비가 피곤한 듯 기지개를 켠다.)

양귀비　가냘픈 몸짓으로 몽롱하니 기지개 켜고,
천천히 일어나 주렴을 걷어보니.

(양귀비가 침대 밖에 서 있는 한황을 발견한다.)

양귀비　아, 누군가 했더니 궁녀가 왔구나!

전강前腔

한 황　저는 장문궁長門宮[19]에 예속된 궁녀도 아니고,
버림받아 궁을 청소하는 궁녀[20]도 아니옵니다.

양귀비　궁녀가 아니라면, 아마 별원別院에 있는 미인이로군요?

한 황　저는 소용昭容[21]에 이름이 올라 있지도 않고,
폐하가 앉으신 어좌를 우러러본 적도 없사옵니다.

양귀비　그렇다면 그대는 누군가요?

한 황　쇤네는 달나라의 시녀로, 이름은 한황이라 하옵니다.
제 이름은 요궁瑤宮[22] 월전月殿의 명부에 올라 있지요.

양귀비 (놀라며) 원래 달나라 선녀님이셨군요. 그런데 선녀님께서 어인 연유로 이곳에 오셨나요?

한 황 방금 항아님의 명령을 받들어 직접 전해드리기 위해서지요. 마마, 월궁 계수나무 꽃그늘 아래로 피서避暑를 떠나시어요.

양귀비 아, 세상에 어떻게 이런 일이!

한 황 마마, 부디 망설이지 마시옵소서. 제가 잘 모실 터이니, 부디 저와 함께 가시옵소서.

(한황이 양귀비를 인도하여 길을 떠난다.)

금어등錦漁燈

함 께 벽락碧落[23]으로 걸음 옮길 때마다,
구름이 모락모락 발아래에 솟아나고,
푸른 하늘 밟을 때마다,
바람이 한들한들 귓가를 간질이누나.
문득 바라보니,
손에 잡힐 듯 드리어진 북두칠성,
거울[24] 속에 벌써,
휘황찬란한 궁전의 긴 그림자 나타나네.

양귀비 아아, 때가 이미 중하仲夏[25]인데, 어찌 이리 추운 거죠?

한 황 이곳이 바로 태음월부太陰月府[26]이기 때문에 그렇답니다. 인간 세상에서 광한궁廣寒宮[27]으로 알려진 곳이지요. 어서 들어가시어요.

양귀비 (기뻐하며) 이런 더러운 몸과 평범한 꼴로 오늘 밤 월궁에 다 오게 되다니, 정말 운이 좋네요.

(양귀비가 월궁으로 들어간다.)

금상화錦上花

양귀비 한가로이 멋진 경치 구경하다보니,
흡족한 마음에 행복해지누나.
(생각에 잠기며) 그런데 이 경치는 마치 예전에 본 적이 있는 것만 같아요.
주위를 둘러싼 옥돌 계단,
사방을 에워싼 벽옥 처마,
어디서 본 것만 같은 아련한 경치.
그런데 저기 저 계수나무는 어쩜 이다지도 일찍 꽃을 피웠죠!

한 황 저것이 바로 달나라의 붉은 계수나무랍니다. 사시사철 무성하며, 꽃만 아니라 잎에서 모두 향기가 나지요.
(양귀비가 계수나무를 바라본다.)

양귀비 정말 좋은 꽃이로군요!
아무리 보아도 질리지 않고,
볼수록 즐거움 늘어가누나.
황금빛 꽃봉오리 주렁주렁 이어져,[28]
비췻빛 이파리에 둘러싸였네.
자욱한 꽃향기가 겹의縑衣[29]에 스며드는데,
사람은 계수나무 그늘로 살금살금 걸어가누나.

(안에서 음악을 연주한다.)

양귀비 저기 좀 보아요. 하얀 저고리에 붉은 치마를 입은 선녀들이, 계수나무 아래에서 풍악을 울리며 나오고 있어요. 참으로 듣기 좋네요.

한 황 이것이 바로 〈예상우의〉라는 곡이랍니다.
(잡雜이 네 명, 여섯 명, 혹 여덟 명의 선녀로 분장하여, 하얀 저고

리, 붉은 치마, 비단 운견雲肩,[30] 영락瓔珞,[31] 표대飄帶[32]를 착용하고 등장한다. 각기 악기를 연주하고 노래를 부르며 무대를 돌며 입장한다.)

(양귀비와 한황은 곁에서 이를 지켜본다.)

운견雲肩

영락瓔珞

금중박錦中拍

선녀들 천상의 악기 들고,
꽃덤불 안에서 현을 튕기고 뜯노라니,
찰랑이는 무지갯빛 치마는 이슬에 젖어 드네.
아득히 떨어진 홍진세상 덧없이 시간 흘러가고,
요대瑤臺[33]는 아름다운 빛 끊임없이 쏟아내는데,
아무리 혀끝으로 불고,
섬섬옥수로 타며,
운치를 더해보아도,
속세의 몽염夢魘[34]은 깨울 수 없고,
천궁의 시계바늘도 멈출 수 없어라.
선계를 유람하는 하룻밤 꿈속에서,
노래가 끝나고 마지막 가락까지 들으셨으니,
지음이시여,
부디 다시 살살이 살펴봐주소서.

양귀비 아름다워라, 이 노래여! 고상하고 감미롭게, 내 영혼을 울리누나.

이는 참으로 인간세상의 것이 아니로다!

금후박錦后拍

양귀비　아련히 멀어지는 한 떨기 선녀들의 자태,
마치 예전에 본 것만 같은데.
청아한 노래 다 들었거늘 그 뜻은 끝이 없네.
무수한 임낭琳琅, 완염琬琰,[35]
무수한 임낭, 완염,
한마디 한마디 주옥같은 가락,
남몰래 봉황신발 가볍게 두드려가며,
음률을 대조하며 손가락 끝에 기억해두었다네.
부끄러움으로 붉어진 내 얼굴,
아름다운 춤 고운 노래 자화자찬했거늘,
이 균천鈞天[36]의 우아한 연주에 비하니 참으로 부끄럽구나.

양귀비　선녀님, 부디 월주月主 마님을 한 번만 만나게 해주세요.
한　황　월주님을 만나시기엔 아직 때가 이르답니다. 점점 동이 트려고 하니, 마마께서는 궁으로 돌아가셔야 하옵니다.

미성尾聲

한　황　마마, 달나라에 오르는 길이 있음을 부디 기억해 주소서.
양귀비　다행히 새 노래를 빠짐없이 잘 간직해 두었어요.
한　황　하지만 반야半夜동안 마마님을,
침상 위의 임금님에게서 떨어트려놓았네요.

(양귀비가 퇴장한다.)

한 황 양귀비 마마께서 당나라 궁으로 돌아가셨으니, 나도 월주마님께 보고를 드리러 가볼까.

하장시下場詩 11[37]

한 황 푸른 기와 오동 난간 월궁의 문을 열고, 조 당曹 唐
명월에 임을 배웅하려하네. 정선지丁仙芝
선악을 인간세상에서 들을 수 있게 허락했으니, 이상은李商隱
오히려 인간세계에서 더 빨리 퍼져나가리라. 황 도黃 滔

주

1 문악聞樂 : 제11척 〈노래를 듣다〉와 제12척 〈악보를 만들다〉에는 양귀비가 월궁月宮에서 노래를 듣고, 그 노래를 악보로 만드는 장면이 등장한다. 이 이야기의 배경에는 두 가지 설이 존재한다. 하나는 음률과 작곡에 뛰어난 당명황이 월궁을 유람하고 〈예상우의곡霓裳羽衣曲〉을 지었다는 이야기이다. 두 번째는 가무에 뛰어난 양귀비가 노래를 만들고 〈예상우의곡〉의 춤을 췄다는 설이다. 제11척은 두 가지 설을 연결시켜, '꿈속에 월궁을 유람하고', '월궁의 노래를 듣고', '악보를 만드는' 사건의 주인공을 양귀비로 설정하였다.

2 항아嫦娥 : 달의 여신. 항아姮娥라고도 하는데, 한문제漢文帝 유항劉恒의 이름을 피휘避諱하여 항아로 고쳤다. 《회남자淮南子·남명훈覽冥訓》에 "예羿가 서왕모西王母에게 불사약을 얻었으나, 항아가 이를 훔쳐 달나라로 달아났다."고 기록하고 있으며, 고유高誘의 주注에 "항아는 예의 부인이다. 예가 서왕모에게 불사약을 얻어 미처 먹기 전에 항아가 그것을 훔쳐 먹고 선녀가 되어 달나라로 도망가서 월정月精이 되었다."고 기록하고 있다.

3 은섬銀蟾 : 달, 달빛. 항아가 달나라로 달아난 후 섬서蟾蜍[두꺼비]로 변했다는 전설이 있다. 《후한서後漢書·천문지天文志》 유소劉昭의 주注에 "예가 서왕모에게 불사약의 얻었으나, 항아가 이를 훔쳐 달나라로 달아났다. … 이에 자신의 몸을 달나라에 의탁하고 두꺼비가 되었다."는 기록이 있다.

4 선음仙音 : 선악仙樂, 신선의 풍악.

5 장생약長生藥 : 불로장생약. 달나라에 사는 옥토끼가 불로장생약을 만들기 위해 약을 빻는다는 전설이 있다. 부함傅咸의 《의천문疑天文》에 "달나라에는 무엇이 있는가, 옥토끼가 약을 빻고 있지.(月中何有, 白兔搗藥.)"라는 대목이 등장하며, 두보杜甫의 〈월月〉이라는 시에서 "은하로 들어간 두꺼비는 은하수에 빠지지 않고, 토끼는 불로장생약을 빻네.(入河蟾不沒, 搗藥兔長生.)"라고 노래하였다.

6 후예后羿 : 하夏 나라 유궁국有窮國의 군주로, 활을 잘 쏘았다고 한다.

7 칠보七寶 : 금, 은, 유리瑠璃, 거거硨磲, 마노瑪瑙, 호박琥珀, 산호珊瑚의 일곱 가지 보물. 《유양잡조酉陽雜俎》 권1 〈천지天咫〉에 "태화太和 연간, 정인본鄭仁本의 사촌형제가 있는데 이름은 기억나지 않는다. 일찍이 왕수재王秀才와 함께 숭산嵩山을 유람하다가 … 아주 깨끗하고 하얀 포의布衣[무명옷, 일반 백성이 입는 저렴한 복장]를 입은 이를 만났다. … 그 사람은 웃으면서 '그대는 달이 일곱 가지 보물을 합쳐서 만들었다는 사실을 아는가?'라고 말했다."는 기록이 있다.

8 흰 느릅나무 : 원문은 백유白楡로, 원래 은하수의 뭇 별들을 가리키지만, 여기서는 달을 가리킨다. 《악부시집樂府詩集》 권37 〈농서행隴西行〉에 "천상에는 무엇이 있는가, 대대로 백유를 심었다.(天上何所有, 歷歷種白楡.)"라는 구절이 있다.

9 예상우의霓裳羽衣 : 당대의 무곡舞曲으로, 원명은 〈파라문婆羅門〉이다. 인도에서 전해졌을 가능성이 있지만, 천보天寶 시기에 이미 몇 차례의 수정과 가공을 거쳤다. 북송北宋 시기에 실전되었다.

10 지음知音 : 당명황이 지음이었다는 사실에 대해 당唐·남탁南卓의 〈갈고록羯鼓錄〉에는 다음과 같이 기록하고 있다. "황제는 음률音律에 정통했는데, 이는 천부적인 재능이었다. 무릇 현악이든 관현악이든 반드시 이를 절묘하게 만들어냈다. 만약 뭇 노래를 제작하려고 하면 의도하는 대로 만들어내다. … 특히 갈고羯鼓와 옥적玉笛을 좋아했다.(上洞曉音律, 由之天縱, 凡是絲管, 必造其妙, 若制作諸曲, 隨意卽成. … 尤愛羯鼓玉笛.)"

11 봉래蓬萊의 옥비玉妃 : 양귀비를 옥비로 부르는 것은 그 유래가 오래 되었다. 《장한가전長恨歌傳》에 "다시 사방 하늘 아래위로 찾아가, 동으로는 하늘의 끝에 있는 바다에 이르러 봉호蓬壺를 넘어가자 가장 높은 산이 보였다. 위에는 여러 누각과 대궐이 있고, 서상西廂 아래에는 빈 집이 있었다. 그 집은 동향으로 문은 닫혀 있었고 팻말에 '옥비태진원玉妃太眞院'이라 쓰여 있었다."라고 기록하고 있다. 《양태진외전楊太眞外傳》의 내용도 이를 따르고 있다. 《태평광기太平廣記》 권20에 《선전습유仙傳拾遺》의 다음과 같은 내용을 인용하고 있다. "동해東海의 산 봉래의 정상에, 남궁南宮과 서무西廡[서쪽 대궐]가 있으니 뭇 신선이 사는 곳이다. 상원선녀上元女仙 태진太眞은 바로 양귀비이다." 송宋·유부劉斧의 《청쇄고의靑瑣高議》 전집前集 권6에 실린 《온천기溫泉記》에 "'어떤 선녀냐?'라고 묻자, 동자는 '봉래의 첫째 궁궐에 사는 태진비太眞妃입니다.'라고 대답했다."는 기록이 있다. 본 척과 이후 제27척 〈뒤따르는 유혼〉, 제33척 〈토지신의 호소〉, 제37척 〈신선이 되다〉, 제40척 〈신선의 그리움〉, 제50척 〈다시 하나가 되어〉 등 여러 차례에 걸쳐 양귀비의 전생이 '봉래옥비蓬萊玉妃'였다고 기록하고 있다. 이는 위와 같은 전설에 근거한 것이다. 당대唐代 필기筆記인 《소상록瀟湘錄》에도 양귀비를 '인간 세상에 유배된 선녀'라고 기록하고 있다.

양귀비를 봉래옥비라고 보는 설과 당명황을 공승진인孔昇眞人이라고 보는 설은 모두 당명황이 도교를 애호했던 관계가 있다. 봉래는 원래 전설 속 삼신산三神山의 하나이다. 《당양경성방고唐兩京城坊考》 권1에 의하면 당唐 대명궁大明宮은 고종高宗 때 이름을 봉래궁蓬萊宮으로 바꾸었으며, 대명궁 자신전紫宸殿 뒤편에는 또 봉래전蓬萊殿, 봉래산蓬萊山, 봉래지蓬萊池가 있었다고 한다. 《태평광기太平廣記》 권35에는 《선전습유仙傳拾遺》의 내용을 인용하여 당명황이 성진인成眞人을 '내전內殿으로 불러 봉래원蓬萊院에 묵게 했다.'고 기록하고 있다. 당명황은 도교를 애호하였고, 양귀비 역시 그러했다. 《명황잡록明皇雜錄·보유補遺》에 "당 천보天寶 연간 손증생孫甑生이라는 자는 도술에 정통하였는데 현종이 그를 경사로 불렀다. … 태진비는 그의 도술을 좋아하여 몇 번이나 궁으로 불러 시범을 보이게 하였다."고 기록하고 있다. 《광기廣記》 권72에는 《기문紀聞》의 내용을 인용하여 "황제와 귀비 양씨는 아침저녁 조알하고 침대 아래에서 절을 드리고 도술가를 찾아갔다."고 기록하고 있다. 같은 책 권69에는 《전기傳記》에 나오는 내용을 인용하여 "장운용張雲容이 말하기를 '이때 폐하께서 신천사申天師를 만나 도에 대해 이야기하는 것을 보았다. 나는 홀로 귀비와 이야기를 훔쳐 들었다.'고 했다."고 기록하고 있다. 봉래에 들어가는 것은 도가에서 추구하는 최고의 목표이며, 이런 이유로 귀비가 봉래선자였다는 설이 만들어지게 되었다.

12 몽혼夢魂 : 꿈속에서 육체를 떠난 영혼. 옛날 사람들은 꿈속에서 사람의 영혼은 육체를 벗어날 수 있다고 믿었다.

13 한황寒簧 : 선녀의 이름.

14 법곡法曲 : 수당隋唐의 악곡으로, 법부法部라고도 부른다. 당명황이 이를 몹시 아꼈다고 전해진다. 여기서는 〈예상우의곡霓裳羽衣曲〉을 가리킨다. 법곡은 원래 도관道觀에서 연주하는 음악으로, 당명황이 법곡을 개조한 바 있다. 당명황은 좌부악기坐部樂伎 제자弟子 삼백 명을 선발하여, 이원梨園에서 연습시키고 이를 이원법부梨園法部라 하였는데, 이들이 바로 황제의 이원제자梨園弟子이다. 당상堂上에서 앉아서 연주하는 것을 좌부기坐部伎라 하고, 당하堂下에서 서서 연주하는 것을 입부기立部伎라 한다. 〈예상우의곡〉도 이 법곡의 하나이다. 원진元稹의 시 〈법부法部〉에 "〈예상우의〉라는 천악天樂을 노래하네.(霓裳羽衣號天樂.)"라는 구절이 있다. 백거이白居易의 〈법곡가法曲歌〉에 "법곡, 법곡, 〈예상〉을 노래하네.(法曲法曲歌霓裳.)"라는 구절이 있다. 왕건王建의 〈예상사霓裳詞〉에 "법부를 불러 〈예상〉을 연주하게 하였다.(傳呼法部按霓裳.)"는 기록이 있다. 〈예상우의〉가 곧 법곡의 일종임을 알 수 있다.

15 옥부玉府 : 선궁仙宮, 여기서는 월궁을 가리킨다.

16 물고기 자물쇠 : 원문은 어약魚鑰이다. 송宋·증조曾慥의 《유설類說》 권11에서 《지전록芝田錄》의 내용을 인용하여, 자물쇠를 물고기 모양으로 만든 이유에 대해 "자물쇠를 반드시 물고기 모양으로 만드는 이유는, 물고기는 눈을 감지 않고 밤새 지키기 때문이다."라고 설명하였다.

17 해당화처럼 단잠에 빠져 : 원문은 해당수족海棠睡足으로, 양귀비가 잠에 빠져 깨지 못하는 아리따운 모습을 형용한 말이다.

18 분가루 묻어 있고 꽃잎 화장 붙어 있네 : 원문은 분니황점粉膩黃黏로, 얼굴에 남아 있는 화장을 묘사한 말이다. 황黃은 황색의 분가루이다. 온정균溫庭筠은 〈상궁인가湘宮人歌〉에서 "황분黃粉을 칠한 초楚나라의 궁녀, 아름다운 꽃 옥으로 새긴 용비늘.(黃粉楚宮人, 芳花玉刻鱗.)"이라고 노래하고 있는데, 궁중에서 황분으로 화장했음을 알 수 있다. 서삭방徐朔方은 '황'을 '화황花黃', 즉 여인들이 이마에 붙이던 노란색의 꽃잎 장식으로 보았다.

19 장문궁長門宮 : 한무제漢武帝 진황후陳皇后가 총애를 잃고 거처한 곳. 장문궁은 한나라 장안의 동북쪽에 있던 궁전이다.

20 버림받아 궁을 청소하는 궁녀 : 한성제漢成帝 때 반첩여班婕妤가 실총하자, 장신궁長信宮에 물러나 태후太后를 섬겼다. 앞에 등장한 장문궁의 전고와 함께 하층 궁녀들을 가리킨다.

21 소용昭容 : 궁중 여관女官의 명칭, 한대漢代에 만들어졌나. 당대唐代 구빈九嬪의 하나로, 지위는 귀비貴妃보다 아래이다.

22 요궁瑤宮 : 월궁을 가리킨다.

23 벽락碧落 : 하늘, 푸른 하늘. 도가道家에서 말하는 동방東方 제일천第一天에 푸른 빛 안개가 충만해 있는 곳. 〈장한가長恨歌〉에 "위로는 벽락으로 아래로는 황천黃泉까지 갔으나, 두 곳 모두 아득하여 보이지 않았다.(上窮碧落下黃泉, 兩處茫茫皆不見.)"라고 전고가 있다.

24 거울 : 여기서는 둥근달을 가리킨다.

25 중하仲夏 : 음력 오월.

26 태음월부太陰月府 : 월궁.

27 광한궁廣寒宮 : 류종원柳宗元의 《용성록龍城錄》 〈명황몽유광한궁明皇夢遊廣寒宮〉에 "개원開元 6년, 상황上皇은 신천사申天師 및 도사 홍도객鴻都客과 함께 음력 팔월 보름날 밤 신천사의 도술로 세 사람은 함께 구름을 타고 달나라를 유람했다. 큰 문 하나를 지나니, … 문득 큰 궁궐이 나타났는데, 현판에 '광한청허지부廣寒淸虛之府'라고 쓰여 있었다.(開元六年, 上皇與申天師, 道士鴻都客, 八月望日夜. 因天師作術, 三人同在雲上遊月中. … 頃見一大宮府, 榜曰廣寒淸虛之府.)"는 기록이 있다.

28 황금빛 꽃봉오리 주렁주렁 이어져 : 원문은 금영철金英綴로, 금영金英은 금빛의 계수나무 꽃봉오리이다. 금영철은 흑심국黑心菊이라고도 불리는 국화의 일종이기도 하다.

29 겸의縑衣 : 합사合絲[두 가닥 이상의 실]로 짠 고운 비단으로 지은 옷.

30 운견雲肩 : 어깨에 걸치는 여성용 복식의 일종으로, 피견披肩이라고도 한다. 채색 비단에 수놓아 만들며, 목둘레가 하나의 원으로 되어 있고, 크기는 어깨를 덮는다. 주위에 운구雲鉤[끝이 말린 갈고리 모양의 구름] 무늬로 장식하고, 황색이나 오색의 비단술을 늘어뜨린다. 희곡에서 여성이 궁중의 옷이나 선녀의 옷을 입을 때 착용한다.

31 영락瓔珞 : 주옥珠玉을 꿰어서 만든 장식품. 주로 목걸이로 쓰이며, 영락纓絡 혹은 화만華鬘이라 부른다. 영락은 원래 고대 인도의 불상의 목에 거는 장식물이었으며, 후에 불교가 중국에 전승됨에 따라, 당대에는 목걸이로 변화하였다. 크기가 크고, 목걸이 중에서 가장 화려하다. 〈진양문시津陽門詩〉의 주注에 "또 관기官妓에게 명하여 머리는 빗어 구기선계九騎仙髻를 올리게 하고, 옷은 공작취의孔雀翠衣[공작의 깃털 옷]을 입게 하고, 일곱 가지 보석으로 만든 영락瓔珞을 차게 하였는데, 이는 〈예상우의〉와 같은 종류이다. 노래가 파하면 진주와 비취를 빗자루로 쓸 만큼 떨어졌다.(又令宮妓梳九騎仙髻, 衣孔雀翟衣, 佩七寶瓔珞, 爲霓裳羽衣之類. 曲終, 珠翠可掃.)"고 기록하고 있다.

32 표대飄帶 : 바람에 흩날리는 허리에 묶은 리본.

33 요대瑤臺 : 여기서는 달을 가리킨다.

34 몽염夢魘 : 악몽, 가위눌림.

35 임낭琳琅, 완염琬琰 : 임옥琳玉, 낭옥琅玉, 완옥琬玉, 염옥琰玉 등의 미옥·옥돌이 부딪히는 것처럼 아름다운 소리를 가리킨다. 다케무라 노리유키竹村則行·강보성康保成의 《장생전전주長生殿箋注》에서는 〈예상우의〉의 아름다운 노래와 춤을 표현한 말이라고 보고, "임琳·낭琅은 음악이 경쾌하고 듣기 좋은 것을 나타내며, 완琬·염琰은 춤추는 자태가 가볍고 부드러우며 훌륭한 것을 나타낸다."고 하였다. 진晉·갈홍葛洪의 《포박자抱樸子》 〈임명任命〉에 "가슴속 가볍고 부드러우며 훌륭한 것을 숭상하며, 필묵의 끝으로 경쾌하고 듣기 좋게 뱉어낸다.(崇琬琰於懷抱之內, 吐琳琅於毛墨之端.)"고 하였다. 〈진양문시津陽門詩〉에 "달나라의 비밀 하늘에서 들으니, 딩딩당당 옥경玉磬소리, 훈塤[질나팔]과 지篪[죽관악기] 소리와 화음을 이룬다.(月中秘聞天半間, 玎當玉石和塤篪.)"고 하였다. 그리고 《당어림唐語林》 권7에 "〈예상곡霓裳曲〉이란 노래가 있는데, 모두 번절幡節[깃발]을 잡고, 우복羽服을 입고, 나부끼는 모습이 구름을 날아가는 학의 기세를 지니고 있다.(有〈霓裳曲〉者, 率皆執幡節, 被羽服, 飄然有翔雲飛鶴之勢.)"라는 내용을 참고할 만하다.

36 균천鈞天 : 천상의 선악仙樂, 여기서는 〈예상우의곡〉을 가리킨다. 《사기史記》 권43

〈조세가趙世家〉에 춘추春秋시대 조趙나라의 조간자趙簡子[조앙趙鞅]는 어느 날 저녁 이틀 반 동안 잠을 자더니 깨어나서 이렇게 말했다는 구절이 있다. "나의 황제께서 심히 즐거워하시며, 백신百神과 함께 균천에서 노니시는데, 광악廣樂[성대하고 위대한 음악] 구주九奏[여러 번의 연주]와 만무萬舞[주周나라의 규모가 성대한 무용]가 삼대三代[하夏, 상商, 주周]의 음악 같지 않았으며, 그 소리가 사람의 마음을 감동시켰다.(我之帝所甚樂, 與百神遊於鈞天, 廣樂九奏萬舞, 不類三代之樂, 其聲動心.)" 《열자列子·주목왕편周穆王篇》에 인용한 주注도 이와 같다. 원진元稹의 〈법곡시法曲詩〉에 "〈예상우의〉를 천악天樂이라 부른다.(霓裳羽衣號天樂.)"라고 정의하였다. 《양태진외전楊太眞外傳》 권상卷上에는 용녀龍女가 당명황에게 노래를 부탁했다는 대목이 있다. "지금의 폐하께서는 균천의 노래를 잘 알고 계시니, 부디 노래 하나를 하사하여 동족을 빛내주소서.(今陛下洞曉鈞天之音, 乞賜一曲, 以光族類.)" 《악부시집樂府詩集》 〈당향룡지악장唐享龍池樂章〉에 《당일사唐逸史》의 내용을 인용한 것은 위와 거의 흡사하다. "현종玄宗이 낙양洛陽에서 오수를 즐기고 있을 때, 꿈에 한 여자가 나타났는데, 그 미색이 범상치 않았다. 빗으로 상투를 빗고 있었고, 소맷자락은 크고 저고리는 넓었다. 황제가 '너는 누구냐?'라고 묻자, '첩은 능파지淩波池에 사는 용녀龍女로, 궁전을 지키고 폐하를 보호하는데, 첩의 공이 실로 큽니다. 오늘날 폐하께서는 균천의 음악을 잘 알고 계시니, 원컨대 동족을 빛낼 수 있도록 한 곡을 하사하여 주시옵소서.'라고 하였다.(玄宗在東都晝寢, 夢一女子, 容豔異常, 梳交心髻, 大袖寬衣. 帝曰 : '汝何人?'曰 : '妾淩波池中龍女也, 衛宮護駕, 妾實有功. 今陛下洞曉鈞天之樂, 原賜一曲, 以光族類.)"

37 첫 번째 구는 조당曹唐의 〈소유선시小遊船詩〉 98수의 제51수(《만수당인절구萬首唐人絶句》 권35, 《전당시全唐詩》 권641 참조), 두 번째 구는 정선지丁仙芝의 〈여항취가증오산인餘杭醉歌贈吳山人〉(《전당시》 권114 참조), 세 번째 구는 이상은李商隱의 〈기령호학사寄令狐學士〉(《전당시》 권539 참조), 네 번째 구는 황도黃滔의 〈최장催妝〉(《전당시》 권705 참조)에서 인용하였다.

제12척

악보를 만들다【제보製譜】[1]

등장인물 영신迎新(노단老旦), 양귀비楊貴妃(단旦), 염노念奴(첩貼), 당명황唐明皇(생生)
배 경 궁중 안 하정荷亭

선려과곡仙呂過曲 · 취라가醉羅歌

(노단이 영신으로 분하여 등장한다.)

영 신 **취부귀醉扶歸**

서궁西宮[2]에서 방금 분부를 받들어,
물가의 정자 깨끗하고 아름답게 정돈하려네.
천천히 수정주렴 걷자 흩어지는
아침노을,
희미한 초승달[3]에 걸린 아침태양.
쇤네는 영신입니다. 염노念奴와
함께 서궁에서 양귀비 마마를 모
시고 있답니다. 우리 마마께서 다
시 궁궐로 되돌아오시자, 폐하께
서는 더 큰 사랑을 쏟고 계시답니

하정荷亭
남송南宋 왕제한王齊翰 하정아영희荷亭兒嬰戲

다. 정말이지,

"삼천궁녀 받을 총애 홀로 차지하니,

육궁의 미인들 면목이 없어졌지 뭐예요."[4]

오늘 아침 마마께서 악보를 만들 예정이니 하정荷亭을 정돈하라 하셨답니다. 염노는 저기 서궁에서 새벽단장 시중을 들고 있고, 저는 먼저 여기에 왔으니, 문방사우文房四友를 차려 볼까요.

조라포皂羅袍

보자, 먼저 필상筆床[5]의 먼지를 털고,

반짝이는 선지宣紙를 나누고,

연지硯池[6]에 새 물을 부으니,

묵화墨華[7] 향이 떠올라,

녹음 짙은 곳이 훨씬 더 그윽하고 우아해

지누나.

필상筆床

배가미排歌尾

대나무를 끌어당기는 바람,

연잎 위에 쏟아진 이슬방울,

물위에 일렁이는 주렴의 그림자.

영 신 아, 난초蘭草와 사향麝香 향기가 흩날리고, 패환佩環[8]을 울리던 바람이 잠잠해졌네. 마마께서 벌써 납시었나보다.

(양귀비가 염노를 이끌고 등장한다.)

정궁인자正宮引子 · 신하엽新荷葉

양귀비 아득한 꿈속 고요한 밤 달빛을 건너,

〈예상우의霓裳羽衣〉 노래를 들었다네.

깨어난 후에도 노래가락 빠짐없이 떠오르니,
본떠서 새 악보 만들며 긴 여름을 보내리라.

양귀비 "짙지도 옅지도 않게 공들여 그린 긴 눈썹,
원산遠山[9]을 거울 속으로 옮겨놓은 듯하고,
창가의 아침햇살 연지 찍은 두 뺨을 비추니,
발그레 매끄러운 얼굴[10] 곧 녹아내릴 듯하네."
저 양옥환은 머리카락을 잘라 폐하의 마음을 움직인 후로, 더욱 더 큰 총애를 받고 있답니다. 하지만 폐하께서 늘 매비梅妃의 〈경홍무驚鴻舞〉[11]를 칭찬하시는 바람에, 다른 노래 하나를 만들어서 매비의 코를 납작하게 해주고 싶었지요. 마침 퇴고推敲를 하던 차에, 어젯밤 꿈속에 홀연 월궁에 들어가게 되었답니다. 계수나무 그늘에서 선녀 여러 명이 하얀 저고리에 붉은 치마를 입고 노래를 연주하는 모습이 정말 아름다웠어요. 꿈에서 깨어나 기억을 더듬어보니, 노래가락이 완연히 떠오르지 뭐예요. 그래서 영신에게 하정荷亭을 잘 치우게 하고, 이제 곡조曲調에 섬세하게 맞춰 신곡의 악보를 만들기만 기다리고 있어요.

영 신 귀비 마마, 지필연묵紙筆硯墨을 모두 준비해 두었사옵니다.

양귀비 영신, 염노, 여기서 함께 도와주게.
(영신과 염노가 대답하고, 부채질을 하고 향로에 향을 넣는다.)
(양귀비가 악보를 제작한다.)

정궁과곡正宮過曲 · 쇄자대부용刷子帶芙蓉

양귀비 **쇄자서刷子序**
연꽃 향기 가득한 사창紗窓 안에서,

난전鸞箋[12]을 천천히 펼치고,
서관犀管[13]을 가볍게 잡고,
저 달나라 청아한 노래 악보로 그리며,
내 가슴속 예술혼의 싹 세세히 피우리라.
이 노래의 곡조는 비록 월궁에서 나온 것이지만 그 사이에 변화된 것이 많아서, 조금 매끄럽지 않은 부분은 반드시 직접 꼼꼼하게 살펴봐야 해요.
적절하게 가사를 넣고,
한 글자 한 글자 규칙에 따라 조정하고,
한 단락 한 단락 융화시켜 절묘한 경지에 이르게 하리.
그런데 이 몇 구절은 아직도 잘 어울리지 않아서,
박자가 어긋나니 어쩌면 좋을까?
(안에서 꾀꼬리의 울음소리가 들려오자, 양귀비가 붓을 잡은 채 귀를 기울인다.)

전箋
설도전薛濤箋

양귀비 오호라, 절묘하구나!
(악보를 고친다.)

양귀비 **옥부용玉芙蓉**
궁에서 들려오는 꾀꼬리 노랫소리,
마침 홍아紅牙[14] 박자에 딱딱 들어맞구나.

(양귀비가 붓을 내려놓는다.)

양귀비 악보가 다 만들어졌구나. 영신, 지금이 몇 시인가?

영 신 정오입니다.

양귀비 상감 마마께서는 퇴조하셨는가?

영 신 아직 하지 않으셨답니다.

양귀비 영신, 옷을 갈아입고 올 테니 따라오게. 염노는 여기에 기다리고 있다가 상감 마마께서 당도하시면 재빨리 통보하고.

염 노 알겠사옵니다.

양귀비 "해 저무는 경대鏡臺 앞에 아미蛾眉 다시 그리고,

천천히 향긋한 호접胡蝶 비단옷으로 갈아입으리."

(양귀비가 영신을 대령하고 퇴장한다.)

(당명황이 등장한다.)

어등영부용漁燈映芙蓉

당명황 **산어등山漁燈**

천관千官이 물러나고,

조회朝會가 막 끝났다.

이제 미인과 마주한 채,

길고긴 낮 한담을 나누리라.

과인이 방금 궁으로 돌아갔다가, 귀비가 하정荷亭에 있다는 이야길 듣고 곧장 이곳으로 달려왔다.

흐르는 물길 따라 호마胡麻[15]를 찾으러,

은당銀塘[16] 길 밟고 간다.

(당명황이 당도한다.)

염 노 (당명황을 보고) 아, 상감 마마 납시었사옵니까.

당명황 염노야,

귀비 마마는 어디서 한가로이 흥겹게 놀고 있느냐?

어째서 탁자가 쌓여 있고,

붓과 벼루 뒤섞여 있느냐?

염 노　마마께서 여기에서 악보를 만드시곤, 방금 옷을 갈아입으러 가셨사옵니다.

당명황　귀비, 귀비여! 미인의 고상한 풍류[17]는 몽땅 그대의 차지로구나. 그런데 어떤 악보를 만들었는지, 과인이 좀 봐야겠구나.

(자리에 앉아서 악보를 넘겨본다.)

자세히,

처음부터 살펴보자꾸나.

절묘하구나,

이 반짝이는 금자錦字[18]와 섬세한 은구銀鉤,[19]

궁조宮調의 변환에 반쪽 낱알만 한 실수도 없다니.

참으로 신기하구나, 이 악보는 과인조차 모르는 것이로다. 음절을 세밀하게 대조해보니, 인간 세상의 것이 아니로구나.

하늘에서 내려온 듯,

곡이 고상하여 이해하는 이 드물리라.[20]

귀비여, 그대가 절세미인임은 두말할 나위도 없거늘, 이 예술적 영감은 누가 그대를 좇아올 수 있으랴?

옥부용玉芙蓉

이다지도 총명하니,

상양上陽의 매화梅花[21]도 능히 압도하겠구나.

보천상부용普天賞芙蓉

(복장을 갈아입은 양귀비가 영신을 대령하고 등장한다.)

양귀비 **보천악**普天乐

가벼운 화장으로 바꾸니,

한층 더 우아해지고.

생사 옷으로 갈아입으니,

한층 더 청순해졌구나.

(당명황에게 인사를 드리며) 신첩 폐하께 삼가 인사 올리옵나이다.

(당명황이 양귀비를 부축한다.)

당명황 귀비 어서 앉으시오.

(양귀비가 자리에 앉는다.)

당명황 귀비, 새로 저녁 단장을 하니, 더욱 곱고 사랑스러워 보이오.

흡사 바람에 하늘거리는 버들가지이런가,

마치 물결 속에 반짝이는 연꽃이런가.

운환雲鬟[22]에 비스듬히 꽂은 향긋한 난꽃 한 송이가,

얼굴의 풍류風流[23]를 유난히 돋보이게 하는구려.

양귀비 폐하, 오늘 퇴조退朝는 어이 이리 늦어지셨는지요?

당명황 영무靈武[24] 태수太守가 결원缺員이 되었기 때문이라오. 그곳은 매우 중요한 지역이라 조정의 대신들과 한나절 의논을 했지만, 마땅한 사람을 찾기가 힘들었소. 짐이 특별히 곽자의郭子儀를 발탁하여 보결하였소.[25] 그래서 퇴조가 늦어졌다오.

양귀비 신첩이 기다려도 폐하께서 오지 않으시기에, 홀로 하정荷亭에 앉아 있다가,

사랑스레 불어오는 한 줄기 바람에 명주 주렴 반짝일 때,

아름답게 연주할 수 있도록,

한가로이 신곡新曲을 악보로 만들어보았나이다.

옥부용玉芙蓉

하지만 매비가 춤추던 〈경홍驚鴻〉엔 미치지 못할 것이니,

그 곡이 끝나면 온 객석에 박수갈채가 가득했었지요.

당명황 과인이 방금 이 악보를 보았더니, 정녕 천년의 놀라운 음악이었소. 〈경홍〉 따위는 말할 필요도 없소이다!

양귀비 신첩의 억견臆見[26]에 따라 대충 만든 것이오니, 그중에 잘못된 것이 있으면 폐하께서 고쳐주시기 바라나이다.

당명황 그렇다면 다시 귀비와 함께, 한번 자세히 점검해보리다.

(영신과 염노가 조용히 퇴장한다.)

(당명황과 양귀비가 나란히 앉아 악보를 넘긴다.)

주노절부용朱奴折芙蓉

당명황·양귀비 **주노아朱奴兒**

긴 소매 맞대고 어깨를 기댄 채,

고운 손으로 잡고 함께 새 악보를 넘기네.

당명황 귀비여,

그대처럼 뛰어난 음악적 재능을 지닌

가인佳人은 세상에 드물 것이오,

아무리 찾아봐도 터럭만 한 결점도 발견할 수 없구려.

귀비여, 다시 묻겠소, 이 악보는 이름이 무엇이오?

보좌寶座
청건륭淸乾隆 자단보좌紫檀寶座

양귀비 첩이 어젯밤 꿈속에 월궁에 갔다가, 음

악을 연주하는 한 무리의 선녀들을 보았는데 모두 예상霓裳과 우의羽衣[27]를 입고 있었답니다. 그래서 이 네 글자를 따서 이 노래의 이름을 지으려고 합니다.

당명황 〈예상우의〉라, 참으로 훌륭하구려.

빈말이 아니라,

그야말로 과연 천향天香 계화桂花[28]에 잘 어울리오.

(당명황이 양귀비를 바라본다.)

당명황 **옥부용玉芙蓉**

그대의 선녀 같은 자태를 보니,

전생에 본시 달나라 고운 선녀였을 것이오.

이 악보를 즉시 이원梨園[29]에 맡기기는 해야겠는데, 평범한 악공들이 이 오묘함을 이해하지 못할까 걱정이오. 짐이 영신과 염노에게 먼저 악보를 베끼게 할 터이니, 귀비께서 직접 전수해주시오.[30] 그 후에 이구년李龜年[31] 등에게 전하여, 이원자제梨園子弟에게 전수하게 하면 좋지 않겠소.

양귀비 잘 알겠사옵니다.

(당명황이 양귀비의 손을 잡고 일어선다.)

당명황 날이 제법 저물었으니, 궁으로 들어가십시다.

미성尾聲

당명황 밤바람 불어오고,

초승달 걸렸는데,

양귀비 때마침 봉탑鳳榻[32]에 불어오는,

한 줄기 시원한 바람.

당명황 귀비,

탑榻
수당첩금채회위병석탑隋唐貼金彩繪圍屛石榻

저 연못 위의 원앙 좀 보시오,
쌍쌍이 잠든 모습이 병체화並蒂花[33] 같소.

하장시下場詩 12[34]

당명황	부용화芙蓉花는 단장한 미인만 못한데,	왕창령王昌齡
양귀비	버드나무 잦은 바람에 물가 전각 시원하네.	류장경劉長卿
영　신	꽃그늘에 우연히 들려오는 노래 한 곡,	조　당曹　唐
함　께	이원을 불러 〈예상〉을 연주하게 하리라.	왕　건王　建

주

1 제보製譜 : 양귀비가 〈예상우의곡〉을 제작하는 장면을 묘사한 대목으로, 기존의 유사한 작품에서는 찾아볼 수 없는 내용이다. 제11척 〈노래를 듣다〉의 문악聞樂 주석을 참조.

2 서궁西宮 : 비빈妃嬪들이 거주하는 궁실宮室, 여기서는 양귀비를 가리킨다.

3 초승달 : 원문은 옥구玉鉤로, 고리의 미칭이며, 옥고리를 의미하기도 한다. 구鉤는 주렴을 거는 고리이다.

4 삼천궁녀 ~ 없어졌지 뭐예요 : 원문은 "삼천총애재일신三千寵愛在一身, 육궁분대무안색六宮粉黛無顏色"이다. 〈장한가長恨歌〉에 "눈길 돌려 한번 웃으니 백 가지 아름다움 솟아나, 육궁의 미인들 면목이 없네.(回眸一笑百媚生, 六宮粉黛無顏色.)", "후궁의 미인 삼천 명, 삼천 명의 총애 한 몸에 차지했네.(後宮佳麗三千人, 三千寵愛在一身.)"라는 구절이 있다.

5 필상筆床 : 필산筆山, 붓을 걸쳐 두는 도구.

6 연지硯池 : 벼루 앞쪽의 먹물이 고이는 오목한 부분.

7 묵화墨華 : 묵화墨花, 벼루에 스며든 먹을 꽃에 비유하여 이르는 말.

8 패환佩環 : 옥고리. 옥으로 만든 장식품의 일종.

9 원산遠山 : 먼 산처럼 생긴 눈썹을 원산미遠山眉라 한다. 눈썹 화장의 일종으로 그 모양이 마치 옅은 산과 같아서 붙여진 이름으로, 예쁜 눈썹을 가리킨다. 원산미는 가늘고도 길며 시원스러운 형태에, 색깔은 약간 옅으며, 수려하고 훤한 느낌을 준다. 진晉·갈홍葛洪의 《서경잡기西京雜記》 권2에 "탁문군卓文君은 얼굴이 아름다웠는데, 눈썹이 마치 먼 산을 닮은 것 같아, 당시 사람들이 이를 본떠 원산미를 그렸다.(卓文君眉色如遠山, 人效之爲遠山眉.)"는 기록이 있다. 《조비연전趙飛燕傳》에 조합덕趙合德[조비연趙飛燕의 여동생]이 "머리를 말아 올린 것을 신계新髻라 불렀으며, 눈썹을 엷게 그린 것을 원산대遠山黛라 불렀다.(飛燕爲捲髮, 號新髻 ; 爲薄眉, 號遠山黛.)"고 기록하고 있다. 명明·양신楊愼의 《단연속록丹鉛續錄》 권6 〈십미도十眉圖〉에 다음과 같은 기록이 있다. "당명황은 화공에게 명하여 십미도를 그리게 했다. 첫 번째는 원앙미鴛鴦眉, 일명 팔자미八字眉라고도 한다. 두 번째는 소산미小山眉, 원산미라고도 한다. 세 번째는 오악미五嶽眉, 네 번째는 삼봉미三峰眉, 다섯 번째는 수주미垂珠眉, 여섯 번째는 월릉미月棱眉, 일명 각월미卻月眉이며, 일곱 번째는 분초미分梢眉, 여덟 번째는 함연미涵煙眉, 아홉 번째는 불운미拂雲眉, 일명 횡연미橫煙眉이며, 열 번째는 도훈미倒

暈眉라고 부른다.(唐明皇令畫工畫十眉圖. 一曰鴛鴦眉, 又名八字眉, 二曰小山眉, 又名遠山眉, 三日五嶽眉, 四曰三峰眉, 五曰垂珠眉, 六曰月棱眉, 又名卻月眉, 七曰分梢眉, 八曰涵煙眉, 九曰拂雲眉, 又名橫煙眉, 十曰倒暈眉.)"

10 발그레 매끄러운 얼굴 : 원문은 홍수紅酥로, 발갛게 윤기가 흐르는 부드러운 피부를 말한다. 수酥는 유제품으로 만든 것을 가리키며, 깨끗하고 매끄러운 것을 비유하는 말로 쓰인다. 홍수는 연지臙脂[연지胭脂]를 상징하기도 한다. 원진元稹의 《원진집元稹集》 외집外集 권1에 실린 〈이사시離思詩〉 다섯 수의 첫 수에 "갑자기 태양이 연지 찍은 뺨을 비추니, 발그레한 얼굴 녹아들 것만 같다.(須臾日射臙脂頰, 一朵紅酥旋欲融.)"는 구절이 있다.

11 경홍무驚鴻舞 : 매비梅妃가 춘 것으로 알려진 춤.

12 난전鸞箋 : 색지, 색깔이 들어간 편지지. 옛날 종이의 명칭이다.

13 서관犀管 : 물소 뿔로 만든 붓대.

14 홍아紅牙 : 박자를 맞출 때 사용하는 딱따기의 일종이다. 여기서는 박자를 가리킨다.

15 호마胡麻 : 참깨. 여기서는 양귀비를 가리킨다. 전설에 의하면 유신劉晨과 완조阮肇는 천대산天臺山에 약을 캐러 갔다가 물위에 참깨죽 한 종지가 떠내려 오는 것을 보고 선녀를 만나게 된다. 남조南朝 시기 송宋·유의경劉義慶의 《유명록幽明錄》 권1에 "유신은 완조와 함께 천대산으로 들어가, … 다시 산을 내려와, 잔을 가지고 물을 떴다. … 다시 한 잔이 흘러 나왔는데, 참깨로 지은 죽이 있었다. 이들은 서로 '인간 세상을 벗어나는 지름길이 멀지 않음을 알겠구나.'라고 말했다. 이에 함께 물에 들어가, 이삼 리를 거슬러 올라가자 산을 넘을 수 있었다. 큰 개울이 나왔는데, 개울가에는 두 명의 여자가 있었다." 여기서는 선녀에 양귀비를 비유하고 있으며, 호마를 찾아 물길을 건넌다는 말은 양귀비를 매우 그리워하는 마음을 표현한 것이다.

16 은당銀塘 : 맑고 투명한 연못.

17 고상한 풍류 : 원문은 운사韻事로, 고상하고 멋있는 일, 즉 시 짓기, 노래 부르기, 악기 연주, 바둑, 서예, 그림 그리기 등을 가리킨다.

18 금자錦字 : 비단 위에 수놓은 글자. 여기서는 양귀비의 아름다운 서체를 가리킨다.

19 은구銀鉤 : 서예에서 기교가 있고 필력이 있음을 형용하는 말이다. 필획이 유창하고 부드러운 글자를 가리키기도 한다.

20 곡이 ~ 드물리라 : 원문은 곡고화과曲高和寡로, 곡조의 수준이 높아서 따라 부를 수 있는 사람이 드물다, 예술 작품 등이 너무 고상하여 이해하거나 감상할 수 있는 사람이 드물다는 의미이다.

21 상양上陽의 매화梅花 : 원문은 상양화上陽花로, 매비梅妃를 가리킨다. 백거이의 〈상양백발인上陽白髮人〉의 소서小序에 "천보天寶 5년 이후, 양귀비가 총애를 독차지 하자 후궁 중에 그 누구도 다시 은총을 받을 수가 없었다. 육궁六宮에서 미색을 지닌 자가 있으면 별안간 별소別所에 보내졌는데, 상양은 그중의 하나이다.(天寶五載已後, 楊貴妃專寵, 後宮人無復進幸矣, 六宮有美色者, 輒置別所, 上陽其一也.)"란 기록이 있다. 《매비전梅妃傳》에는 "(매비가) 후에 결국 양귀비로 인해 상양上陽 동궁東宮으로 쫓겨났다.(後竟爲被楊氏遷於上陽東宮.)"고 기록하고 있다.

22 운환雲鬟 : 구름처럼 풍성한 아름다운 올림머리.

23 풍류風流 : (여인의) 우아한 자태, 아름다움.

24 영무靈武 : 영무는 지금의 영하寧夏에 해당한다.

25 곽자의郭子儀를 발탁하여 보결하였소 : 실제로 곽자의가 영무태수가 된 것은 안녹산의 난이 일어난 이후의 일이다. (《신당서新唐書·곽자의전郭子儀傳》 참조.)

26 억견臆見 : 주관적인 견해. 기억.

27 예상霓裳과 우의羽衣 : 무지갯빛 치마와 깃털 옷.

28 천향天香 계화桂花 : 월궁을 상징하는 말. 천향은 계화, 매화, 모란 등의 꽃향기를 가리킨다. 계화는 월궁의 계수나무 꽃을 가리킨다.

29 이원梨園 : 당대唐代 악공樂工을 훈련하던 기관. 《신당서新唐書·예악지禮樂志》에 다음과 같은 기록이 있다. "현종은 음률을 잘 알았을 뿐만 아니라, 또한 법곡法曲을 매우 좋아하여, 좌부기坐部伎 자제子弟 삼백 명을 선발하고, 이원梨園에서 지도하였다. 소리에 틀린 것이 있으면 황제가 알아채고 반드시 고쳐주었다. 이들을 황제의 이원제자梨園弟子라고 불렀다.(玄宗既知音律, 又酷愛法曲, 選坐部伎子弟三百, 教於梨園. 聲有誤者, 帝必覺而正之, 號皇帝梨園弟子.)" 후대에 들어와 희곡계戲曲界를 이원계梨園界 혹은 이원행梨園行이라 부르게 되었으며, 희곡 연기자를 이원제자라 부르기도 한다.

30 귀비께서 직접 전수해주시오 : 왕건王建의 〈예상사霓裳詞〉에 "〈예상霓裳〉을 가르칠 때 귀비가 함께 했네, 처음부터 곡이 완성될 때까지. 항상 귓가에 들려오는 익숙한 노랫소리, 박자에 조그만 실수가 있어도 모두 알아챈다네.(伴教霓裳有貴妃, 從初直到曲成時. 日長耳裏聞聲熟, 拍數分毫錯總知.)"라는 구절이 있다.

31 이구년李龜年 : 당나라의 악공樂工, 노래를 잘 부르고 필률篳篥과 갈고羯鼓 연주에도 뛰어났으며 작곡에도 조예가 높았다. 특히 이팽년李彭年, 이학년李鶴年 형제와 함께 창작한 〈위천곡渭川曲〉은 당명황의 찬상을 받았다. 안사의 난 이후, 강남江南을 떠돌다 좋은 경치를 발견하면 노래를 연주하였고 그의 연주는 듣는

이들의 눈물을 자아냈다. 이구년은 이원제자로 있으면서 오랫동안 당명황의 은총을 받았다. 그는 왕유王維의 〈이천가伊川歌〉를 노래하고 난 후 기절했다가 나흘 후에 깨어나 결국 세상을 떠났다고 한다.

32 봉탑鳳榻 : 황제와 후비가 사용하는 침대.

33 병체화並蒂花 : 한 꼭지에 두 개의 꽃송이가 피는 꽃, 사이좋은 부부를 상징한다.

34 첫 번째 구는 왕창령王昌齡의 〈서궁추원西宮秋怨〉(《만수당인절구萬首唐人絶句》 권13, 《전당시全唐詩》 권143 참조), 두 번째 구는 유장경劉長卿의 〈소양곡昭陽曲〉(《만수당인절구》 권14, 《전당시》 권150 참조), 세 번째 구는 조당曹唐의 〈소유선小遊仙〉(《만수당인절구》 권35, 《전당시》 권64 참조), 네 번째 구는 왕건王建의 〈예상사霓裳詞〉(《만수당인절구》 권24, 《전당시》 권301 참조)에서 인용하였다.

제13척

권력 다툼【권홍權鬨】[1]

등장인물 양국충楊國忠(부정副淨), 양국충의 시종, 안녹산安祿山(정淨), 안녹산의 시종
배 경 조정

쌍조인자雙調引子 · 추예향秋蕊香

(양국충이 시종을 대동하고 등장한다.)

양국충 이리의 야심[2]은 예측불허,
마음대로 날뛰더니 점점 제멋대로 으르렁대는구나.
위세를 믿고 은혜를 저버리니 화가 치밀어올라,
구실을 찾아 충언忠言을 하는 척 폐하께 일러바쳐야겠다.
하관下官[3] 양국충은, 밖으로는 우승상右丞相의 존엄을 등에 업고, 안으로는 귀비 마마의 총애를 등에 업고 있다. 만조정의 문무대신文武大臣, 그 누가 나에게 아첨을 마다하지 않는 이 있으랴! 다만 저 안녹산이란 놈은 겉으로는 멍청한 체하면서, 뱃속에는 교활한 수작을 감추고 있다.[4] 폐하께서는 무슨 이유로 저런 놈을 총애하시면서 왕의 작위에 봉해주셨는지! 저 놈은 내가 자기의 목숨을 구해준 은혜는 깡그리 잊어버린 채, 사사건건 나를 능욕하고, 말을 꺼낼 때마다 반박하고 대드니, 정말 분해서 못 살겠다! 일전에 폐하께 상주를 올려 그가 이리의 야심을 품고 얼굴에 반역자의 관상을 띠고 있으니, 훗날 큰 화를 초래할 것이라고 말씀드렸으나, 내 말을 듣지 않으시니 어찌할 도리가 없었다. 오늘 조정에 들어가면 반드시 기회를 봐서 다시 폐하께 상주를 올려서 반드시 그 놈을 파면시켜야 비로소 내 마음이 편할 것 같다. 벌써 조정의 문에 도착했구나. 너희들은 이만 물렀거라.

(종들이 퇴장한다.)

(무대 안에서 "길을 비켜라." 갈도喝道[5]한다.)

양국충 아니, 저쪽에서 갈도하는 소리가 들리니, 누군지 좀 볼까.

(정淨이 안녹산으로 분하여 시종을 대령하고 등장한다.)

옥정련후 玉井蓮后

안녹산 군왕의 마음속엔 굳은 총애,

나의 마음속엔 교활한 계책.

안녹산 좌우左右[6]는 물렀거라.

(시종들이 퇴장한다.)

안녹산 (안녹산에게 인사하며) 안녕하신지요.

양국충 (웃으며) 아, 누군가 했더니 안녹산이로군!

안녹산 이보시오, 양씨楊氏, 지금 나보고 뭐라고 하셨소?

양국충 여긴 구중궁궐 금지禁地[7]인데, 감히 여기가 어디라고 가전呵殿[8]을 하시오?

안녹산 (허세를 부리며 폼을 잡으며) 이보시오, 양씨, 나 좀 보시오.

"폐하께서는 어의御衣[9]를 벗어 내게 친히 입혀주셨고,

내가 황궁에 들어오면 용마龍馬[10]를 타도록 허락하시었소.

항상 폐하의 밀지密旨를 받들어 조회하기 바쁘고,

홀로 변방의 기밀機密을 상주하고 느릿느릿 퇴조한다오."[11]

이 몸은 군왕郡王[12]의 신분이시니, "길을 비켜라." 소리쳐도 무방하오. 그대 같은 우승상이 하기엔 좀 섣부른 일이겠지만 말이오!

양국충 (냉소하며) 허허, 참 잘도 무방하오! 안녹산, 내 뭣 좀 물어보겠소. 언제부터 이렇게 기세등등해졌소?

안녹산 하관은 원래부터 이랬소이다.

양국충 안녹산, 아무래도 자신의 과거를 좀 생각해보셔야 할 것 같소.

안녹산 무얼 생각해보란 거요?

양국충 그대가 나를 만나러 왔던 때를 생각해보시오. 그때도 이런 모양새였소?

안녹산 그땐 그때고, 지금은 지금이지. 옛날 이야기는 해서 뭘 하잔 거요?

양국충 예끼, 안녹산!

선려입쌍조과곡仙呂入雙調過曲 · **풍입송**風入松

양국충 너는 본시 벌을 피할 수 없는 칼날 앞의 활귀活鬼,[13]

그때 내 앞에서 한참 무릎 꿇은 채 애원했었지.

내가 상주문을 올리고 교묘한 계책을 보고하여,

비로소 너의 몸뚱이를 온전히 보전해주었으렸다.

안녹산 죄를 사면 받고 관직이 회복된 것은 성은聖恩으로부터 나온 것이니, 당신과 무슨 상관이오?

양국충 좋다. 그 말 한번 시원하게 잘 한다.

헌데 너는 양심을 속이고,

은혜와 의리 따위,

물 위에 떠다니는 부평초[14]에게 던져준 모양이로군.

안녹산 어이, 양국충! 당신도 똑똑히 알아두는 게 좋을 것이오.

전강前腔

안녹산 인간세상 영화와 쇠락은 우연히 닥치는 법,
권세를 과시하며 관료들을 억압하지 마시오.
당신은 내가 군기軍機[15]를 그르쳤다고 말하는데, 그렇다면 남조南詔의 사건[16]도 잘 기억하고 있겠구려?
어물쩍 패전을 엄폐하고 공로를 세운 척 사칭했으니,
뜬구름이 하늘 같은 천자님을 몽폐蒙蔽한 것[17]이 아니고 무엇이오.

양국충 영명하신 천자님을 그 누가 몽폐할 수 있겠소? 이는 군왕님을 비방하는 것이 아니고 무엇이오?!

안녹산 그래도 몽폐하지 않았다고 말하다니,
당신은 얼마나 많은 매관육작賣官鬻爵[18] 일삼았나?
재물을 모으려고,
백성들의 고혈膏血을 쥐어짰지.

양국충 닥치지 못할까! 날더러 매관육적 운운하는데, 그렇다면 하나 물어보자. 네놈의 부귀영화는 대체 어디서 온 것이더냐?

안녹산 (냉소를 지으며) 아무래도 그 한 가지만이 아닐 텐데.
말하자면 당신은 외척外戚을 믿고,
교활한 일 저질렀지.
나라를 그르친 죄,
천 가지는 되겠지.

양국충 중상모략 그만두지 못할까,

거짓으로 날조하다니.
(안녹산을 끌어당기며) 내가 네놈과 같이 폐하를 만나 뵈러 가야겠다!

안녹산 그렇게 나오면 누가 겁낼까보냐? 같이 가자, 같이 가자고!
(안녹산과 양국충이 서로를 움켜잡고 궁궐로 들어가 엎드려 절한다.)

양국충 신 양국충 삼가 폐하께 아뢰옵나이다.

전강前腔 **본조本調**[19]

양국충 안녹산은 두 마음[20]을 품고 뱃속에 칼을 감춘 채,
겉으로는 어리석한 척 시치미를 떼고 있으니,
간사하기가 동문에 기대 휘파람 불던 석늑石勒[21]과도 같사옵니다.
그는 태자太子들에게 절을 올리지 않으며,[22]
공공연히 난폭하고 오만하게 굴고 있습니다.
이런 무례함을 성스러운 조정에서 용납해서는 아니 되옵니다.
부디 폐하께서 즉시 그를 파면하시어,
흉악을 제거하시고,
속히 재앙의 싹을 잘라주시옵소서.

안녹산 (엎드려 절하며) 신 안녹산 삼가 아뢰옵나이다.

전강前腔

안녹산 생각해보니 미천한 신하가,
외람되이 주상폐하의 높으신 은덕을 입는 바람에,

그만 권세가[23]의 미움을 사고 말았습니다.
무지몽매하여 심기를 불편하게 만들었으니,
목숨을 보존하기 어려웁다 사료되옵니다.
(눈물을 흘리며) 폐하,
고립무원孤立無援의 몸으로 결국 그의 올가미에 빠질 것 같으니,
이 미천한 신하의,
일편단심을,
오직 저의 황제폐하께서 살펴주시옵소서.
부디 변진邊鎭으로 출사出仕를 허락하신다면,
견마지로犬馬之勞의 자세로 작은 공이나마 세워보겠사옵니다.
(안에서 소리가 들려온다.)

안에서 성지聖旨를 발표하노라. "양국충과 안녹산은 서로를 힐책하고 있고, 장수와 재상 간에 사이가 나쁘니,[24] 한 조정에서 함께 국사를 처리하기가 어렵게 되었다. 이에 특명을 내려 안녹산을 범양절도사範陽節度使로 임명하나니,[25] 정해진 기한 내에 속히 변진으로 떠나도록 하라." 성은에 감사하시오.

안녹산·양국충 만세를 누리소서!
(안녹산과 양국충이 일어선다. 안녹산이 양국충에게 공수拱手[26] 한다.)

안녹산 승상나리. 하관은 오늘 떠나겠소이다. 이제 다시는 나더러 기고만장하다고 욕하지 마시오.
조정은,
그대의 손아귀에 맡긴 채,
나는 가서 막부幕府를 열고,[27]
자유롭게 소요逍遙[28]하겠소.

(양국충이 냉소를 짓는다.)

(안녹산이 퇴장하려다가 다시 양국충을 향해 말한다.)

안녹산　한마디만 더 해두지. 오늘부터 하관이 변진의 임무를 맡게 된다면,

아마 하늘을 뒤집을 능력을 쥐고 지휘하게 될 것이오.

(손을 들어) 그럼 잘 계시오.

나는 싸늘한 눈빛으로,

그대를 지켜보겠소.

(안녹산이 퇴장하고, 양국충이 안녹산이 퇴장하는 것을 바라본다.)

양국충　아, 세상에 어찌 이런 일이!

전강前腔 **본조**本調

양국충　가슴속 가득 찬 분노 어떻게 삭힐까.

내 저놈의 위풍威風 꺾어줄 요량이었거늘,

절월節鉞[29]을 나눠주고 영광을 보태줄 줄 그 누가 알았으랴.

이 이야기는 아마 사람들의 비웃음거리가 되겠지.

하아, 다만 바라는 것은, 이제 안녹산이 가서 모반을 일으키는 것,[30]

그때는 내가 제일 먼저 충언을 올렸음을 믿어주시겠지.

폐하, 폐하!

그때가 되면 지금을 후회하게 되실 것입니다!

하장시下場詩 13[31]

양국충	사악함 제거하고 결단을 내릴 때는 주저하지 말지니,	주 담周 曇
	재앙이 내부에서 자라는 것을 결국 깨닫지 못하누나.	저사종儲嗣宗
	용맹한 기개 가라앉지 않아 공연히 소리 지르나니,	서 현徐 鉉
	달콤한 말과 간교한 계획 어찌 천진하다 하시는가!	정 우鄭 嵎

주

1 권홍權閧 : 권력과 이해관계를 두고 벌어지는 양국충과 안녹산의 첨예한 갈등과 대립을 그린 대목으로, 역사적 사실과 기본적으로 부합된다. 《안녹산사적安祿山事迹》 권중卷中에 다음과 같은 기록이 있다. "이임보李林甫는 음흉하고 속이 좁으며 꾀가 많은 사람으로, 안녹산을 보고는 그가 반드시 자기의 위선을 반드시 알아챌 것이라 생각하고 두려워하며 복종하였다. 양국충은 성격이 충동적이었는데, 안녹산은 그를 보고 멸시하였다. 이에 양국충은 안녹산이 반드시 반란을 일으킬 것이라고 하면서, 그를 쫓아내자는 주청을 올렸다. 안녹산은 현종이 의심을 사지 않도록 속히 찾아가서 황제를 조알하였다. 이로 인해 현종은 안녹산의 충성을 더욱 신뢰하게 되었고, 양국충의 말은 불신하게 되었다.(李林甫陰狹多智, 見祿山, 必揣知其情僞, 遂畏服之. 楊國忠性躁, 而祿山視之蔑如也. 至是國忠言其必反, 奏請追之. 祿山以玄宗不疑, 促駕朝見. 以故, 玄宗益信祿山爲忠, 不信國忠 之言.)" 《자치통감資治通鑑》 권216 천보天寶 12년에는 다음과 같이 기록하고 있다. "안녹산은 이임보의 교활함이 자기보다 더하다고 여기고, 이에 그를 두려워하며 복종하였다. 그런데 양국충이 재상이 되었는데도, 안녹산은 그를 여전히 멸시하였고, 이로 인해 사이가 벌어졌다. 양국충은 누차 안녹산이 반란을 일으킬 조짐이 있다고 누차 알렸지만, 황제는 듣지 않았다.(安祿山以李林甫狡猾逾已, 故畏服之. 及楊國忠爲相, 祿山視之蔑如也, 由是有隙. 國忠屢言祿山有反狀, 上不聽.)"

2 이리의 야심 : 원문은 낭자야심狼子野心으로, 이리는 야성이 있어서 길들이기 어려움을 의미한다. 흉악한 사람은 마음 씀씀이가 악랄하여 고치기 어려움을 비유한다. 《대당신어大唐新語》 권1에 다음과 같은 내용이 등장한다. "(장구령張九齡은) 이로 인해 '안녹산은 늑대의 야심을 품고 있으며, 반역을 일으킬 상을 가지고 있습니다. 신의 부탁은 죄를 이유로 그를 주멸하여, 후환을 근절하기를 바라옵나이다.'라고 주청하였다.(祿山狼子野心, 而有逆相, 臣請因罪戮之, 冀絕後患.)" 아래 단락에서 양국충은 안녹산에 대해 "늑대의 야심을 품고 얼굴에 반역의 관상을 하고 있으니, 훗날 큰 화를 초래할 것이다."라고 말하는 대목이 등장한다. 제10척 〈의문의 예언〉에서 곽자의 역시 "내가 저놈의 꼴을 보니 역적의 상인지라, 천하를 어지럽힐 놈은 필히 저놈이 틀림없다!"라고 한 바 있다. 이러한 말은 모두 장구령이 한 말이다. 또한, 《신당서新唐書·숙종본기肅宗本紀》에 "안녹산이 조정에 오자, 태자는 그가 반역을 일으킬 인상을 지니고 있다는

것을 알아채고 죄를 이유로 그를 주멸할 것을 주청하였지만, 현종은 듣지 않았다.(安祿山來朝, 太子識其有反相, 請以罪誅之, 玄宗不聽.)"는 기록이 있다.

3 하관下官 : 관리가 자신을 겸손하게 부르는 말.

4 다만 저 안녹산이란 놈은 겉으로는 멍청한 체하면서, 뱃속에는 교활한 수작을 감추고 있다 : 《자치통감資治通鑑》 권215 6년(747)에 다음과 같은 기록이 있다. "안녹산은 몸이 비만했으며, 뱃가죽이 처져서 무릎을 덮었는데, 스스로 무게가 삼백 근이 나간다고 말한 적도 있었다. 겉으로는 우둔하고 솔직한 척했지만, 속마음은 실로 교활하였다.(祿山體充肥, 腹垂過膝, 嘗自稱腹重三百斤. 外若癡直, 內實狡黠.)" 《강감정사약綱鑑正史約》에도 비슷한 기록이 있다. "안녹산은 몸집이 비만하고 뱃살이 처져서 무릎을 덮었다. 겉으로는 우둔하고 솔직해보였지만, 속마음은 실로 교활했다.(祿山體肥, 腹垂過膝, 嘗自稱腹重三百斤. 外若癡直, 內實狡黠.)"는 기록이 있다. 안녹산이 순진한 겉모습과 교활한 마음으로 당명황의 비위를 맞춘 사례가 정사에 자주 보인다. 그가 당명황에게 자신의 뱃가죽 안에는 "오로지 일편단심이 있습니다.(唯有赤心.)"라고 말한 것이나, "태자에게 절을 하지 않은 것(不拜儲君)" 등은 모두 황제의 마음에 영합하기 위함이었다. 또한 황제에게 절하지 않고 양귀비에게 절하고 나서, 현종에게 "오랑캐들은 어머니가 계신 것은 알아도 아버지가 계신지는 모릅니다.(胡人只知有母, 不知有父.)"라고 한 것은, 양귀비에게 결탁하여 현종의 마음을 사기 위한 행동이다.

5 갈도喝道 : 높은 벼슬아치가 다닐 때, 길을 인도하는 하인이 앞에서 소리를 질러 행인들을 비키게 하던 일, 또는 그 일을 맡은 하인을 의미한다. 비슷한 말로 가금呵禁, 가도呵道, 창도唱導가 있다.

6 좌우左右 : 주위에 거느리고 있는 사람.

7 금지禁地 : 천자가 사는 곳. 일반인들이 함부로 드나들 수 없는 곳.

8 가전呵殿 : 가呵는 수행인이 앞에서 길을 비키라고 소리를 지르는 것이고, 전殿은 수행인이 뒤에서 옹위하면서 길을 비키라고 소리를 지르는 것이다. 비슷한 말로 가도喝道, 가금呵禁, 가도呵導 등이 있다. 사서史書에는 안녹산과 가전呵殿에 관련된 기록을 찾아볼 수 없다. 《안녹산사적安祿山事迹》 권상卷上에 "매일 아침, 항상 용미도龍尾道[당대唐代 함원전含元殿 앞의 복도. 위에서 아래까지 용의 꼬리처럼 구불구불 드리워 있어서 붙여진 이름]를 지나갔는데, 남북南北에서 흘겨보지 않은 적이 없어 한참이 지나서야 비로소 들어갔다. 즉 흉악한 반역의 싹이 언제나 마음속에 있었던 것이다.(每朝, 常經龍尾道, 未嘗不南北睥睨, 久而方進, 即凶逆之萌, 常在心矣.)"라고 기록하고 있다. 가전에 대한 상세한 기록은

이에 근거해 부연한 것이다.

9 어의御衣 : 황제가 입는 옷.

10 용마龍馬 : 황제가 타는 말, 준마.

11 폐하께서는 어의御衣를 벗어 ~ 퇴조한다오 : 왕건王建의 시 〈증왕추밀贈王樞密〉에 다음과 같은 구절이 있다. "어의를 벗어 입혀주시고, 어마御馬가 진상되면 매번 타보게 하셨다. 오래도록 밀지密旨를 받드니 집에 돌아가는 날 적고, 홀로 변방의 기밀 상주하고 밤늦게 궁정에서 퇴조한다.(脫下御衣先賜着, 進來龍馬每教騎. 長承密旨歸家少, 獨奏邊機出殿遲.)" 이 시는 안녹산과 밀접한 관련이 있는 것으로 보인다. 《안녹산사적安祿山事迹》 권중卷中에 "안녹산이 범양範陽으로 돌아가자, 현종은 망춘정望春亭에서 송별하고, 어복御服을 벗어 하사하셨다.(祿山歸範陽, 玄宗御望春亭送別, 脫御服以賜之.)"고 기록하고 있으며, 《자치통감資治通鑑》 권217 천보天寶 30년, 《신당서新唐書》 권335, 〈안녹산전安祿山傳〉에도 이러한 내용을 기록하고 있다. 한편 《통감通鑑》 권217 천보 13년에 의하면 정월에 안녹산이 '군목총감群牧總監'에 임명되었고, "(황제는) 친신親臣을 파견하여 전쟁에 쓸 수 있는 잘 달리는 말 천 필을 골라 별도로 사육하게 하였다.(遣親臣選健馬堪戰者數千匹別飼之.)"고 한다.

12 군왕郡王 : 친왕親王보다 한 단계 낮은 작위.

13 활귀活鬼 : 산 귀신, 산송장.

14 부평초 : 원문은 빈蘋으로, 네가래 즉, 네가랫과의 다년생 수초水草이다. 줄기는 옆으로 벋어 나가며, 마디마다 수염뿌리와 잎이 나오는데, 수염뿌리는 진흙 속으로 뻗는다. 잎자루는 길이 7~20cm이고, 그 끝에 부채꼴의 작은 잎이 네 개씩 붙으며 흔히 논이나 늪에 자란다.

네가래

15 군기軍機 : 시기와 형편에 적절한 군사 방침. 전략, 조치.

16 남조南詔의 사건 : 양국충이 군대를 파병하여 남조를 공격하였으나, 전군이 대패하고 6만여 병사가 전사하였다. 그러나 양국충은 실패를 엄폐하고 오히려 공을 세운 것으로 거짓 보고하였다. 《자치통감資治通鑑》 권216 천보天寶 10년에 다음과 같이 기록하고 있다. "여름 음력 사월 임오壬午일, 검남절도사劍南節度使 선어중통鮮於仲通이 남조의 오랑캐를 정벌하다가 노남瀘南에서 대패하였다. … 군대는 대패하였고, 병졸들 중 전사자가 육만 명이었는데, 선우중통鮮于仲通은

몸만 빠져나왔다. 양국충은 패배의 상황을 엄폐하고, 전쟁에서 공을 세운 것으로 서술했다.(夏, 四月, 壬午, 劍南節度使鮮于仲通討南詔蠻, 大敗於瀘南. … 軍大敗, 士卒死者六萬人, 仲通僅以身免. 楊國忠掩其敗狀, 仍敍其戰功.)" 남조는 지금의 운남성雲南省에 위치해 있다.

17 뜬구름이 하늘 같은 천자님을 몽폐蒙蔽한 것 : 간신이 정권을 잡거나 악인이 권력을 쥔 것을 의미한다. 몽폐는 속이다, 가리다는 뜻.

18 매관육작賣官鬻爵 : 매관매직賣官賣職과 같은 말로, 돈을 받고 벼슬을 파는 일.

19 【전강前腔】【본조本調】: 《장생전전주長生殿箋注》에는 【풍입송風入松】으로 표기.

20 두 마음 : 원문은 이지異志로, 배반하려는 마음을 가리킨다.

21 동문에 기대 휘파람을 불던 석늑石勒 : 《진서晉書》 권104 〈석늑재기石勒載記〉 상권에 다음과 같은 기록이 있다. "(석늑은) 40세에, 마을사람을 따라 낙양洛陽으로 장사를 하러 갔다. 휘파람을 불며 동문東門에 기대어 있노라니, 왕연王衍이 보고 기이하게 여기며 좌우를 돌아보며 '방금 저 오랑캐 놈은, 내가 그 목소리와 눈빛을 보아하니 두 마음을 품고 있는 것 같다. 아마 장차 천하의 재앙이 될 것이다.'고 말하였다." 석늑은 오호십육국五胡十六國 시기 후조後趙의 왕이 되었다. 갈인羯人이기 때문에 안녹산을 비유하는 말로 쓰인다. 갈족은 중국 고대 흉노에서 갈라져 나온 민족으로, 지금의 산서성山西省 동남부에 분포하고 있었으며, 동진東晉 시대 황하黃河 유역에 후조後趙(311-334)를 세웠다.

22 태자太子들에게 절을 올리지 않으며 : 이 사건에 대해 《안녹산사적安祿山事迹》 권상卷上 천보天寶 6년에 다음과 같이 기록하고 있다. "(당명황이) 황태자에게 명하여 안녹산을 만나보게 했다. 안녹산은 태자를 만나도 절하지 않았다. 좌우의 신하들이 '왜 절을 하지 않는 것이오?'라고 묻자 안녹산은 '나는 오랑캐라 조의朝儀를 모르니, 태자가 뭐하는 분인지 어떻게 알겠소?'라고 대답했다. 당명황은 '저군儲君이란, 짐이 백세가 된 후에 내 자리를 물려줄 태자이다.'라고 말해주었다. 그러자 안녹산은 '신이 우매하여, 이 몸은 오직 폐하만 알 뿐 태자는 알지 못하니, 신은 지금 만 번 죽어도 마땅합니다.'라고 말했다. 좌우의 신하들이 절을 하라고 명령하자, 이에 안녹산은 절을 올렸다. 당명황은 그의 순수하고 정성스러운 마음에 매우 기뻐하였다.(因命皇太子見之. 祿山見太子不拜, 左右曰, '何以不拜?' 祿山日. '臣答人, 不識朝儀, 不知太子是何官?' 玄宗日. '是儲君, 朕百歲之後, 傳位於太子.' 祿山曰 : '臣愚, 比者只知陛下, 不知太子, 臣今當萬死'. 左右令拜, 祿山乃拜, 玄宗尤嘉其純誠.)" 《자치통감資治通鑑》 권215 천보 6년, 《신당서新唐書》 권225의 〈안녹산전安祿山傳〉에도 이 일을 기록하고 있다.

23 권세가 : 양국충을 가리킨다.

24 양국충과 ~ 나쁘니 : 이와 관련된 사건에 대해 《자치통감資治通鑑》 권217 천보天寶 13년의 조항에 다음과 같은 기록이 있다. "(십일월) 하동태수河東太守 겸兼 본도채방사本道采訪使 위척韋陟은 위빈韋斌의 형으로, 문아文雅함으로 명성이 높았다. 양국충은 그가 재상이 될까봐, 다른 사람을 시켜 위척이 장물贓物을 취급하는 추잡한 일을 한다고 고발하고 어사御使를 파견하여 심문해 달라고 했다. 위척은 중승中丞인 길온吉溫에게 뇌물을 바치고 안녹산에게 도움을 요청해 달라고 부탁했지만, 다시 양국충에게 발각되고 말았다. 윤월閏月 임인壬寅일 위척은 계령위桂嶺尉, 온풍양장사溫灃陽長史에 폄적되었다. 안녹산은 길온의 억울함을 하소연하면서, 양국충이 참소하였다고 말했다. 황제는 둘에게 아무것도 묻지 않았다.(河東太守兼本道采訪使韋陟, 斌之兄也, 文雅有盛名, 楊國忠恐其入相, 使人告陟贓汙事, 下御史按問. 陟賂中丞吉溫, 使求救於安祿山, 復爲國忠所發. 閏月, 壬寅, 貶陟桂嶺尉, 溫灃陽長史. 安祿山爲溫訟冤, 且言國忠讒疾. 上兩無所問.)" 《안녹산사적安祿山事迹》 권중卷中에는 이 사건이 천보 14년에 일어났다고 밝히고 있다. 작품 속에서 양국충과 안녹산이 상대를 비방하는 줄거리는 이러한 정황에 근거하여 부연한 것이다.

25 안녹산을 범양절도사範陽節度使로 임명하나니 : 안녹산이 범양절도사로 임명된 것은 실제로는 천보天寶 3년의 일이다. 안녹산은 천보 3년에 범양절도사와 하북채방사河北採訪使 겸 평노절도사平盧節度使로 임명되었다. 이때는 양옥환이 아직 귀비에 책봉되지 않았고, 양국충 역시 정치무대에 등단하기 전이었다. 천보 13년 정월, 양국충은 "안녹산이 반드시 반란을 일으킬 것입니다."라고 하면서, "폐하께서 그를 시험 삼아 불러보게 하시면, 반드시 오지 않을 것입니다."라고 상주하였다. 그러나 안녹산은 명령을 듣자마자 도착하여, 양국충이 자신을 모함한다며 반소했다. 《통감通鑑》 권217 천보 13년의 기록에 의하면 "3월 안녹산은 범양절도사를 그만두고 돌아오자, 황제는 옷을 벗어 그에게 하사하였다. 안녹산은 그것을 받고 깜짝 놀라며 기뻐하였다. 하지만 양국충이 그를 묶어두기 위해 상소를 올릴까봐, 질풍같이 달려 관문을 나왔다."고 한다. 극중에서 안녹산이 범양절도사로 임명된 시간을 양국충과 함께 황제를 알현한 후로 기록한 것은, 이에 근거하여 부연한 것이다.

26 공수拱手 : 두 손을 가슴 높이에서 맞잡고 인사하다. 공경함을 표시할 때의 동작이다.

27 막부幕府를 열고 : 군사기관을 조직하는 것으로, 여기서는 절도사가 되는 것을 가리킨다.

28 소요逍遙 : 아무런 구속도 받지 않다. 유유자적하게 즐기다.

29 절월節鉞 : 권력, 권위. 절節은 부절符節, 월鉞은 부월斧鉞이다. 부절과 부월은 군주가 대장군을 임명할 때 하사하는 것으로, 막중한 권위를 상징한다. 절은 수기手旗와 같이 모양이고 부월은 도끼와 같은 모양으로, 군령을 어긴 자에 대한 생살권生殺權에 대한 상징이다. 절월을 나누다는 뜻은 안녹산을 절도사에 임명한 일을 빗대어 한 말이다.

부절符節

부월斧鉞

30 다만 ~ 일으키는 것 : 《안녹산사적安祿山事迹》 권중卷中에 "양국충은 안녹산이 반란을 일으키기를 기원했는데, 자신에게 선견지명을 있었음을 밝히기 위해서였다.(國忠要祿山速反, 以明己之先見耳.)"라고 기록하고 있다. 또한 《자치통감資治通鑑》 권217 천보天寶 40년 하夏 4월에 "양국충이 밤낮으로 안녹산에게 반역의 조짐이 일어나기를 바랐다.(楊國忠日夜求祿山反狀.)"라는 기록이 있으며, 겨울 시월에 "양국충과 안녹산을 만났더니 서로 사이가 좋지 않았으며, 양국충이 누차 안녹산이 반란을 일으킬 것이라고 말했으나, 황제는 이 말을 듣지 않았다. 양국충은 수차례 이 일로 자극하며, 그가 속히 반란을 일으켜 황제의 신임을 사기를 바랐다.(會楊國忠與祿山不相悅, 屢言祿山且反, 上不聽; 國忠數以事激之, 欲其速反以取信於上.)"라고 기록하고 있다.

31 첫 번째 구는 주담周曇의 〈삼대문우음三代門又吟〉(《전당시全唐詩》 권728 참조), 두 번째 구는 저사종儲嗣宗의 〈장안회고長安懷古〉(《전당시》 권594 참조), 세 번째 구는 서현徐鉉의 〈진각방환지태주유시풍기작차답지陳覺放還至泰州惟詩風寄作此答之〉(《전당시》 권753 참조), 네 번째 구는 정우鄭嵎의 〈진양문시津陽門詩〉(《전당시》 권567 참조)를 인용하였다.

제14척

노래를 훔치다【투곡偸曲】[1]

등장인물 영신迎新(노단老旦), 염노念奴(첩貼), 이구년李龜年(말末), 마선기馬仙期(부정副淨), 뇌해청雷海青(외外), 하회지賀懷智(정淨), 황당작黃幢綽(축丑), 이모李謨(소생小生)

배 경 궁중, 조원각朝元閣, 궁중의 담벼락

선려과곡仙呂過曲 · 팔성감주八聲甘州

(영신과 염노가 악보를 들고 등장한다.)

영 신 〈예상霓裳〉 악보 완성되어,

영신·염노 비단 창 안에서,

비본秘本[2]을 베껴두었네.

달콤한 목소리 어여쁜 입술로,

친히 절묘한 곡을 가르쳐주셨지.

영 신 저는 영신이에요.

염 노 저는 염노예요.

영 신 귀비 마마께서 〈예상우의곡〉의 새 악보를 만드신 후로, 우리 두 사람은 귀비 마마로부터 직접 가르침을 받았어요. 오늘 어가가 화청궁華淸宮에 당도하면, 바로 이 곡을 연주할 예정이에요. 폐하께서는 저희 둘에게 조원각朝元閣[3]에서 이구년李龜年[4]에게 악보를 전수하게 하고, 밤낮 이원자제들梨園子弟에게 전수하여 연습시키도록 분부하셨어요.

화청궁華清宮

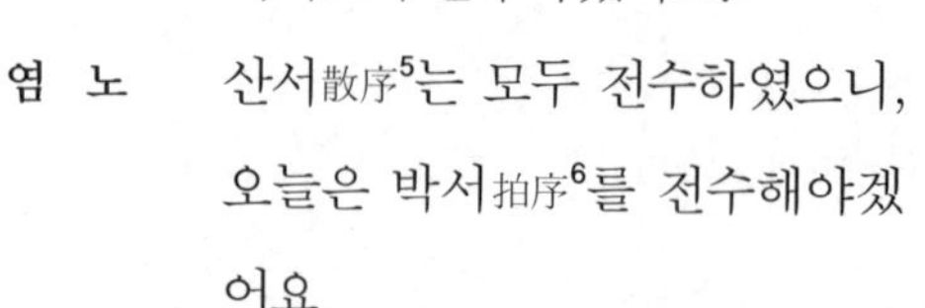

염 노 산서散序[5]는 모두 전수하였으니, 오늘은 박서拍序[6]를 전수해야겠어요.

영 신 보세요, 달빛이 물처럼 환해서, 연주하기에 딱 좋네요. 함께 이 곡보曲譜를 가지고 먼저 누각으로 가자꾸나.

(영신과 염노가 길을 걸어간다.)

영신·염노 높은 누각 위에 떠오른 서늘한 달빛,
걷어 올린 주렴, 훈풍薰風[7]에 반짝이는 수정구슬.
고결하고 청아한 가락,
광한궁廣寒宮 선악仙樂이라 칭할 만하네.

(영신과 염노가 퇴장한다.)

도궁근사道宮近詞 · 어아잠魚兒賺

(말末이 희끗희끗한 수염의 이구년으로 분하여 등장한다.)

이구년 예로부터 악부樂部에서 명성을 떨쳤고,
유독 숙련되어 새 단장으로 추거되었네.
아침저녁 폐하를 섬기며,[8]
번갈아 근무를 하며 내정內廷[9]에 들어왔네.

저는 이구년입니다. 줄곧 영관伶官[10]을 지내다가, 폐하의 은혜로 이원의 단장에 선발되었습니다. 이제 귀비 마마의 신곡 〈예상우

의곡〉이 만들어져, 폐하께서 영신과 염노에게 악보를 전수하게 하였습니다. 조원각에서 연습을 하려고 서서 공봉供奉[11]들을 기다리고 있습니다. 밤낮 연습을 해야 하기에, 여러 형제들을 불러 함께 가보려고 합니다. 형제들, 어디에 계시오?

(부정副淨이 마선기馬仙期[12]로 분하여 등장한다.)

마선기 마선기의 방향方響[13] 소리는 귀신들도 깜짝 놀라게 하지요.

(외外가 뇌해청雷海青[14]으로 분하여 등장한다.)

뇌해청 철발鐵撥[15]이라면 앞다퉈 이 뇌해청을 추대하지요.

(정淨이 흰 수염을 달고 하회지賀懷智로 분하여 등장한다.)

방향

하회지 하회지의 비파琵琶는 무대를 쥐고 흔들지요.[16]

(축丑이 황당작黃幢綽[17]으로 분하여 등장한다.)

황당작 황당작의 박판拍板은 특별히 완벽하지요.

(함께 이구년에게 읍揖한다.)

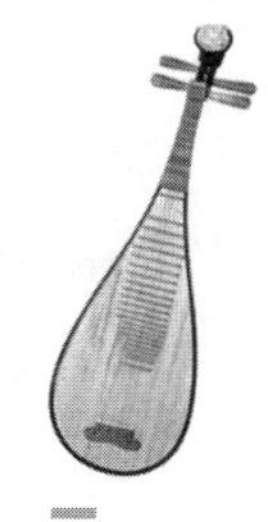

비파

함 께 사부님, 인사 올립니다.

이구년 여러분, 안녕들 하시오.

임금님께서 명을 내려,

〈예상〉 연주를 재촉하며 끊임없이 가르치라 하셨소.

저기 염노와 영신,

아름다운 두 궁녀,

박달나무 박판과 작은 악보 단정히 잡고,

일찌감치 조원각에 와서 달 밝기만 기다리고 있소.

함 께 그렇다면 우리도 어서 가십시다.

이구년 함께 가시지요.

(함께 발걸음을 옮긴다.)

함 께 궁전의 물시계 느릿느릿 떨어지고 시원한 밤바람 불어올 제,

신곡을 연습하세,

신곡을 연습하세.

(함께 퇴장한다.)

선려과곡仙呂過曲 · 해삼정범解三酲犯

(소생小生이 두건과 적삼[18]을 착용하고 이모李謨[19]로 분하여 등장한다.)

이 모 **해삼정解三酲**

풍류에 빠진 젊은이 초탈한 흥취 떨치며,

노래 속의 오묘한 이치로 마음을 수양한다네.

소문을 듣자니 오늘밤 봉래경蓬萊境[20]에서,

신묘한 악보 펼쳐,

신곡을 연주한다 하네.

소생은 이모라고 합니다. 본관本貫은 강남江南으로, 경성京城을 유람하는 중이랍니다. 저로 말할 것 같으면, 소싯적부터 음률에 정통했고, 오랫동안 철적鐵笛으로 이름을 날려 왔습니다.[21] 근래에 듣자하니 궁중에서 새로 악곡 하나를 만들었는데, 그 제목이 〈예상우의霓裳羽衣〉라 하고, 악공 이구년 등이 매일 밤 조원각朝元閣에서 연습을 한다고 합니다. 소생은 그 신곡을 앙망해왔건만, 비밀의 악보를 구할 길이 없었습니다. 듣자하니 저 누각이 마침 궁궐 담벼락 옆에 있다 하니, 소리가 바깥에서도 들릴 것입니다. 아무래도 철적鐵笛을 소매에 넣고 여산驪山[22]으로 가서, 달이 대낮처럼

여산驪山

밝은 틈을 타 엿들어보아야겠습니다. 계속 걸어가다 보니, 경치가 정말 끝내주는군요.

(길을 간다.)

수풀에 저녁안개 걷히니 날씨 청명하고,

산은 차가운 하늘로 치솟고 달빛 가득하니,

참으로 아름다운 경치로고,

팔성감주八聲甘州

정말이지 몸이 그림 속을 거니는 것 같구나.

(무대 위에는 붉은 장막을 쳐서 담장을 만들고, 담장 안에는 누각 하나가 세워져 있다.)

이 모 말하는 사이에, 벌써 궁중 담벼락에 다다랐구나.

도궁조근사道宮調近詞 · 응시명근應時明近

이 모 오색구름 속,

궁궐의 모습,

그윽하고 영롱하게 빛나는 달빛.

눈이 부셔 제대로 보기 어려워라,

눈이 부셔 제대로 보기 어려워라.

몰래 바람 타고 건너가고 싶어라,
곳곳에 세워진 신선의 누각,
미인이 한가로이 기대어 있는 난간으로.

이 모 들은 바에 의하면 저 조원각은 금원禁苑[23] 서쪽에 있다고 하니, 그럼 붉은 담장을 따라서 느릿느릿 가볼까.
(이모가 길을 걸어간다.)

전강前腔

이 모 꽃그늘 아래,
평탄한 어로御路,[24]
붉은 담장 바짝 붙어 등실등실 걷다보니.
(멀리 바라보며) 저 수양버들 사이로, 높은 누각 꼭대기 하나가 우뚝 솟아 있으니, 아마 저기인가 보다.
뚫어져라 다시 자세히 살펴보니,
뚫어져라 다시 자세히 살펴보니,
어렴풋이 보이는 화려한 주렴,
문창살[25]과 어우러져 서로를 돋보이게 하는데,
(가리키며) 저기 위에 홍등紅燈이 있는 것이 아닌가!

(영신과 염노가 담장 안 누각에 오른다.)
(이구년과 악공들이 누각 안에서 말한다.)

이구년·악공들 오늘은 박서拍序를 연주해야 할 차례입니다. 모두들 먼저 산서散序를 처음부터 한번 연습해 보도록 합시다.
이 모 저기 좀 보세요. 위에서 등불이 은은하게 빛나고 있고, 사람들 말

소리가 들리는 듯하니, 틀림없이 저곳일 겁니다. 그럼 한번 몰래 들어봐야겠습니다.

(이모가 숨어서 선 채로 듣는다.)

쌍적자雙赤子

이 모 조용조용 몰래몰래,

담장 그늘에서 몰래 엿들어볼까.

(안에서 악기를 연주한다.)

(소매에서 철적을 꺼내며) 아무래도 젓대[26]를 꺼내, 소리에 맞춰 따라 불어야겠다. 그렇게 음절音節을 자세히 기억해두면 되겠지.

달 높이 뜨고 초야初夜[27]의 북소리 들려오자,

과연 현악기의 현이 일제히 울리기 시작하네.

마침 다행히 금원禁垣[28]은,

밤 깊고 인적 드물어,

다당둥당 둥당둥당 일제히 울려 퍼지네.

이 몇 가락 문득 마음으로 깨우치고,

이 몇 가락 문득 마음으로 깨우치네.

(안에서 세십번細十番[29]을 연주하고, 이구년은 젓대를 불며 합주한다.)

(음악이 멈추면, 영신과 염노가 내각 위에서 후렴부를 노래한다. 이모는 젓대로 함께 연주한다.)

화미아畫眉兒

영신·염노 여의주를 흩뿌렸나,[30]

입박入拍[31] 소리에 놀란 마음.
흩날리는 소매는 펄럭이는 구름이런가,
나풀나풀 남실바람에 맴도는 눈송이도,
나풀나풀 남실바람에 맴도는 눈송이도,
미녀의 자태만 못하리라.[32]
(이모가 이어서 노래한다.)

이 모　이 몇 가락 문득 마음으로 깨우치고,
이 몇 가락 문득 마음으로 깨우치네.

(안에서 세십번을 전처럼 연주한다. 영신과 염노가 안에서 노래를 부르고, 이모가 젓대로 합주한다.)

전강前腔

영신·염노　진주와 비취가 서로를 비추는데,
날아오른 봉새런가 날개 접은 난새런가.
옥산玉山[33] 봉래蓬萊 정상에서,
옷소매 휘날리며 쌍성雙成[34]을 인도하는 상원上元[35]이런가.
옷소매 휘날리며 쌍성을 인도하는 상원이런가,
몸을 돌려 허비경許飛瓊[36]을 초대하는 악녹화萼綠華[37]런가.[38]
(이모가 이어서 노래한다.)

이 모　이 몇 가락 문득 마음으로 깨우치고,
이 몇 가락 문득 마음으로 깨우치네.

(안에서 세십번을 전처럼 연주한다. 영신과 염노가 안에서 노래

동쌍성

악녹화

허비경

를 부르고, 이모가 철적으로 합주한다.)

전강前腔

영신·염노 잦은 가락 내달리는 곡조,
여기저기 울려퍼지는 현악기 관악기 소리.
날아가던 구름 홀연히 멈춘 듯,
천천히 무의舞衣 소매[39] 걷었다가 경쾌하게 펼치네.
천천히 무의 소매 걷었다가 경쾌하게 펼치고,
요천瑤天[40]으로 날아올라 노래 한 가락 부르네.
(이모가 이어서 노래한다.)

이 모 이 몇 가락 문득 마음으로 깨우치고,
이 몇 가락 문득 마음으로 깨우치네.

(안에서 다시 세십번을 한바탕 연주한다. 영신과 염노가 살며시 퇴장한다.)

이 모　기묘한 노래로다. 참으로 가을 대나무[41]를 두드리는 듯, 봄날 살얼음을 가볍게 치는 듯, 분명 신선의 음악이지 속세의 것이 아니로구나. 젓대로 남몰래 얻게 되다니, 이런 행운이 어디 있으랴.

아압만도선鵝鴨滿渡船

이 모　천상의 소리 〈예상〉,
담장 밖 행인이 들었다네.
가락은 분명하게,
곡조는 정확하게,
바람 속에서 높낮이에 따라,
젓대 안에 몰래 담아두었으니,
하나도 남김없이 적어 내리라.
아, 누각이 아무 소리도 없이 조용한 걸 보니, 이제 연주를 하지 않는가 보다.
사람들 흩어지고 노래가 끝나니 홍루紅樓는 잠잠해지고,
담장에 걸린 잔월殘月[42] 아래 꽃 그림자 흔들리누나.

이 모　보세요, 은하수가 기울고 달이 지고,[43] 북두성이 방향을 바꾸고 삼수성參宿星이 가로로 누웠으니,[44] 나도 이제 돌아가야겠습니다.
(젓대를 소매에 넣고 몸을 돌려 발걸음을 옮긴다.)

미성尾聲

이 모　발길을 돌려,
돌아갈 길 찾아가세.
들리는 것은 옥하玉河에 흐르는 그윽하고 맑은 물소리,

흡사 〈예상〉의 섬세하고 부드러운 소리 같구나.

하장시下場詩 14[45]

이 모	하늘에 닿은 궁궐의 누각과 또렷한 달빛,	두 목杜 牧
	높구름에 노래 울려 퍼져 더욱 청명한 이 밤.	조 하趙 嘏
	새로 만든 노래 몇 가락 몰래 얻었으니,	원 진元 稹
	주루에서 젓대로 새 노래 연주하리라.	장 호張 祜

주

1 투곡偸曲 : 이모李謩가 궁중의 담벼락에서 법곡法曲을 듣고 베낀 사건은 《전당서全唐書》 원진元稹의 〈연창궁사連昌宮詞〉 주注에 나온다. 원진의 〈연창궁사〉에 "이모는 젓대를 불며 궁중의 담벼락 옆에서, 새 노래를 몇 곡을 훔쳐 들었네.(李謨擫笛傍宮牆, 偷得新翻數般曲.)"라고 적고, 원주原注에 다음과 같이 설명하고 있다. "당명황이 밤이 깊은 후 상양궁上陽宮에서 새 노래 한 곡을 연주한 적이 있다. 때는 달 밝은 정월 보름 밤, 남몰래 등불 아래를 거니는데 문득 주루酒樓에서 전날 밤에 연주했던 신곡을 부는 젓대소리가 들려 크게 놀라고 말았다. 다음 날, 몰래 사람을 보내 젓대를 불었던 사람을 잡아와 심문하였다. 그는 말하기를 '저는 그날 밤 천진교天津橋에서 몰래 달구경을 하다가 궁중에서 들려오는 노랫소리를 듣고 다리난간 위에서 악보로 기록하였습니다. 소신은 장안의 젊은이로 젓대를 잘 부는 이모라고 합니다.'라고 대답하였다. 당명황은 기특하게 여기고 그를 보내주었다.(明皇嘗於上陽宮夜後按新翻一曲, 屬明夕正月十五日, 潛遊燈下. 忽聞酒樓上有笛奏前夕新曲, 大駭之. 明日, 密遣捕捉笛者, 詰驗之, 自云 : 其夕窃于天津橋玩月, 聞宮中度曲, 遂于橋柱上插譜記之. 臣即長安少年善笛者李謩也. 明皇異而遣之.)" 장호張祜의 시 〈이모적李謩笛〉에서 "평소 동도東都 낙양성洛陽城으로 행차하면, 궁중에서는 밤이 새도록 천악天樂을 연주하네. 이모가 그 악보를 훔쳐, 주루에서 젓대로 연주한 것이 바로 그 새 노래라네.(平時東幸洛陽城, 天樂宮中夜徹明. 無奈李謩偷曲譜, 酒樓吹笛是新聲.)"라고 하였다. 하지만 이를 〈예상곡霓裳曲〉이라고 밝히지는 않았다. 본 작품은 이를 근거로 부연한 것이다.

2 비본秘本 : 진귀한 책. 소중히 간직한 희귀한 도서.

3 조원각朝元閣 : 당대唐代의 도관道觀으로, 섬서陝西 임동현臨潼縣 여산驪山에 위치한다. 원래는 노자老子에게 제사를 지내는 장소였다. 정대창程大昌의 《옹록雍錄》에 "조원각은 여산 위에 있다. 천보天寶 7년 현원 황제가 조원각에 나타나자, 강성각降聖閣으로 개명하였다.(朝元閣在驪山上, 天寶七載, 玄元皇帝見於朝元閣, 改名降聖閣.)"라는 기록이 있다. 이후 조원각은 당명황과 양귀비가 함께 즐거운 시간을 보내는 곳이 되었다. 왕건王建은 〈온천궁행溫泉宮行〉에서 "조원각은 산을 향해 솟아 있고, 청산에 에워싸인 성곽은 따뜻한 물을 담고 있네.(朝元閣向山上起, 城繞青山龍暖水.)"라고 노래하였고, 〈온천궁감구溫泉宮感舊〉에서 "먼지를 일으키며 조원각에 급히 다다른 사신, 천관千官이 밤에 보낸 육룡六龍

이 돌아왔네.(塵到朝元邊使急, 千官夜發六龍回.)"라고 노래하였다. 이상은李商隱은 〈화청궁이수華淸宮二首〉의 두 번째 수에서 "조원각에 우의羽衣가 새로 빛나니, 먼저 소양昭陽의 첫째 미인이 연주하네.(朝元閣迥羽衣新, 首按昭陽第一人.)"라고 하였다. 또한 두상杜常은 〈화청궁華淸宮〉에서 "조원각에 불어오는 급박한 서풍, 장양長楊[진대秦代 궁전의 명칭, 수양버들을 심었기에 붙여진 이름]으로 들어와 빗소리를 일으키네.(朝元閣上西風急, 都入長楊作雨聲.)"라고 한 것은 모두 당명황과 양귀비의 고사에 대해 기록한 것이다.

4 이구년李龜年 : 당명황 때의 명가수로 큰 명예와 총애를 받았다. 안사의 난 이후 강남을 떠돌아다녔다. 그의 사적은 《명황잡록明皇雜錄》, 《송창잡록松窗雜錄》, 《운계우의雲谿友議》 등에 보인다. 제16척 〈양귀비의 춤〉과 제38척 〈이구년의 비파연주〉를 참조.

5 산서散序 : 〈예상우의곡〉의 서곡序曲. 《전당시全唐詩》 백거이白居易의 〈예상우의가霓裳羽衣歌〉 자주自注에 "산서는 여섯 편遍이며, 무박無拍으로 춤을 추지 않는다.(散序, 六遍, 無拍, 故不舞也.)"고 하였다. 무박은 산판散板[중국 음악에서 대곡의 전후에 연주하는 자유곡]이다.

6 박서拍序 : 〈예상우의곡〉의 일부. 산서散序의 뒤에 이어서 오며, '중서中序'라고도 부른다. 《전당시全唐詩》 백거이의 〈예상우의가〉에 "중서는 처음부터 줄곧 박자가 들어간다. 가을날 죽간竹竿이 갈라지고 봄날 얼음이 깨어지는 것 같다.(中序擘騞初入拍, 秋竹竿裂春冰拆.)"라 하였고, 주석에는 "중서는 시작부터 박자가 있으며, 박서拍序라고도 한다(中序, 始有拍, 亦名拍序.)"고 하였다.

7 훈풍薰風 : 남풍, 동남풍. 온화한 바람, 봄바람, 산들바람.

8 섬기며 : 원문은 추승趨承으로, 윗사람을 섬기는 것을 의미한다.

9 내정內廷 : 궁정. 궁실.

10 영관伶官 : 악관. 악인.

11 공봉供奉 : 황제의 예인. 궁중의 예인.

12 마선기馬仙期 : 당명황 시기의 유명한 음악가. 《태평광기太平廣記》 권204에 《담빈록譚賓錄》의 내용을 인용하여 그가 이구년李龜年 및 하회지賀懷智 등과 같은 인물과 함께 명성을 떨쳤다고 기록하고 있다. 방향方響은 고대의 경磬에 해당하는 타악기이다. 철, 구리, 옥석 등으로 위는 둥글고 아래는 네모난 길쭉한 판 16개를 만들어 상하 두 줄로 나누어 하나의 틀에 걸어서 제작한 것으로 작은 쇠망치로 쳐서 소리를 낸다. 남조南朝 양梁나라에서 시작되어, 수당隋唐 시기 궁정에서 유행하였다. 《양태진외전楊太眞外傳》 권상卷上에는 다음과 같은 기록이 있다. "〈자운회紫雲回〉와 〈능파곡凌波曲〉 두 곡이 완성되자, 의춘원宜春院과

이원제자梨園弟子 및 제왕들에게 들려주었다. 이때 신풍新豐에서 갓 입궁한 사아만謝阿蠻이라는 여령女伶이 있었는데, 춤을 잘 추어 황제와 귀비가 어여쁘게 여겨 곡을 받을 수 있었다. 곧 소전小殿 청원淸元에서 영왕寧王이 옥적玉笛을 불고, 황제는 갈고羯鼓를 치고, 귀비는 비파를 타고, 마선기는 방향을 두드리고, 이구년은 필률觱篥을 불고, 장야호張野狐는 공후箜篌를 타고, 하회지는 박판拍板을 잡았다. 아침부터 낮이 되도록, 신기할 정도로 즐겁게 호흡을 맞추었다.(二曲既成, 遂賜宜春院及梨園弟子並諸王. 時新豐初進女伶謝阿蠻, 善舞. 上與妃子鍾念, 因而受焉. 就按於清元小殿, 寧王吹玉笛, 上羯鼓, 妃琵琶, 馬仙期方響, 李龜年篥, 張野狐箜篌, 賀懷智拍. 自旦至午, 歡洽異常.)"라고 하였다. 또한 《경홍기驚鴻記》 제14·15척에 마선기, 장야호, 하회지가 함께 무대에 오른 장면을 묘사하고 있다. 지금 이 대목은 《경홍기》에서 영감을 받은 것으로 보인다.

13 방향方響 : 타악기의 일종. 16장의 얇은 장방형의 철편을 두 줄로 매어달고, 구리로 된 작은 망치를 쳐서 연주한다.

14 뇌해청雷海青 : 당명황 시기의 저명한 연주자. 실제로 철발鐵撥을 이용해 비파를 탄 사람은 하회지이다. 《악부잡록樂府雜錄》 〈비파琵琶〉에 "개원開元 시기 하회지라는 자가 있었는데, 그의 악기는 돌로 틀을 만들고, 댓닭의 근육으로 현을 만들고, 철발로 타는 것이다.(開元中有賀懷智, 其樂器以石爲槽, 鵾雞筋作弦, 用鐵撥彈之.)"라고 기록하고 있다. 《양태진외전楊太眞外傳》은 이를 답습하고 있다. 《장생전》에서는 이 악기의 연주자를 뇌해청으로 바꾸었는데, 그 이유는 이후 제28척 〈역적을 꾸짖다〉의 주인공으로 등장시키기 위해서이다.

15 철발鐵撥 : 현악기를 타는 도구, 철로 만들어졌기에 붙여진 이름이다. 뇌해청이 특별 제작한 비파를 타는 도구이다. 비파를 탈 때 손톱 대신 철발을 사용했다.

16 하회지의 비파琵琶는 무대를 쥐고 흔들지요 : 〈연창궁사連昌宮詞〉에 "한밤중 달이 높이 뜨자 현이 울리고, 하회지의 비파가 무대를 압도한다.(夜半月高弦索鳴, 賀老琵琶定場屋.)"라는 구절이 있다.

17 황당작黃幢綽 : 황번작黃幡綽이라고도 한다. 당명황 시기의 유명한 배우로, 해학과 기지가 넘쳤으며, 황제에게 용감하게 진언을 하기도 했다. 그의 사적은 《악부잡록樂府雜錄》과 《갈고록羯鼓錄》, 《송창잡록松窗雜錄》, 《개원전신기開元傳信記》, 《인화록因話錄》 등에 보인다.

18 두건과 적삼 : 원문은 건복巾服으로, 두건頭巾과 장의長衣을 의미한다. 고대 희곡에서 유생儒生이 착용하는 복장으로, 주로 사대부士大夫의 복식을 가리킨다. 장의는 남성이 입는 순백색의 긴 적삼으로, 관원이 편복便服으로 입거나, 관직이 없는 부자 등이 착용하기도 하며, 귀족들이 장례식에서 입기도 한다. 이옥

李玉의 전기傳奇《영단원永團圓》에 등장하는 서생書生 채문영蔡文英,《청충보淸忠譜》에 등장하는 서생 주무란周茂蘭, 파직한 관원 주순창周順昌 등이 모두 건복을 착용한다. 작품에서 이모 외에, 제38척 〈이구년의 비파연주〉에서 산서객山西客[외外]이 건복을 착용한다.

건복

19 이모李謨 : 당명황 시기의 유명한 철적鐵笛 연주가. 이모李牟라고도 한다. 그의 사적은 본 척의 〈연창궁사連昌宮詞〉에 관련된 주석과, 이조李肇의《당국사보唐國史補》권하卷下,《악부잡록樂府雜錄》등에 나온다.

20 봉래경蓬萊境 : 여기서는 조원각朝元閣을 가리킨다.

21 오랫동안 ~ 날려왔습니다 :《당국사보唐國史補》하권에 "이주李舟는 호사가로, 일찍이 농가에서 연죽煙竹을 얻어 그것을 잘라서 젓대를 만들었더니 쇳덩이나 돌처럼 단단하였는데, 그것을 이모李牟에게 주었다. 이모가 부는 젓대소리는 천하의 제일이었다.(李舟好事, 嘗得村舍煙竹, 截以爲笛, 堅如鐵石, 以遺李牟. 牟吹笛天下第一.)"는 기록이 있다.

22 여산驪山 : 서안西安 임동구臨潼區 성남城南에 있다. 진령秦嶺 북쪽의 지파로, 동서로 20km에 달하며, 최고해발은 약 1256m이다. 멀리서 바라보면 산세가 한 필의 준마駿馬와 같아서 이런 이름이 붙여졌다. 여驪는 털빛이 검은 가라말이다. 여산의 온천에는 온천이 샘솟고, 풍경이 수려하고 다채로워, 지금으로부터 삼천 년 전인 서주西周 시기에 제왕들의 행락지가 되었다. 주周, 진秦, 한漢, 당唐 이래 이곳은 천혜의 명승지가 되었으며 많은 이궁離宮과 별숙別墅이 세워져 많은 사람들을 불러 모았다.

23 금원禁苑 : 어원御苑, 황제의 화원.

24 어로御路 : 궁중의 길.

25 문창살 : 원문은 문창文窓으로, 문창紋窓과 같은 말이며, 무늬를 조각한 창문이다.

26 젓대 : 가로로 부는 관악기, 횡취악기, 저, 적笛.

27 초야 : 초경初更. 하룻밤을 오경五更으로 나눈 첫째 부분. 저녁 7시에서 9시 사이.

28 금원禁垣 : 궁궐 담장.

29 세십번細十番 : 십번고十番鼓와 같은 말. 적笛[젓대], 관管[관악기], 소簫[퉁소], 제금提琴[사현四弦 악기], 현弦[현악기], 운라雲鑼[작은 접시 모양의 징 열 개를 나무틀에 매달고 나무망치로 쳐서 소리를 내는 타악기], 탕라湯鑼[작은 징], 목어木魚[물고기 모양의 타악기], 단판檀板[박자판. 타악기의 일종으로 딱딱한 나무 세 쪽을 묶어 박자를 맞추며 노래함], 대고大鼓[큰 북] 등 열 가지 악기를

사용하여 여러 가지 합주곡을 연주한다. 청淸 공상임孔尚任의 《도화선桃花扇·뇨사鬧榭》 편에 "또 등선燈船으로 분하여 오색 비단등[사등紗燈]을 달고, 세십번細十番을 연주하며, 무대를 몇 바퀴 돌고 퇴장한다.(又扮燈船懸五色紗燈, 打細十番, 繞場數回下.)"는 구절이 있다.

30 여의주를 흩뿌렸나 : 원문은 여주산병驪珠散迸으로, 주옥을 흩뿌린 것처럼 아름다운 음악을 형용하는 말이다. 백거이白居易의 〈비파행琵琶行〉에 "큰 구슬 작은 구슬 옥쟁반에 떨어지네.(大珠小珠落玉盤.)"라는 구절이 있다. 여주는 검은 용이 물고 있는 여의주를 가리킨다.

31 입박入拍 : 박자를 치는 것. 박자가 들어가다.

32 나풀나풀 ~ 못하리라 : 백거이의 〈예상우의가霓裳羽衣家〉에 "나풀나풀 빙글빙글 가벼이 맴도는 눈송이(飄然轉旋廻雪輕)", "미인의 자태 이기지 못하겠노라.(烟蛾斂略不勝態.)"라는 구절이 있다. 《양태진외전楊太眞外傳》 상권에 "귀비가 취중에 〈예상우의곡〉의 춤을 추니 황제는 매우 기뻐하셨다. 맴도는 눈송이 같고 흐르는 바람 같은 춤은 하늘과 땅을 움직일 수 있다는 것을 알았다."라고 기록하고 있다.

33 옥산玉山 : 서왕모西王母가 살던 선산.

34 쌍성雙成 : 동쌍성董雙成. 관적은 절강浙江으로, 신화에 등장하는 선녀이다. 상商이 망한 후에 서호西湖 강가에서 수련하여 신선이 되었으며, 비승飛昇한 후에는 서왕모를 수행하는 옥녀玉女[선녀]가 되었다. 서왕모가 한무제漢武帝와 만날 때, 동쌍성이 곁에서 반도蟠桃[선도仙桃, 선경에서 자라는 복숭아]를 받들고 있었다. 이는 그녀가 담당하는 직책 중 하나였으며, 서왕모를 대신하여 반도원蟠桃園을 관장하였다.

35 상원上元 : 상원부인上元夫人, 선녀 가운데 지위가 높다. 《한무내전漢武內傳》의 기록에 의하면 한무제漢武帝 원봉元封 원년元年 칠월 칠일, 상원부인이 서왕모의 초청을 받아 한궁漢宮으로 내려가, 무제에게 수도를 통해 도인이 되는 방법을 전수했다. 상원부인은 스무 살 정도 나이의, 고귀하고 단정하며 우아한 여신이었다. 그녀는 한무제의 타고난 품성이 난폭하고[폭暴], 음란하고[음淫], 사치스럽고[사奢], 잔혹하며[혹酷], 상처를 주는[적賊] 성격으로, 이는 신선이 되는 데 걸림돌이 되므로, 반드시 이 다섯 가지 품성을 제거해야 신선이 될 수 있다고 조언하였다. 한선제漢宣帝 지절地節 4년에, 상원부인은 또다시 서왕모와 함께 구곡산勾曲山 금단金壇의 구릉에 있는 화양천궁華陽天宮에 이르렀는데, 이때 그녀는 네 권의 선서仙書를 이모군二茅君[이름은 고固, 자는 계위季偉]에게 주었고, 이모군은 이로써 신선이 되었다. 무제의 말에 의하면, 상원부인은 도군道君

의 제자이자 삼천진황三天真皇의 어머니로, 십만 옥녀玉女[선녀]를 통솔하고, 선녀 가운데서 서왕모 다음의 지위에 있다고 한다.

36 허비경許飛瓊 : 서왕모의 시녀로, 절륜의 미모를 지닌 선녀이다. 전설에 의하면 허비경은 여자 친구와 몰래 인간세계로 내려갔다가, 한천대漢泉臺에서 서생 정교보鄭交甫를 만나 사랑에 빠졌고, 사랑의 표시로 가슴에 찬 명주明珠를 선물했다.

37 악녹화蕚綠華 : 선녀, 약칭 악녹蕚綠이라고도 부른다. 나이는 스무 살 정도로, 푸른 옷을 입는다. 진晉 목제穆帝 시기에, 밤에 양권羊權의 집으로 내려왔고, 이로부터 매월 여섯 차례 방문하였으며, 양권에게 시詩와 화완포火浣布[석면으로 만든 천]와 금과 옥으로 만든 조탈條脫[팔에 차는 한 쌍의 장신구] 등을 선물하였다. 그녀는 사람이 굳이 초청하지 않아도 스스로 찾아오는 선녀로 통한다. 남조南朝 양梁나라 도홍경陶弘景 《진고眞誥·운상편제일運象篇第一》에 다음과 같은 기록이 있다. "악녹화라는 이는 자칭 남산인南山人이라고 하는데, 그 산이 무슨 산인지는 확실하지 않다. 여인의 나이는 스물 남짓 되었고, 청의靑衣를 입고 있으며, 용모가 훌륭하고 단정한데, 승평昇平 3년 11월 10일 밤에 양권羊權의 집에 내려왔다. 이로부터 왕래가 시작되어, 한 달에 여섯 번씩이나 빈번히 찾아왔다. 말하기를 본래의 성은 양楊가라고 하면서, 양권에게 시詩 한 수를 주고, 더불어 완포 수건浣布手巾 한 장과, 금과 옥으로 만든 조탈 각 하나를 주었다. 조탈은 마치 반지처럼 생겼지만 더 크고, 예사롭지 않을 만큼 정교하고 훌륭했다. 선녀는 양권에게 말하기를 '부디 나에 대해 누설하지 마세요. 저에 대해 누설한다면 피차간에 벌을 받게 될 겁니다.'라고 하였다. 이 사람(양권)을 방문한 이가 구의산九疑山에서 도녀道女의 향기가 나는 비단을 발견했다고 말했다.(蕚綠華者, 自雲是南山人, 不知是何山也. 女子年可二十上下, 青衣, 顔色絕整, 以升平三年十一月十日夜降羊權. 自此往來, 一月之中, 輒六過來耳. 云本姓楊, 贈權詩一篇, 並致爲浣布手巾一枚, 金玉條脫各一枚. 條脫似指環而大, 異常精好. 神女語權 : '君慎勿泄我, 泄我則彼此獲罪.' 訪問此人, 云是九疑山中得道女羅郁也.)" 당唐 이상은李商隱은 〈중과성녀묘重過聖女廟(다시 성녀묘를 지나며)〉 시詩에서 "악녹화가 왔을 때 정해진 거처 없었고, 두란향이 말할 때는 시간이 흐르지 않았네.(蕚綠華來無定所, 杜蘭香雲未移時.)"라고 하였다. 여기서 두란향 역시 선녀이다.

38 옷소매 휘날리며 ~ 악녹화蕚綠華런가 : 백거이의 〈예상우의가霓裳羽衣家〉에 "상원上元 선녀는 계집종을 시켜 악녹蕚綠을 초대하고, 왕모王母는 소매를 휘날리며 비경飛瓊과 헤어지네.(上元點鬟招蕚綠, 王母揮袂別飛瓊.)"라는 구절이 있다.

백거이는 자주自注에서 "허비경, 악녹화는 모두 선녀이다."라고 밝혔다. 상원은 상원부인上元夫人이며, 쌍성은 동쌍성董雙成으로, 모두 전설속의 선녀이다. 〈장한가長恨歌〉에는 "소옥小玉을 시켜 쌍성에게 알린다.(轉敎小玉報雙成.)"는 구절이 있다.

39 무의無依 소매 : 원문은 무수舞袖로, 춤추는 사람의 옷소매를 가리킨다.

40 요천瑤天 : 북두칠성이 있는 하늘.

41 가을 대나무 : 추죽秋竹. 높이 3-4m, 직경 1cm 정도의 대죽으로, 어린 줄기에는 털이 없고, 가루가 없거나 소량의 하얀 가루가 있다.

42 잔월殘月 : 지는 달. 새벽달. 그믐달.

43 은하수가 기울고 달이 지고 : 밤이 얼마 남지 않았음을 의미한다. 원문은 하사월락河斜月落으로, 유사한 말로 하경월락河傾月落이 있다.

44 북두성 ~ 누웠으니 : 밤이 지고 곧 새벽이 올 것임을 의미한다. 삼수성은 이십팔수 가운데 21번째 별자리로, 엽호성좌獵戶星座[오리온자리]를 가리킨다. 옛날에는 북두성과 삼수성의 움직임으로 시간을 계산했다.

45 첫 번째 구는 두목杜牧의 〈과화청궁過華淸宮〉(《만수당인절구萬首唐人絶句》 권32, 《전당시全唐詩》 권521 참조), 두 번째 구는 조하趙嘏의 〈무주연상유별婺州宴上留別〉(《만수당인절구》 권31, 《전당시》 권550 참조), 세 번째 구는 원진元稹의 〈연창궁사連昌宮詞〉(《전당시》 권419 참조), 네 번째 구는 장호張祜의 〈이모적李謩笛〉(《만수당인절구》 권15 《전당시》 권511 참조)을 인용하였다.

제15척

여지를 진상하러 가는 길【진과進果】[1]

등장인물	서주사신西州使臣(말末), 해남사신海南使臣(부정副淨), 농부(외外), 점쟁이 맹인(소생小生), 여자 맹인(정淨), 역졸(축丑)
배　　경	장안으로 가는 길, 금성현金城縣 논밭, 위성渭城 역참驛站

과곡過曲 · 류천어柳穿魚

(말末이 서주사신西州使臣으로 분하여, 막대기를 잡고 여지荔枝[2] 바구니를 메고 말에 채찍질을 하며 급히 등장한다.)

서주사신 혈혈단신 말안장 위에서 천리만리 넘어,
이지離支[3]를 진상하려 온갖 수고 다 겪고 있네.
상부의 명령이지 내 뜻은 아니건만,
명리를 생각하면 어찌 여유를 부릴소냐!
다만 내 소원은,
장안長安에 도착하여,
귀비 마마 얼굴을 한 번만 보는 것.

서주사신 저는 서주도西州道[4]의 사신입니다. 양귀비 마마께서 신선한 여지를 참 좋아하시기 때문에, 부주涪州[5]에서는 황제폐하의 칙령勅令을

받들어 해마다 공물로 이 여지를 진상하고 있습니다.[6] 날도 덥고 길도 멀지만, 고생을 마다않고 말을 몰아 앞으로 가는 중입니다. (채찍질을 하면서, 앞에서 불렀던 "다만 내 소원은, 장안에 도착하여, 귀비 마마 얼굴을 한 번만 보는 것." 세 구절을 다시 부르며 말을 달려 퇴장한다.)

쌍조雙調 · 감동산撼動山

(부정副淨이 해남사신海南使臣으로 분장하여 여지 바구니를 메고 말에 채찍질을 하며 급히 등장한다.)

해남사신 해남海南 여지는 유난히 달콤해서,
양귀비 마마께서 특별히 즐겨 드신다네.
딸 때는 이파리까지 따서 잘 감싸두고,
작은 대바구니에 밀봉해서 보관한다네.
헌상하러 갈 때는 낮밤으로 말을 멈추지 않고,
가는 길 내내 시간을 지체할까 마음 졸이며,
다음 역을 바라보며 또 다음 역으로 달려간다네.

해남사신 저는 해남도海南道의 사신입니다. 양귀비 마마께서 신선한 여지를 좋아하시는데, 우리 해남산 여지가 보주산보다 뛰어나서, 보주산과 함께 진상하라는 칙령이 내려왔습니다.[7] 하지만 우리 해남은 갈 길이 더욱 멀고, 이 여지란 것은 이레가 지나면 향과 맛이 곧바로 사라지기 때문에, 나는 듯이 서둘러 가야 합니다.
(채찍을 흔들며 "가는 길 내내 시간을 지체할까 마음 졸이며, 다음 역을 바라보며 또 다음 역으로 달려간다네."를 다시 부르며 퇴장한다.)

정궁正宮 · 십방고十棒鼓

(외外가 늙은 농부로 분장하여 등장한다.)

농　부　농가에서 농사짓기 그 얼마나 고생인가,

가물어도 걱정이요 비 내려도 걱정일세.

일 년의 생계가 곡식 몇 줄기에 달려 있고,

수확의 절반은 관아에 전답세로 갚아야 하니,

가련토다, 뱃속에 들어오는 건 몇 알의 곡식뿐!

매일 벼가 익기만 기다리며,

도와달라며 하느님께 기도하고 신령님께 절하네.

농　부　늙은이는 금성현金城縣[8] 동향東鄉의 농사꾼이외다. 한 집안 여덟 식구가 손바닥만 한 척박한 땅에 빌붙어 근근이 살아가고 있소이다. 아침녘에 듣자하니 여지를 진상하는 사신들이 좁은 지름길을 질러가느라, 남의 벼이삭을 얼마나 짓밟았는지 모르겠다고 하더이다! 그래서 이 늙은이가 일부러 밭에 와서 지키고 있소이다. (바라본다.) 저기 점쟁이 두 사람이 오는구나.

(소생小生이 점쟁이 맹인으로 분장하여 손에 죽판竹板[9]을 들고, 정淨이 여자 맹인으로 분하여 삼현금三絃琴[10]을 타며 함께 등장한다.)

죽판

삼현금

아랑아蛾郎兒

점쟁이맹인·여자맹인　포성褒城[11]에 머물다,

함경咸京[12]으로 가네.

운세와 관상[13]을 자세히 살펴보고,

생과 사를,

분명하게 판단하여,

가는 곳마다 용한 점쟁이[14]로 이름을 날렸다네.

이 맹인선생으로 말하자면,

정말이지 신통방통,

"족집게 도사가 운명을 봐주러 왔소." 소리치네.

여자맹인　영감, 몇날며칠 걸었더니, 오늘은 다리가 아파서 정말이지 꼼짝달싹 못하겠소. 남의 운명 봐주다가, 우리 운명 끝나것소.

점쟁이맹인　마누라, 저기에 말을 하고 있는 이가 있으니, 내가 좀 물어보고 오리다.

(소리쳐 묻는다.) 앞에 계신 손님, 말씀 좀 여쭙시다. 여기가 어디쯤인지요?

농　부　여기는 금성현 동향으로, 위성현渭城縣[15] 서향西鄉의 경계라오.

(점쟁이 맹인이 몸을 숙여 읍揖한다.)

점쟁이맹인　알려주셔서 감사합니다.

(안에서 방울이 울리자, 농부가 바라본다.)

농　부　어이쿠, 말 탄 사람 한 무리가 몰려오네.

(외친다.) 말 위의 나리님들, 큰 길로 가주십쇼. 논밭의 이삭일랑 밟지들 마시구요.

(한편에서 점쟁이 맹인이 여자 맹인에게 이야기를 한다.)

점쟁이맹인 마누라, 다행히 장안까지 얼마 안 남았으니, 우리도 소리를 지르며 앞으로 가봅시다. 내가 노새 한 마리 사서 태워줄 테니 말이오.
(맹인 부부가 "이 맹인선생으로 말하자면, 정말이지 신통방통, '족집게 도사가 운명을 봐주러 왔소.' 소리치네."를 노래하며 퇴장한다.)

(서주사신이 채찍을 휘두르며 앞에서 불렀던 "다만 내 소원은, 장안에 도착하여, 귀비 마마 얼굴을 한 번만 보는 것." 세 구절을 다시 부르며 급히 등장, 점쟁이 맹인과 여자 맹인을 치고 퇴장한다.)
(해남사신이 채찍을 휘두르며 앞에서 불렀던 "가는 길 내내 시간을 지체할까 마음 졸이며, 다음 역을 바라보며 또 다음 역으로 달려간다네." 두 구절을 다시 부르며 급히 등장, 점쟁이 맹인을 짓밟아 죽인다.)
(농부가 다리를 끌며, 귀문鬼門[16]을 향하여 곡한다.)

농 부 맙소사, 이 논밭의 벼이삭들 좀 보소. 저놈들에게 밟혀서 몽땅 문드러져버렸네. 눈에 보이는 것은 몽땅 쓸모가 없게 되다니. 한 집안의 목숨을 보존하기 어렵게 된 것은 말할 것도 없고, 당장 관가에 바칠 식량이 더 급하니 무엇으로 납부해야 할꼬! 정말 죽을 맛이로구나!
(한쪽에서 여자 맹인이 땅을 더듬으며 기어간다.)

여자맹인 에고고, 사람을 짓밟아 못쓰게 만들다니. 영감, 어디에 계슈?
(점쟁이 맹인을 더듬는다.) 아이고, 이게 우리 영감이네 그려. 그런데 어째 아무 말도 하지 않으시우? 설마 밟혀서 혼절했소?
(다시 더듬는다.) 에구머니, 머리가 찐득찐득하게 젖었네.

(다시 더듬다가 손의 냄새를 맡는다.) 큰일났네. 밟혀서 뇌장腦漿이 흘러나왔나보다!

(곡하며 소리 지른다.) 하느님, 지방관님, 살려주쇼.

농 부 (몸을 돌려 본다.) 뭔 일인가 했더니, 점쟁이가 여기 깔려 죽었구나.

(여자 맹인이 일어나서 가슴에 손을 얹고 비스듬히 절을 한다.)

여자맹인 이장님더러 저 말달리던 놈들더러 목숨 값을 보상해달라고 해주시오.

농 부 허이구, 저 말달리던 놈들로 말할 것 같으면, 신선한 여지를 양귀비께 진상하러 가는 중이란 말이오. 오는 길에 얼마나 더 많은 사람을 밟아죽였을지 몰라도, 감히 목숨 값을 보상해 달라고 할 수 없었을 거요. 더군다나 당신 같은 맹인이라면 더욱 그렇지.

여자맹인 그럼 어쩌면 좋데!

(곡하며) 아이고, 우리 영감, 내가 전에 운세를 봤더니, 길에 자빠져 죽을 팔자더니. 이 시체를 이제 어떻게 매장할꼬?

농 부 그만 두쇼. 당신이 어디 가서 이장을 불러오겠소. 이 늙은이가 당신이랑 함께 들고 가서 묻어주면 그만 아니겠소.

여자맹인 그래만 주신다면 고맙고 말굽쇼. 그런데, 내가 영감님을 따라가서 한 식구가 된다면, 그야말로 더 좋은 일이 아니겠수?

(농부와 여자 맹인이 함께 점쟁이 맹인을 멘다. 곡하며 익살을 부리며 퇴장한다.)

(축丑이 역졸驛卒로 분장하여 등장한다.)

황종黃鐘 · 소인小引

역 졸 역관驛官[17]은 도망치고,
역관은 도망치고,
말은 죽고 말좃만 남았네.
역졸驛卒은 달랑 하나,
전량錢糧[18]은 반 푼어치도 없으니.
때리고 욕하면,
몸으로 당할 수밖에.
몸으로 당할 수밖에!

역 졸 저는 위성渭城 역참의 일개 역졸입니다. 양귀비 마마께서는 신선한 여지를 즐겨 드시고, 음력 유월 초하루는 귀비 마마의 생신인지라, 보주와 해남 두 곳에서 공물을 진상하는 사신들이 곧 들이닥칠 겁니다. 가는 길에 이 역참을 경유할 테지만, 역에는 전량이라곤 한 푼도 없고 마침 비쩍 마른 말만 한 필 있으니, 어쩌면 좋을까요. 이 역참의 역관은 매질이 두려워 어디로 도망갔는지 알 수가 없고, 소인만 이 역참에 남아 있습니다. 만약 사신이 온다면, 어떻게 대처해야 할까요? 마음대로 하랄 수밖에요!
(서주사신이 날듯이 말을 몰고 온다.)

우조羽調 · 급급령急急令

서주사신 누런 먼지 속에 태양을 삼키는 산,
달리자, 달리자, 말 달리자,
장안이 코앞이로다.
(서주사신이 말에서 내린다.) 역졸, 어서 말을 갈아다오.

(역졸이 말을 인계한다. 서주사신은 과일 바구니를 놓고 옷매무새를 바로잡는다.)

(해남사신이 날듯이 달려온다.)

해남사신 온몸을 적시는 땀 녹초가 된 팔다리,

서둘러라, 서둘러라, 서둘러,

말과 안장을 갈아다오.

(해남사신이 말에서 내린다.)

해남사신 역졸, 빨리 말을 갈아다오.

(역졸이 말을 인계한다.)

(해남 사신이 과일 바구니를 내려놓고, 서주 사신을 보고 인사를 나눈다.)

해남사신 안녕하시오. 나리도 여지를 진상하러 가는 길이시오?

서주사신 그렇소이다.

해남사신 역졸, 여비와 술과 식사는 어디에 있느냐?

역 졸 미처 장만하지 못했습니다.

서주사신 됐다. 우린 밥은 됐으니, 얼른 말이나 가져오너라.

역 졸 두 분 나리, 이 역참엔 말이 한 필밖에 안 남았으니, 한 분만 타고 가셔야 한답니다.

해남사신 이런 제길, 이렇게 커다란 위성역에 어떻게 말이 한 필밖에 없단 말이냐! 어서 네 개놈의 역관을 불러라, 역마들이 어디로 갔는지 물어 봐야겠다.

역 졸 역마로 말씀드릴 것 같으면, 해마다 여지를 진상하는 나리님들이 타고 가다가 몽땅 죽여 버리셨습니다. 역관 나리도 방도가 없어서, 이렇게 줄행랑을 쳤고요.

해남사신 역관이 줄행랑을 쳤으니, 네놈에게 달라고 할 수밖에.

(역졸이 우리를 가리킨다.)

역 졸 저 우리 안에 말이 있지 않습니까?

서주사신 역졸, 내가 먼저 도착했으니, 일단 내가 먼저 타고 가야겠다.

해남사신 난 해남에서 더 먼 길을 왔으니, 아무래도 내가 먼저 타고가게 해줘.

(서주사신이 무대 안을 향해 말한다.)

남려南呂 · 임마랑恁麻郎

서주사신 나는 그저 먼저 말을 바꾸고 싶을 뿐,

댁이랑 말싸움 할 생각일랑 없소.

(해남사신이 잡아당긴다.)

해남사신 힘만 믿고 깝죽대지 마시지,

나야말로 손이 근질근질하니까.

(서주사신이 여지를 낚아채 손에 든다.)

서주사신 네가 감히 내 여지를 함부로 내버리려 했으렷다!

(해남사신이 여지를 빼앗으며 서주사신에게 말한다.)

해남사신 네가 감히 내 대바구니를 비틀어 부수려 했으렷다!

(역졸이 말린다.)

역 졸 그만들 하십시오.

성내고 소리치지 마시고,

차라리 이 비쩍 마른 말이나마 함께 타고 가십시오.

(해남사신이 여지를 내려놓고 역졸을 때린다.)

해남사신 제기랄, 어디서 함부로 주둥이를 놀려!

전강前腔

해남사신 내 주먹맛 좀 보거라, 이 버릇없고 더러운 놈아!

(서주사신도 여지를 놓고 역졸을 때린다.)

서주사신 내 주먹맛도 좀 보거라, 이 교활하고 미련한 도둑놈아!

해남사신 관마官馬를 떼먹은 주제에,

주둥아리만 살았구나.

서주사신 임금님 것을 함부로 쓰다니,

간뗑이가 배 밖에 나왔구나.

(서주사신과 해남사신이 함께 역졸을 팬다.)

해남·서주사신 (함께) 채찍을 마구 휘두르고,

주먹으로 통쾌하게 두드리고,

참을 수 없을 정도로 패다보면,

저절로 역마가 나오겠지!

전강前腔

(역졸이 머리를 굽실거린다.)

역 졸 땅바닥에 연신 머리를 조아리오니,

나리님, 제발 살살 봐주십시오.

사신들 용서받고 싶으면, 얼른 말을 갈아줘.

역 졸 말 한 필은 역 안에 지금 있지만,

사신들 한 필 더 내놓으라고.

역 졸 두 번째 말은 보충하기가 힘듭니다.

사신들 없다면 맞을 수밖에!

역 졸 그만 때리시고,

부디 들어보고 판단해주십시오.

제가 옷을 벗어 드릴 테니 술값으로 충당해주십시오!

(역졸이 옷을 벗는다.)

서주사신 누가 너더러 이런 옷을 달랬느냐?

(해남사신이 옷을 보고, 몸에 걸쳐본다.)

해남사신 그렇게 하지, 갈 길이 급하니까 말이야. 사실 내가 타고 온 저 말은, 전 역참에서 바꾼 거라고.

(여지를 들고 말에 올라, 앞에서 불렀던 "가는 길 내내 시간을 지체할까 마음 졸이며, 다음 역을 바라보며 또 다음 역으로 달려간다네." 두 구절을 다시 부르며 퇴장한다.)

서주사신 내가 타고 갈 테니, 어서 말을 갈아줘.

역 졸 여기 말을 대령했습니다.

(서주사신이 여지를 잡고 말에 올라 앞에서 불렀던 "다만 내 소원은, 장안에 도착하여, 귀비 마마 얼굴을 한 번만 보는 것." 세 구절을 다시 부르며 말을 달리며 퇴장한다.)

(역졸이 잠시 무대에 멈추어 선다.)

역 졸 아, 양귀비여, 양귀비, 이깟 여지 몇 개 때문에!

하장시下場詩 15[19]

역 졸	철 관문 쇠 자물쇠 부서질 듯 훤히 열리고,	최 액崔 液
	황지黃紙[20]에 칙령이 방금 날아오자,	원 진元 稹[21]
	역 앞에 말 채찍 소리 휙휙 번개처럼 내치는데,	이 영李 郢
	이것이 여지 오는 소리인 줄 아무도 모르겠지.	두 목杜 牧

주

1 진과進果 : 이 대목은 역사驛使가 당명황과 양귀비에게 여지를 진상하러 가는 장면을 그리고 있다. 이를 가장 최초로 묘사한 작품이 두보杜甫의 〈병귤病橘〉과 〈해민解悶〉 등이라는 것에 대해서는 이의가 없다. 그러나 두목杜牧의 시 〈화청궁행華淸宮行〉이 등장하고 나서, 당명황이 겨울과 봄에만 여산驪山으로 행차하였고 이때는 여지가 아직 익지 않을 때이므로, 혹자는 두목의 시는 사실에 어긋난다고 지적하였다.(《벽계만지碧雞漫志》 권4, 《설부說郛》 권32에서 인용한 송宋·범정민範正敏의 《둔재한람遁齋閑覽》, 《마외지馬嵬志》 권3에서 인용한 《퇴보재잡록退補齋雜錄》 등을 참조.) 송·정대창程大昌의 《고고편考古編》에서는 《감택요甘澤謠》, 《개원천보유사開元天寶遺事》, 〈장한가長恨歌〉에 근거하여 당명황이 화청궁으로 행차한 것이 모두 겨울과 봄이 아닐 수도 있다고 주장하면서, 두목의 시는 당시에 전해 내려오던 이야기라고 보았다. 진인각陳寅恪은 《원백시전증고元白詩箋證稿》에서 "당대唐代의 가장 믿을 만한 첫 번째 자료에 근거하면, 시간이나 공간적으로 당명황과 귀비가 함께 여름에 여산에 있었다는 사실을 용인할 수 없다. 두목과 원교袁郊의 설은 거짓을 계승하여 만든 것이니 어떻게 믿을 수 있겠는가?"라고 하였다. 또한 구양수歐陽修의 《신당서新唐書·예악지禮樂志》에서 인용한 원교의 《감택요甘澤謠》에서 "특히 안타깝다."라고 하였다. 또한 여지는 신선도를 보존하기가 쉽지 않다. 이조李肇의 《당국사보唐國史補》 권상卷上에 남해南海에서 매년 양귀비에게 여지를 진상한다고 기록한 다음에 "그런데 (여지는) 여름이 되어야만 익으며, 하룻밤이 지나면 부패한다. 후세 사람들은 모두 이러한 사실을 모른다.(然方暑而熟, 經宿則敗, 後人皆不知之.)"라고 적고 있다. 《양태진외전楊太眞外傳》은 이러한 견해를 답습하고 있다. 그러나 채양蔡襄이 편찬한 《여지보荔枝譜》에는 "비록 신선한 여지를 진상하기 위해 아무리 빨리 옮긴다 해도 부패해버린 나머지 색과 향과 맛이 남아 있는 것은 몇 개 되지 않는다. 그래서 생 여지는 중국에서 본 적이 없다.(雖曰鮮獻, 而傳置之速, 腐爛之餘, 色香味之存者亡幾矣. 是生荔枝中國未始見之也.)"라고 하였다. 증공曾鞏의 《복주의공여지상福州擬貢荔枝狀》에서 "생 여지는 닷새에서 이레가 지나면 갑자기 부패한다. 그러므로 비록 세공歲貢하는 것도 모두 건조시켜서 보낸다.(生荔枝留五七日輒壞, 故雖歲貢, 皆幹而致之.)"고 하였다. 이 밖에도 조공한 지역이 문제가 된다. 두보의 시, 《당국사보唐國史補》, 《양태진외전楊太眞外傳》, 《신당서新唐書》 〈양귀비전楊貴妃傳〉과 같은 당대唐代의 기록에는, 여지를 남해

와 남방南方에서 진상하였다고 적고 있다. 소식蘇軾의 〈여지탄荔枝歎〉 주注에 "당대 천보天寶 연간에는 대개 부주涪州의 여지를 가져왔으며 자오곡子午谷에서 들여왔다.(唐天寶中, 盖取涪州荔枝, 自子午谷路进入.)"고 기록하고 있으며, 증공曾鞏의 《복주의공여지상福州擬貢荔枝狀》에서도 '파촉巴蜀' 설을 주장하고 있으며, 장군방張君方의 《좌설脞說》에서는 사천四川의 '충주忠州'에서 가져왔다고 기록하고 있다. 《자치통감資治通鑑》 권215 천보 5년에는 당대의 견해를 선택하여 "귀비가 생 여지를 원해서, 해마다 영남嶺南의 역관에게 명하여 가져오게 했다.(妃欲得生荔枝, 歲命嶺南馳驛致之.)"고 밝히고, 주注에는 "소식蘇軾 등으로부터 시작하여 모두 이때 여지는 영남이 아니라 부주에서 가져온다고 하였다.(自蘇軾諸人, 皆云此時荔枝自涪州致之, 非嶺南也.)"고 덧붙였다. 이후 보는 사람의 견해에 따라 여러 가지 설이 존재해왔다. 채양蔡襄의 《여지보荔枝譜》에는 "부주에 해마다 역관에게 명을 내렸다.(涪州歲命驛官.)"고 기록한 뒤, 다시 "낙양洛陽은 영남으로부터 가져오고, 장안長安은 파촉에서 가져온다.(洛陽取於嶺南, 長安來自巴蜀.)"고 밝히고 있다. 이것이 소위 말하는 '병진並進'설이다. 송·오증吳曾의 《능개재만록能改齋漫錄》 권15, 나대경羅大經의 《학림옥로鶴林玉露》 권4에는 파촉설을 취하고 있다. 《광군방보廣群芳譜》 권60에는 《서씨필정徐氏筆精》을 인용하여 영남설을 취하고 있다. 청淸·오성흠吳省欽의 《부주공려지변涪州貢荔枝辨》에는 병진설과 파촉설을 부정하면서, 잘못된 이야기가 전해진 원인은 "이조李肇가 양귀비가 촉蜀에서 태어난 것으로 오해한 것"에 있다고 보았다.(《마외지馬嵬志》 권8 참조.) 여지의 진상에 관련한 역사적 사실에 대한 쟁론은 대개 이와 같다.

한편, 두보는 〈병귤病橘〉에서 "옛날 해남南海 사신은, 말 달려 여지를 헌상했었지. 백 마리 말이 산골짜기에서 죽고, 늙은이가 되어서도 지금껏 옛날 일을 슬퍼한다네.(憶昔南海使, 奔騰獻荔支. 百馬死山谷, 到今耆舊悲.)"라고 읊었다. 사방득謝枋得의 《당시절구唐詩絕句》 권3 두목의 〈과화청궁절구過華淸宮絕句〉의 주注에 "당명황 천보天寶 연간, 부주에서 진공한 여지는 장안에 도착해도 향이 변하지 않아 귀비가 좋아하였다. 주현에서는 황제의 마음에 들기 위해 운반할 때 질주하였고 사람과 말이 쓰러져 죽었다."라고 기록하고 있다. 본 작품에 등장하는 묘사는 이러한 전설을 근거로 한 것이다.

2 여지荔枝 : 중국 남부가 원산이며, 과수로 흔히 재배한다. 열매는 둥글며 지름 3cm 정도로서 겉에 돌기가 있고 거북의 등처럼 생겼다. 과육은 시고 달며 독특한 향기가 있어 날로 먹는다. 중국 남부에서는 과일 중의 왕이라고 불린다. 양귀비가 좋아했던 과일로 유명하다.

3 이지離支 : 여지荔枝의 다른 말.

4 도道 : 주부州府보다 한 단계 높은 행정구역.

5 부주涪州 : 현재 사천성四川省의 부릉현涪陵縣에 해당한다.

6 양귀비 마마께서 신선한 여지를 참 좋아하시기 때문에, ~ 해마다 공물로 이 여지를 진상하고 있습니다 : 소식蘇軾의 〈여지탄荔枝歎〉에 "천보天寶 연간에는 해마다 부주涪州에서 가져와 공물로 진상하였네.(天寶歲貢取之涪.)"라고 하였다. 채양蔡襄의 《여지보荔枝譜》에는 "당대 천보 연간, 귀비가 유별나게 여지를 좋아해서 부주에 해마다 역관에게 명하여 여지를 가져왔다."라고 하였다. 잡극雜劇 《오동우梧桐雨》 제2절折에 "소관小官은 사천도四川道에서 파견한 사신使臣입니다. 귀비 마마께서 신선한 여지를 좋아하셔서 황제의 명을 받들어 신선한 여지를 특별히 진상하러 왔습니다."라는 대목이 있다. 상세한 내용은 주1을 참조.

7 양귀비 ~ 내려왔습니다 : 《당국사보唐國史補》 권상卷上에 "양귀비는 촉蜀에서 태어났으며 여지를 좋아했다. 남해南海에서 난 여지는 촉에서 난 것보다 더 우수하여 매년 말을 날듯이 몰아 진상하였다."고 기록하고 있다. 자세한 사항은 주1을 참조.

8 금성현金城縣 : 지금의 섬서성陝西省 함양咸陽 서쪽에 있는 흥평현興平縣에 해당한다. 마외馬嵬 고성故城이 있는 곳으로, 원래의 이름은 시평始平이다. 《구당서舊唐書》 권38 〈지리지일地理志一·관내도關內道〉에 "경룡景龍 4년, 중종中宗이 금성공주金城公主를 오랑캐에게 시집보낼 때 여기에서 송별하였기 때문에 금성현金城縣으로 개명하였다."는 기록이 있다. 《마외지馬嵬志》 권1에는 《통전通典》의 내용을 인용하여 "개원 연간, 금성金城으로 이름을 바꾸었으며, 마외 고성이 있다."고 기록하고 있다. 증영의曾永義는 "금성金城은 군郡의 이름으로, 지금의 감숙성甘肅省 유중현楡中縣과 고란현皐蘭縣의 경계에 있다."고 하였다.

9 죽판竹板 : 명明의 개국황제 주원장朱元璋[주홍무朱洪武]이 발명했다고 전한다. 그러기에 수래보數來寶[북방 각지에서 유행하는 곡예曲藝의 일종으로, 한 사람 혹은 두 사람이 죽판이나 구리구슬을 묶은 소의 넓적다리뼈를 두드리면서 설창說唱 예술을 선보인다. 주로 3글자 3글자로 끊어 읽는 '6자구'나 4글자 3글자로 끊어 읽는 '7자구'를 사용한다]와 죽판 예술가들은 모두 주원장을 창시자로 섬긴다. 주원장의 초상에는 손에 죽판을 들고 있는 모습을 볼 수 있다. 죽판은 각종 곡예와 설창說唱에서 박자를 맞추는 반주악기로 사용된다. 반주하는 곡의 종류에 따라, 판의 수량도 2, 5, 7개로 달라진다. 죽판은 죽순대[모죽母竹, 맹종죽孟宗竹]를 사용하여 제작하는데, 죽절竹節[대의 마디]이 없고 갈라짐이 없고 벌레가 먹지 않은 재료를 최고로 친다. 죽판은 길이 16-19cm, 넓이 7-8cm, 두

께 1cm의 대나무 판으로 만들며, 상단은 끈으로 꿰어서 연결하고 하단은 자유자재로 여닫을 수 있다.

10 삼현금三弦琴 : 현악기의 일종으로, 진대秦代에는 현도弦鼗라고 불렀다. 세 개의 현이 있기 때문에 삼현이라 부른다. 악기의 몸체는 금두琴頭, 금경琴頸, 금신琴身으로 이루어져 있다. 금경琴頸은 손가락으로 현을 누르는 판으로 상당히 길다. 금신琴身의 양면은 뱀가죽으로 덮여 있다. 북방의 삼현은 일반적으로 길이가 122cm로, 대삼현大三弦이라 부르고, 남방의 삼현은 길이가 95cm로 소삼현小三弦이라 부른다. 비슷한 악기로 일본에 샤미셍三味線이 있는데, 사각형의 납작한 동체 양쪽에 고양이 가죽을 대고, 〈죠루리浄瑠璃〉나 속곡의 반주에 쓰인다.

11 포성褒城 : 포성현褒城縣. 지금의 섬서성陝西省 남쪽 정현鄭縣의 서북쪽에 해당한다. 《독사방여기요讀史方輿紀要》 권56 〈섬서한중부陝西漢中府〉에 "포성현은 부府의 서북쪽 4-50리에 있으며, 북으로는 봉현鳳縣이 35리 밖에 있다. 옛날의 포국褒國에 해당하며 주유왕周幽王이 포사褒姒를 이곳에서 데려왔다. 진대秦代에 포현褒縣이 되었으며, 한대漢代에는 포중褒中이라 불렀다. … 수대隋代 초에 포내현褒內縣이라 불렀으며, 개황開皇 9년에 포성으로 명칭을 바꾸었다."는 기록이 있다.

12 함경咸京 : 함양咸陽과 경성京城. 함양은 지금의 섬서성陝西省 함양시咸陽市 동북쪽 20리에 있다. 중국의 유명한 고도古都이자, 중국 제일의 제도帝都이다. 관중原關 평원의 중부에 위치하며, 위하渭河의 북쪽, 구종산九嵕山의 남쪽에 위치하고, 산남山南과 수북水北이 모두 양陽을 이루기에 함양이라 이름하였다. 기원전 350년 진秦 효공孝公이 역양櫟陽[섬서성陝西省 임동현臨潼縣 북쪽]으로부터 이곳에 도읍을 옮겼다. 진이 6국을 통일한 뒤, 천하의 부호 12만 호를 이곳으로 옮기게 하고 크게 궁전을 지으니, 도성의 규모가 더욱 확대되었다. 진이 망할 때 항우項羽에 의해 소실되었다. 지금 함양시는 섬서성陝西省 제3의 대도시이자 성할시省轄市[제2급 지방 행정단위, 성省과 자치구정부自治區政府가 직접 관리하는 도시]이다.

13 운세와 관상 : 원문은 유년流年 오성五星으로, 유년은 한 해 동안의 운세, 오성은 금성·목성·수성·화성·토성을 가리킨다. 유년과 오성을 보는 것은 다른 사람의 관상을 보고 점을 치는 것으로, 사람의 얼굴을 99개의 부위로 나뉘어, 금성·목성·수성·화성·토성 다섯 개의 별에 배합하고, 인생의 99년에 대입시켜 운명을 점치는 것이다. 《신상전편神相全編》에 나오는 〈유년운기부위가流年運氣部位歌〉를 참고할 만하다.

14 용한 점쟁이 : 원문은 철구鐵口로, 운세를 정확하게 말해주는 사람을 일컫는 말이다.

15 위성현渭城縣 : 섬서성陝西省 함양咸陽.

16 귀문鬼門 : 무대 위 배우의 출입구. 과거의 희곡무대에 세워진 상장문上場門과 하장문下場門을 가리킨다. 고문도古門道, 귀문도鬼門道라고도 부른다.

17 역관驛官 : 역참驛站의 관리.

18 전량錢糧 : 돈과 식량.

19 첫 번째 구는 최액崔液의 〈상원야육수上元夜六首〉(《만수당인절구萬首唐人絶句》 권11, 《전당시全唐詩》 권54 참조), 두 번째 구는 두공竇鞏의 〈송원진서귀送元稹西歸〉(《만수당인절구》 권22, 《전당시》 권271 참조), 세 번째 구는 이영李郢의 〈다산공배가茶山貢焙歌〉(《전당시》 권590 참조), 네 번째 구는 두목杜牧의 〈과화청궁절구過華淸宮絶句〉 3수의 제1수(《만수당인절구》 권32, 《전당시》 권521 참조)에 보인다.

20 황지黃紙 : 노란 종이, 칙령을 상징한다. 당대唐代에는 황마지黃麻紙에 황제의 칙령을 썼다.

21 원진元稹 : 이 시의 원래 작자는 두공竇鞏이다.

제16척

양귀비의 춤【무반舞盤】

등장인물 당명황唐明皇(생生), 내시內侍, 고역사高力史(축丑), 양귀비楊貴妃(단旦), 영신迎新(노단老旦), 염노念奴(첩貼), 내감 1, 내감 2, 이구년李龜年(말末), 뇌해청雷海青(외外), 하회지賀懷智(정淨), 마선기馬仙期(부정副淨), 황당작黃幢綽(축丑)

배 경 여산驪山 장생전長生殿

선려인자仙呂引子 · 봉시춘奉時春

(당명황이 두 명의 내감과 고역사를 대동하고 등장한다.)

당명황 고요한 산 잔잔한 바람 길고긴 대낮,
전각殿角을 비추는 천 길의 화운火雲.[1]
동쪽에서 자기紫氣[2]가 다가오기에,
서쪽으로 요지瑤池[3]를 바라보니,
펄럭펄럭 청조靑鳥[4]가 뜰 앞에 내려앉누나.[5]

당명황 짐은 귀비와 함께 여산驪山으로 피서를 왔다. 오늘은 음력 유월 초하루, 바로 귀비의 생일이다. 특별히 장생전長生殿에 연회를 마련하여, 귀비와 함께 생일을 축하하며 신곡 〈예상우의곡〉을 연주할

예정이다.[6]

고역사, 후궁에 성지를 전하여 귀비 마마를 궁으로 모셔오게.

고역사 알겠사옵니다.

(고역사가 무대 안쪽을 향해 성지를 전달한다.)

(안쪽에서 "알겠습니다."라고 대답한다.)

(화려하고 장중한 차림의 양귀비가 영신과 염노를 대동하고 등장한다.)

당다령唐多令

양귀비 태양은 초방椒房[7]에 반짝반짝,

꽃가지는 비단 창에 아른아른.

문 앞에 걸어둔 홍색 황색 작은 비단 패건佩巾[8]에,

수놓인 봉황새 짝을 이루어,

높이 오색구름[9]에 다가가 날갯짓하네.

(양귀비가 당명황을 배알한다.)

양귀비 신첩臣妾 양씨楊氏가 폐하를 배알하옵니다. 폐하, 만세萬歲 만만세萬萬歲를 누리소서!

당명황 귀비도 함께 누리자꾸나.

(양귀비가 자리에 앉는다.)

당명황 "자운紫雲 짙은 곳에 무녀성婺女星 밝게 빛나고,"[10]

양귀비 "이슬 머금은 선도仙桃는 태양 곁에서 무성하게 자랐나니."[11]

영신·염노 "해마다 꽃 앞에서[12] 늙지 마시기를,"

영신·염노·고역사 "장생전에서 장생長生을 경축하나이다."

당명황 오늘은 귀비의 생일이라 과인이 특별히 장생의 연회를 열었으니,

함께 온종일 즐겨보자꾸나.

양귀비 박명薄命[13]의 생일에, 천자님의 은총을 입었나이다. 원컨대 폐하를 위하여 천추만세千秋萬歲 기원하는 술잔을 올리고 싶사옵니다.

장생전 유적지

고역사 술을 대령하였나이다.

(양귀비가 절을 하고 당명황에게 술을 바친다. 당명황이 답주를 건네자 양귀비가 무릎을 꿇어 술을 마시고 고개를 숙여 "만세를 누리십시오."라고 말하고 자리에 앉는다.)

고평과곡高平過曲 · 팔선회봉해八仙會蓬海

당명황 **팔성감주八聲甘州**

훈훈한 바람 밝은 태양,

계단 위에 명협蓂莢[14] 이파리 하나

뜨거운 햇살에 흔들리고.

화려한 잔치 막 열리자,

아득한 남산南山[15]이 노을빛 술잔에 떴네.

함 께 **완선등玩仙燈**

합환과合歡果[16] 복숭아,

천년 동안 자라고,[17]

병체화並蒂花[18] 연꽃,

열 길로 피우기를.

월상해당月上海棠

즐겁게 감상할 만하니,

마침 그 이름 장생전,
이 경치 봉래蓬萊 선경인가 하노라.

(소생小生이 내감內監 1로 분하여 표문表文[19]을 받들고 등장한다.)

내감 1 "황금 꽃과 붉은 예단禮單[20] 손에 받들고,
생신을 경축하려고 일제히 보전寶殿에 모여들고 있사옵니다."
(배알하며) 상감 마마와 귀비 마마께 아뢰옵나이다. 국구國舅[21] 양국충 승상丞相께서 한국韓國, 괵국虢國, 진국秦國 삼국부인三國夫人과 함께 오셔서, 생신 선물과 축하 예단을 헌상하고 외정外廷에서 경축하였사옵니다.
(고역사가 예단을 받아서 전하자 당명황이 읽어본다.)

당명황 고맙구나. 양승상에게는 일부러 인사하러 올 것 없이, 조정으로 돌아가 공무를 보라고 전하라. 삼국부인은 짐이 귀비와 함께 궁으로 돌아가 주연을 베풀 것이니, 기다리라고 전하라.

내감 1 알겠사옵니다.
(내감 1이 퇴장한다.)
(정淨이 내감 2로 분하여 황금색 비단 보자기에 덮인 여지荔枝를 들고 등장한다.)

내감 2 "마침 요포瑤圃[22]에 열린 천추연千秋宴[23]을 맞아,
염주炎州 십팔랑十八娘[24]이 도착하였습니다."
폐하께 아뢰옵나이다. 부주涪州와 해남海南에서 진상한 신선한 여지를 대령하였사옵니다.

당명황 이리 가져오너라.
(고역사가 여지를 받아들고 보자기를 벗겨 황제에게 바친다.)

당명황 귀비, 그대가 이 과일을 즐겨 드시기에, 짐이 특별히 지방관에게

칙령을 내려, 번개같이 말을 몰아 황궁에 진상하라 명하였소. 오늘 생일잔치가 열리자마자 좋은 과일이 때마침 도착하였으니, 귀비에게 한잔 더 드려야겠소.

양귀비 만세를 누리시옵소서!

당명황 궁아들아, 술을 올려라.

(영신과 염노가 술을 바친다.)

배저경장생杯底慶長生

양귀비 경배서傾杯序 환두換頭

대바구니 철철 넘치는 향긋한 과일,

황금 비단보자기에 싸여 칙명을 받아 천광川廣[25]에서 왔구나.

사랑스러워라,

짙게 물든 붉은 껍질,

수정 같은 구슬 얇게 감싸고.

손끝에 스며드는 상큼한 향기,

입안에 배어드는 달콤하고 시원한 맛.

양귀비·당명황 장생도인長生導引

화조火棗 교리交梨[26]도 자리를 양보해야 하리니,

만세대萬歲臺[27]에 놓기에도 마땅하고,

천추연千秋筵에 올리기에도 적합하여,

요지瑤池 서왕모西王母[28]에게 바치는 술[29]에 곁들이누나.

당명황 고역사, 이구년에게 이원자제들을 이끌고 궁전에 와서 연주를 하라고 전하게.

고역사 알겠사옵니다.

(고역사가 무대 안을 향해 명령을 전한다.)

(이구년이 뇌해청, 하회지, 마선기, 황당작을 이끌고 등장한다. 각기 비단옷과 화모花帽를 착용하고, 함께 "명 받들겠사옵니다."라고 대답하고 등장한다.)

이구년 "붉은 박판 준비하고 쟁箏[30]의 안족雁足 맞춰두고,
붉은 비단옷의 예인들 무대[31] 위로 재촉하네.
노란 산뽕나무 가지로 물들인 새 모자[32] 갈아 쓰고,
악단을 따라 어전 계단 앞에 당도했네."[33]
(인사하며) 악공樂工 이구년이 이원자제를 거느리고, 폐하와 마마께 고개 숙여 인사드리옵니다.

당명황 이구년, 〈예상霓裳〉의 산서散序[34]는 어제 이미 연주하였고, 〈우의羽衣〉[35]의 두 번째 첩疊[36]은 잘 연습해두었는가?

이구년 잘 연습해두었습니다.

당명황 그렇다면 심혈을 기울여 연주해 보게.

이구년 알겠사옵니다.
(이구년이 자리에서 일어나서, 조용히 퇴장한다.)

양귀비 신첩이 폐하께 한 말씀 아뢰옵나이다. 이 곡의 산서 육주六奏[37]에는 헐박歇拍[38]만 있고 유박流拍이 없사옵니다. 중서中序[39] 육주에는 유박流拍은 있지만 촉박促拍이 없으며, 이때는 아직 춤사위가 나오지 않습니다.[40]

팔선회봉해八仙會蓬海 **환두換頭**

양귀비 하지만 악곡이 은은하고,
가락과 분위기가 수려하고 명쾌하여.
하늘을 나는 오색구름도 멈추게 하고,

날아올라 무지개다리[41]도 휘감을 만하지요.

〈우의〉 세 번째 첩에 이르면, 이름을 식주飾奏[42]라고 하는데,

소리 하나 글자 하나 모두 춤사위를 머금고 있지요.

그중에는 만성慢聲[43]도 있고, 전성纏聲[44]도 있고, 곤성袞聲도 있는데,[45]

함께 어우러지면 청아하고도 부드러워서,

여의주를 한 줄기 꿰어놓은 것만 같지요.

입파入破[46]도 있고, 탄파攤破도 있고, 출파出破[47]도 있어,

늘씬하고 아름다운 미인이,

융단[48] 위에서 천 가지 춤사위 선보이기에 적합하지요.

또 화범花犯도 있고, 도화道和도 있고, 방박傍拍도 있고, 간박間拍도 있고, 최박催拍도 있고, 투박偷拍도 있으니,

여러 소리를 연주하면,

나른한 춤과도 잘 어울리고,

부드러운 노래와도 모두 잘 어우러진답니다.[49]

당명황 귀비의 이야기 속에 가무의 심오함이 구구절절 속속들이 담겨 있구려.

양귀비 첩이 취반翠盤[50] 하나를 준비해두었사온데, 폐하의 용안龍顏에 웃음꽃 활짝 피어나시도록, 그 위에서 춤을 한번 추어도 되겠사옵니까.

당명황 그러고 보니, 여태껏 과인이 귀비의 아름다운 춤을 한 번도 본 적이 없구나.

영신, 염노야, 정관음鄭觀音,[51] 사아만謝阿蠻[52]과 함께 마마를 취반으로 모셔드려라.

영신·염노 알겠사옵니다.

(양귀비가 일어나 가슴에 손을 모아 절을 올린다.)

양귀비 그럼 물러나 옷을 갈아입고 오겠습니다.

"의상을 갈아입고 다시 단장을 하고,
이 몸 취반 위로 날아오르렵니다."

(양귀비가 영신과 염노를 이끌고 퇴장한다.)

갈고

당명황 고역사, 이구년에게 명하여 이원자제들을 지휘하여 악보에 맞춰 연주하게 하라. 짐은 직접 갈고羯鼓[53]를 쳐서 박자를 맞추겠노라.

고역사 알겠사옵니다.

(고역사가 무대 안쪽을 향해 명령을 전한다.)

(당명황은 일어나 옷을 갈아입는다. 이구년과 무리들은 무대 안에서 풍악을 연주한다.)

화관

(무대 위에 취반을 설치한다. 양귀비는 화관花冠, 백수포白綉袍[하얀 비단 두루마기], 영락瓔珞,[54] 비단 운견雲肩,[55] 취수翠袖[56][비취색 소매], 대홍무군大紅舞裙[큰 폭의 붉은 무용치마]을 착용하였다. 영신과 염노는 정淨이 분한 정관음과 부정副淨이 분한 사아만과 함께 각

화관

기 무의舞衣와 백포白袍[흰 두루마기]를 입고 오채예정五彩霓旌[오색 무지개 깃발], 공작운선孔雀雲扇[공작 깃털로 만든 구름 부채]을 들고 양귀비를 가린 채 취반 위에 모여 선다.)

(음악이 멎고, 깃발과 부채가 천천히 열리면, 양귀비가 취반 위에 서서 춤을 춘다. 영신과 염노, 정관음과 사아만은 노래를 부르고, 고역사는 꿇어앉아 북을 받쳐 들고, 당명황은 자리에 앉아 북을 친다. 악공들은 무대 안에서 세십번細十番[57]을 합주한다.)

춤추는 양귀비
《오동우梧桐雨》삽화, 명대만력박고당각본明代萬曆博古堂刻本《원곡선元曲選》

우의제이첩羽衣第二疊

영신·염노·정관음·사아만 **화미서畫眉序**

비단옷과 꽃이 서로를 빛내고,
한 떨기 붉은 구름 공중에 휘날리네.

조라포皂羅袍

무지갯빛 깃발 사방을 감싸고,
천향天香[58]이 어지러이 떨어지네.

취태평醉太平

조용히,
부채를 서서히 펼치자 눈부신 차림새 나타나니.

총신번장도寵信蕃將圖
명明·장거정張居正〈제감도설帝鑒圖說〉

백련서白練序

하늘나라 선녀님,

달나라에서 날아 내려오셨나.

함 께　가벼이 흩날리며,

빛나는 옷소매 펼쳐,

취반 위에서 솜씨를 뽐내시네.

응시명근應時明近

하늘하늘 다가왔다 산들산들 물러나니,

바람에 흩날리는 연봉우리인가.

쌍적자雙赤子

연잎 위에서 둥싯둥싯 날갯짓하며,

소매 들어 하늘로 날아가려다,

갑자기 뒤돌아 몸을 기울이니 향방을 알 수 없네.

(양귀비가 빠르게 춤을 춘다.)

화미아畫眉兒

빙글빙글 변화무쌍한 몸짓,

꽃가지 나부끼고 버들가지 흔들리는 듯,

봉새가 하늘 높이 솟구치고,

난새가 하늘 높이 날아오르는 듯.

요지마拗芝麻

아름다운 자태 말로 형용하기 어려운데,

하늘에서 바람 불어와,

뭇 악기소리와 어울려 울려 퍼지네.

소도홍小桃紅

쟁쟁한 빙현氷絃,[59] 옥주玉柱[60] 소리,

흩날리는 난생鸞笙,[61] 상관象管[62] 소리,

화약란花藥欄

갈고羯鼓 소리에 맞춰 낮아졌다 높아지네.

새 노래를 연주하나니,

새 노래가 만들어졌네.

파춘귀怕春歸

하늘하늘 금빛 치마는,

하늘로 날아가는 유선군留仙裙[63]이런가.

(당명황이 갈고 연주를 멈추고, 고역사가 들고 가져간다.)

함 께 **고륜대古輪臺**

춤을 마치고 노을빛 붉은 치마를 가다듬고,

(양귀비가 당명황을 향해 절을 올린다.)

다시 한 번 이마를 숙여,

만세를 높이 외치며 폐하께 절을 올리네.

(영신, 염노, 정관음, 사아만이 양귀비를 부축하여 쟁반에서 내려온다.)

(정관음과 사아만은 조용히 퇴장한다.)

(당명황이 일어나 양귀비의 손을 움켜잡는다.)

당명황 절묘한 춤이었소! 빼어난 자태가 마구 피어나고,[64] 농염한 춤사위가 각양각색 나타났소. 마치 바람 따라 하늘을 맴도는 눈꽃송이 같고, 흡사 훨훨 나는 제비나 이리저리 헤엄치듯 날아가는 용과도 같았소, 진정 천년에 한 번 나올까말까 한 빼어난 솜씨였소.
궁녀들아, 술을 가져오너라. 짐이 귀비에게 한잔 드려야겠구나.
(영신과 염노가 술을 바치고, 당명황은 술잔을 잡는다.)

천추무예상千秋舞霓裳

당명황 천추세千秋歲

금 술잔 잡고,

은은한 미소 머금고 그대에게 주나니,

붉은 입술로 조금 맛보시오.

(양귀비에게 준다.)

남기지 마시고 쭉 들이키시오.

남기지 마시고 쭉 들이키시오.

연약한 허리로 춤추느라 얼마나 수고가 많았소.

(양귀비가 술잔을 받아들고 하례한다.)

양귀비 만세를 누리시옵소서!

무예상舞霓裳

친히 옥주玉酒를 하사하시는 은혜가 너무나 커서,

보잘것없는 신첩이 어찌 감당해야 할지 부끄러울 따름이옵니다!

(당명황이 양귀비를 바라본다.)

당명황 내가 그대의 모습을 바라보니,

이렇게 잔을 잡고 있을 뿐인데도,

만 가지 풍류風流[65]가 솟아나 사람의 애간장을 녹이는구려.

당명황 짐에게 있는 원앙鴛鴦 만금금萬金錦[66] 열 필匹과, 여수麗水[67]의 자마금紫磨金[68]으로 만든 보요步搖를 그대에게 상賞[69]으로 주겠소. (향낭을 꺼내며) 그리고 짐이 차던 서용뇌瑞龍腦를 담은 팔보금八寶錦 향낭香囊 하나가 있는데, 풀어서 그대에게 줄 것이니, 춤출 때 차는 장식품으로 쓰도록 하시오.

(양귀비가 향낭을 받고 하례한다.)

양귀비　폐하의 만세를 기원하옵나이다.
(당명황이 양귀비의 손을 잡고 걷는다.)

미성尾聲

당명황　〈예상霓裳〉의 멋진 춤 생일날 감상하고,
생일을 맞아 장생을 축원하네.

양귀비　얼마나 행복한지요!
폐하께서 내려주신 은혜의 향기가 온몸에 스며드나이다.

하장시下場詩 16[70]

당명황　푸른 하늘 가까이 비밀의 장생전長生殿에서,　오 융吳 融
양귀비　옥주玉酒를 나누어 생일을 축하해주시네.　장 열張 說
당명황　술을 다 마시니 두 소매로 추는 춤 더 어여쁘고,　한 굉韓 翃
양귀비　온몸 가득 새로이 오운五雲의 향기 묻어나네.　조 당曹 唐

주

1 화운火雲 : 여름철의 붉은 구름. 당唐 잠참岑參의 〈송기악귀하동送祁樂歸河東〉에 "음력 오월 화운火雲에 뒤덮인 주둔지, 열기가 천지를 붉게 태우고 있다.(五月火雲屯, 氣燒天地紅.)"라는 구절이 있다. 이러한 상황은 본 척에 등장하는 '피서'와 '음력 유월 초하루' 등의 시간적 배경과 일치한다.

2 자기紫氣 : 붉은 안개. 전설에 의하면 노자老子가 함곡관函谷關을 나설 때, 관문을 지키던 사람들이 붉은 안개가 동쪽에서 오는 것을 보고, 장차 성인聖人이 관문을 지나게 될 것이라고 예상했다. 아니나 다르게, 과연 노자가 검은 소를 타고 동쪽으로부터 왔고, 관문을 지키던 사람들은 노자에게 《도덕경道德經》을 부탁했다. 그 후 '자기동래紫氣東來'라는 말은 상서로운 기운을 의미하게 되었으며, 여기서는 궁중의 아름다운 분위기를 묘사하는 말로 쓰였다.

3 요지瑤池 : 신선이 있는 곳, 선경. 전설 속 서왕모西王母가 살던 곳. 여기서는 궁중의 연못을 가리킨다.

4 청조靑鳥 : 전설에 의하면 서왕모가 한무제漢武帝를 만나러 오기 전에 청조가 먼저 날아와서 보고를 했다고 한다. 여기에서 청조가 날아와 내려앉는 광경은 눈앞에 펼쳐진 아름다운 풍경을 묘사함과 동시에, 양귀비가 곧 올 것이라는 사실을 암시하고 있다.

5 동쪽에서 ~ 내려앉누나 : 두보의 〈추흥팔수秋興八首〉 중 제5수首에 "서쪽으로 요지를 바라보니 서왕모가 내려오고, 동으로는 붉은 안개가 함관函關에 자욱하다.(西望瑤池降王母, 東來紫氣滿函關.)"라는 구절이 있다.

6 짐은 귀비와 ~ 연주할 예정이다 : 《해록쇄사海錄碎事》에 《명황잡록明皇雜錄》의 내용을 인용하여 "음력 유월 초하루 황제는 화청궁華淸宮으로 행차하였는데, 이 날은 귀비의 생일이었다. 황제는 소부小部에 명하여 장생전長生殿에서 신곡을 연주하게 했다. 곡명曲名을 아직 짓기 전이었는데, 마침 남해南海에서 여지를 진상했기 때문에 〈여지향荔枝香〉이라 불렀다."고 기록하고 있다. 《신당서新唐書》 권22 〈예악지禮樂志〉, 《양태진외전楊太眞外傳》 권하卷下에도 동일하게 기록하고 있다.

7 초방椒房 : 후비의 궁실宮室. 제8척 〈머리카락을 바치다〉의 초방 주석 참조.

8 패건佩巾 : 원문은 세帨로, 옛날 여인들이 출가할 때 어머니가 주는 수건이다. 깨끗하지 못한 것을 닦기도 하고, 집에 있을 때는 문의 오른쪽에 걸어두고, 외출할 때는 몸의 왼쪽에 묶는다. 옛날 여인들은 출가할 때 '독려하고 삼가라'는

의미에서 어머니가 친히 수건을 묶어주었다. 《의례儀禮·사혼례士昏禮》에 "모친은 옷깃을 매어주며 '독려하고 공경하며, 밤낮으로 궁사宮事를 어기는 일이 없게 하여라.'라고 말해주셨다."고 기록하고 있으며, 정현鄭玄의 주注에 "세帨은 패건佩巾이다."라고 설명하였다. 여기에서는 양귀비가 스스로를 권면하는 것을 의미한다.

9 오색구름 : 여기에서는 조각해서 만든 오색의 상서로운 구름을 가리킨다.

10 자운紫雲 ~ 빛나고 : 자운은 별의 이름으로, 제왕의 궁전을 상징한다. 같은 말로는 자궁紫宮, 자신紫宸, 자미紫微 등이 있다. 무녀성은 별의 이름으로, 여숙성女宿星을 가리키며, 미녀를 상징하기도 한다. 이 구절은 궁중에서 양귀비의 광채가 사람들을 비추고 있는 것을 의미한다.

11 이슬 ~ 자랐나니 : 이슬은 황제의 은택을 상징하고, 태양은 황제를 상징한다. 선도仙桃[영도靈桃]는 선경에서 삼천 년에 한 번 열리는 복숭아로, 양귀비를 상징한다. 앞 구절과 함께 이 두 구절은 황제와 양귀비의 높은 신분을 상징적으로 표현하고 있다.

12 꽃 앞에서 : '달 아래 꽃 앞에서[월하화전月下花前]'와 유사한 표현으로, 유락하며 즐기는 곳, 사랑을 나누는 곳을 가리킨다. 유희이劉希夷의 〈대비백두옹代悲白頭翁〉에 "해마다 꽃은 비슷비슷하지만, 해마다 사람은 달라진다.(年年歲歲花相似, 歲歲年年人不同.)"라는 구절이 있다.

13 박명薄命 : 기구한 운명. 주로 여인에게 쓰는 말이다.

14 명협蓂莢 : 원문은 명蓂으로, 요堯 임금 때 났었다는 상서로운 풀의 이름. 초하루부터 보름까지 매일 한 잎씩 났다가, 열엿새부터 그믐날까지 매일 한 잎씩 떨어졌으므로 이것에 의거하여 달력을 만들었다고 한다. 작은 달에는 마지막 한 잎이 시들기만 하고 떨어지지 않았다 하여 달력풀 또는 책력풀이라고도 부른다. 본문에서 '명협 이파리 하나'는 이 날이 초하루임을 알려준다.

15 남산南山 : 생일을 축하하는 말. 《시경詩經·소아小雅·천보天保》에 "남산처럼 장수하여, 이지러지거나 무너지지 마시기를.(如南山之壽, 不騫不崩.)"이라고 하였다.

16 합환과合歡果 : 한 개의 열매 안에 두 개의 씨가 들어 있는 과일로, 부부를 비유한다. 여기서는 합환도合歡桃를 가리킨다.

17 복숭아, 천년 동안 자라고 : 원문은 도생천세桃生千歲로, 생일을 축하하는 성어이다. 《한무고사漢武故事》에 "서왕모西王母가 복숭아를 심었는데, 삼천 년에 열매 하나를 맺었다."라는 기록이 있다. 여기서 복숭아는 양귀비의 생일을 축수하는 '수도壽桃[생일 축하 때 쓰는 복숭아 또는 복숭아 모양의 빵]'를 가리키는

것으로 볼 수도 있다.

18 병체화並蒂花 : 하나의 꼭지에서 두 송이 꽃을 피우는 꽃으로, 사이좋은 부부를 상징한다. 여기서는 병체련並蒂蓮[병두련竝頭蓮]을 가리킨다. 제6척 〈입방아〉의 병두련竝頭蓮 주석 참조.

19 표문表文 : 임금님께 올리는 글.

20 예단禮單 : 예물, 선물을 기록한 명세서.

21 국구國舅 : 황후나 귀비의 형제.

22 요포瑤圃 : 전설 속 신선이 사는 곳. 여기서는 궁전을 가리킨다.

23 천추연千秋宴 : 양귀비의 생일잔치를 가리킨다. 당대唐代에는 당명황의 생일을 '천추절千秋節'이라 하였다.(《수당가화隋唐佳話》, 《명황잡록明皇雜錄》 등을 참조.) 이후에는 황후나 황태자의 생일을 '천추가절千秋佳節'이라 하였으며, 이 역시 생일을 축하하는 말로 쓰인다.

24 염주炎州 십팔랑十八娘 : 남방의 여지를 가리킨다. 채양蔡襄의 《여지보荔枝譜》에 "십팔랑 여지는, 진홍색을 띠고 가늘고 길다. 당시 사람들은 이것을 소녀에 비유했다. 속세에 전하는 말에 의하면 민왕閩王의 열여덟 번째 딸이 이것을 좋아하여 이런 이름을 붙였다고 한다."고 기록하고 있다.

25 천광川廣 : 사천四川과 양광兩廣[광동廣東과 광서廣西]. 과거 해남은 광동에 속했기에, 실제로 사천과 해남海南을 가리킨다.

26 화조火棗와 교리交梨 : 신선의 과일, 먹으면 승천할 수 있는 전설의 과일이다.

27 만세대萬歲臺 : 황제의 탁자.

28 요지瑤池 서왕모西王母 : 양귀비를 비유하는 말.

29 술 : 원문은 경장瓊漿으로, 미주美酒, 좋은 술을 의미한다.

30 쟁箏 : 13현의 악기.

31 무대 : 원문은 무연舞筵으로, 금연錦筵이라고도 부른다. 당대唐代에 가무를 공연하기 위해 만들어진 무대로, 연못 한가운데 설치하고, 주위에 낮은 난간을 세우며, 지붕이 없고, 가운데 화려한 양탄자를 깐다.

32 산뽕나무 가지로 물들인 새 모자 : 악인樂人들이 쓰는 모자. 원문은 자지신모자柘枝新帽子이다. 자柘는 산뽕나무로, 산뽕나무 가지로 염색하면 황색이 된다.

33 붉은 박판 ~ 당도했네 : 왕건王建의 〈궁사宮詞〉 100수 중 제90수에 "옥피리 소리를 바로잡고 쟁의 안족 맞춰두고, 붉은 비단옷 입은 예인을 재촉하여 무대로 올라가네. 산뽕나무 가지로 염색한 꽃 모자 아직 쓰기도 전인데, 궁전의 태감이 두 줄로 서서 주렴 앞에서 기다리네.(玉簫改調箏移柱, 催換紅羅繡舞筵. 未戴柘枝花帽子, 兩行宮監在簾前.)"(《만수당인절구萬首唐人絶句》 권302)라고 노래한

구절이 있다.

34 산서散序 : 서곡.

35 〈예상霓裳〉 ~ 〈우의羽衣〉 : 《장생전전주長生殿箋注》에서 "작품에서 〈예상우의곡〉을 〈예상〉과 〈우의〉로 나눈 것은 무엇을 근거로 한 것인지 알 수 없다."며 다음과 같이 설명하고 있다. 일본의 문헌 《교훈초敎訓抄》 권3에 "음악은 옥수후정화玉樹後庭花이고, 춤추는 것은 천상월궁곡天上月宮曲인데, 이것이 소위 말하는 예상우의곡이다", "육첩六帖은 예상첩霓裳帖이라고 부르고, 칠첩七帖은 우의첩羽衣帖이라고 부른다."[출처 : 원등실부遠藤實夫의 《장한가연구長恨歌硏究》 제4장 〈예상우의곡고霓裳羽衣曲考〉, 동경건설사東京建設社, 소화昭和 9년.]라고 하였다. 아마 육첩 이전을 〈예상〉이라 하고, 칠첩 이후를 〈우의〉라고 한 것으로 보인다. 당송唐宋 문헌에는 이러한 분류법이 보이지 않는다.

36 첩疊 : 편遍, 다음 양귀비의 대사에 등장하는 '육주六奏'의 '주奏'와 같은 뜻이다. 진인각陳寅恪의 《원백시전증고元白詩箋證考》의 고증에 의하면, 〈예상우의곡〉은 모두 18편으로, 6편을 큰 단락으로 한다. 직자 홍승이 밀한 두 번째 첩은 두 번째 단락, 중서中序를 가리킨다.

37 육주六奏 : 육편六遍.

38 헐박歇拍 : 당송唐宋 대곡大曲의 곡조. 대곡은 중국의 대형 악곡으로, 주로 한漢 위상화가魏相和歌, 육조六朝 청상악淸商樂, 당송唐宋 연악燕樂의 대곡大曲을 가리킨다. 기악연주를 갖춘 대형 가무곡歌舞曲을 의미한다. 송宋 왕작王灼의 《벽계만지碧溪漫志》에 "무릇 대곡이란 산서散序, 삽靸, 배편排遍, 전攧, 정전正攧, 입파入破, 허최虛催, 곤편袞遍, 헐박歇拍, 살곤殺袞이 있어야 비로소 하나의 곡을 이루는데, 이를 대편大遍이라고 부른다.(凡大曲, 有散序, 靸, 排遍, 攧, 正攧, 入破, 虛催, 實催, 袞遍, 歇拍, 殺袞, 始成一曲, 此謂大遍.)"라고 하였다. 이 가곡은 제궁조諸宮調 및 잡극雜劇의 발전과정을 고찰하는 데 중요한 자료가 된다. 헐박과 더불어 다음에 등장하는 유박流拍, 촉박促拍 등은 모두 박자와 속도를 표시하는 고대 음악 용어이다.

39 중서中序 : 두 번째 단락.

40 이 곡의 산서 ~ 않습니다. : 백거이白居易의 〈예상우의가霓裳羽衣歌〉 주注에 "중서中序에 이미 무태舞態가 있다"고 하였다. 상세한 내용은 제14척 〈노래를 훔치다〉의 산서散序 주석을 참조할 것. 또한 《몽계필담夢溪筆談》 권17에 "〈예상곡〉은 12첩疊으로, 앞의 6첩은 무박無拍이며, 7첩부터 첩편疊遍이라고 부르며 여기서부터 유박有拍으로 춤을 춘다."라고 하였는데, 이러한 기록은 본 작품의 해설과 다르다. 이상의 기록에서는 모두 〈예상우의곡〉이 12단段[주奏, 첩, 편遍]으로

이루어진다고 밝히고 있지만, 일본의 학자 원등실부遠藤實夫는 전곡이 18편으로 이루어져 있다는 사실을 고증한 바 있다.(《장한가연구長恨歌研究》 제4장 〈예상우의곡고霓裳羽衣曲考〉 참조.) 또한 진인각陳寅恪 역시 《원백시전증고元白詩箋證考》에서 〈예상우의곡〉은 모두 18편으로, 6편을 큰 단락으로 한다고 주장했다. 작자 홍승洪昇이 중서 육주六奏에 무태가 없다고 한 것은, '12편'으로 이루어졌다는 설을 부정한 것으로 보인다.(《장생전전주長生殿箋注》 참조.)

41 무지개다리 : 원문은 홍량虹梁으로, 대들보를 가리키기도 한다. 《열자列子·탕문湯問》에 "옛날 한아동韓蛾東이 제齊나라로 갔는데 양식이 떨어지자 아문雁門을 넘어 노래를 불러 먹을 것을 구했다. 이미 떠난 후에도 그 여음이 대들보를 맴돌아 삼일 동안 그치지 않았다."는 기록이 있다.

42 식주飾奏 : 반주伴奏와 같은 말로 춤출 때의 반주를 가리키며, 아래 문장의 "소리 하나 글자 하나, 모두 춤사위와 어울리지요.(一聲一字都將舞態含藏.)"라는 구절을 보면 알 수 있다. 이상의 내용을 종합해보면 〈예상우의〉는 〈예상〉과 〈우의〉로 나누어지며, 〈예상〉과 〈우의〉의 앞 일부분에는 음악만 있고 춤은 없으며, 〈우의〉의 후반부 즉 〈우의〉 삼첩三疊에 이르러 노래와 춤이 서로 어우러진다는 것을 알 수 있다. 음악은 식주飾奏에 해당하는 것이다.

43 만성慢聲 : 느리면서도 가락이 높아졌다 낮아지는 조화로운 노래.

44 전성纏聲 : 곡조 중에서 중첩되는 화음. 아래 주를 참조.

45 만성慢聲도 있고, 전성纏聲도 있고, 곤성袞聲도 있는데 : 만성, 전성, 곤성과 아래 문장에 나오는 탄파攤破, 출파出破, 화범花犯, 도화道和, 방박傍拍, 간박間拍, 최박催拍, 투박偸拍 등은 모두 고대 음악 용어이다. 《벽계만지碧雞漫志》 권3에 다음과 같은 내용이 있다. "선화宣和 초, 진부수晉府守 산동인山東人 왕평王平은 글이 화려하고 볼 만했다. 스스로 말하기를 오랑캐를 만나 〈예상우의〉의 악보를 샀다고 말했다. … 곡은 11단段으로 처음 제4편, 제5편, 제6편, 정전正攧, 입파入破, 허최虛催, 곤袞, 실최實催, 곤袞, 헐박歇拍, 살곤殺袞은 음률과 박자가 백거이의 〈예상우의가〉의 주注와 크게 달랐다.(宣和初, 普府守山東人王平, 詞學華贍, 自言得夷則商霓裳羽衣譜, … 凡曲十一段, 起第四遍, 第五遍, 第六遍, 正攧, 入破, 虛催, 袞, 實催, 袞, 歇拍, 殺袞, 音律節奏, 與白氏歌注大異.)" "세간에 반섭조般涉調가 있는데 〈예상곡〉과 가깝다. 이를 석만경石曼卿이 그것을 뽑아 전답傳踏을 만들고 《개원천보구사開元天寶舊事》를 적었다.(世有般涉調拂霓裳曲, 因石曼卿取作傳踏, 述開元天寶舊事.)" 전답은 전답轉踏, 전달纏達이라고도 하고 전성纏聲이라고도 한다. 그 나머지는 〈예상우의곡〉과 관련이 있는지 고증하기 어렵다.

46 입파入破 : 당송唐宋 대곡大曲 용어. 대곡의 한 투套는 10여 개의 편遍으로 이루어져 있으며, 산서散序, 중서中序, 파破의 세 부분으로 분류할 수 있다. 입파란 파 단락의 첫 번째 편이다.

47 출파出破 : 당송唐宋 대곡大曲 용어. 출파는 파破 단락의 마지막 편遍이자, 전곡의 가장 마지막 편이다.

48 융단 : 원문은 구유氍毹로, 공연할 때 바닥에 깔아 무대로 사용하는 털로 짠 융단이다.

49 나른한 춤과도 잘 어울리고, 부드러운 노래와도 모두 잘 어우러진답니다 : 〈장한가長恨歌〉에 "부드러운 노래 느릿한 춤과 어우러진 현악기와 관악기의 연주, 황제는 하루 종일 보고도 싫증을 모르셨다.(緩歌慢舞凝絲竹, 盡日君王看不足.)"는 구절이 있다.

50 취반翠盤 : 취반은 비취로 만든 무반舞盤이다. 송원宋元 시기에 기예伎藝를 연출하는 장소를 '반자盤子'라고 불렀다는 기록은 《축국보蹴踘譜·원사금어圓社錦語》에 나온다. 여기에 등장하는 비취로 만든 무반은 《한무내선漢武內傳》에 등장하는 '춤추고 노래하는 수정반[가무수정반歌舞水晶盤]'과 유사하다. 양귀비의 무반과 관련된 이야기는 송원 시기에 많은 기록이 남아 있다. 《오동우梧桐雨》 제2절折 【쾌활삼快活三】에 "태진비를 취반 중간에 부축해 모셨다.(把個太眞扶在翠盤間.)"라고 하였고, 왕백성王伯成의 《천보유사제궁조天寶遺事諸宮調》 〈명황격오동明皇擊梧桐〉 제1절節 【요편幺篇】에 "귀비를 취반 가운데 옮겼다.(把貴妃攛斷在翠盤中.)"라는 대목이 있다. 능몽초凌濛初가 교주校注한 《서상기西廂記·오극해증五劇解證》에 인용한 작품 중에 명잡극明雜劇 《무취반舞翠盤》이 있는데, 아마 이 사건을 연출한 것으로 추정되지만 실전되고 없다.

51 정관음鄭觀音 : 《악부잡록樂府雜錄》에 비파를 잘 타는 연주자 정중승鄭中丞에 대한 기록이 있는데, 이는 문종文宗 시기의 사람이다. 《선화유사宣和遺事》 형집亨集에 "정관음으로 말하자면 옥비파를 안고 있지 않네.(待道是鄭觀音, 不抱著玉琵琶.)"라는 구절이 있다. 《오동우梧桐雨》 제2절折에 "당명황, 고역사高力士, 비파를 안은 정관음, 젓대를 부는 영왕寧王, 갈고羯鼓를 치는 화노花奴, 박판拍板을 잡은 황번작黃旛綽, 양귀비를 받쳐 들고 등장한다.(正末引高力士, 鄭觀音抱琵琶, 寧王吹笛, 花奴打羯鼓, 黃翻綽執板, 捧旦上.)"라고 하였고, 같은 절의 【포노아鮑老兒】에 "정관음은 비파를 탈 준비를 하네.(鄭觀音琵琶准備彈.)"라고 하였다. 또한 《양춘백설陽春白雪》 권4 무명씨無名氏의 【쌍조고미주雙調沽美酒】에 "정관음의 비파는 소리가 아름답다.(鄭觀音琵琶韻美.)"라는 구절이 있다.

52 사아만謝阿蠻 : 《명황잡록明皇雜錄》 〈보유補遺〉에 "신풍시新豐市에 사아만이라고

부르는 여령女伶이 있는데, 〈능파곡凌波曲〉을 잘 추었으며, 항상 궁중에 입궐하였고, 양귀비는 그녀를 삼가 후하게 대우하였다.(新豐市有女伶曰謝阿蠻, 善舞〈淩波曲〉, 常入宮中, 楊貴妃遇之慎厚.)"라는 기록이 있다. 이 내용은 《벽계만지碧雞漫志》 권4에서도 인용하고 있다. 《양태진외전楊太眞外傳》 권상卷上도 이 내용을 따르고 있다.

53 갈고羯鼓 : 악기의 일종. 양면을 말가죽으로 메웠으며, 크기와 모양은 장구와 비슷하다. 갈족羯族으로부터 유래했다고 전해진다.

54 영락瓔珞 : 주옥珠玉을 꿰어서 만든 목걸이. 제11척 〈노래를 듣다〉의 영락 주석 참조.

55 운견雲肩 : 피견披肩이라고도 한다. 사방에 구름무늬를 장식하고, 채색 비단에 수놓아 만든다.

초기의 신선

동한東漢의 시녀

남당南唐

송宋·금金·서하西夏

56 취수翠袖 : 청록색의 소매, 여성의 장식물을 가리킨다.

57 세십번細十番 : 제14척 〈노래를 훔치다〉의 세십번 주석 참조.

58 천향天香 : 계화, 매화, 모란 등을 가리킨다.

59 빙현氷絃 : 얼음처럼 맑고 깨끗한 현악기 소리.

60 옥주玉柱 : 옥으로 만든 기러기발로, 현악기의 줄을 고르는 기구이다. 현의 밑에 괴고, 이것을 위아래로 움직여 줄의 소리를 고른다. 안족雁足, 안주雁柱, 금휘琴徽라고도 부른다. 금琴, 슬瑟, 쟁箏 등의 현악기의 별칭으로도 쓰인다.

61 난생鸞笙 : 봉황이 그려진 생황笙簧.

62 상관象管 : 상아로 만든 퉁소나 피리.

63 유선군留仙裙 : 한漢나라 조비연趙飛燕이 춤을 추다가 하마터면 바람에 날아갈 뻔하자, 한성제漢成帝는 좌우의 신하들을 시켜 그녀의 치마를 붙잡게 했는데,

이 치마는 후에 유선군留仙裙이라는 이름이 붙여졌다. 한·영현伶玄의 《조비연외전趙飛燕外傳》에 다음과 같은 기록이 있다. "한성제漢成帝는 태액지太液池에 천인주千人舟를 만들고, 이를 합궁지주合宮之舟라고 불렀다. 조비연은 〈귀풍歸風〉과 〈송원送遠〉를 노래하고 춤추었다. 시랑侍郞 풍무방馮無方이 조비연의 노래에 맞춰 생황笙簧을 연주했다. 강 중간에 흘러와 노래가 한창일 때 큰 바람이 일어났다. 조비연이 소매 자락을 흔들며 말했다. '선적하겠습니다. 선적하겠습니다. 옛것을 버리고 새것을 취하시다니, 어찌 잊어버리셨단 말입니까?" 황제는 풍무방에게 명하여 조비연의 치마를 잡아주게 했다. 바람이 그치고 치마에는 주름이 잡혔다. 훗날, 궁녀 중 총애를 받은 자는, 혹 치마에 주름을 잡기도 하였는데 이를 유선군이라 불렀다.(成帝於太液池作千人舟, 號合宮之舟, 后歌舞《歸風》《送遠》之曲, 侍郎馮無方吹笙以倚后歌. 中流, 歌酣, 風大起. 后揚袖曰: "仙乎, 仙乎, 去故而就新, 寧忘懷乎?" 帝令無方持後裙. 風止, 裙爲之縐. 他日, 宮姝幸者, 或襞裙爲縐, 號'留仙裙'.)"

64 빼어난 자대가 마구 피어나고 : 원문은 일태횡생逸態橫生이다. 유신庾信의 《유자산집庾子山集》 권11 〈조국공집서趙國公集序〉에 "빼어난 자태 마구 피어나, 새로운 정情이 떨쳐 일어난다.(逸態橫生, 新情振起.)"라고 하였다.

65 풍류風流 : 여인의 우아한 자태. 아름다움.

66 만금금萬金錦 : 비단의 이름.

67 여수麗水 : 금사강金沙江이라고 불리는 유명한 금사金沙 산지이다.

68 자마금紫磨金 : 최고급 금.

69 상賞 : 원문은 전두纏頭로, 가무를 담당하는 예인들에게 상으로 주는 선물이다.

70 첫 번째 구는 오융吳融의 〈화청궁華清宮〉 삼수三首의 두 번째 수(《전당시全唐詩》 권684 참조), 두 번째 구는 장열張說의 〈무마천추만세악부사舞馬千秋萬歲樂府詞〉 삼수三首의 첫 번째 수(《전당시》 권87 참조), 세 번째 구는 한굉韓翃의 〈증왕수贈王隨〉(《전당시》 권245 참조), 네 번째 구는 조당曹唐의 〈소유선시小遊仙詩〉(《만수당인절구萬首唐人絶句》 권35, 《전당시》 권641 참조)를 인용하였다.

제17척

합동 사냥【합위合圍】[1]

등장인물	하천년何千年(외外), 최건우崔乾祐(말末), 고수암高秀岩(부정副淨), 사사명史思明(소생小生), 안녹산安祿山, 번희蕃姬, 번졸蕃卒
배 경	변방 범양範陽의 사냥터

(외外, 말末, 부정副淨, 소생小生이 하천년何千年, 최건우崔乾祐, 고수암高秀岩, 사사명史思明 등 네 명의 번장蕃將[2]으로 분장하여 등장한다.)

하천년 백설처럼 빛나는 삼척三尺 빈도鑌刀,[3]

최건우 명월처럼 펼쳐진 허리춤의 각궁角弓.[4]

고수암 포도주에 취하니 연지같이 붉은 혈색,

사사명 담비모자 비단옷에 화려한 장식 더했네.

하천년 나는 범양진範陽鎭 동로장관東路將官 하천년何千年,[5]

최건우 나는 범양진 서로장관西路將官 최건우崔乾祐,[6]

고수암 나는 범양진 남로장관南路將官 고수암高秀岩,[7]

사사명 나는 범양진 북로장관北路將官 사사명史思明[8]입니다.

(각기 허리를 굽혀 인사한다.)

함 께 안녕들 하시오. 어제 대왕 안녹산 장군께서 우리를 소집하는 명령을 내리셨으니, 함께 막사로 가서 기다립시다. 말이 채 끝나기 전에 대왕님께서 장막을 걷고 나오시는군요.

(무대 안에서 북을 치고 피리를 불며 손뼉을 치고 나팔을 분다.)

(안녹산이 군장을 하고 번희蕃姬와 번졸蕃卒을 이끌고 등장한다.)

월조자화발사越調紫花撥四[9]

안녹산 비휴貔貅[10]처럼 용맹한 장수를 통솔하며
변방을 확실히 제압하고,[11]
두 눈은 변방과 당나라 조정을 꿰뚫어
보고 있다.
손안에 강산을 확실히 사로잡으려면,
먼저 주위의 용맹한 부하들을 잘 갖춰
두어야 하지.

비휴貔貅

안녹산 나 안녹산은 일찌감치 큰 뜻을 품고, 오랫동안 반란을 꿈꿔왔다. 다만 이전까지 조정에서 동평왕東平王[12]의 작위를 받고 둘도 없는 총애를 누리며, 부귀가 극치에 이르렀기에 내 소원은 그만 접어두었다. 그러나 가증스러운 양국충이란 놈이 나와 마음이 맞지 않는 바람에, 범양의 지방장관이 되고 말았다. 그런데 다행스럽게도 새장을 뛰쳐나오고 보니, 암암리에 대사를 도모하기에 딱 좋다. 내가 관할하는 곳에는 원래 삼십이로三十二路의 장관들이 있었는데, 이민족과 한족을 같이 쓰다 보니, 정서가 서로 달라서 심복으로 삼기가 어려웠다. 그래서 일괄 이민족 장군으로 채용할 수 있게 해달라고 주청을 올렸다.[13] 이제 어쨌든 고급 장군들은 모두 부락部落[14] 출신이 맡고 있다.

(웃으며) 하하, 이제 내 맘대로 무엇을 해도, 아무런 거리낌이 없구나. 어제 저들에게 소집 명령을 내려 막사 앞으로 모이라고 했으니, 지금쯤이면 다 도착했겠지.

(번장들이 들어와서 인사한다.)

번장들 삼십이로의 장관들이 알현합니다.

안녹산 장관들, 예의 따위 차릴 필요 없소.

번장들 대왕님, 저희에게 소집 명령을 내리시다니, 무슨 분부라도 있으십니까?

안녹산 장관들, 목하 천고마비의 계절이라, 무예를 연마하기에 참으로 좋소. 특별히 그대들을 소집한 이유는, 함께 사막으로 가서 커다란 사냥터에서 울타리를 치고 사냥을 한번 하고자 함이니,[15] 그럼 얼마나 좋겠소!

번장들 삼가 장군님의 명령을 따르겠습니다.

안녹산 그럼 이제 말을 타고 가보세.

(번장들과 함께 말에 오른다.)

호발사범胡撥四犯

안녹산 자줏빛 말고삐 가볍게 잡아당기고,

함　께 두 손으로,

자줏빛 말고삐 가볍게 잡아당기고,

말 등에 훌쩍 뛰어올라,[16]

투구를 깊숙이 눌러 쓰네.

(행진을 시작한다.)

붉은 구름처럼 번쩍이는 깃발,

갑자기 요동치는 용과 뱀[17]이,

곧바로 하늘에 통하리라.
기문둔갑奇門遁甲[18] 의거하여,
구궁九宮[19] 연환連環 팔괘진八卦陣[20]
치고,
저 조그만 중원中原을 눈 안에 새
겨두었으니,
우리 각 노路의 강한 이민족을
감당하지 못하리라.
(번장들이 사방에 서자, 안녹산이
손가락으로 가리킨다.)

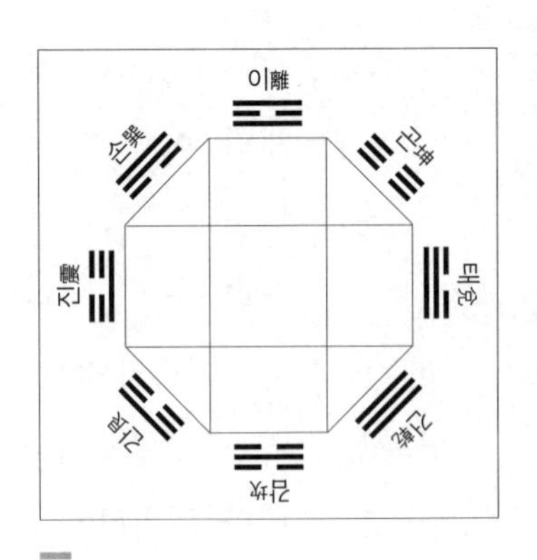

구궁 팔괘진

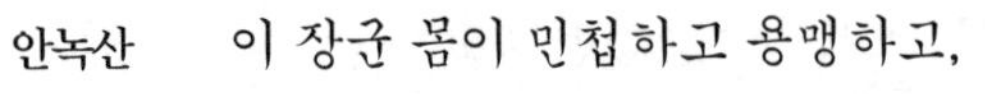

안녹산　이 장군 몸이 민첩하고 용맹하고,
저 장군 갑옷으로 단단히 무장했고.
이 장군 거친 곱슬머리에 코가 우뚝하고,
저 장군 흉악한 매의 눈에 오랑캐의 얼굴이로다.
이 장군 휘이익 활을 둥근달처럼 당길 수 있고,
저 장군 우당탕 추를 던져 하늘의 별도 떨어트릴 수 있고,
이 장군 쌩쌩쌩 바람소리 내며 번쩍번쩍 창을 휘두를 수 있고,
저 장군 챙챙챙 비가 모래톱을 때리듯 검을 휘두를 수 있네.
정말이지 모두 산골짜리를 벗어난 맹호猛虎들,
이 몸이 바로 영웅英雄 천가한天可汗[21]임을 보여주는구나.
(함께 행진한다.)

함 께　군대의 위세 떨치며,
쿵쾅쾅 북소리 울리니,
혼비백산 간이 떨어지고.
전투대형 펼치고,

부우웅 호각을 부니,
사람은 질주하되 말은 유유하다.
수없이 천둥이 울리고 번개가 치듯,
정녕 바다가 들끓고 강물이 뒤집어진 것 같구나.
아무리 청동으로 담장을 쌓고,
강철로 보루를 만든다 해도,
그 어디에 쳐부수지 못할,
쳐부수지 못할 험한 관문 있으랴!

안녹산 이곳은 넓고 평평한 사막이니, 여기에 울타리를 치고 사냥터를 만들어 사냥을 시작해보자.
(안녹산은 번희들과 함께 높은 곳에 서고, 번장들은 울타리를 치고 활을 쏘고 사냥을 하며 퇴장한다.)

안녹산 이곳에 울타리 치고 사냥터 만드니,
이곳으로,
사방에서 말을 달려 몰려드네,
말을 달려 몰려드네.
말발굽 소리 다가닥다가닥 울리며 회오리바람 헤치고,
쉼 없이 활을 구부려,
활시위 세차게 잡아당기네.
잠깐 사이 토끼는 데굴데굴 모래사장 뒹굴고,
사슴은 갈팡질팡 갈 곳을 잃고,
모두 꼼짝달싹 못한 채,
바닥에 꼬꾸라지네.
(번장들이 새와 짐승을 활로 쏘며 등장한다.)

안녹산 매와 개를 풀어라.

(번장들이 응답하고, 매와 개를 풀고 꿇어앉는다.)

안녹산 이야아,

순식간에 한쪽에서는,

사냥매가 날개로 하늘을 스치며 공중에 솟구쳐 흩어지고,

한쪽에서는,

사냥개가 구름 위를 내달리듯 쫓아가 길을 가로막으니,

삽시간에 짐승이 쌓이고 쌓여 산을 이루는구나.

(번장들이 등장하여 사냥감을 바친다.)

번장들 대왕님께 사냥감을 바치옵나이다.

안녹산 잡아온 날짐승과 들짐승은 군사들에게 나누어주어라. 이 산비탈에서 군대를 잠시 쉬게 하리니, 모두 고기를 굽고 술을 데우고, 무희들은 노래할 사람은 노래하고 춤출 사람은 춤추면서, 한바탕 시원하게 즐겨보자.

번장들 네!

(모두 바닥에 앉는다. 번희는 안녹산에게 술을 따르고, 번장들은 칼을 뽑아 고기를 자르고 술병을 들어 술을 따르며 마음껏 먹고 마신다.)

(번희들이 비파와 혼부시渾不是[22]를 연주하고, 번장들은 태평고太

혼부시

태평고와 박판

태평고

平鼓와 박판[23]을 두드린다.)

함 께 이 낙장酪漿[24]을 부어,

찰랑찰랑 금잔金盞 가득 채우자,

찰랑찰랑 금잔 가득 채우자.

뚝뚝뚝 핏물 떨어지는 저 터럭 달린 고기 생으로 뜯으며,

껄껄껄 웃으며 번희를 껴안으니 두 뺨이 달아오르누나.

디리링 비파를 타고 타면서,

이야야 신곡 〈보살만菩薩蠻〉[25]을 노래하누나.

(안녹산이 일어난다.)

안녹산 한참 술과 고기를 먹었더니, 취기가 돌고 배가 부르구나. 날이 저물었으니, 장군들은 각자 주둔지로 해산하라. 부디 무기를 정비하고 군마를 훈련하면서, 군령을 기다리며 대기하도록 하라.

번장들 (응답하며) 명 받들겠사옵니다.

(함께 말을 타고 나각螺角[26]을 불며, 모자를 비스듬히 쓰고,[27] 손을 흔들며 무대를 돌며 달려간다.)

안녹산 명령을 다 듣자마자,

잽싸게 몸을 돌려 비단안장 올라타,

모자를 비스듬히 쓰고,

경쾌하고 씩씩하게 손 흔드네.

각자 돌아가서,

변방을 굳게 지키고.

깃대를 벌려 꽂아두고,

수레에 바람막이를 달아두고.

명령이 떨어지길 기다렸다가,
흉포한 마음 드러내보자.
하늘에서 재앙이 내려오고,
땅에서 파란이 일어나리니.
어양漁陽을 주시하고 있다가,[28]
우전羽箭[29] 하나 날아들면,
병단兵壇[30]으로 다투어 달려오라.
충심을 품은 장군이여,
선택받은 장군이여,
그대만 기다리고 있겠노라.

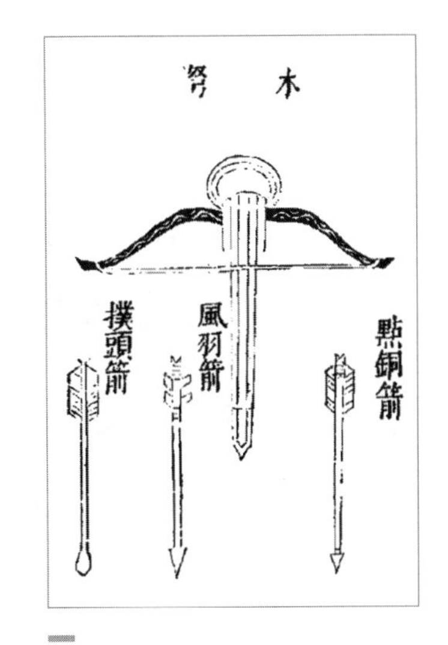

우전羽箭

(번장들이 퇴장한다.)

안녹산 보라, 각 노의 번장들, 하나같이 사람은 강건하고 말은 건장하니,
내 눈앞에 나의 우익羽翼[31]이 다 갖추어졌도다.
(웃으며) 당 천자, 당 천자여, 당신이 어찌 나를 당할소냐!

살미煞尾

안녹산 황제가 알지 못하게,
우선 나를 견제하는 한족 관리 제거하고,
계략을 세워,
암암리에 조력자인 번족 사나이들로 채워두었다.
화청궁華淸宮 연회에 〈예상霓裳〉 법곡法曲 끝나기도 전에,
내가 전고戰鼓를 울리고,
용장들이 어양에서 반란을 일으키는 광경을 보게 될지어다.

하장시下場詩 17[32]

안녹산	육주六州[33]의 이민족 부락에선 군명을 따르거늘,	설 봉薛 逢
	한족의 넓은 땅에선 전마가 한가로이 울음 우누나.	유우석劉禹錫
	홀연 한줄기 회오리바람처럼 조력자가 나타났으니,	낙빈왕駱賓王
	산천은 전쟁터 되어 핏물 철철 넘쳐나리라.	호 증胡 曾

주

1 합위合圍 : 《자치통감資治通鑑》 권217 천보天寶 14년 10월의 기록에 "안녹산이 이로 인해 빨리 반란을 일으키기로 결의한다. … 팔월 이후 여러 차례 병사들에게 잔치를 열어주고, 말을 먹이고 무기를 갈았다.(祿山由是決意遽反, … 自八月以來, 屢饗士卒, 秣馬厲兵而已.)"는 기록이 있다.

2 번장蕃將 : 이민족 장군.

3 빈도鑌刀 : 빈철鑌鐵[강철]로 주조한 칼. 《정자통正字通》 술집戌集·상上 〈금부金部〉에 "하맹춘何孟春이 말하기를 '거란契丹의 국호는 요遼이지만, 실제로는 빈철이라고 부른다.'고 하였다. … 빈철로 칼을 만들면 매우 날카롭다. 찬녕贊寧은 '빈철은 남빈현南賓縣에서 나는데, 일설에는 빈철이 파사국波斯國[파키스탄]에서 난다'고 하였다.(何孟春曰, 契丹國號遼, 實以一鑌爲號. … 镔铁为刀甚利. 贊寧言, 鑌鐵出南賓縣, 一說出波斯國.)"는 기록이 있다.

4 각궁角弓 : 소뿔로 장식한 활.

5 하천년何千年 : 하천년을 비롯하여 최건우, 고수암, 사사명은 안녹산의 부하 장관將官으로 등장한다. 동서남북로東西南北路 장관은 안녹산의 부장들을 개괄하는 말로, 진정한 의미의 관직은 아니다. 작품에는 안녹산이 피살된 후 안경서安慶緖, 사사명史思明, 사조의史朝義 등이 일으킨 일련의 반란에 대해서는 기술하지 않았다.

6 최건우崔乾祐 : 최건우는 안사의 난이 일어나기 전에는 안녹산의 수하에서 목숨을 바쳐 일했고, 안사의 난이 일어난 후에는 안녹산을 따라 낙양洛陽을 공격하여 봉상청封常清 장군을 대파시켰다. 고선지高仙芝와 봉상청의 패병敗兵들은 합류하여, 섬군陝郡을 버리고 동관潼關으로 후퇴하여 수비하였다. 안녹산의 계획은 낙양에서 황제에 등극하는 것이었기에 서둘러 장안長安을 공략하지 않았으며, 최건우를 섬군에 파견하여 그곳에서 주둔하면서 대처하게 하였다. 후에 사사명史思明이 안녹산의 아들 안경서安慶緖를 주멸할 때, 안경서의 심복이었던 최건우도 살해되었다.

7 고수암高秀岩 : 천보天寶 14년(755) 12월, 삭방절도사朔方節度使 곽자의郭子儀가 이끄는 군대가 안녹산의 대동군사大同軍使를 지냈던 고수암의 부대를 격파시킨 바 있다.

8 사사명史思明 : 703-761년. 본명은 솔간窣干으로 안사安史의 난을 이끈 주모자 중 한 사람이며, 원적은 영주營州[지금의 요녕성遼寧省 조양朝陽]이다. 돌궐계

혼혈아로 안녹산과 동향이다. 사명이라는 이름은 당명황이 지어준 것이라고 한다. 안녹산과 가까이 지내면서 함께 무용武勇을 자랑했고, 여섯 가지 이민족 언어에 능해 안녹산과 함께 호시랑互市郎이 되었다. 유주절도사幽州節度使 장수규張守珪 밑에서 절충折衝이 되어 자주 전공을 세웠다. 752년 안녹산의 추천으로 평로절도도지병마사平盧節度都知兵馬使가 되었다. 755년 안녹산이 반란을 일으키자 이에 가세했다. 757년 안녹산이 아들인 안경서安慶緖에게 살해되자, 하북河北 13군郡을 장악하고 8만 명의 병사와 함께 당에 투항했다. 758년 다시 반기를 들고 안경서를 살해했으며, 안경서의 군대를 합쳐 낙양洛陽을 함락시켰다. 이때 사사명은 매일 자신의 준마 1,000여 마리를 강에서 목욕시키며 과시하곤 했는데, 당의 장수 이광필李光弼이 암말 500마리를 모아 울게 했더니 그의 말들이 암말을 향해 달려가 1,000여 마리의 말을 고스란히 당에 넘겨주었다고 한다. 761년 아들인 사조의史朝義에게 살해되었고, 사조의의 군대는 763년 당군唐軍에 의해 격파당해 9년에 걸친 안사의 난도 끝이 났다.

9 월조자화발사越調紫花撥四 : 오매吳梅의 《고곡진담顧曲塵談》 제1장 〈원곡原曲〉에 이 노래를 월조越調의 예로 들고 있다.

10 비휴貔貅 : 고서에 등장하는 맹수의 일종으로 용맹한 군대를 상징한다.

11 용맹한 장수를 통솔하며 변방을 확실히 제압하고 : 원문은 "통비휴웅진변관統貔貅雄鎭邊關"이다. 비휴貔貅는 고서에 나오는 맹수의 이름으로 용맹한 군대를 비유한다. 웅진雄鎭은 확실하게 제압을 하다의 뜻이다. 《서상기西厢记》 제2본本 설자楔子에 두장군杜將軍이 "존경스럽게도 위엄으로 백만 군대를 통일하고, 변경을 안정시켰다.(羨威統百萬貔貅, 坐安邊境.)"라고 말하는 대목이 있다.

12 동평왕東平王 : 《자치통감資治通鑑》 권216 천보天寶 9년 "오월 을유乙酉일, 안녹산에게 동평군왕東平郡王의 작위를 하사하였는데, 당唐의 장수를 왕으로 임명하는 것이 이로부터 시작되었다."고 기록하고 있다.

13 그래서 ~ 주청을 올렸다 : 《대당신어大唐新語》 권2에 "안녹산은 천보天寶 말년 번장蕃將 30명으로 한족 장군을 대체하고, 현종은 중서령에게 명하여 즉시 위임장을 주라고 하였다."라고 기록하고 있다. 《안녹산사적安祿山事迹》 권중卷中 천보 14년 5월에도 이 내용을 기록하고 있다. 《자치통감資治通鑑》 권217 14년 2월 하下 "2월, 신해辛亥일, 안녹산이 부장副將 하천년을 시켜 상소를 올려 번장 32명으로 하여금 한장漢將을 대체하게 하였다. 황제는 즉시 승인하고 위임장을 주었다."라고 기록하고 있다.

14 부락部落 : 이민족을 가리킨다.

15 커다란 ~ 함이니 : 사냥터의 원문은 합위合圍로, 황제나 귀족들의 사냥터를 말

한다. 사냥의 원문은 교렵較獵이다. 《한서漢書·성제기成帝紀》에 "겨울, 장양궁長楊宮으로 행차하여 호객胡客을 따라 큰 울타리를 치고 사냥을 했다."라고 기록하고 안사고顔師古의 주注에서 "교렵이라는 것은 큰 울타리를 치고 사냥하는 것이다."라고 설명하고 있다.

16 말 등에 훌쩍 뛰어올라 : 원문은 편상마騙上馬이다. 편騙은 옆으로 다리를 들어 말에 올라타는 것이다. 오산吳山의 미주尾注에 "편상마라는 것은 안장에 올라타 재빨리 달려도 말이 알아채지 못하는 것을 말한다. 원곡元曲에서 편마騙馬라고 한 것은 모두 이렇게 풀이한다."라고 하였다.

17 갑자기 요동치는 용과 뱀 : 원문은 '몰췌적동룡사沒揣的動龍蛇'이다. 용사龍蛇에는 깃발 위에 그려진 용과 뱀의 그림을 의미한다. 여기에서는 용과 뱀이 그려진 군대의 깃발을 휘두르며 군대를 지휘하는 것을 가리킨다. 즉 숨어 있던 안녹산이 갑자기 깃발을 휘두르며 반란을 일으키는 것을 말한다. 다음에 나오는 "곧바로 하늘에 통하리라.(一直的通霄漢.)"의 구절과 이어져, 천하를 차지하려는 안녹산의 야심을 드러낸다.

18 기문둔갑奇門遁甲 : 길흉화복을 점치는 방사들의 술법으로, 병법 술수의 하나이다. 하도河圖[주역 팔괘의 근본이 되는 55개점의 점]·낙서洛書[우왕禹王 때 낙수洛水에서 나온 거북의 등에 있었던 9개의 무늬]의 수數 배열원리 및 이를 이용한 《주역周易》 건착도乾鑿度의 구궁九宮의 법이 그 원형이다. 둔갑술遁甲術이라고 부르기도 한다. 하도·낙서는 원래 음양오행설陰陽五行說을 적용한 것으로 수의 배열은 음수와 양수로 되어 있고, 포진법布陣法은 동서남북 및 중앙으로 되어 있어서 음양의 화합과 오행의 상생을 이루도록 만들어져 있다. 후대에는 이런 간단한 원리에 많은 이론을 첨가하여 복잡한 은신술隱身術로 변형되었다. 기문둔갑의 시작은 《고금도서집성古今圖書集成》에 따르면 헌원황제軒轅皇帝가 치우천왕蚩尤天王과의 전쟁에서 고전하고 있을 때 우연히 꿈에 천신天神에게서 부결符訣을 받았고, 이를 풍후風后가 명을 받아 문자로 완성한 것이라고 한다.

19 구궁九宮 : 낙서洛書에 응한 일백一白·이흑二黑·삼벽三碧·사록四綠·오황五黃·육백六白·칠적七赤·팔백八白·구자九紫의 구성九星에 중궁中宮과 건乾·감坎·간艮·진震·손巽·이離·곤坤·태兌의 팔괘八卦를, 휴休·사死·상傷·두杜·개開·경驚·생生·경景의 팔문八門에 배합을 하여, 그 운행하는 아홉 방위의 자리를 이르는 말이다. 방소方所를 보는 데는 낙서의 수에 천록天祿·안손眼損·식신食神·징파徵破·귀鬼·합식合食·진귀進鬼·관인官印·퇴식退食의 이름을 붙인다.

20 구궁九宮 연환連環 팔괘진八卦陣 : 작전 전투대형의 일종.

21 천가한天可汗 : 황제. 7-8세기에 투르크인이나 서역인西域人들이 당나라의 황제

나 천자를 부르던 말로, 처음에는 당태종唐太宗을 가리키는 말로 사용하였다. 칸Khān[가한可汗]은 터키어로 최고위 지배자를 뜻하는 말이며, 즉 하늘에서 내려온 황제를 뜻한다. 당나라 왕조에 귀속한 투르크인이 몽골을 통과하는 당나라의 무역로를 참천가한도參天可汗道, 즉 천가한에게 이르는 길이라 불렀고, 또 북인도 카슈미르의 사자使者가 당나라 황제에게 올리는 말 가운데 천자天子를 천가한이라고 부르기도 했다.

22 혼부시渾不是 : 북방 소수민족의 악기. 이 악기는 당대 중기 중아시아와 서아시아로부터 중국 서북지역에 유입되었으며, 대략 송대에 중원으로 전해져 들어왔고, 원대에 널리 유행하고 궁정예악宮廷禮樂에도 사용되었으며, 지금은 몽고, 신강新疆, 운남雲南 일대 소수민족 사이에서 사용되고 있다. 이 악기는 역사상 수많은 이름을 가지고 있었는데, 모두 외래어의 음역이다. 원명은 터키어 코부즈qobuz로, 사적史籍에 기록된 명칭으로는 혼불사渾不似, 호박사琥珀詞, 화필사和必斯, 오발사吳拔四, 오발사吳拔似, 호발사胡撥四, 호불사胡不四, 호발사虎撥思, 호비사好比斯, 호발胡撥 등이 있다. 원대元代에는 화불사火不思라 부르기 시작했다. 원元 도종의陶宗儀의 《철경록輟耕錄》 권28 〈악곡樂曲〉에 다음과 같은 기록이 있다. "달달達達[고대 몽고인]의 악기로는 쟁箏, 진비파秦琵琶, 호금胡琴, 혼불시 같은 종류가 있는데, 연주하는 노래가 한족漢族의 곡조曲調와는 다르다."라고 하였다. 명明 심덕부沈德符의 《고곡잡언顧曲雜言》 〈이어俚語〉에 "근래의 악기 중에 사현四弦, 장항長項, 원비圓鞞는 북방사람이 가장 연주를 잘 한다. 속칭 '호박추琥珀槌'라고 하는 것이 있는데, 경사와 변방의 사람들은 '호박사呼博詞'라고도 부른다. 나는 내심 그것이 사실이 아닐 것이라고 생각하고 있었다. 이후에 우연히 교방教坊의 늙은 기녀와 이 이야기를 나누게 되었는데, 그녀는 다음과 같이 말했다. '혼불시라고 부르는 것은, 마치 공후箜篌와 흡사하기도 하고, 삼현三弦과 흡사하기도 하고, 비파琵琶와 흡사하기도 하고, 원阮과 흡사하기도 하고, 호금과 흡사하기도 하지만, 실제로는 전혀 그렇지 않기 때문에 이런 이름이 붙여졌으며, 원래는 포로가 말 위에서 연주하던 것이라고 합니다.' 나는 그 말이 그럴 듯하다고 믿게 되었다. 또한 정통正統 연간 이북迤北과 와랄瓦剌의 가한可汗에게 하사한 여러 물건을 조사하던 중에, 소위 '호발사'라는 것이 있다는 것을 알게 되었는데 아마 이것일 것이다. 《원사元史》에는 '화불사'라고도 부르는데, 훈불시渾不是라는 말이 와전된 것을 알 수 있다.(今樂器中有四弦, 長項, 圓鞞者, 北人最善彈之, 俗名琥珀槌, 而京師及邊塞人又呼胡博詞, 余心疑其非, 後偶與教坊妓老談及, 曰'名渾不是, 蓋以狀似箜篌, 似三弦, 似琵琶, 似阮, 似胡琴, 而實皆非, 故以爲名. 本虜中馬上所彈者.' 余乃信以爲. 及查正統年間賜迤北瓦剌可汗諸

物中, 有所謂虎撥思者, 蓋即此物. 而《元史》中又稱火不思, 始知渾不是之說亦訛耳.)" 또한 명明·장일규蔣一葵의 《장안객화長安客話》 이二에는 다음과 같이 말하고 있다. "혼불사는 비파처럼 만들어졌는데, 직경直徑에는 정해진 규격이 없으며, 작은 홈이 있고, 둥근 중앙부는 병을 반으로 나눈 모습과 비슷하다. 호인胡人에게 다시 만들어보게 했더니 작은 형태로 만들자, 소군昭君이 웃으면서 '전혀 닮지 않았어요.'라고 말한 데서 이런 이름이 붙여졌다.(渾不似製如琵琶, 直徑無品, 有小槽, 圓腹如半瓶榼, 以皮爲面, 四絃皮絣同一孤柱. 相傳 王昭君 琵琶壞, 使胡人重造, 造而其形小. 昭君笑曰 : '渾不似.'遂以名.)"

23 태평고太平鼓와 박판 : 원문은 태평고판太平鼓板이다. 태평고는 한 면에 양가죽을 댄 북으로, 당대唐代에 이미 존재하였고, 청대清代에는 보편적으로 사용되었다. 현재 북방지역에 아직 존재하며, 신년을 축하할 때나 희곡 연주에 쓰인다. 서삭방徐朔方은 태평고판을 태평연太平宴에 연주하는 악곡으로 보았다.

24 낙장酪漿 : 술. 소나 양의 유즙.

25 보살만菩薩蠻 : 당대 교방敎坊 곡조曲調의 명칭으로, 서역西域에서 전래되었다. 후에는 사패詞牌와 곡패曲牌로도 사용되었다. 〈보살만菩薩鬘〉, 〈자야가子夜歌〉, 〈중첩금重疊金〉이라고도 부른다. 당선종唐宣宗 대중大中 연간, 여만국女蠻國에서 공물을 진상하기 위해 사신을 보냈는데, 그 여인들은 몸에 진주와 보석을 걸치고 머리에는 금관을 쓰고 높은 상투를 틀고 있었기에 '보살만대菩薩蠻隊'라고 불렀다. 당시 교방에서는 이로 인해 〈보살만곡菩薩蠻曲〉을 작곡하였고, 그 후 〈보살만〉은 사패의 명칭이 되었다. 많은 문인들이 〈보살만〉을 사패나 곡패로 이용하여 노래를 작곡했는데, 그중에서도 온정균溫庭筠의 〈보살만〉 14수가 가장 유명하다.

26 나각螺角: 큰 소라 껍데기로 만든 호각號角. 고대 군용 악기.

27 모자를 비스듬히 쓰고 : 원문은 측모側帽이다. 이 용어의 전고는 《북사北史》 〈독고신전獨孤信傳〉에서 등장한다. "사냥을 하다가 날이 저무는 바람에, 독고신은 서둘러 말을 달려 성으로 들어오느라 모자가 약간 옆으로 기울어졌다. 날이 밝자 관리 중에 모자를 쓰는 사람들은 모두 독고신을 따라 모자를 비스듬히 썼다.(因獵日暮, 馳馬入城, 其帽微側. 詰旦而吏人有戴帽者, 咸慕信而側帽焉.)"

28 어양漁陽을 주시하고 있다가 : 어양은 범양範陽을 가리킨다. 어양을 주시한다는 것에는 범양절도사 안녹산의 명령을 기다린다는 의미가 포함되어 있다.

29 우전羽箭 : 끝머리에 깃털이 달려 있기에 붙여진 이름으로, 영전令箭이라고도 한다. 군軍에서 명령을 내릴 때 사용한 일종의 증표로, 화살처럼 생겼다.

30 병단兵壇 : 사령관이 장군을 지명하여 임무를 부여하는 단상.

31 우익羽翼 : 좌우에서 보좌하는 사람, 그러한 힘.

32 첫 번째 구는 설봉薛逢의 〈송령주전상서送靈州田尚書〉(《전당시全唐詩》 권548 참조), 두 번째 구는 유우석劉禹錫의 〈영호상공자태원루시신시인이수기令狐相公自太原累示新詩因以酬寄〉(《전당시》 권360 참조), 세 번째 구는 낙빈왕駱賓王의 〈제경편帝京篇〉(《전당시》 권77 참조), 네 번째 구는 호증胡曾의 〈제주유장군묘題周瑜將軍廟〉(《전당시》 권647 참조)를 인용하였다.

33 육주六州 : 이주伊州[지금의 신강新疆 위구르자치구維吾爾自治區 합밀현哈密縣 경계], 양주梁州[양주凉州, 지금의 감숙甘肅 무위武威], 감주甘州[지금의 감숙甘肅 장액張掖], 석주石州[지금의 산서山西 이석離石], 호위주胡渭州, 씨주氏州[도都는 감숙甘肅 경내에 있음]를 가리킨다. 이는 안녹산이 통괄하던 각 부락이다.

제18척

한밤의 원망【야원夜怨】

등장인물 양귀비楊貴妃(단旦), 영신迎新(노단老旦), 염노念奴(첩貼)
배 경 궁중 양귀비의 처소

정궁인자正宮引子 · **파제진**破齊陣

(양귀비가 등장한다.)

양귀비 **파진자두**破陣子頭

총애가 커서 쉽사리 버리기 어려웁고,

즐거움 깊어 각별한 사랑 피어났지.

제천악齊天樂

쌍쌍이 헤엄치는 비목어比目魚처럼,

나란히 잠든 원앙鴛鴦처럼,

사랑이 변하거나 애정이 식는 것 허락한 적 없거늘.

파진자미破陣子尾

다만 걱정은 열구름이 바람 따라 가버리는 것,

들꽃[1]이 태양을 차지하려 아름다움 뽐내니,

온종일 남모를 근심만 가득.

양귀비　**청평락清平樂**

"말없이 주렴을 걷어 올리니,

천 가닥 근심 그 누가 알아줄까.

꽃다운 세월 정해진 주인 없어 걱정인데,

남몰래 봄이 떠나가면 어떡하나.

마음속에 막 솟아나는 의심과 추측,

발걸음 완전 끊으시니 어떻게 참으리.

폐하의 수레는 어디로 돌아갔나?

해 저무는 텅 빈 계단 처량하기도 하여라."

양귀비　신첩 양옥환은 오랫동안 성은聖恩을 받으면서, 폐하의 마음을 사랑의 끈으로 꽁꽁 묶어두었어요. 하지만 매정梅精[2] 강채빈江采蘋만은 물러나려고 하지 않으니, 어쩔 도리가 없었지요. 그러다 마침 폐하의 비위를 거스르는 바람에, 상양궁 동루東樓로 쫓겨났답니다. 하지만 채빈이 묘책을 써서 이 국면을 만회할 수도 있는 노릇이고, 황상께서 아직 옛정을 끊지 못하셨기 때문에, 언제나 혼자서 조심해서 대비해왔답니다.

아, 강채빈, 강채빈, 내가 그녀를 용납하지 못하는 것이 아니라, 내가 그녀를 용납해도 그녀가 나를 용납하지 못할 거예요!

오늘 아침 성상께서 조정에 나가서는 해가 저물도록 궁으로 돌아오지 않으셔서, 영신과 염노를 연거푸 보내어 알아보게 했어요. 지금의 이 우울한 심정은 정말 삭이기가 힘이 드네요!

선려입쌍조仙呂入雙調 · 풍운회사조원風雲會四朝元

양귀비　**사조원두四朝元頭**

반향盘香[3] 다 타들어 가고,

심궁深宮엔 해가 저물어,

문창을 자주 열고,

비취 주렴 높이 걸어,

고개 들어 뚫어지게 쳐다보네.

평상시엔 이맘때쯤이면,

평상시엔 이맘때쯤이면,

반향

회하양會河陽

일찌감치 어가御駕가 서궁西宮[4]에 당도하여,

두 손 꼭 잡은 채 어깨를 기대었지.

사조원四朝元

창문에 꽃 그림자 어른거리면,

얼굴에 춘정春情이 피어올라,

주운비駐雲飛

백가지 사랑의 즐거움 탐닉했거늘.

하아,

오늘 밤은 무슨 연유로,

일강풍一江風

방초芳草 위에 땅거미 내려앉도록,

돌아오는 수레 보이지 않는가.

(안에서 잉꼬[5]가 "황제폐하 납시었습니다."라고 말한다.)

(양귀비가 깜짝 놀라 쳐다본다.)

양귀비 아아, 폐하께서 납시었군요!

(양귀비가 둘러본다.)

흥,

알고 보니 잉꼬가 교묘한 목소리로,

수심에 빠진 사람을 속인 것이로구나.

사조원미四朝元尾

어쩔 수 없이 이리저리 배회하다 우두커니 서서,

그리워하고 그리워하다,

화려한 난간에 기대어 섰누나.

(영신이 등장한다.)

영 신 폐하께선 전전前殿에서 주무시니, 후비와 궁빈들은 모두 홍등紅燈[6]을 내리라십니다.

(양귀비에게 인사하며) 마마, 아뢰옵나이다. 상감 마마께선 이미 취화서각翠華西閣에서 취침하셨나이다.

양귀비 (멍한 표정으로) 이럴 수가!

(양귀비가 눈물을 흘린다.)

전강前腔

양귀비 임의 사랑 이다지도 야박하니,

이젠 누구를 바라보며 살아야 할까!

저녁 화장 아직 지우지 않은 채,

흐린 등불심지 수줍게 자르며,

임이 오시면 함께 웃으며 이야기 나누길 기다렸거늘.

예전에 화려한 주연 열리던 날,

예전에 화려한 주연 열리던 날,

달빛에 취해 술잔을 나누다가,

한 침대에서 운우雲雨의 꿈 나누면서.

목숨을 함께하고 떨어지지 말자시더니,

아감阿監

한결같은 마음으로 버리지 않으신다더니,
왜 갑자기 사람을 멀리하시는가.

영 신 상감 마마께서는 오늘 밤 우연히 궁에 납시지 못한 것입니다. 아마 고의로 멀리하신 것이 아닌 것 같으니, 귀비 마마께서는 부디 상심하지 마셔요.

양귀비 하아,
만약 사랑이 떠난 것이 아니고,
이궁離宮에서 편하게 주무시는 것이라면,
아감阿監[7]은 왜 보내시지 않았겠나?
내 생각에 성상께선,
이제껏 홀로 잠든 적이 없고,
원앙금침 홀로 펴는 것 싫어하셨으니,
오늘 밤 베갯머리에,
쓸쓸하고 적막하게,
왜 아무도 들여놓지 않았겠나!

(염노가 등장한다.)

염 노 "흰 눈 속에 숨은 백로는 날아가고 나서야 비로소 보이고,
버들 속에 숨은 잉꼬는 울고 나서야 비로소 알 수 있는 법."
(양귀비에게 인사를 드린다.) 마마, 소녀가 취각翠閣의 일을 알아 왔습니다.

양귀비 어떠하더냐?

염 노 마마, 들어보세요. 쇤네가 방금 전,

월림강月臨江

조심조심 취화서각翠華西閣에 다가가,
땅거미가 지도록 지키고 있었더니,
갑자기 태감을 보낸다는 밀지密旨가 들려왔나이다.

양귀비 태감을 어디로 보내셨더냐?

염 노 태감은 채찍을 휘두르며 신나게 말을 타고,
등불을 끈 채 붉은 치마 입은 여인을 불러오더이다.[8]

양귀비 (조급하게 물으며) 누구를 불러 오셨더냐?

염 노 동루로 쫓겨난 한 많은 여인,
매정에 살던 옛 후비였나이다.

양귀비 (놀라며) 아아, 매정이 분명하구나. 그녀가 왔단 말이지?

염 노 순식간에 그 가인佳人을 감싸서,
몰래 취각으로 되돌아가셨습니다.

영 신 (염노에게) 그 말이 정말이야?

염 노 정확한 소식을 알아온 거랍니다.

양귀비 아아, 하늘이시여. 결국 매정이 다시 총애를 받게 되다니.
(양귀비가 아무 말도 못한 채 답답한 심정으로 자리에 앉아 눈물을 닦는다.)

영신·염노 마마, 너무 걱정하지 마시어요.

전강前腔

양귀비　이야길 듣자 놀라서 몸이 덜덜 떨리고,
슬픔으로 아픈 마음 어찌 말로 표현하리.
(눈물을 흘린다.)
예전의 깊은 사랑,
지난날의 은총과 배려,
모두 눈물에 담아 하늘에 흩뿌리네.
맨 처음 사랑을 약속할 때,
맨 처음 사랑을 약속할 때,
비녀처럼 한 쌍을 이루고,
전합처럼 꼭 붙어 있자고 하셨지.
뜻밖에도 님의 마음,
삽시간에 바뀌어서,
결국 버림받고 말았구나.
하아, 내 잘못을 찾자면,
어쩌자고 얼어붙은 꽃술 차가운 꽃[9]을,
몰래 봄바람[10] 만나게 내버려 두었던 걸까.
이제야 알겠구나, 몸은 비록 여기에 계셨지만,
마음은 결국 별원別院에 계셨던 것이로구나.
이때까지 사랑하는 척하고,
기만하고 숨기면서,
신첩을 잘도 속이셨구나.

염　노　마마께서 아직 모르고 계셨지요? 쇤네가 작은 태감의 말을 들어 보니, 어제 상감 마마께서 화악루華萼樓에서 진주 열 말[11]을 직접

매비에게 하사하셨다고 합니다. 매비는 받지 않고, 회답으로 시 한 수를 바쳤는데, "장문궁長門宮에 사는 총애를 잃은 여인은 원래 단장을 하지 않는 법인데, 왜 하필 진주로 외로움을 달래려 하시는지요."라고 했다지 뭐랍니까.[12] 그래서 오늘 밤과 같은 사달이 벌어지게 된 것이지요.

양귀비 아, 그랬던 것이로구나. 내가 어찌 알았겠느냐?

전강前腔

양귀비 상양궁 동루에서 원한을 적고,

진주를 몰래 전하였구나.

두 사람의 정을 갈라놓기가 이렇게 힘들다니,

나도 모르게 심장이 에이는 것 같구나.

내 속이 너무 좁지는 않지만,

다만 임금님께서 사람을 잘못 보신 것이 우습구나.

임금님께서 사람을 잘못 보신 것이 우습구나.

잘못을 범해 버림받은 못난 여인을,

금옥金屋[13]의 미인으로 여기시다니.

나같이 우직한[14] 봉황새는,

쟁총爭寵하는 꾀꼬리나 제비와 싸우지 않으리라.

영 신 상감 마마께서 아직 매비에 대한 정을 잊지 않으셨는데, 귀비 마마께서는 어찌 폐하의 마음에 들도록 노력하지 않으십니까. 그녀를 불러들이시도록 힘써 설득하시옵소서. 상감 마마께서도 반드시 기뻐하실 것이고, 매비도 그 은혜를 잊지 않을 것입니다.

양귀비 휴, 그 이야기는 그만두렴.

매비가 묶은 끈[15] 직접 묶을 수 있는데.

흥,

왜 하필 내가 또 엮어줘야 한담?

운 없는 중매인仲媒人만,

그녀의 미움과 경멸을 사겠지.

두 사람은 나를 따라 취각으로 가자꾸나.

염 노 마마, 가서 어쩌시려구요?

양귀비 내가 거기 가서,

그녀가 어떻게 애교를 부리고,

어떤 계책을 써서,

폐하의 마음에 불을 질렀는지,

어떻게 혼을 빼놓아서,

몰래 사랑에 빠지게 되었는지 볼 테니.

염 노 쇤네는 사실 오늘밤 취각의 일을 마마가 아시게 될까봐 걱정이 많았습니다. 지금 밤이 깊어 삼경이라, 상감 마마께서는 필시 이미 주무시고 계실 것입니다. 마마께서 느닷없이 가신다면, 불편한 일이 있을 것입니다. 차라리 편히 주무시고, 날이 밝으면 다시 따져보십시오.

(양귀비가 아무 말도 못하고, 눈물을 가리며 탄식한다.)

양귀비 아, 필요 없어, 필요 없어. 오늘밤 어떻게 잠이 오겠어!

미성尾聲

양귀비 그녀는 행복한 나머지 시간이 빨리 흐를까 걱정일 텐데,

나는 이곳 적막하고 쓸쓸한 심원深院에서,

등불 등지고 옷 입은 채 빈 이불이나 둘둘 말고 있다니.

하장시下場詩 18[16]

양귀비	자금紫禁[17]에 아득하니 울려퍼지는 물시계 소리,	대숙륜戴叔倫
	물처럼 검푸른 하늘에 피어나는 밤 구름.	온정균溫庭筠
	군왕의 사랑을 끊지 못해 얼굴에는 눈물 자국,	유 부劉 阜
	향로 덮개[18]에 비스듬히 기대어 날 밝도록 앉았네.	백거이白居易

주

1 들꽃 : 원문은 한화閒花로, 들에 핀 꽃이라는 뜻으로, 부인 이외의 정부情婦나 기녀妓女를 의미한다. 여기서는 매비梅妃를 가리킨다.

2 매정梅精 : 매화 요정. 매화 요괴.

3 반향盘香 : 원문은 향관香串으로, 나선형 모양의 향을 가리킨다.

4 서궁西宮 : 양귀비의 처소.

5 잉꼬 : 제9척 〈양귀비의 환궁〉의 잉꼬 주석 참조.

6 홍등紅燈 : 후비와 궁빈들은 자신의 방문 앞에 홍등을 달고 황제를 맞을 준비를 한다. 황제가 침소를 정하면, 다른 후비들은 홍등을 내린다. 당대當代 영화 《홍등[대홍등롱고고괘大紅燈籠高高掛]》에 이와 비슷한 장면이 나온다.

7 아감阿監 : 여관女官. 여관은 궁관宮官이라고도 부르는 고급 궁녀를 가리킨다. 일정의 품계가 있으며 녹봉도 받는다. 이들의 임무는 하급 궁녀들을 관리하고, 새로 입궁한 궁녀들을 훈련하며, 공주公主와 왕자王子를 돌보는 것이다.

8 태감은 ~ 불러오더이다 : 《매비전梅妃傳》에 "나중에 황제는 매비를 그리워하여, 작은 내시를 보내 불을 끈 채 몰래 매비를 말에 태워 취화서각翠華西閣으로 불러오셨다.", 《경홍기驚鴻記》 제20척 〈양비효장楊妃曉妝〉에 명황이 "고역사야, 너는 이원梨園에서 가장 빠른 말를 끌어다가 몰래 매비를 불러 취화서각으로 데려오너라."라고 말하는 대목이 있다. 《수당연의隋唐演義》 제79회에도 같은 구절이 있다.

9 얼어붙은 꽃술 차가운 꽃 : 매화, 즉 매비를 가리킨다. 원문은 동예한파凍蕊寒葩로, 파葩는 꽃이다.

10 봄바람 : 당명황을 가리킨다.

11 열 말 : 10두斗. 1두는 10되[승升].

12 어제 상감 마마께서 ~ 뭐랍니까 : 《매비전梅妃傳》에 다음과 같은 구절이 있다. "황제는 화악루에서 진주 한 알을 몰래 매비에게 주었으나 그녀는 받지 않고 시를 써서 사자에게 주었다. '버들잎 같은 두 눈썹은 오랫동안 그리지 않았고, 남은 화장과 눈물이 섞여 붉은 비단을 적십니다. 장문에 사는 여인은 머리를 빗지도 않고 씻지도 않는데, 왜 하필 진주로 외로움을 달래려 하시는지요.'" 이 이야기와 시는 《경홍기驚鴻記·취각호회翠閣好會》와 《수당연의隋唐演義》 제79회에 나온다. 화악루는 흥경궁興慶宮 서남쪽에 있으며, 개원 2년에 지어졌다. 당명황은 뭇 형제들과 이곳에서 연회를 베풀고 즐겼다.

13 금옥金屋 : 비빈이 거하는 고귀한 집.

14 우직한 : 원문은 수졸守拙로, 세태에 융합하지 않고 우직함을 지킨다는 뜻이다.

15 붉은 끈 : 사랑의 끈, 인연의 끈. 남녀의 인연을 비유하는 말로, 원문은 홍사紅絲이다. 당唐·이복언李復言의 《속현괴록續玄怪錄》 권4 〈정혼점定婚店〉에 다음과 같은 내용이 실려 있다. "'주머니 속에 뭐가 있습니까?'라고 묻자 '붉은 끈이라네, 이것으로 부부의 다리를 묶으면, 그들이 살고 있는 동안은 몰래 서로를 연결해준다네. 비록 원수의 집안이나, 부유하거나 가난하거나, 하늘가에서 벼슬살이를 하거나 오吳와 초楚에 떨어져 있더라도, 이 끈으로 묶어두면 결국은 피할 수가 없다네.'라고 대답했다."

16 첫 번째 구는 대숙륜戴叔倫의 〈궁사宮詞〉(《당시유원唐詩類苑》 권156, 《전당시全唐詩》 권273 참조), 두 번째 구는 온정균溫庭筠의 〈요슬원瑤瑟怨〉(원래의 원문은 "벽천여수야운경碧天如水夜雲輕", 《만수당인절구萬首唐人絶句》 권29, 《당시유원》 권65, 《전당시》 권579 참조), 세 번째 구는 유부劉阜의 〈장문원長門怨〉(《전당시》 권472, 《당시유원》 권140 참조), 네 번째 구는 백거이白居易의 〈후궁사後宮詞〉(《만수당인절구》 권19, 《당시유원》 권156, 《전당시》 권441 참조, 왕건王建의 〈궁사宮詞〉 백수百首에도 등장)를 인용하였다.

17 자금紫禁 : 황제가 사는 곳. 궁금宮禁.

18 향로 덮개 : 훈롱薰籠, 훈로薰爐[향로]에 씌우는 바구니 모양의 덮개.

제19척

취화서각【서각絮閣】

등장인물	고역사高力士(축丑), 양귀비楊貴妃(단旦), 내시內侍, 당명황唐明皇(생生), 영신迎新(노단老旦)
배　　경	취화서각翠華西閣

(고역사가 등장한다.)

고역사　“소양전昭陽殿에 유폐된 후 봄 지나 가을인데,
비단옷 다 젖어도 눈물은 또 흐르네.
달 밝은 밤 같은 미인들,
남궁南宮은 가무歌舞에 북궁北宮은 수심愁心에 빠졌구나.”[1]
저는 고역사입니다. 예전에 사신으로 민월閩粤[2]에 갔다가 강비江妃를 간택하여 입궁시켰더니, 폐하의 총애가 대단하였답니다. 강비는 매화를 사랑했기 때문에, 매비梅妃[3]라는 호號를 하사받았고, 궁중에서는 모두 매화 마마라고 불렀습지요. 하지만 양귀비 마마께서 입궁하신 후로 날로 총애를 잃더니, 결국 상양궁上陽宮 동루東樓로 쫓겨나고 말았습니다. 그런데 어젯밤에 갑자기 폐하께선 병을 핑계로 취화서각翠華西閣에서 주무신다더니, 작은 태감을 파견하여 몰래 매화 마마를 불러오시지 않았겠습니까. 궁녀들에게는 귀비 마마의 귀에 들어가지 않도록 입단속을 시키고, 저에게는 취화서각 앞에서 망을 보면서 외부인이 함부로 드나들지 못하게 단속을 시키셨습니다. 이제 새벽이 밝아오고 있으니, 아마 매비 마마를 돌려보내실 테지요. 그래서 여기서 대기하는 중이랍니다.

(고역사가 살며시 물러난다.)

(양귀비가 등장한다.)

북황종北黃鐘 · 취화음醉花陰

양귀비 근심 걱정 분분한 마음 뜬눈으로 밤 지새고,
동이 트기 전 몰래 찾아왔노라.
평소엔 붉은 햇빛이 꽃가지 희롱하는 걸 보고서도,
나른한 봄잠을 몰아내지 못한 채,
수놓은 이불 깔고 누워 있었거늘,
하지만 오늘,
봉침鳳枕[4] 따위 급히 내팽개친 것은,
그 일을 가만히 내버려둘 수 없기 때문.

(고역사가 무대 한편에서 조용히 나타나 바라본다.)

고역사 아니, 저 멀리서 오고 있는 건 바로 양귀비 마마가 아니신가. 설마 소식이 새어나가기라도 했단 말인가? 지금 매비 마마는 아직 누각 안에 있으니, 어쩌면 좋담?

(양귀비가 도착한다.)

(고역사가 황급히 배알한다.)

고역사 노비奴婢[5] 고역사가 마마님께 고개 숙여 인사올립니다.

양귀비 상감 마마께선 어디 계시지요?

고역사 방안에 계십니다.

양귀비 안에 또 누가 있는지요?

고역사 아무도 없습니다.

양귀비 (냉소를 지으며) 방문을 여세요. 제가 들어가 봐야겠어요.

고역사 (당황하며) 마마, 부디 잠시만 앉아 보십시오.

(양귀비가 앉는다.)

고역사 노비가 마마께 알려드리겠습니다. 폐하께선 어제,

남화미서南畫眉序

고역사 열심히 정무를 보시다가,

갑자기 병이 나서 걱정을 끼치기 싫다고 하셨답니다.

양귀비 옥체에 병이 나셨다면, 왜 여기서 주무신 것일까요?

고역사 취화서각의 아름다운 경치와 호젓함을 좋아하시어,

잠시 휴식을 취하셨던 거랍니다.

양귀비 안에서 무얼 하고 계시나요?

고역사 용상에 누워,

마음의 피로를 씻고 계신답니다.

양귀비 환관님은 여기서 무슨 일을 하는 거구요?

고역사 사람들이 들어오지 못하게 옥문玉門을 지키고 있답니다.

양귀비 (화를 내며) 환관님, 설마 저도 들어가지 못하게 할 작정인가요?

고역사 (황급히 고개를 조아리며) 마마, 고정하시옵소서.

폐하께서 친히 내리신 명령이니,

노비가 어찌 감히 거역할 수 있겠사옵니까!

양귀비 (화를 내며) 쳇,

북희천앵北喜遷鶯

양귀비　허울 좋은 말로 속이려들지 마세요,

조곤조곤 잘도 농간을 부리시는군요.

고역사　노비가 감히 어찌 그러겠습니까?

양귀비　속이 탄다, 속이 타.

속이 타서 마음은 더 답답해지누나.

이제 잘 알겠어요. 환관님은 이제,

다른 사람이 눈에 들어와서,

그녀는 총애와 힘이 더 높으니 그녀를 믿고,

나는 총애를 잃고 운이 다했으니 나를 대놓고 속이시겠단 거죠.

(일어나며) 됐어요.

내가 직접 문을 두드릴 수밖에.

고역사　마마, 그냥 앉아계십시오. 노비가 문을 열라고 하겠습니다.

(큰 소리로) 양귀비 마마께서 납시었으니, 문을 여시오.

(양귀비가 자리에 앉는다.)

(당명황이 옷을 걸치고 내시를 이끌고 등장한 후, 귀를 기울인다.)

남화미서南畫眉序

당명황　무슨 일로 큰 소리로,

꿈 속을 헤매는 사람을 갑자기 깨우는가.

(고역사가 다시 소리친다.)

고역사　양귀비 마마께서 납시었으니, 어서 문을 여시오.

내　시　폐하, 양귀비 마마께서 납시었다고 하옵니다.

당명황　(어리둥절한 표정으로) 어이쿠,

이 춘광春光[6]이 새어나갔으니,

어떻게 해결한담?

내 시　문을 열어야 할까요, 말아야 할까요?

당명황　잠깐만 기다리거라.

(등을 돌려 방백하며) 매비더러 협막夾幕[7] 안에 잠시 숨어 있으라고 해야겠다.

(당명황이 급히 퇴장한다.)

내 시　(웃으며) 아이고, 상감 마마, 상감 마마.

황금옥黃金屋에 이렇게 미녀를 숨겨 두시다간,[8]

포도나무 시렁이 삽시간에 뒤집어질 것 같습니다.[9]

(당명황이 등장하여 탁자에 엎드린다.)

당명황　내시,

나는 침상에 누워 베개머리에 기대 잠든 척할 테니,

너는 가서 수환獸環[10]을 열거라.

내 시　알겠사옵니다.

(내시가 문을 연다.)

(양귀비가 곧장 들어와, 당명황을 배알한다.)

양귀비　폐하의 옥체가 편찮으시다는 소식을 듣고, 신첩 문안을 드리러 찾아 왔사옵니다.

당명황　과인이 갑자기 몸이 편치 않아, 미처 궁에 들어가지 못했소. 어째서 힘들게 새벽에 여기까지 왔소.

양귀비　폐하께서 병이 나신 까닭에 대해, 첩이 어느 정도 짐작이 가는 바가 있습니다.

당명황　(웃으며) 무어라고 생각하오?

북출대자北出隊子

양귀비　아마도 그리움에 얽매여,
그리운 사람 때문에 마음의 병이 도졌기 때문이겠지요.

당명황　(웃으며) 과인에게 귀비 말고 그리운 사람이 또 어디 있겠소?

양귀비　신첩의 생각엔 이제까지 폐하께서 사랑했던 사람 중에 매정梅精을 능가할 이가 없습니다. 그러니 폐하의 그리움을 달래기 위해, 그녀를 궁으로 불러오지 않을 이유가 어디 있겠습니까?

당명황　(깜짝 놀라며) 아, 그녀는 상양궁 동루에 있은 지 오래되었는데, 다시 불러들일 이유가 어디 있겠소?

양귀비　아마 작은 매화 가지를 몰래 훔쳐보던 동군東君[11]이,
매실로 갈증을 해소하고 싶어서였겠지요.

당명황　과인에게 그런 마음이 어디 있겠소.

양귀비　그런 것이 아니라면,
어쩌자고 진주 한 말을 보내 외로움을 달래주려 하셨습니까?

당명황　귀비는 괜한 의심 말구려. 과인은 어젯밤,

남적류자南滴溜子

당명황　갑자기 몸이 좀 안 좋아져서,
잠시 조용히 요양을 하려 했을 뿐이오.
난초蘭草 혜초蕙草같이 고운 마음[12]으로,
너무 넘겨짚으려고 하거나,
이유 없이 놀리지 마시오.
(하품을 하며 기지개를 키며)
정신이 허하니 응대하기도 피곤하고,

만나도 별로 할 말이 없구려.
부디 수레로 되돌아가,
잠이나 달게 주무시오.

(양귀비가 무언가를 발견한다.)

양귀비 아니, 침상 밑에 저것은 봉황 신발[13] 한 쌍이 아닌지요?[14]
(당명황이 급히 자리에서 일어나, 신발을 감추려고 한다.)

당명황 어디 말이오?
(당명황의 품에서 비취 머리장식이 떨어진다.)
(양귀비가 주워서 본다.)

양귀비 아니, 이번엔 또 비취 머리장식이로군요! 이건 모두 여인의 물건인데, 폐하께서는 혼자 주무셨다면서 도대체 이것들은 어디서 나왔답니까?

당명황 (쑥스러워하며) 정말 희한하구나! 이게 도대체 어디서 나온 건지, 과인도 모르겠소.

양귀비 폐하께서 모르실 리가 있겠사옵니까?
(고역사가 초조해한다. 당명황이 무대 한쪽에서 내시에게 작은 소리로 말한다.)

당명황 아이고, 큰일 났다. 비취 머리장식과 봉황 신발을 들켰으니, 귀비가 가만있지 않을 게야. 너희들은 급히 매비를 배웅하여라. 조용히 누각 뒤의 개구멍으로 나가서 동루로 되돌려 보내거라.

내 시 알겠사옵니다.
(내시가 당명황의 등 뒤로 살며시 물러난다.)

북점지풍北點地風

양귀비 폐하의 침대 삼엄하고 후궁後宮[15]은 먼데,

설마 선녀가 날아와 함께 밤을 보냈단 말인가요.

이 두 가지 증표[16]는 누가 떨어트린 것인지요?

(양귀비가 신발과 전합을 바닥에 내동댕이치자, 고역사가 조용히 줍는다.)

양귀비 어젯밤 잠자리에서 누가 폐하의 시중을 들었습니까?

어떻게 생겨먹은 붕우난교鳳友鸞交[17]였기에,

해가 삼간三竿[18]에 뜨도록 아직 조정에 나가지 않으십니까?

남들은 잘 알지도 못하면서,

못생긴 제가 임금님을 잡고 늘어지고 있다고 하겠지요.

어찌 짐작이나 하겠습니까,

또 다른 사랑의 둥지에서 환락에 빠져계실 줄을요!

폐하, 어서 조정에 나가 정무를 보십시오. 신첩은 여기서 궁으로 돌아오실 때까지 기다리겠습니다.

당명황 과인이 오늘은 병이 들어, 정무를 볼 수 없소이다.

양귀비 비록 호접몽胡蝶夢[19]의 여파로,

파도에 일렁이는 원앙새처럼,

춘정春情을 즐기다 쓰러져,

졸립고 눈앞이 몽롱하고 정신을 차리기 힘드시겠지만,

어찌 대전 앞에서 학수고대하는 군신들을 저버리려 하십니까!

(양귀비가 앞을 향해 등을 지고 선다.)

(고역사가 몰래 등장하여 당명황에게 귓속말로 속삭인다.)

고역사 매비 마마가 이제 떠나셨으니, 상감 마마께선 조정에 나가시면 됩

니다.

당명황 (고개를 끄덕이며) 귀비가 과인더러 정무를 보라고 설득하니, 억지로라도 나가볼 수밖에. 고역사, 여기 있다가 마마를 궁으로 바래다드리게.

고역사 알겠사옵나이다.

(황제의 명을 받은 고역사가 무대 안쪽을 향해 소리친다.) 가마를 준비하라.

(안에서 응답한다.)

당명황 "풍류風流[20]가 불러일으킨 풍류의 고통,

풍류객이 아니라면 결코 알지 못하리라."

(당명황이 퇴장한다.)

(양귀비가 자리에 앉는다.)

양귀비 환관님, 나를 속이고 참 훌륭한 일을 하셨군요. 내 하나만 묻지요. 이 비취 장식과 봉황 신발은 누구의 것이죠?

남적적금南滴滴金

고역사 마마, 부디 공연히 심려치 마시옵소서.

노비가 보기에 폐하와 귀비 마마께선,

백방으로 따르심이 참 드문 일입니다.

오늘 저 비취 장식과 봉황 신발은,

매정에 살던 옛 사랑의 것이라 생각하지 마시고,

육궁六宮에 있는 새 궁녀의 것이라 생각하시옵소서.

마마,

그냥 모른 체하시면 되는데,

왜 이렇게 힘들게 따지려 하시는지요.

노비가 감히 쓸데없는 말을 하는 것이 아니라, 요즘 조정의 신하들 중에 처와 첩을 거느리지 않은 사람이 어디 있습니까?
하물며 구중궁궐 폐하이신데,
하룻밤도 허용하실 수 없으신지요?

북사문자北四門子

양귀비 아아,
침상에서 다른 여자를 품지 말라는 게 아니에요.
제가 그렇게 속이 좁단 말인가요?
폐하께서 아침저녁 들락날락 올가미를 쳐두고,
사람을 단단히 속이신 것을 탓하는 거예요.

고역사 상감 마마께서 마마를 속이신 것은, 마마께서 애를 태울까봐 걱정하셔서 그랬던 거지, 다른 뜻이 있으셨던 것은 아닐 겁니다.

양귀비 만약 제가 애가 타는 게 걱정이셨다면,
애초에 그녀를 불러들이지 마셨어야죠.
어떻게 나쁜 구름마냥 다른 산으로 날아가려 하시는 걸까요.[21]
짐짓 매비를 버린 척하고,
몰래 다시 부르시다니,
구불구불 꼬인 속내를 도무지 알 수 없네요.[22]

(양귀비가 눈물을 닦으며 자리에 앉는다.)
(영신이 등장한다.)

영 신 아침 일찍 일어났더니, 마마가 안 보이시네. 분명 이 취화서각에 계실 터이니, 들어가 봐야겠구나.
(들어가서 양귀비를 발견하고 배알한다.) 아이고, 마마.

남포노최|南鮑老催

영 신　어인 까닭에 눈물을 흩뿌리며,

말없이 홀로 앉아 남몰래 속 태우고 계십니까?

(고역사에게 물으며) 태감나리,

누가 마마의 까칠한 성격을 건든 거랍니까?

고역사　(나지막한 목소리로) 그 이야기는 꺼내지도 말게나.

(몰래 비취 머리장식과 봉황 신발을 꺼내 영신에게 보여주며) 이 두 가지 물건을 보시고선, 이렇게 화가 나신 게야.

영 신　(웃으며, 나지막한 소리로) 그럼 그 분은요?

고역사　일찌감치 나갔다네.

영 신　상감 마마께서는요?

고역사　조정에 나가셨다네. 영신, 정말 잘 왔소. 마마를 설득해서 궁으로 모시고 가게.

영 신　알겠습니다.

(몸을 돌려 양귀비에게) 마마,

예쁜 눈썹 찡그리지 마시고,

눈물 자국 다 젖도록 울지 마시고,

고운 마음 애태우지 마시옵소서.

아침이 지나도록 조반朝飯도 들지 않고,

어찌 천금 같은 옥체를 쉬이 상하게 하시나요?

부디 궁으로 돌아가,

즐거운 웃음거리 찾아보셔요.

(안에서 "황제폐하 납시오."라고 외친다.)

(양귀비가 자리에서 일어선다.)

(당명황이 등장한다.)

당명황 “사랑할 때에는 교태가 끝이 없고,

정이 깊으니 질투 역시 대단하구나.

마음과 뜻을 다해,

눈앞에 있는 사람을 달래주리라.”[23]

과인은 하룻밤의 쾌락을 탐하다가, 오히려 큰 번뇌에 빠져버렸다. 귀비를 한 번 크게 혼내주고 싶지만, 도리어 귀비가 나더러 매비를 편애한다고 나무랄까봐 좀 참을 수밖에 없구나.

고역사, 귀비는 어디에 있는가?

고역사 아직 방안에 계십니다.

(영신과 고역사가 살며시 물러난다.)

(당명황이 양귀비를 발견한다. 양귀비는 돌아선 채로 말없이 눈물을 훔친다.)

당명황 아, 귀비, 어째서 얼굴을 가린 채 아무런 말이 없소?

(양귀비는 아무런 응답을 하지 않는다.)

당명황 (미소를 지으며) 귀비, 이제 근심걱정일랑 접어두고, 짐과 함께 화악루華萼樓로 가서 꽃구경이나 합시다.

북수선자北水仙子

양귀비 마, 마, 마, 말씀 좀 여쭙겠습니다, 화악루의 꽃[24]도,

아, 아, 아, 아마 동루의 꽃[25]보다 더 아름답지 않겠지요.

매, 매, 매, 매화 가지가 이미 봄을 먼저 차지했으니,

수, 수, 수, 수양버들[26]이 붙잡은들 무슨 소용 있겠나이까.

당명황 과인의 일편단심을, 설마 귀비는 아직도 몰라준단 말이오!

양귀비 청, 청, 청, 청컨대 폐하의 일편단심일랑 옛 벗에게 주시어,

부, 부, 부, 부디 첩이 매정하다는 원망을 듣지 않게 해주소서.
(무릎을 꿇고) 첩이 간직한 마음, 폐하께서 부디 귀 기울여주시옵소서.
(당명황이 양귀비를 일으켜 세운다.)

당명황 귀비, 할 말이 있으면 일어나서 하구려.

양귀비 (눈물을 흘리며) 신첩이 아무 이유 없이 과분한 총애를 받았음을, 제 자신도 잘 알고 있사옵니다. 만약 일찌감치 알아서 물러나지 않는다면, 저에 대한 헛소문과 비방이 날로 불어나, 어떤 화가 닥칠지 정말이지 예측할 수 없사옵니다. 그렇게 되면 폐하의 은덕도 좋은 끝을 볼 수 없고, 저의 죄악만 더욱 늘어날 것이옵니다. 지금은 다행히 신첩에 대한 폐하의 사랑이 아직 남아 있으니, 부디 내쳐주시기를 바라옵나이다. 폐하께옵서는 다른 사람을 어여삐 봐주시고, 신첩 따위는 그리워하지 마시옵소서.
(울며 절한다.)
지, 지, 지, 지난날 하늘처럼 높은 은혜 베풀어주신 폐하께,
작별 인사 올리나이다.
(비녀와 전합을 꺼내어) 이 비녀와 전합은 폐하께서 영원한 사랑을 약속하실 때 주신 것이니, 이제 폐하께 다시 돌려드리겠사옵니다.
기, 기, 기, 깊었던 사랑과 다정했던 마음일랑,
처음부터 도로 가져가주시옵소서.

당명황 그게 무슨 말이오?

양귀비 저, 저, 저, 저는 예전에 내려주신 은총을 다시 받을 수 없나니,
이런 복을 감당할 자격이 없사옵니다.

(양귀비는 슬픔으로 목이 메어 흐느낀다. 당명황이 양귀비를 감싸 안아 일으킨다.)

당명황 귀비, 어찌 그런 말을 하시오. 짐과 그대 우리 두 사람은,

남쌍성자南雙聲子

당명황 서로 사랑하고,
서로 사랑하니,
백년을 살아도 미워할 일 없을 것이오.
어찌 그런 말을 하시오,
어찌 그런 말을 하시오,
아무 이유 없이 헤어지자니.
모두 짐의 잘못이고,
모두 짐의 잘못이니,
부디 토라지지 마시오,
부디 토라지지 마시오.
(웃으면서 양귀비를 본다.)
그대가 이렇게 눈썹을 찌푸리며 눈물을 흘리니,
더욱 사랑스러워 보이는구려.

당명황 귀비, 비녀와 전합은 예전처럼 잘 간수해 두시오. 기왕에 꽃구경이 지겨워졌다면, 짐과 함께 서궁西宮으로 가서 한담이나 나눕시다.

양귀비 폐하께서 정녕 첩을 버리지 않으신다면, 신첩에게도 무슨 할 말이 있겠나이까.
(양귀비가 금채와 전합을 소매에 넣고, 가슴에 두 손을 모아 당명황에게 절한다.)

북미살北尾煞

양귀비 금채와 전합을 받아 다시 잘 간수해두고,
오늘밤 부용장芙蓉帳 안에서 뜨거운 밤을 보내며,[27]
영원한 사랑을 맹세하실 때의 그 마음 다시 보여주시어요.

(당명황이 양귀비의 손을 잡고 나란히 퇴장한다.)
(고역사가 다시 등장한다.)

고역사 폐하께서 마마와 함께 궁으로 들어가셨군요. 저는 그럼 이제 이 비취 머리장식과 봉황 신발을 매비 마마에게 돌려드리러 가야겠습니다.

하장시下場詩 19[28]

고역사 들쑥날쑥 버들 그림자 드리워진 비췻빛 누각에, 사마찰司馬札
군왕의 옥 수레가 한참을 머물러 있구나. 전 기錢 起
귀비 마마 이다지도 샘이 많은 걸 어찌 알았으랴, 단성식段成式
여전히 불어오는 봄바람에 근심걱정이로다. 나 은羅 隱

주

1 소양전昭陽殿에 ~ 빠졌구나 : 배문태裴文泰의 시 〈장문원長門怨〉에 "장문궁에 갇힌 지 어언 몇 해가 지났건만, 비단옷은 다 젖어도 눈물이 괜히 흐른다. 똑같은 눈썹달 빛나는 이 밤, 남궁에서는 노래하고 피리 부는데 북궁에서는 수심에 잠겨 있네.(自閉長門幾經秋, 羅衣濕盡淚空流. 一種蛾眉明月夜, 南宮歌管北宮愁.)"라고 노래하였다.(《당시유원唐詩類苑》 권140, 《전당시全唐詩》 권472, 《만수당인절구萬首唐人絶句》 권27 참조.)

2 민월閩奧 : 복건福建과 광동廣東.

3 매비梅妃 : 《매비전梅妃傳》에 "개원 연간 고역사가 후비를 고르기 위해 민월閩粵에 사신으로 갔다가 그녀를 보니 나이가 어리고 아름다워 간택하여 데려왔다. 당명황을 모시며 큰 총애를 받았다. … 그녀는 매화를 좋아하여 거처에 울타리를 치고 매화나무 몇 그루를 심었고, 황제는 '매정梅亭'이라고 써주었다. … 황제는 그녀가 매화를 좋아하는 까닭에 '매비'라고 불렀다."는 기록이 있다. 《매비전》은 비록 《전당문全唐文》에 수록되어 있지만 남송대南宋代 사람이 사실과 무관하게 창작한 작품으로, 매비라는 인물은 존재하지 않았다. 상세한 내용은 노조음盧兆蔭의 〈매비기인변梅妃其人辨〉(중화서국 편中華書局編, 《학림만록學林漫錄》 권9집)을 참조할 만하다. 또한 《장생전》 이후에 등장한 청清·양정남梁廷枏의 잡극雜劇 《강매몽江梅夢》에서 매비를 주인공으로 다루고 있다.

4 봉침鳳枕 : 아름다운 베개.

5 노비奴婢 : 내시가 황제의 앞에서 자신을 낮추어 부르는 말.

6 춘광春光 : 남녀의 은밀한 소식. 주로 성적인 것을 가리킨다.

7 협막夾幕 : 이중으로 된 장막. 옛날 청당廳堂[대청]과 낭무廊廡[회랑]에 걸어두던 장막.

8 황금옥黃金屋에 ~ 두시다간 : 원문은 '황금옥임양장교黃金屋恁樣藏嬌'으로, 한무제漢武帝의 전고를 이용하였다.

9 포도나무 ~ 같습니다 : 포도나무 시렁이 뒤집어진다는 말은 송원宋元 이후에 등장한 숙어로, 남녀관계에서 크게 화를 내거나 질투하는 것을 비유하는 말이다. 《소림광기笑林廣記》에 다음과 같은 이야기가 나온다. 한 하급관리가 하루는 부인에게 맞아서 얼굴이 찢어졌다. 다음날 관청에 나가자 태수가 그를 보고 어떻게 된 일인지 묻자, 관리는 임기응변을 발휘하여 "밤중에 바람을 쐬다가, 시렁이 뒤집어져서 긁혔습니다."라고 대답했지만, 그 말을 믿을 수 없었던 태

수는 "필히 부인에게 맞아서 찢어진 것이니, 관청의 심부름꾼을 보내 잡아오게 하라."고 명령했다. 그런데 부인이 별당에서 그 말을 엿듣고 있다가 버럭 화를 내며 별당 밖으로 나왔다. 태수는 놀라서 관리에게 "너는 잠시 물러나 있으라. 우리 관아 안채에도 포도시렁이 뒤집어졌구나."라고 말했다.

10 수환獸環 : 궁문을 장식하는 장식품. 구리나 쇠로 동물의 머리모양을 만들어 대문에 붙인 문고리로, 문을 비유하는 말로 쓰인다.

11 동군東君 : 봄과 꽃을 주관하는 신, 태양의 신. 당명황을 가리킨다.

12 난초蘭草 혜초蕙草같이 고운 마음 : 원문은 난심혜성蘭心蕙性이다. 난초와 혜초는 꽃이 피면 향기가 맑고 담담하여, 인품이 고상하고 행동이 우아한 여성을 비유하는 말로 쓰인다. 혜초는 혜란, 영릉향이라고도 부른다. 난초의 하나로, 잎은 난초보다 길고 뻿뻿하며, 꽃은 늦은 봄에 한 줄기에 열 개 가량씩 핀다. 꽃의 빛깔은 조금 부옇고 향기는 난초보다 못하다.

13 봉황 신발 : 봉혜鳳鞋. 봉황을 수놓은 여성용 신발.

14 침상 밑에 저것은 봉황 신발 한 쌍이 아닌지요 : 《매비전梅妃傳》에 다음과 같은 전고가 있다. "태진이 크게 화를 내며 말했다. '안주와 과일이 어지러이 놓여있고, 침상 밑에 여인의 신발이 있으니, 밤에 누가 와서 폐하의 시침을 들었답니까. 얼큰하게 술이 취해 해가 떠도 조정에 나가지 않으셨지요? 폐하께서는 나가서 군신들을 만나보십시오. 첩은 이만 이 누각에서 가마를 타고 돌아가겠습니다.'"

15 후궁後宮 : 후비가 사는 궁전.

16 증표 : 원문은 신물信物로, 증거물, 신표信標를 의미한다.

17 붕우난교鳳友鸞交 : 부부간의 즐거움. 남녀의 사랑.

18 삼간三竿 : 해가 세 길이나 떠올랐다는 뜻으로, 날이 밝아 해가 벌써 높이 뜸을 이르는 말. 비슷한 말로 일고삼장日高三丈, 일고삼척日高三尺이 있다.

19 호접몽胡蝶夢 : 당명황과 매비와 꿈속에서 한 쌍의 나비처럼 날아다니며 즐긴 것을 비유한 말이다.

20 풍류風流 : 남녀의 정사나 색정.

21 나쁜 구름마냥 ~ 걸까요 : 구름은 당명황을, 다른 산은 매비를 가리킨다. 당명황이 멈추지 않는 나쁜 구름처럼, 언제나 다른 여자를 생각하는 것을 의미한다.

22 구불구불 ~ 없네요 : 농간을 부리거나 꾀를 써서 그 마음을 알기가 힘들다는 뜻이다.

23 마음과 ~달래주리라 : 원문은 "차장개중의且將個中意, 위취안전인慰取眼前人."이다. 원진元稹의 《앵앵전鶯鶯傳》에 "옛 마음을 되돌려, 눈앞에 있는 사람을 사

랑하네.(還將舊時意, 憐取眼前人.)"라는 구절이 있다.

24 화악루의 꽃 : 양귀비 자신을 가리킨다.

25 동루의 꽃 : 상양궁上陽宮 동루의 매비梅妃를 가리킨다.

26 수양버들 : 양귀비를 가리킨다. 원문은 녹양綠楊이다.

27 오늘밤 부용장芙蓉帳 안에서 뜨거운 밤을 보내며 : 원문은 "도부용장난금소度芙蓉帳暖今宵."이다. 〈장한가長恨歌〉에 "부용장에서 뜨겁게 오늘 밤을 보내네.(芙蓉帳暖度今宵.)"라는 구절을 참고하였다.

28 첫 번째 구는 사마찰司馬札의 〈궁원宮怨〉(《만수당인절구萬首唐人絶句》 권34, 《전당시全唐詩》 권596 참조), 두 번째 구는 전기錢起의 〈장신원長信怨〉(《당시유원唐詩類苑》 권140, 《전당시》 권349 참조), 세 번째 구는 단성식段成式의 〈한궁사韓宮詞〉(《만수당인절구》 권29, 《전당시》 권584 참조), 네 번째 구는 나은羅隱의 〈류柳〉(《당시유원》 권193, 《만수당인절구》 권36, 《전당시》 권663 참조)를 인용하였다.

제20척

척후병의 보고【정보偵報】

등장인물 곽자의郭子儀(외外), 중군관中軍官(말末), 군졸 4인(雜), 척후병(소생小生)

배 경 영무靈武 곽자의의 막사

(곽자의가 말末이 분한 중군관中軍官[1]과 칼과 몽둥이를 든 네 명의 군졸을 대령하고 등장한다.)

곽자의 "험준한 국경에 나와 철옹성을 지키다가,
풍문에 전하는 변방의 소식에 간담이 서늘해진다.
나라를 걱정하는 마음 그 얼마인지,
흰머리 네댓 가락 새로 솟았다."

하관下官 곽자의는 외람되이 성은을 입어, 영무靈武[2] 태수太守[3]로 발탁되었습니다. 전에 장안에서 안녹산을 보았더니 반역자의 상을 하고 있어서, 그가 나쁜 마음을 품고 있음을 짐작했습니다. 그런데 뜻밖에도 폐하께서 그를 범양範陽으로 보내 변경을 지키게 하셨으니, 필시 호랑이를 풀어 산으로 돌려보낸 격이 분명합니다. 게다가 이민족 장군들로 대체할 것을 허락하셨으니, 단번에 이빨과 손톱을 달아준 꼴입니다. 하관은 천덕군天德軍[4]의 직위에

오르고부터, 밤낮 걱정이 이만저만 아닙니다. 이곳 영무는 수도를 방위하는 요충지[5]이니, 물샐틈없이 방어해야 합니다. 이미 유능한 척후병을 파견하여 범양에 정탐을 보냈으니, 그가 돌아오면 내막을 알 수 있을 것입니다.

쌍조야행선雙調夜行船

(소생小生이 척후병으로 분하여, 작은 홍기紅旗[6]를 들고 등장한다.)

척후병 유성流星처럼 빠르고 번개처럼 민첩한 두 다리로,
변방의 사정을 속속들이 정탐하고,
급히 연산燕山[7]을 떠나,
벌써 영무에 다다랐네.
(들어가 곽자의에게 인사하고, 한쪽 다리를 꿇고 고개 숙여 인사한다.)
태수님께 천둥처럼 큰 소리로 인사 올립니다.

곽자의 척후병, 돌아왔는가?

척후병 소인은,
"'영令'자 적힌 작은 홍기 어깨에 메고,
밤낮 바람처럼 신속하게 달렸나이다.
변경의 관문에서 몇 가지 사건 정탐하였으니,
처음부터 낱낱이 주군님께 보고드리겠나이다."

곽자의 문을 닫으라.
(중군관과 군졸들이 문을 닫고 퇴장한다.)

곽자의 척후병, 정탐을 해보니 안녹산의 군정軍情은 어떠하던가? 또 병력

은 어떠하던가? 앞으로 와서, 자세히 들려주게나.

척후병　나리께 아뢰나니 들어보십시오. 소인이 범양의 주둔지에 당도했더니,

교목어喬木魚

척후병　백설 같은 창과 칼을 들고,
철갑 기병이 진영에 빼곡하게 도열하니,
거대한 호령號令 소리 귀신도 벌벌 떨게하고,
궁중에 계신 폐하의 존엄은 나몰라라하며,
변방에 있는 장군의 위풍만 뽐냈습니다.

곽자의　저 안녹산이란 작자는 변방에서 요즘 무슨 작당을 꾸미고 있더냐?

경선화慶宣和

척후병　그는 저 오랑캐 장군으로 바꿔달라고 요청하고서는,
그 한족 장군들을 철수시키고,
사방에 심복들을 쫙 깔아놓았습니다.
매일 말 달리고 활 쏘고 사냥솜씨 겨루며,
군대의 위력을 과시하고,
과시하였습니다!

곽자의　또 무슨 짓을 하더냐?

낙매화落梅花

척후병　그 도적놈의 행적은 정녕 변화막측하고,

그 역적의 심보는 몹시 방자하고 괴이했습니다.
뭇 오랑캐들을 회유하여 은밀하게 작당을 하는 것도 모자라,
사방에서 망명자들을 사사로이 불러들이니,
소굴 안은 흉악한 역적들로 가득했습니다.

(곽자의가 깜짝 놀란다.)

곽자의 아니, 이런 일이 있는데도, 설마 조정에 계신 전하께 아무도 상주하지 않았단 말인가?

척후병 들은 바에 의하면, 한 달 전에 장안의 어떤 사람이 안녹산의 역적 모의에 대해 고발을 하자, 폐하께선 비밀리에 사신을 파견하여 범양에 보내 그 동정을 살피게 하셨습니다. 그런데 안녹산은 그 사신을 보고서는,

풍입송風入松

척후병 매우 조심스럽고 공손한 태도로 어리바리한 척하면서,
돈을 진탕 발라서 간사함을 엄폐하였답니다.
그는 사신 하나를 속이고 가슴 가득 기쁨에 젖었고,
사신은 돌아가 반역의 행적은 모두 은폐한 채 보고하였답니다.
이리하여 폐하께서는 조금의 의심도 없이 그를 신임하게 되셨고,
도리어 안록산의 반역을 고발했던 사람을 안녹산의 군대로 보내 처벌받게 하셨습니다.
그의 오만과 횡포를 마음대로 내버려두시니,
누가 감히 다시 입과 혀를 놀리겠습니까?

곽자의 (탄식하며) 그렇다면 어쩌면 좋겠는가!

척후병 일전에 양국충 승상이 또다시 상주문을 올려, 안녹산의 반역행위가 확연해졌다고 말하며, 상감폐하께 속히 주멸해주실 것을 요청했습니다. 그러자 안녹산은 그 상주문을 보더니,

발불단撥不斷

척후병 두 다리를 비틀거리고,
입은 탄식을 내뱉으며,
정신은 안절부절 못하고,
마음은 덜컥 겁을 먹었답니다.
하지만 뜻밖에도 성지聖旨에 이르기를, 안녹산은 성실한 사람이니 양승상은 의심할 필요가 없다고 하셨답니다. 안녹산은 이 소식을 듣고, 와하하 크게 웃으면서,
이간질하는 저 신하가 나를 어떻게 할쏘냐며 비웃고,
폐하의 측근인 간신을 주멸하기로 이를 악물고 맹세하고,
노발대발 속히 이 원수를 말끔히 갚겠다고 하였답니다.

곽자의 아, 안녹산이 폐하의 측근인 간신을 주멸하려고 하다니, 이게 반란이 아니면 무엇이냐? 잠깐, 그런데 양승상의 그 상주문은 왜 관보官報[8]에 보이지 않느냐?

척후병 그것은 밀본密本이기 때문에 원래 사본을 발부하지 않습니다. 하지만 양국충이 안녹산을 자극하여 속히 반란을 일으키게 하려고, 특별히 당보塘報[9]를 시켜 사본을 발송하였던 것입니다.
(곽자의가 분노한다.)

곽자의 아아, 밖에는 역적 번진藩鎭[10]이 있고, 안에는 간신 재상이 있다니, 머리카락이 삐쭉삐쭉 치솟는구나.

척후병　소인이 또 들은 바에 따르면, 안녹산이 근래에 말을 헌상한 사건이 있는데, 이 경우는 더 심각합니다!

이정연헐박살離亭宴歇拍煞

척후병　그는 본래 시랑豺狼[11]의 본성 드러낼 날을 기다리며,
남몰래 나라를 탈취할 꿈에 부풀어 있었습니다.
화류마驊騮馬[12]를 헌상한다는 빌미로,
그 새를 틈타 무력으로 침략할 것입니다.

곽자의　말을 헌상한다니? 자세하게 말해보아라.

척후병　그는 하천년何千年을 보내 표문表文을 바쳐, 삼천 필의 말을 헌상하겠노라고 상주하였는데, 말 한 필마다 두 명의 사병, 또 두 명의 말몰이꾼과 한 명의 추목芻牧[13]이 따라갑니다. 도합 삼천에 다섯을 곱해, 일만 오천 명이 호송하여 경사로 들어가는 겁니다.
길을 가득 메운 강포한 병사와 사나운 말들이,
북적북적 소란을 피우면 어떻게 막을 수 있겠습니까!
시끌벅적 난동을 부리면 진압하기 어려울 것이고,
우시글득시글 분란을 일으키면 누가 막을 수 있겠습니까.
병사들이 경기京畿[14]로 진입하고,
야생마들이 성궐城闕[15]에 들이닥치면,
장안이 혼란에 빠지지 않겠습니까!

곽자의　(짬짝 놀라며) 하, 끝장이다. 이 계책이 만약 실행에 옮겨진다면, 서경西京 장안은 위험에 처할 것이다.

척후병　그 상주문은 방금 올라갔기 때문에, 아직 폐하의 윤허를 얻지는 못했습니다. 하지만 안녹산,
그는 반드시 황제를 기만하고,

교활하게 흉계를 부리고,
음험하게 계략을 쓸 것입니다.
설령 말굽은 내달리지 않고 있어도,
승냥이 같은 본성은 길들이기 어려우니,
전쟁의 북소리 어양漁陽을 향해 울릴 때가 임박했습니다.
나리,
백우白羽[16]가 전달된 후에 준비를 시작해서는 아니 되옵니다.
소신은,
홍기를 흔들며 다시 승전보를 알릴 준비를 하겠습니다.

곽자의 잘 알았노라. 그대에게 술 한 단지, 양 한 마리, 은화 오십 냥을 상으로 내리고, 한 달간 부역을 면제해 주겠노라. 그럼 이제 가보아라.

척후병 (고개 숙여 인사하며) 나리, 감사합니다.

곽자의 여봐라, 문을 열어라.
(군사들이 응답하고 등장하여 문을 연다.)
(척후병이 퇴장한다.)

곽자의 중군관中軍官!
(중군관이 응답한다.)

곽자의 군사들에게 명령을 전하여, 내일 연병장에서 무예를 연마하게 하고, 술자리를 준비하여 포상하도록 하라.

중군관 명 받들겠습니다.
(중군관이 먼저 퇴장한다.)

화류驊騮 엽전

하장시下場詩 20[17]

곽자의 말 타고 어양으로 떠났던 척후병 몇이 돌아와, 두 목杜 牧

팔진八陣[18]을 펼치고 풍뢰風雷[19]를 부린다고 한다. 유우석劉禹錫

흉중에 변방을 평정시킬 별도의 계책 품고서, 조 당曹 唐

군령軍令을 내려 술 몇 잔 들게 하리라. 두 보杜 甫

주

1 중군관中軍官 : 중군관은 중군장관中軍將軍의 약칭으로, 사령관이나 지휘부를 가리킨다. 중군은 전란에서 가운데 위치하는 군대이다. 고대 행군行軍은 좌左·중中·우右 혹은 상上·중中·하下 삼군三軍으로 나뉘고, 주장主將[사령관]이 있는 중군에서 발호시령한다. 중군은 경사京師의 군대를 가리키기도 하며, 청대淸代 총독總督·순무巡撫 아래 군통수권을 지닌 표標[표, 청대 육군 편제 가운데 하나로 지금의 연대에 해당함] 아래의 통령관統領官[청대 말기의 무관으로 오늘날의 여단장에 상당함]을 중군이라 부른다.

2 영무靈武 : 지금의 영하寧夏 영무靈武 서북쪽에 있다.

3 태수太守 : 고대 지방 최고 행정 장관.

4 천덕군天德軍 : 당대唐代 서북부 일부를 관할하던 군대, 당시 곽자의가 통솔하던 군대를 가리킨다. 천덕군의 초기 명칭은 대안군大安軍[혹은 천안군天安軍]으로, 당唐 관내도關內道[고 옹주古雍州에 해당, 27개 주州, 135개 현縣을 관할하였는데, 관할지는 지금의 섬산陝山 진령秦嶺 이북, 영하寧夏 하란산賀蘭山 동쪽, 내몽고 호화호특呼和浩特 시 서쪽, 음산陰山과 낭산狼山 이남의 하투河套 지역이다.]의 풍주豐州에 예속되어 있었다. 두 지방관청은 지금의 내몽고 파언뇨이巴彦淖爾시 음산산맥陰山山脈 남록南麓에 있는데, 전투前套 지역의 진무군振武軍과 함께 중만당中晩唐 시기(755-907) 당나라 북방 변경의 중요한 군사기구였다. 안사의 난 후에, 회흘한국回鶻汗國은 당나라에 큰 위협이 주지 않았기에, 천덕군과 진무군의 방어 임무는 그다지 중요하지 않았고, 주둔군의 숫자도 서북지역의 서투은천西套銀川 평원보다 적었다. 회흘回鶻[위구르족]이 당나라에 미치는 위협이 토번吐蕃보다 심하지 않았기 때문이다. 최초의 천덕군 절도사는, 911년 오대五代 후량後梁 시기에 등장한다.

5 수도를 방위하는 요충지 : 원문은 고굉중지股肱重地이다. 고굉股肱의 원래 다리와 팔이란 의미로, 유능한 보좌관을 비유하거나 수도나 중심지 혹은 그와 밀접한 관련이 있는 지방을 가리킨다. 중지重地는 중요한 곳, 요충지이다.

6 홍기紅旗 : 군기軍旗.

7 연산燕山 : 범양의 관할구역. 하북평원河北平原 북쪽에 있다. 조백하곡潮白河谷으로부터 산해관山海關에 이르기까지 대체로 동서향을 띤다. 길이는 300여km이다. 습곡褶曲 단층산에 속한다. 해발은 400-1000m이다. 북으로는 칠로도산七老圖山, 노로아호산努魯兒虎山에 접하고, 남으로는 하북평원에 접하며, 고도의

차이가 크다. 산을 가로지르는 난하灤河에 의해 협곡이 희봉구喜峰口가 생성되고, 조하潮河에 의해 고북구古北口 등이 형성되었다. 예로부터 남북교통의 요지가 되어왔다. 군사적 측면에서도 주요한 위치를 차지하고 있으며, 고대와 근대에 걸쳐 많은 전쟁이 일어났다.

8 관보官報 : 원문은 저초邸抄로, 저보邸報라고도 부르며, 관방官方에서 정기적으로 발포하던 정치정세에 대한 통보서이다. 한당漢唐 시대의 지방장관은 경사에 저邸를 설치하였으며, 이곳에서 조령詔令, 주장奏章, 관리의 임면任免 등에 대한 정치 소식을 전하여 베끼고, 다른 번진에 보고하였다. 청대에도 이를 설치하였다.

9 당보塘報 : 긴급 군사 정보를 전달하는 사람.

10 번진藩鎭 : 당나라 중기에 변경과 중요 지역에서 그 지방의 군정을 관장하던 절도사 또는 그 군진軍鎭.

11 시랑豺狼 : 승냥이와 이리처럼 흉악하고 잔인한 마음.

12 화류마驊騮馬 : 색이 화려하고 붉은 준마. 원래 주周 목왕穆王의 팔준八駿[적기赤驥, 도려盜驪, 백의白義, 유륜逾輪, 산자山子, 거황渠黃, 화류驊騮, 녹이綠耳] 가운데 하나였다.

13 추목芻牧 : 가축을 기르는 사람. 추芻는 꼴을 먹여 가축을 기르는 것이고, 목牧은 가축을 방사하여 기르는 것이다.

14 경기京畿 : 수도와 그 부근 지역, 천자의 직할지.

15 성궐城闕 : 대궐이나 궁성의 문. 임금이 거처하는 궁궐. 도성 전체.

16 백우白羽 : 우격羽檄. 새의 깃털을 꽂아 긴급을 요하는 공문이나 군대를 징집하는 문서.

17 첫 번째 구는 두목杜牧의 〈과화청궁절구過華清宮絕句〉 3수首 중의 제2수(《만수당인절구萬首唐人絶句》 권32, 《전당시全唐詩》 권521 참조), 두 번째 구는 유우석劉禹錫의 〈강릉엄사공견시여성도무상공창화인명동작江陵嚴司空見示與成都武相公唱和因命同作〉(《당시유원唐詩類苑》 권69, 《전당시》 권359 참조), 세 번째 구는 조당曹唐의 〈우림가중승羽林賈中丞〉(《당시유원》 권47, 《전당시》 권640 참조), 네 번째 구는 두보杜甫의 〈제장諸將〉 5수 중의 제5수(《당시유원》 권47, 《전당시》 권230 참조)에서 인용하였다.

18 팔진八陣 : 과거의 군사軍事 진법陣法. 여덟 가지 진형陣形의 변화, 구군九軍의 팔진법八陣法을 가리킨다.

19 풍뢰風雷 : 광풍과 우레. 맹렬한 힘, 거대한 힘.

제21척

목욕을 훔쳐보다【규욕窺浴】[1]

등장인물	궁녀宮女 1(축丑), 궁녀 2(부정副淨), 당명황唐明皇(생生), 양귀비楊貴妃(단旦), 영신迎新(노단老旦), 염노念奴(첩帖), 내시內侍 2인, 수레꾼(잡雜)
배 경	여산驪山 온천전溫泉殿

선려입쌍조仙呂入雙調 · 자자쌍字字雙

(축丑이 궁녀 1로 분하여 등장한다.)

궁녀 1 소싯적부터 타고난 천연의 미모,
꽃 같은 얼굴[2]은,
궁녀들 무리에서 내가 제일.
궁전을 청소하다,
우연히 계단에서 만난 젊은 태감太監,
마구 치근덕대기에,
손을 뻗어 바지춤을 더듬어보니,
텅 비어 있구나.

궁녀 1 "나는 궁녀 중에 으뜸,

참한 걸로는 따라올 사람이 없지.
빰에는 분가루 얼룩덜룩 떡칠하고,
입술엔 연지를 덕지덕지 처발랐지.
요염한 눈동자[3] 구리방울 같고,
휘우듬한 눈썹 먹줄을 친 듯 꼬불꼬불.
손가락은 열 개의 절굿공이,
옥체는 온통 굵고 까무잡잡하지.
허리는 열 뼘[4] 소나무 토막이고,
발[5]은 반쪽 거룻배[6] 같지.
양귀비 마마께서는 영리한 나를 아끼시어,
예상霓裳의 예인으로 뽑아주셨지.
하지만 목청이 너무 우렁차서,
노래할 땐 입에서 벼락이 치고,
몸집은 또 너무 육중해서,
춤을 추다 어연御筵의 객석을 들이박아 뒤엎어버렸지.
황제폐하께서 보고 버럭 화를 내시면서,
자제子弟[7]의 명부에서 빼버리셨지.
그 즉시 여산驪山으로 발령받아,
온천전溫泉殿에 파견되어 시봉侍奉하고 있지.
어제 폐하께서 임행臨幸[8]하여,
양귀비 마마와 함께 화청궁에서 잠시
묵고계시지.
함께 목욕하러 탕지湯池[9]에 오신다는
유지諭旨가 내려와,
청소하고 배치하고 정돈한다지."

화청지

말이 끝나기도 전에, 저기서 궁녀 하나가 오고 있구나.

안아무雁兒舞

(부정副淨이 궁녀 2로 분하여 등장한다.)

궁녀 2 흘러간 청춘,
후궁의 노처녀,
부질없이 발을 동동 구르며 가슴을 쾅쾅 쳐본들,
이 괴로움 알아줄 이 뉘 있으랴.
한 평생 애써본들 서방님이 없으니,
외로이 날아가는 한 마리 기러기 춤[10]이나 춰볼까.

(궁녀 1이 인사한다.)

궁녀 1 언니, 기러기 춤은 무슨 기러기 춤이에요! 요즘 폐하께서는 양귀비 마마의 '예상무霓裳舞'가 생긴 후로는, 매비 마마의 '놀란 기러기 춤'[11]도 좋아라하지 않으신단 말예요.

궁녀 2 그러게 말이야. 나는 원래 매비 마마의 궁녀였어. 우리 매비 마마께서 취각翠閣에서 분을 참고 돌아오더니, 병이 들어 그만 돌아가셨어.[12] 그래서 이제 여기로 파견된 거야.

화청지

화청지

궁녀 1　그런 일이 있었군요. 양귀비 마마는 시샘이 대단하시니, 우리들은 은총을 받을 날이 올 거란 꿈도 꾸지 말아요.

궁녀 2　그러게 말야.

궁녀 1　상감 마마께서 장차 당도하실 테니, 같이 잠시 바깥에 나가서 대기해요.

(궁녀 1과 궁녀 2가 퇴장하는 시늉을 한다.)

(말末과 소생小生이 내시로 분하여, 당명황, 양귀비, 영신, 염노를 인도하여 등장한다.)

우조근사羽調近詞 · 사계화四季花

당명황　우아하고 신비로운 별전別殿[13]의 풍경,
화려한 장식의 대들보 옆,
주렴 밖으로,
비가 걷히고 구름이 나부끼누나.
구불구불 저 멀리,
굽이굽이 붉은 난간이 그림 같은 시냇물 에워싸고.
층층이 주랑이 펼쳐져 저 비췻빛 산에 이어지는데,
홍장紅牆을 돌아,
옥문玉門[14]을 통과하노라.

내시들　황제폐하께 아뢰옵니다. 온천전溫泉殿에 도착하였사옵니다.

당명황　내시들은 물러가거라.

(내시들이 퇴장한다.)

당명황　귀비,
보시오, 맑은 도랑물 구불구불 흘러내려,
큰 물결 회오리치고 잔물결 퍼져가오.

향긋한 온천수는 흰 살결을 부드럽고 매끄럽게 해줄 것이오.
짐은 귀비와 온천욕을 할 것이다.
(영신과 염노가 당명황과 양귀비의 겉옷을 벗긴다.)

당명황 귀비여,
그대가 천천히 구름옷[15]을 벗자,
영롱한 진주빛깔 고운 옥체가 드러나는구려.
나도 모르게 그대를 마주하고,
그대를 사랑하고,
그대를 안고,
그대를 쳐다보고,
그대를 어여삐 여기게 되오.

(당명황이 양귀비의 손을 잡고 함께 퇴장한다.)

영 신 염노야, 상감 마마 좀 봐. 저렇게 부부금슬이 좋으니, 정말 부러워 죽겠어.

염 노 누가 아니래요.

봉채화락색鳳釵花絡索

영 신 **금봉채金鳳釵**
꽃피는 아침엔 포근히 안아주고,
달뜨는 밤에 어깨를 기대면서,
사랑의 달콤함 마음껏 맛보시네.

영신·염노 **승여화勝如花**
언제나 서로 그림자와 몸처럼 붙어 다니시니,
칼로 물을 자르듯 갈라놓을 수 없다네.

취부귀醉扶歸

언제나 다정하게 항상 끔찍이 따르시나니,

창자와 위장처럼 하나가 된 두 사람.

오엽아梧葉兒

은밀한 사랑은 입으로 말하기 힘들고,

침상에서의 일[16]은 글로 적을 수 없고,

끈끈한 사랑은 그칠 날이 없으리.

영 신　염노야, 너랑 나는 마마를 수년간 모셔오면서, 고운 얼굴은 보았지만 옥체는 아직 훔쳐본 적이 없잖아. 오늘 한번 문창살 틈새로 한번 훔쳐보면 어떨까?

염 노　좋고말고요.

(영신과 염노가 함께 안을 훔쳐본다.)

함 께　**수홍화**水紅花

살그머니 훔쳐보니,

쭉 뻗은 늘씬한[17] 옥체,

마치 물결위에 둥실둥실 떠오른 연꽃이,

이슬방울 머금은 채 고운 빛깔 뽐내는 것 같아.

완계사浣溪紗

유연한 손목으로 향과 기름 씻어내고,

부드러운 허리는 투명한 물결에 출렁출렁.

염 노　**망오향**望吾鄕

꽃구름처럼 눈부신 몸,

백설이 스며든 피부.

영 신　**대승낙**大勝樂

하나의 가슴골에 부드럽게 솟아오른 한 쌍의 꽃망울,

영 신　춘정을 담아둔 작은 사향 배꼽.

염 노　**방장대傍裝臺**

사랑스러워라,

빨간 수건 갈라진 틈으로,

살며시 드러난 은밀한 곳.

영신 언니, 상감 마마 좀 보세요.

해삼정解三酲

눈을 떼지 못한 채,

팔성감주八聲甘州

저렇게 계속 웃음만 짓는 모습,

바보천치 같으세요.

함 께　**일봉서一封書**

우리 궁녀들 훔쳐보다가 혼이 빠졌다고 비웃지 말지니,

자주 보는 저 임금님도 흥분해서 어쩔 줄 모르시니까요.

영 신　**조라포皂羅袍**

춘천春泉을 뒤집어 말려버리지 못해 안타까운지,

염 노　옥산玉山을 씻어서 무너트리지 못해 한스러운지,

영 신　달콤한 어깨를 끊임없이 쪽쪽 소리 내어 빨면서,

염 노　가녀린 허리를 자꾸만 꼬옥 끌어안으시네요.

영 신　**황앵아黃鶯兒**

우리 마마께서도 아무 말 없이 웃음을 머금은 채 다정하게 바라보시누나.

염 노　기분 좋게,

월아고月兒高

온천수와 봄바람에,

천천히 흔들리는 모습이 마치 술에 취하신 것 같아요.

영 신　**배가排歌**

따스하게 반짝이는 물결,

찬란하게 빛나는 태양,

평온한 물에서 한 쌍의 용이 희롱하며 솟아오르네요.

함 께　**계지향桂枝香**

양왕襄王이 양대陽臺[18] 아래 목이 타서 쓰러질 찰나에,

신녀神女가 모우暮雨[19]를 몰고 돌아오신 것 같아요.[20]

(시녀 1과 시녀 2가 무대 위에 몰래 등장하여 웃는다.)

시녀 1·2　두 분 언니, 신나게들 보고 계시네요. 우리도 좀 보여줘요.

영신·염노　언니, 우린 마마의 목욕 시중을 들고 있다고요. 신날 게 뭐가 있겠어요?

시녀 1·2　마마의 시중을 드는 게 아니라, 거기서 폐하도 훔쳐보고 계시겠죠.

영신·염노　어머, 이상한 소리 말아요. 폐하께서 마마와 함께 나오신다고요.

(시녀 1과 시녀 2가 무대에서 조용히 사라진다.)

(당명황이 양귀비와 함께 등장한다.)

이범도각아二犯掉角兒

당명황　**도각아掉角兒**

온천에서 나오니 초가을의 시원함이 온몸에 스며들고,

미인의 얼굴을 보니 반짝반짝 더 아름다워졌구나.

제일 어여쁜 것은 화장이 지워진 얼굴과 헝클어진 머리.

말라 있는 검은 눈썹,

윤기가 흐르는 새까만 머리카락.

(영신과 염노가 당명황과 양귀비의 옷을 입힌다.)

(양귀비가 연약한 모습으로 휘청거리자, 영신과 염노가 부축한다.)

당명황 귀비,

그대를 보니 봄바람에 흔들리는 버들가지 같고,

이슬의 무게를 이기지 못하는 꽃송이 같소.

나른해서 몸을 가누기 힘들고,

연약하고 힘이 없어서,

궁녀들의 부축을 받아야 하는구려.

(두 명의 내시가 작은 수레를 끄는 수레꾼을 대동하고 등장한다.)

내시들 폐하와 귀비 마마께옵서는 소거小車[21]에 올라, 화청궁華清宮으로 돌아가시옵소서.

당명황 수레를 끌고 뒤따라오너라.

내시들 알겠사옵니다.

(당명황이 양귀비의 손을 잡고 간다.)

당명황 귀비여,

배가排歌

짐은 그대와 어깨를 나란히 기댄 채,

두 손을 꼭 잡고,

꽃그늘 아래 수레 재촉할 것 없이,

동구령東甌令

좋은 바람 얼굴에 맞으며 돌아가고 싶소.

미성尾聲

함 께 마음으로 사랑하는 두 사람,

두 사람의 사랑하는 마음은,

저 무정한 꽃과 새들마저 사랑에 빠지게 만들어,
두 사람처럼 머리를 맞대고,[22]
함께 깃들게 하누나.

하장시下場詩 21[23]

당명황	뒤섞인 꽃향기는 마치 백화향百和香[24] 같은데,	두 보杜 甫
양귀비	바람을 피해 막 온천탕에서 나오노라니,	왕 건王 建
당명황	시녀들이 부축해 일으켜도 하늘하늘 힘이 없이,	백거이白居易
양귀비	미소 지으며 동쪽 창가 백옥 침상에 스러지네.	이 백李 白

주

1 규욕窺浴 : 《개원천보유사開元天寶遺事》에 다음과 같은 기록이 있다. "오월 오일, 당명황이 흥경지興慶池로 피서를 가서, 귀비와 함께 수전水殿에서 주침晝寢하였다. 궁빈宮嬪들이 난간에 기대어 물속에서 노니는 오리 한 쌍을 보기 위해 다퉜다. 이때 황제가 휘장 안에서 귀비를 안고 궁녀들에게 말했다. '너희들이 좋아하는 물속의 오리가 이불 속의 원앙만 하겠느냐?'" 《경홍기驚鴻記》 제12척 〈흥경주오興慶晝娛〉에는 궁빈 대신 영신과 염노가 등장하여 당명황과 양귀비에 대해 자세히 묘사한다. 본 작품의 내용은 여기에서 착안했다.

2 꽃 같은 얼굴 : 원문은 화면花面으로, 꽃 같은 얼굴, 혹은 반점이나 상처가 있는 얼굴을 의미한다. 희곡의 각색角色 가운데 정净의 속칭으로도 쓰이는데, 정은 대화면大花面, 부정副净은 이화면二花面, 축丑은 소화면小花面이라고도 부른다. 이 용어는 극중 등장인물을 반의적으로 표현한 말이기도 하다. 이 장면에서는 축이 궁녀로 분장하기 때문에 반드시 얼굴에 분을 칠해야 한다. 다음 구절에 등장하는 "뺨에는 분가루 얼룩덜룩 떡칠하고, 입술엔 연지를 덕지덕지 처발랐지.(腮邊花粉糊塗, 嘴上胭脂狼藉.)"라는 대사와, 앞 구절 '천연의 미모(貌天然)'는 모두 이 궁녀의 추한 외모를 반어적으로 표현하고 있다.

3 요염한 눈동자 : 원문은 추파秋波로, 원래는 가을날의 맑고 투명한 물결을 의미하지만, 미녀의 요염한 눈길이나 은근한 정을 표현하는 눈짓을 비유하는 말로 쓰인다.

4 뼘 : 원문은 위圍[16.65cm]로, 집게뼘, 즉 엄지와 검지를 벌린 길이를 가리킨다. 1위는 5촌寸[손가락 한 마디]에 해당한다. 위는 아름으로도 해석할 수도 있다.

5 발 : 원문은 연판蓮瓣으로, 옛날 여자의 전족한 발을 가리킨다. 당대에는 전족이 보편적으로 시행되지 않았기 때문에, 발로 해석하였다.

6 반쪽 거룻배 : 원문은 탄선灘船으로, 돛이 없는 배, 거룻배를 의미한다. 여인의 큰 발을 극단적으로 표현한 말이다.

7 자제子弟 : 이원梨園 자제, 황궁의 연예인.

8 임행臨幸 : 임금이 어떤 곳에 거동하다.

9 탕지湯池 : 화청궁의 온천. 정우鄭嵎의 〈율양문시律陽門詩〉에 "비빈에게 장탕지長湯池에 온천욕을 하게 허락했다."고 기록하고 있으며, 그 주석에 "궁전 안에는 공봉供奉으로 쓰이는 2개의 탕지 외에, 안 밖에 16개의 탕이 있고, 장탕長湯은 뭇 비빈에게 하사하였다."고 기록하고 있다.

10 기러기 춤 : 원문은 안아무雁兒舞이다.

11 놀란 기러기 춤 : 매비梅妃의 경홍무驚鴻舞를 가리킨다.

12 병이 들어 그만 돌아가셨어 : 매비의 결말에 대해 《매비전梅妃傳》에는 다음과 같이 기록하고 있다. "안녹산이 궁궐을 침략하자 황제는 사천으로 행차하고 양귀비는 죽음을 당했다. 황제가 동으로 돌아와 매비의 행방을 찾으려 했으나 찾지 못하였다. 그 후 온천지 옆 매화나무 아래에 매비의 시체를 발견했다." 《경홍기驚鴻記》에는 마외사변馬嵬事變 이후 매비가 불가에 출가하고, 황제가 환궁하여 현도관玄都觀에서 비구니가 된 매비를 만나는 것으로 기록하고 있다.

13 별전別殿 : 정전正殿 이외의 궁전. 여기서는 화청궁華淸宮을 가리킨다.

14 옥문玉門 : 원문은 옥비玉扉로, 옥으로 만든 문, 궁전의 고귀한 문을 가리킨다.

15 구름옷 : 원문은 운의雲衣로, 오색구름같이 아름다운 옷을 가리킨다.

16 침상에서의 일 : 원문은 원앙장鴛鴦帳으로, 원앙이 수놓인 장막이란 뜻이다. 침상, 잠자리를 가리킨다.

17 쭉 뻗은 늘씬한 : 원문은 정정亭亭으로, 우뚝 솟은 모습, 여인이나 나무가 수려하게 서 있는 모습을 의미한다.

18 양대陽臺 : 남녀가 사랑을 나누는 곳.

19 모우暮雨 : 밤비. 남녀의 정교情交를 상징한다.

20 양왕襄王이 ~ 같아요 : 양왕은 초楚 양왕을 가리킨다. 양왕과 신녀神女는 사랑하는 연인을 상징한다.

21 소거小車 : 손으로 미는 일륜차一輪車. 바퀴가 하나인 수레.

22 머리를 맞대고 : 한 꼭지에 두 개의 꽃이 피는 병체화並蒂花를 의미한다.

23 첫 번째 구는 두보杜甫의 〈즉사卽事〉(《당시유원唐詩類苑》 권11, 《전당시全唐詩》 권231 참조), 두 번째 구는 왕건王建의 〈궁사宮詞〉(《당시유원》 권156, 《만수당인절구萬首唐人絶句》 권24, 《전당시》 권302 참조), 세 번째 구는 백거이白居易의 〈장한가長恨歌〉, 네 번째 구는 이백李白의 〈구호오왕미인반취口號吳王美人半醉〉(《당시유원》 권64, 《만수당인절구》 권13, 《전당시》 권184 참조)에서 인용하였다.

24 백화향百和香 : 여러 가지 향료를 모아서 만든 향.

제22척

비밀의 맹세【밀서密誓】

등장인물	직녀織女(첩貼), 선녀仙女 2인, 까마귀, 까치, 내시內侍 2인, 당명황唐明皇(생生), 양귀비楊貴妃(단旦), 영신迎新(노단老旦), 염노念奴(첩帖), 궁녀宮女 2인, 견우牽牛(소생小生)
배 경	은하수

월조인자越調引子 · 낭도사浪淘沙

(직녀織女가 두 명의 선녀를 대동하고 등장한다.)

직 녀 구름에 에워싸인 옥 베틀 북으로,
솜씨 좋게 베틀에 실을 짜네.
천궁에선 원래 그리움에 집착하지 않지만,
오늘 밤이 칠석이라는 소식에,
문득 옛 생각이 나는구나.

작교선鵲橋仙

직 녀 "섬운纖雲[1]은 기묘한 모양을 만들고,
유성流星은 소식을 전하러 가고,

은하수엔 가을달빛 고요히 지나가네.
금풍옥로金風玉露[2]에 한 번의 만남이,
인간세상의 무수한 만남보다 낫구나.
물처럼 부드러운 사랑의 마음,
꿈처럼 달콤한 사랑의 만남,
저 멀리 오작교 앞길을 가리키나니,
두 사람의 사랑이 만약 영원하다면,
어찌 아침저녁마다 함께여야 하리."

직녀와 견우

저는 직녀입니다. 옥황상제의 옥칙을 받들어, 견우님과 천상의 부부로 맺어졌습니다. 해마다 칠석七夕이 되면 은하수를 건너 상봉하는데, 오늘은 바로 인간세상의 천보天寶 십 년 칠월 칠석이랍니다. 보세요, 은하엔 파랑波浪이 없고 오작교가 다 메워지고 있으니, 잠시 베틀 실을 치워두고 단장하고 기다려야겠어요.

(무대 안에서 세악細樂[3]이 울려 퍼지고, 까마귀와 까치가 등장하여 무대를 돌며 날갯짓을 한다.)

(무대 앞에 다리 하나가 놓여 있고, 까마귀와 까치가 다리 양옆에 날아와 날갯짓을 멈춘다.)

선녀들　오작교가 놓아졌으니, 마마께서는 은하수를 건너시옵소서.

(직녀가 일어나 걸음을 옮긴다.)

월조과곡越調過曲 · 산도홍山桃紅

직 녀　**하산호두下山虎頭**

나는 여기 잠시 비단 서신[4] 던져두고,
잠시 향치香輜[5]에 몸을 실으리.

함 께　구름 한 점 없는 하늘,

신선한 저녁바람 부는 틈을 타,
(다리에 올라선다.)
다리에 올라서니 들쭉날쭉 그
림자,
청명한 은하수에 거꾸로 비추
이네.

치輜

소도홍小桃紅
기쁘게도,
얇은 초승달,
이슬방울에 젖은 채,
쌍쌍이 날갯짓하는 오작烏鵲에 나지막이 둘러싸여 있노라니,

하산호미下山虎尾
가을 은하수의 남다른 아름다움 새삼 느껴지네.
(직녀가 다리를 건넌다.)
(두 선녀가 직녀에게 알린다.)

선녀들 마마, 은하수를 다 건너오셨습니다.

직 녀 은하수 아래에서 희미한 향불 연기 한 줄기가 모락모락 피어오르고 있는데, 저곳은 어디인가?

선녀들 당 천자의 귀비 양옥환이 궁중에서 걸교乞巧[6]를 하는 곳입니다.

직 녀 고맙게도 그녀의 갸륵한 정성을 받았으니, 견우님과 함께 저곳에 한번 보러 가야겠구나.

함 께 천상에선 아름다운 기약을 남겨두어,
해마다 여기에 모이지만,
안타깝게도 저 인간세상의 인연은 잠시잠깐이로구나.
(함께 퇴장한다.)

상조과곡商調過曲 · **이랑신**二郞神

(두 명의 내시가 등불을 들고, 당명황을 인도하여 등장한다.)

당명황 가을 달빛 고요한데,

질은 하늘 열은 구름에 어둠이 찾아오네.

비 지나간 오동나무엔 살짝 한기가 돌고,

은하수 굽이굽이,

잔 구름이 두 별님[7]을 꾸며주고 있구나.

(안에서 웃음소리가 들리자, 당명황이 귀를 기울인다.)

귀 기울여 들어보니 바람을 타고,

꽃그늘 나무그늘 너머에서 웃음소리 들려오누나.

내시, 어디서 저렇게 웃으며 이야기를 하고 있느냐?

(내시가 안쪽을 향해 묻는다.)

내시들 상감 마마께서 어디서 저렇게 웃으며 이야기를 하느냐고 물어보신다.

(안에서 말한다.)

안에서 양귀비 마마께서 장생전에서 걸교를 하고 계십니다.

(내시가 대답한다.)

내 시 양귀비 마마께서 장생전에서 걸교를 하고 있기에, 저렇게 웃으며 이야기를 한다고 하옵니다.

당명황 너희들은 내가 왔다는 사실을 알리지 말거라. 짐이 조용히 가볼 테니 말이다.

홍등을 치우고,

몰래 붉은 계단[8]에 다가가 자세히 보자꾸나.

(당명황이 퇴장하는 시늉을 한다.)

(양귀비가 영신, 염노를 비롯하여 두 명의 궁녀를 이끌고 등장한

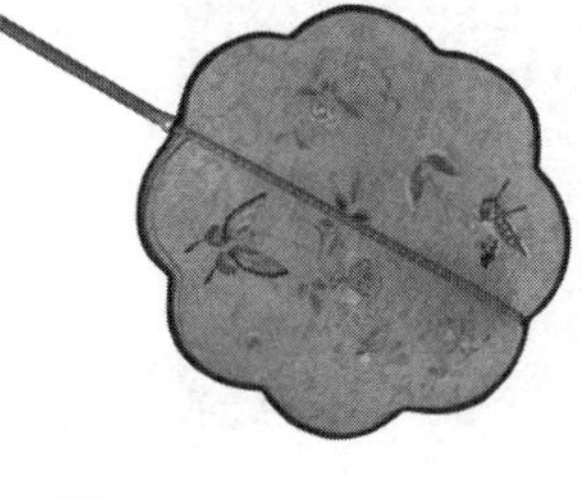

금분金盆
청清 · 장명백세장수룡봉쌍희금분長命百歲長壽龍鳳雙喜金盆

환선紈扇
청清 · 죽병사지퇴릉가수화접선竹柄紗地堆綾加繡花蝶扇

향합香盒
청清 · 백옥루조화훼문향합白玉鏤雕花卉紋香盒

다. 영신, 염노와 두 궁녀는 각각 향합香盒, 환선紈扇,[9] 화병花瓶, 아기 인형을 담은 금분金盆[10]을 들고 등장한다.)

전강前腔 **환두換頭**

양귀비 궁정 안,

금로金爐[11]에 피어오르는 선향旋香[12]의 연기,

은촉銀燭의 촛불과 아름답게 어우러지네.

쌀알 크기의 거미를 잡아두고,[13]

금빛 화분엔 곡식을 심어두고,[14]

은빛 화병엔 꽃가지가 나부끼누나.

영신·염노 장생전에 당도하셨나이다. 마마, 걸교 준비를 다 마쳤사오니, 향을 피우소서.

(화병과 아기 인형이 담긴 물동이를 탁자에 놓는다. 영신이 향합을 들자 양귀비가 향을 피운다.)

양귀비 천첩 양옥환, 경건한 마음으로 향을 태우며, 두 별님께 절하며 기

잠화사녀도簪花仕女圖

환선
환선사녀도紈扇仕女图

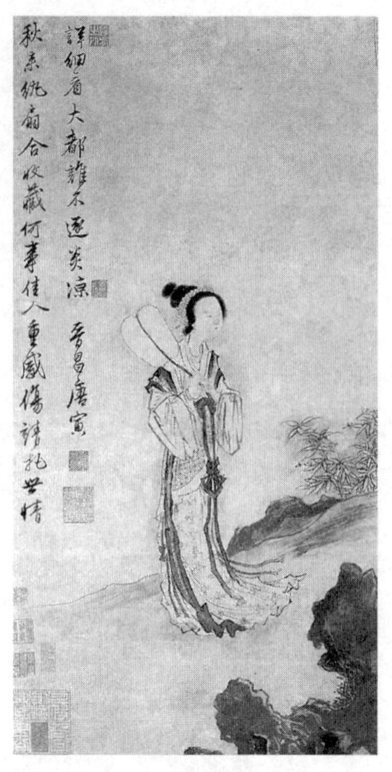

추풍환선도秋風紈扇图
명明·당인唐寅

도드리나이다. 엎드려 비오나니, 보우해주시옵소서.

채합釵盒의 인연[15] 영원하게 해주시고,

(절을 하며) 가을바람의 부채처럼 버림받지 않게 해주소서.

(당명황이 몰래 나타나 훔쳐본다.)

당명황 미인을 훔쳐보니,

옥 계단에 엎드려 절을 올리며,

남몰래 소곤소곤 기도하고 있구나.

(영신과 염노가 당명황을 발견하고 인사를 드린다.)

영신·염노 어머, 상감 마마 납시었사옵니까.

(양귀비가 급히 몸을 돌려, 당명황에게 절한다.)

(당명황이 양귀비를 부축해서 일으켜 세운다.)

당명황 귀비, 여기서 무슨 일을 하였소?

양귀비 오늘이 마침 칠석이라서, 과일을 차려놓고 특별히 천손天孫 직녀님께 재주를 주십사고 기원하였나이다.

당명황 (웃으며) 귀비의 재주는 천상의 솜씨를 압도하거늘, 더 달라고 기원할 필요가 어디 있소?

양귀비 황송하옵나이다.

(당명황과 양귀비가 각자 자리에 앉는다.)

(영신과 염노는 두 궁녀와 함께 조용히 퇴장한다.)

당명황 귀비, 짐의 생각에 견우와 직녀는 은하수를 사이에 두고 일 년에 겨우 한 번만 만날 수 있으니, 정말이지 그런 사랑은 참 쉽지 않을 것 않소.

집현빈集賢賓

당명황 긴긴 밤 가을하늘 맑은 은하수,

바야흐로 영가靈駕[16]를 맞이했건만,

하늘이 허락한 사랑의 만남은 잠깐이라,

귓가에 닭울음소리 들려오기 일쑤니,

차가운 구름 시린 이슬 속에서,

외톨이가 되어 세월이 흐르길 재촉하겠지.

양귀비 폐하께서 두 별님의 이별의 한恨에 대해 언급하시니, 첩의 마음이 구슬퍼지나이다. 안타깝게도 인간세상에서는 천상의 일을 알 수가 없지만,

말씀하신 것과 같다면,
분명 그리움이 병이 되었을 것이나이다.

(양귀비가 눈물을 흘린다.)

당명황 아니, 귀비, 어째서 눈물을 흘리시오?

양귀비 신첩이 생각해보니, 견우와 직녀는 비록 일 년에 한 번을 만나지만 하늘과 땅처럼 영원한 사랑을 하고 있습니다. 하지만 폐하와 신첩의 사랑은 그들처럼 영원할 수 없을 것만 같사옵니다.

당명황 귀비, 어찌 그런 말을 하시오!

황앵아黃鶯兒

당명황 선계의 배필이 설령 장생長生은 하겠지만,
진세의 인연도 그렇게 모자라지 않다오.
평생 좋은 풍류風流[17] 잘 누리면서,
좋은 시절 만나 좋은 풍경 바라보면,
즐거움이 늘어나고 사랑이 샘솟는 법이거늘,
그대는 무슨 일로 도리어 슬피 흐느끼시오?
(당명황이 양귀비에게 다가가 자리에 앉아 나지막이 노래한다.)
쌍성雙星아, 말 좀 물어보자.
매일 아침 매일 저녁,[18]
어찌 나와 귀비만 하랴!

양귀비 신첩이 받은 은총 대단히 크지만, 오늘 밤 드리고 싶은 말씀이 있사오니, …
(양귀비가 하던 말을 멈춘다.)

당명황 귀비, 할 말이 있으면, 거리낌 없이 마음 놓고 해보시오.

(양귀비가 당명황을 바라보며 목메어 흐느낀다.)

양귀비 신첩이 받은 폐하의 총애와 관심은, 육궁六宮에 비할 자가 없사옵니다. 하지만 시간이 흐르면 사랑도 식어버려, 결국 백두지탄白頭之嘆[19]을 면치 못하게 될까 두렵사옵니다!

앵족일금나鶯簇一金羅

양귀비 **황앵아黃鶯兒**

말씀을 드리니 마음이 더 아파옵니다.

생각해보면 변변치 못한 신분으로 액정掖庭[20]에서 시중을 들다가,

경의更衣하고[21] 폐하의 곁에 있게 되었으니 얼마나 큰 영광인지요.

족어림簇御林

하지만 순식간에,

꽃이 시들고 봄이 지면,[22]

일봉서一封書

총애도 믿고 의지하기 어려워지겠지요.

(양귀비가 당명황의 옷자락을 붙잡고 눈물을 흘린다.)

사랑의 정이,

금봉채金鳳釵

만약 영원의 순간까지 간다면,

죽음도 달게 받아들이고,

만약 죽음의 순간까지 간다면,

죽어도 편히 눈감겠습니다.

조라포皂羅袍

예컨대 평양平陽에서 노래하고 춤추던 미인,[23]

사랑이 식어 은총을 잃었고,
장문궁長門宮의 외롭고 쓸쓸한 미인,[24]
넋을 놓고 눈물을 흘렸지요.
미인들의 운명에 애간장이 끊어지고 괜히 눈물이 흘러내립니다.

(당명황이 옷소매를 들어 양귀비의 눈물을 닦아준다.)

당명황 귀비, 슬퍼하지 마시오. 짐과 그대의 사랑의 마음을 어찌 예사로 비교할 수 있겠소.

족어림簇御林

당명황 근심걱정 접어두고,
눈물일랑 거두시오.
세월이 흘러,
세상이 변한다 해도,
(양귀비의 손을 잡고)
과자를 만들어 꿀과 아교를 반죽해 단단히 붙여놓은 것처럼,
언제나 잠시도 떨어지지 않을 것이오.

함 께 이야기는 넝쿨처럼 이어지고,
꽃은 사람을 미혹하는데,
꽃 그림자 희미한 달빛에,
그림자와 몸처럼 떨어지지 않누나.

양귀비 기왕에 폐하의 이다지도 깊은 사랑을 입었사오니, 이 두 별님 아래에서, 끝까지 지켜주시겠다고 맹세해주시겠나이까.

당명황 짐이 그대와 함께 가서 향을 사르며 맹세하겠소.

(당명황이 양귀비의 손을 잡고 걸음을 옮긴다.)

호박묘아추琥珀貓兒墜

함 께	어깨를 비스듬히 기대고, 손을 잡고 계단을 내려와 걸어가노라니, 마침 한 줄기 은하수가 궁전을 가로질러가고,
양귀비	문득 비단옷에 시원한 밤바람이 느껴지네.
당명황	그대와 함께 소곤소곤 낮은 소리로, 산과 바다처럼 영원히 변치 않겠노라 맹세하고 싶소.

(당명황이 향불을 피워 읍揖하고, 양귀비는 복福[25]을 한다.)

당명황	하늘에 계신 두 별이시여, 나 이융기李隆基와 양옥환은.
함 께	(양귀비와 함께) 정이 깊고 사랑도 깊으니, 세세생생世世生生[26] 함께 부부가 되어, 영원히 떨어지지 않기를 바라옵나이다. 이 맹세에 변함이 있는지, 두 별님께서 살펴봐주시옵소서.
당명황	(다시 읍하며) 하늘에선 비익조比翼鳥가 되기를 원하고,
양귀비	(절하며) 땅에선 연리지連理枝가 되기를 원하나이다.
함 께	하늘과 땅은 언젠가 사라지는 날이 있어도, 이 맹세는 끊임없이 이어져 끊어

비익조

연리지

질 날이 없을 것입니다.

(양귀비가 당명황에게 감사의 마음을 담아 절을 한다.)

양귀비 폐하의 크신 사랑에 깊이 감사드리나이다. 오늘 밤의 맹세는 신첩이 살아서도 죽어서도 반드시 지킬 것이나이다.

(당명황이 양귀비의 손을 잡는다.)

미성尾聲

당명황 장생전에서 맺은 비밀의 맹세,

양귀비 오늘 밤 누가 증인이 되어줄까요.

(당명황이 하늘을 가리킨다.)

당명황 그것은 저 은하수 다리 옆,

한 쌍의 견우성[27]과 직녀성[28]이라네.

(당명황과 양귀비가 함께 퇴장한다.)

월조과곡越調過曲 · 산도홍山桃紅

(소생小生이 견우牽牛로 분하여 운건雲巾[29]과 선의仙衣 차림으로, 선녀를 대동한 직녀와 함께 등장한다.)

직 녀 저들이 깊이 맹세를 하고,

간절히 절하며 기도하네요.

둘의 마음 하나가 되어,

입을 모아 하나의 말을 하네요.

견 우 천손天孫,[30] 보시오. 당 천자唐天子와 양옥환은 부부 금슬이 참으로 좋지 않소?

조용히 서로를 의지하며,

어깨를 기대고 있는 모습,

조금의 틈도 없구려.

나와 그대는 기왕에 천상의 인연을 맺어 사랑의 신이 되었고, 게다가 저들이 우리에게 맹세를 했으니, 반드시 저들을 보호해줘야 하오.

저들이 비익조처럼 사랑하고,

연리지처럼 사모하며,

생생세세生生世世[31] 진정으로 사랑하길 원하는 것을 보니,

저들을 영원히 인간세상 풍월사風月司[32]로 임명해야 마땅하오.

직 녀 하지만 저 두 사람에게 장차 재난이 닥쳐, 생이별을 피할 수가 없을 거예요. 만약 그 후에도 오늘의 맹세를 어기지 않는다면, 반드시 그들을 하나로 묶어주어요.

견 우 천손의 말씀이 일리가 있소. 저기 좀 보시오, 어둠이 물러나려 하니, 이제 두우궁斗牛宮[33]으로 돌아가야겠소.

(견우가 직녀의 손을 잡고 길을 간다.)

함 께 천상에선 아름다운 기약을 남겨두어,

해마다 여기에 모이지만,

안타깝게도 저 인간세상의 인연은 잠시잠깐이로구나.

하장시下場詩 22[34]

함 께 인간세상에서 세월을 재촉한들 무슨 소용 있으랴, 나 업羅 鄴

별 다리 비스듬히 건너니 까치들이 날아 돌아가네. 이상은李商隱

천상에선 만남이 드물다 말하지 말지니, 이 영李 郢

마음 쓰지 않아도 공교롭게 만난다오. 나 은羅 隱

주

1 섬운纖雲 : 잔 구름.

2 금풍옥로金風玉露 : 신선하게 부는 가을바람과 구슬 같은 이슬.

3 세악細樂 : 관현악. 징과 북 따위의 소란스러운 음악과 반대되는 개념으로, 관현악기로 내는 경쾌하고 맑은 소리의 음악을 가리킨다.

4 비단 서신 : 원문은 금자錦字로, 비단 위에 새긴 편지라는 뜻이다. 아내가 남편을 그리워하여 보내는 글을 가리킨다.

5 향치香輜 : 향거香車. 향목香木[침향목]으로 만든 수레. 여인이 타는 아름다운 수레. 치輜는 덮개가 달린 큰 수레를 의미한다.

6 걸교乞巧 : 음력 칠월 칠석날 밤 직녀성에게 지혜와 수놓기와 바느질 등의 솜씨를 기원하던 풍속.

7 두 별님 : 견우성과 직녀성.

8 붉은 계단 : 원문은 용지龍墀로, 궁전의 붉은 계단이나 지면을 가리킨다.

9 환선紈扇 : 고운 비단으로 만든 둥근 부채. 단선團扇, 궁선宮扇이라고도 한다. 그 모양이 보름달처럼 둥글고, 궁중에서 주로 사용하였다. 테두리와 손잡이는 대나무로 만들고, 부채의 면은 하얀 비단을 사용하며, 산수山水와 누대樓臺, 초충화조草蟲花鳥 등을 주로 그렸다. 초기의 부채는 주로 원형이었으나, 후대로 가면서 위아래로 긴 타원형, 좌우로 긴 타원형, 매화꽃, 해바라기꽃, 해당화꽃과 같은 다양한 양식이 등장하였다. 우아하고 정교할 뿐만 아니라 예술적 가치도 높다. 한대漢代로부터 북송北宋에 이르기까지 크게 유행하였다.

10 아기 인형을 담은 금분金盆 : 원문은 화생금분化生金盆으로, 밀랍으로 만든 아기 인형을 넣는 황동 물동이이다. 금분은 황동으로 만든 동이로, 손 씻는 용도로도 사용한다.

11 금로金爐 : 금향로. 향로에 대한 미칭.

12 선향旋香 : 반향盘香. 제18척 〈한밤의 원망〉의 반향 주석 참조.

13 쌀알 크기의 거미를 잡아두고 : 쌀알 크기의 거미는 희자蟢子[갈거미]라고도 한다. 당나라의 풍습에는 칠석에 걸교를 지낼 때 여인들이 작은 거미를 잡아 상자에 담아두었다. 다음날 아침 상자 안에 거미가 거미줄을 얼마나 많이 쳤는지를 보고 자신의 지혜와 재주를 가늠하였다.

14 금빛 화분엔 곡식을 심어두고 : 녹두, 팥, 소맥 등의 각종 곡식을 화분에 담아 물을 붓고, 새싹이 3-4마디 정도 자라면 색실로 묶는데 이를 종생種生이라고

부른다.

15 채합釵盒의 인연 : 금채金釵와 전합鈿盒으로 맺은 부부의 인연.

16 영가靈駕 : 신령神靈이 타는 가마. 여기서는 신령, 즉 직녀와 견우를 가리킨다.

17 풍류風流 : 남녀의 사랑.

18 매일 아침 매일 저녁 : 원문은 조조모모朝朝暮暮로, 아침저녁으로 언제나 변함이 없음을 이른다.

19 백두지탄白頭之嘆 : 부부의 사랑이 끝까지 할 수 없음에 대한 한탄. 남편의 변심으로 버림받은 아내가 말년의 처량한 처지를 한탄하는 것을 의미한다. 한漢나라 사마상여司馬相如가 첩을 얻으려 하자, 그의 부인 탁문군卓文君이 〈백두음白頭吟〉을 지었다. 제7척 〈은총을 입은 괵국부인〉의 탁문군卓文君 주석 참조.

20 액정掖庭 : 비빈과 궁녀들이 거처하는 정전 옆의 궁전.

21 경의更衣하고 : 옷을 갈아입는다는 뜻으로, 궁녀에서 귀비로 신분이 상승한 것을 가리킨다. 경의에는 편전便殿이라는 의미도 있기 때문에, 편전에서라고 해석할 수도 있다.

22 꽃이 시들고 봄이 지면 : 꽃처럼 아름다운 얼굴이 삭아버리고, 청춘이 가버린 것을 비유한 말이다.

23 평양平陽에서 노래하고 춤추던 미인 : 한무제漢武帝의 황후 위자부衛子夫를 가리킨다. 그녀는 원래 평양공주平陽公主의 집에 있던 무녀였다. 나이가 들고 미모가 시들자 총애를 잃고 말았다.

24 장문궁長門宮의 외롭고 쓸쓸한 미인 : 한무제漢武帝의 진황후陳皇后를 가리킨다. 금옥金屋에 살았으나, 총애를 잃은 후 장문궁으로 쫓겨났다.

25 복福 : 여인이 가슴에 두 손을 모으고 하는 절. 만복萬福[두 손을 가볍게 쥐고 가슴 앞에서 아래위로 흔들면서 가볍게 머리를 숙여 절하는 부녀자들의 경례 자세]의 줄임말.

26 세세생생世世生生 : 현생부터 내생과 영원까지, 몇 번을 환생하더라도라는 뜻이다. 몇 번이고 다시 환생還生하는 일, 또는 그런 때, 중생이 나서 죽고 죽어서 다시 태어나는 윤회의 형태를 의미한다.

27 견우성 : 견우성은 동아시아의 28수 중 북방 7수의 하나인 우수牛宿에 속하는 별이다. 서양의 별자리에서는 염소자리의 베타β별인 다비흐Dabih로 불린다. 독수리자리의 알타이르를 견우성이라 보는 설도 있다.

28 직녀성 : 직녀성은 거문고자리 알파α별인 베가Vega로, 청백색의 1등성이다. 거문고자리의 대략적인 위치는 적경赤經 18h 45m, 적위赤緯 36°이다. 5월 초저녁에 나타나, 8월 중순에는 천정天頂에서 빛나며, 초겨울 저녁 무렵에 지평선 아

래로 사라진다. 베가는 은하수를 사이에 두고 독수리자리의 알타이르[견우성]와 마주보고 있다.

29 운건雲巾 : 두건.

30 천손天孫 : 직녀.

31 생생세세生生世世 : 세세생생世世生生과 같은 말.

32 풍월사風月司 : 애정의 주관자. 사랑을 관장하는 사람.

33 두우궁斗牛宮 : 28수宿 중의 두수斗宿와 우수牛宿, 즉 남두성궁南斗星宮과 견우성궁牽牛星宮. 28수는 중국에서 달의 공전주기가 27.32일이라는 것에 착안하여 적도대赤道帶를 28개의 구역으로 나눈 것으로, 각 구역이 각각의 수에 해당한다. 여름 초저녁에는 남천 지평 위에 전갈자리가 나타난다. 전갈의 심장에 해당하는 안타레스는 대화大火라고 하는 별이다. 안타레스의 동쪽 35° 부근에는 남두육성이 있고, 두수는 이 여섯별에 속한다. 우수는 염소자리의 서쪽 끝 뿔이 나온 곳이다.

34 첫 번째 구는 나업羅鄴의 〈하제下第〉(《당시유원唐詩類苑》 권145, 《전당시全唐詩》 권645), 두 번째 구는 이상은李商隱의 〈칠석七夕〉(《당시유원》 권21, 《만수당인절구萬首唐人絶句》 권28, 《전당시》 권539), 세 번째 구는 이영李郢(일설에는 조황趙璜의 작품이라고도 함)의 〈칠석七夕〉(《당시유원》 권21, 《전당시》 권590 참조), 네 번째 구는 나은羅隱의 〈칠석〉(《당시유원》 권21, 《만수당인절구》 권36, 《전당시》 권663)에서 인용하였다.

제23척

동관을 함락시키다【함관陷關】[1]

등장인물　안녹산安祿山(정淨), 번장蕃將 2인, 군사軍士 4인, 가서한哥舒翰(축丑), 군졸 2인
배　　경　어양漁陽, 동관潼關

월조인자越調引子 · 행화천杏花天

(안녹산이 두 명의 번장蕃將과 깃발을 잡은 네 명의 군사를 대령하고 등장한다.)

안녹산　승냥이의 탐욕과 호랑이의 눈빛[2]과
위풍당당한 기세,
어양漁陽[3]을 지키는 용맹한 병사들과
수많은 장수들.
거침없이 쳐들어가 효함淆函[4]을 격파하고,
승전가 울리며 일제히 노래하리라.

효함淆函

안녹산　나 안녹산은 변방으로 파견된 후, 요새의 번장들과 결탁하고 천하의 망명자들을 모집하여, 백만百萬[5]의 정예부대를 갖추어 대사

大事를 일으킬 수 있게 되었다. 하지만 당 천자께서 나를 후하게 대해주셨기 때문에, 그분이 돌아가신 후에나 기병起兵을 할 생각이었다. 하지만 괘씸하게도 양국충 저 놈이 내가 모반을 일으킬 기미가 크다고 누차 주장하면서, 어서 주륙誅戮[6]해달라 요청하였다. 황제폐하께서는 비록 그의 말을 받아들이지 않으셨지만, 나는 변방 관문에 있고 그는 조정 내에 있으니, 만약 서두르지 않았다가는 결국 그의 흉계에 걸려들고 말 것만 같다. 그래서 칙서를 날조하였는데 그 내용인즉슨, 폐하께서 나에게 밀지密旨를 내려 군대를 이끌고 조정에 들어가 양국충을 주멸할 것을 명한다는 내용이다. 이 기회에 서경西京을 격파하고 당황실의 정권을 찬탈한다면, 내 평생의 큰 소원이 이루어질 것이 아닌가! 오늘은 마침 황도黃道[7] 길일吉日[8]이니, 번장들이여, 이제 곧 군대를 일으켜 앞으로 가자![9]

군사들 네!

(안녹산과 군사들이 호령을 하며 앞으로 간다.)

월조과곡越調過曲 · 표자령豹子令

안녹산 간신奸臣이 큰 화를 빚었기에,

군사들 큰 화를 빚었기에,

안녹산 변진邊鎭에 명하여 변란을 일으키기에 이르렀노라,

군사들 변란을 일으키기에 이르렀노라.

함 께 성벽을 마주치면 함락시키고 사람을 마주치면 칼로 써니,
시체는 온 벌판을 뒤덮고 핏물은 강물이 되어 흐른다.
집집마다 불 지르고 약탈하며 아리따운 여인을 겁탈하자.
(안녹산과 군사들이 함성을 지르며 돌진하며 퇴장한다.)

수저어水底魚

(축丑이 수염이 하얀 노장老將 가서한哥舒翰[10]으로 분하여, 두 명의 군졸을 대령하고 등장한다.)

가서한 내 나이는 그리 많지 않소,
갓 여든을 넘겼을 뿐이오.
어양의 병사들이 도착하면,
이 몸을 알아볼 것이오.
나는 노장 가서한으로, 동관潼關을 지키고 있소이다. 생각지도 못하게 안녹산이 반란을 일으켜 쳐들어오고 있으니, 관문을 닫아걸고 사수하기로 결의하였소이다. 하지만 감군監軍 내시內侍[11]가 즉시 출전을 강요하다보니, 상황이 내 마음과 같지 않소이다.
군사들아, 나와 힘을 합쳐 나아가 적을 무찌르자.

군졸들 명 받들겠습니다.
(가서한과 군졸들이 행군한다. 안녹산이 이끄는 군사들이 전투를 벌이며 등장한다. 가서한이 그들을 맞아 한바탕 큰 전쟁을 치른다. 안녹산과 군사들이 가서한을 사로잡아 포박한다.)

안녹산 저 늙은 것을 이리 데려오라. 내가 오늘 너의 남은 목숨을 살려줄 테니, 어서어서 관문을 바치고 순순히 투항하라.

가서한 일이 이 지경에 이르렀으니, 투항할 수밖에 없구나.
(군사들이 가서한을 떠밀면서 퇴장한다.)

안녹산 다행히 동관이 이미 손에 들어왔으니, 파죽지세로 대소大小 삼군三軍은 이제 서경西京까지 쳐들어가자.
(군사들이 대답하고, 소리치며 간다.)

군사들 말 달리고 창을 휘두르자,
백만의 정예부대여.

군홧발로 쳐들어가,

산과 강을 밟아 뭉개자,

산과 강을 밟아 뭉개자.

하장시下場詩 23[12]

군사들	새벽의 교전이 밤이 되도록 멈추지 않고,	왕 주王 遒
	하늘을 울리는 북소리가 장안으로 다가온다.	한 악韓 偓
	동관에서 패배하자 오랑캐들 기뻐하며,	사공도司空圖
	쇠 채찍 휘둘러 주루를 뒤집어 놓는다.	설 봉薛 逢

주

1 함관陷關 : 천보天寶 14년 11월, 안녹산이 범양範陽에서 군대를 일으키고, 다음해 6월 8일 동관潼關을 함락시켰다.

2 승냥이의 탐욕과 호랑의 눈빛 : 원문은 낭탐호시狼貪虎視로, 야심이 큰 것을 비유한 말이다.

3 어양漁陽 : 지금의 북경北京, 천진天津, 하북河北 일대.

4 효함淆函 : 함고관函古關 혹은 함곡관函谷關. 동관潼關의 동쪽에 있으며, 지금의 섬서陝西에 위치한다. 안녹산이 장안을 점령하기 위해서는 이곳을 지나야 했다. 함곡관은 중국 역사상 가장 먼저 설치된 관문 요새 중의 하나로, 이곳에는 늘 전쟁이 끊이지 않았다. 이곳은 노자老子가 《도덕경道德經》을 저술한 곳으로, 도가와 도교를 신봉하는 이들이 제사를 지내기도 한다.

5 백만百萬 : 안녹산이 반란을 일으킬 때 15만 군대가 있었는데, 이를 이십만二十萬이라 불렀다.

6 주륙誅戮 : 죄인을 죽이다. 죄를 몰아 죽이다.

7 황도黃道 : 태양의 둘레를 도는 지구의 궤도가 천구天球에 투영된 궤도. 비슷한 말로는 일궤日軌가 있다. 천구의 적도면赤道面에 대하여 황도는 약 23도 27분 기울어져 있으며, 적도와 만나는 두 점을 각각 춘분점, 추분점이라 한다. 춘분점은 태양이 황도를 따라 남쪽에서 북쪽으로 지나가면서 하늘의 적도와 만나는 점이고, 추분점은 태양이 황도를 따라 북쪽에서 남쪽으로 지나가면서 하늘의 적도와 만나는 점으로 춘분점의 정반대에 위치한다.

8 황도黃道 길일吉日 : 하늘의 상서로운 기운이 미쳐 모든 일에 상서로운 기운을 주는 날. 옛날 사람들은 성상星象[별자리의 모양]으로 길흉을 점쳤다. 신살神煞에는 연, 월, 일, 시의 구분이 있고, 각자 주관하는 바가 있다. 길일의 선택은 주로 일日을 선택하는 것으로, 운수를 보는 경우와 마찬가지로 일간日幹을 중시한다. 하지만 길일을 선택하는 것은 연, 월, 시의 길흉을 고려하지 않는 것이 아니라, 서로를 잘 살펴보고 종합적으로 선택하는 것이다. 황도흑도黃道黑道의 신살에는 청룡靑龍, 백호白虎, 명당明堂, 천형天刑, 주작朱雀, 금궤金匱, 천덕天德, 옥당玉堂, 천뢰天牢, 원무元武, 사명司命, 구진勾陳이 있다. 청룡, 천덕, 옥당, 사명, 명당, 금궤는 황도라고 부르며, 길신吉神에 해당한다. 소위 황도길일이란 이 육신六神이 존재하는 날이다. 이때는 만사가 잘 형통하고, 꺼릴 것이 없으며, 일을 처리하기에 좋다고 한다.

9 안녹산의 기병에 관한 이 기록은 정사正史의 관련 기록과 부합한다. 하지만 그가 반란을 일으킨 원인은 이렇게 간단하지 않으며, 더욱 복잡하다.

10 가서한哥舒翰 : ?-757년. 돌궐족突厥族[투르크족] 돌기시突騎施[투르기시] 가서哥舒 부족의 후예이다. 안서부도호安西副都護의 아들로서 하서河西 절도사인 왕충사王忠嗣의 막하 무장으로 토번吐蕃[지금의 티베트]의 침입을 격파하였다. 나중에 현종의 총애를 받아 농우절도부대사隴右節度副大使에 임명되어 다시 토번을 토벌하여 공을 세워 서평군왕西平郡王에 봉해졌으며 좌복야평장사左僕射平章事를 역임하였다. 이후 불구의 몸이 되어 장안으로 돌아왔다. 755년 안녹산의 난이 일어나자 황태자의 선봉인 병마원수兵馬元帥로서 동관潼關을 지켜 분전하였으나 패하여 살해되었다.

가서한 기념비

11 감군監軍 내시內侍 : 군대를 감독하는 내시. 감군은 황제가 임시로 군대에 파견한 관리로, 주로 내시가 맡는다.

12 첫 번째 구는 왕주王遒의 〈전성남戰城南〉(《만수당인절구萬首唐人絶句》 권35, 《전당시全唐詩》 권602), 두 번째 구는 한악韓偓의 〈대소옥가위번기소로후기고집현배공상국代小玉家爲蕃騎所虜後寄故集賢裴公相國〉(《당시유원唐詩類苑》 권142, 《전당시》 권683), 세 번째 구는 사공도司空圖의 〈검기劍器〉(《만수당인절구》 권34, 《전당시》 권633), 네 번째 구는 설봉薛逢의 〈협소년俠少年〉(《만수당인절구》 권37, 《전당시》 권548)에서 인용하였다.

제24척

안사의 난【경변驚變】

등장인물	고역사高力士(축丑), 당명황唐明皇(생生), 양귀비楊貴妃(단旦), 영신迎新(노단老旦), 염노念奴(첩帖), 내시內侍 2인, 양국충楊國忠(부정副淨)
배　　경	궁중

(고역사가 등장한다.)

고역사 "하늘로 솟은 옥루玉樓[1]에 울려퍼지는 생황笙簧과 노랫소리[2]
바람결에 실려 온 궁녀들의 담소와 화음을 이루네.
월궁月宮의 불빛 켜지자 물시계 소리 귓가에 들려오고,
수정 주렴 걷어 올리니 은하수가 눈앞에 펼쳐지네."
저 고역사는 폐하의 명을 받아 어화원御花園[3]에 작은 연회를 준비하였습니다. 귀비 마마와 함께 유람을 오실 예정이기에, 여기서 대기하는 중입니다.

옥루玉樓
송宋 · 작자미상, 〈옥루춘사도玉樓春思圖〉

생황笙簧

(당명황과 양귀비가 수레를 타고, 영신과 염노가 그 뒤를 수행한다. 두 명의 내시가 길을 인도하며 걸어서 등장한다.)

북중려분접아北中呂粉蝶兒

당명황 맑은 하늘에 한가로이 흘러가는 구름,
광활한 하늘에 줄지어 날아가는 철 기러기 떼.[4]
어원御苑 가득 찬란한 가을빛,
버들잎엔 황금빛 늘어나고,
부평초엔 초록빛 줄어들고,
붉은 연꽃은 꽃잎을 벗는데,
화려한 난간 주위로,
맑은 향기 내뿜으며 계화桂花가 막 꽃망울을 터트리네.
(당명황과 양귀비가 어원에 당도한다.)

고역사 상감 마마, 귀비 마마, 어가御駕에서 내리시옵소서.
(당명황과 양귀비가 어가에서 내려온다.)
(고역사는 내시와 함께 조용히 퇴장한다.)

당명황 귀비, 짐은 그대와 함께 산책을 하고 싶소.

양귀비 폐하, 가시지요.
(당명황이 양귀비의 손을 잡는다.)

남읍안회南泣顔回

양귀비 꽃길에서 두 손 잡고,
잠시 어두웠던 마음 함께 털어버려요.
정자 아래 시원한 바람 불어와,
바람결에 연꽃 그림자 물위에 하늘하늘 흔들리고.

내가 아끼는 고요한 오동나무,

짙은 그늘이 회랑回廊을 둘러싸고 있네요.

향긋한 둥지[5] 떠나지 못하는 가을 제비,

사람에게 친근히 다가오고,

은빛 연못[6]에 잠든 원앙

물속에 눈을 담그네요.

당명황 고역사, 술을 가져오게. 짐이 귀비와 간단하게 몇 잔 마셔야겠네.

고역사 술자리는 이미 정자에 준비해 두었사옵니다. 상감 마마, 귀비 마마, 올라가서 주연을 즐기시옵소서.

(양귀비가 술잔을 잡자, 당명황이 막는다.)

당명황 귀비는 가만히 앉아 있으시오.

북석류화北石榴花

당명황 섬섬옥수 높이 들며 번거로운 예의 힘들게 차리지 말고,

그냥 조촐한 술자리를 빌려 미산眉山[7]을 마주하고 싶다오,

그대와 번갈아 천천히 잔을 따르고 나지막이 노래하면서,[8]

두잔 석잔,

기분 풀고 흥을 돋우며 한가로운 시간 보내고 싶소.

귀비여, 오늘은 비록 조촐한 술자리지만, 오히려 더 운치가 있지 않소. 수라간에서 만든 것은 치워버리고,

수라간에서 삶은 용과 통째로 구운 봉황[9]이 담긴 쟁반과 식탁,

끽끽깩깩 재촉하는 음악 소리도 치워버리고.

다만 몇 가지 연하고 아삭아삭한,

다만 몇 가지 연하고 아삭아삭한 채소와 과일로 만든 신선한 음식이,

선녀의 살결과 옥 같은 몸[10]을 지닌 그대의 찬餐으로 가장 적합하오.

귀비, 짐이 그대와 한가로이 즐기면서 간단하게 마시려고 했는데, 저 이원梨園의 케케묵은 노래는 도무지 참고 들어줄 수가 없구려. 그때 침향정沉香亭에서 모란꽃을 감상할 때, 한림翰林[11] 이백李白을 불러 〈청평조淸平調〉 세 수首를 짓게 하고 이구년李龜年에게 새 악보를 만들게 했는데, 그 노래가 심히도 아름다웠던 것이 생각나는구려. 귀비도 아직 기억하고 있소?

양귀비 신첩도 기억하고 있사옵니다.

당명황 귀비, 짐을 위해 그 노래를 불러 줄 수 있겠소? 짐이 직접 옥적玉笛으로 반주를 하겠소.

양귀비 알겠사옵니다.

(영신이 옥적을 가져오자, 당명황이 분다.)

(양귀비가 박판을 두드리며 노래한다.)

남읍안회南泣顔回

양귀비 무성하게 피어난 꽃송이,

농염濃艶한 꽃송이에 그 얼굴 떠오르고,

찬란한 구름에 빛나던 저고리와 치마가 떠오르네.

새로 단장한 모습 그 누구와 같으랴,

조비연도 이렇게 예쁘지는 않았으리.

명화名花[12] 국색國色,[13]

은은한 미소로 항상 군왕의 눈길을 받으며,

봄바람에 봄날의 아쉬움[14] 풀며,

침향정 난간에 함께 기대어 섰네.

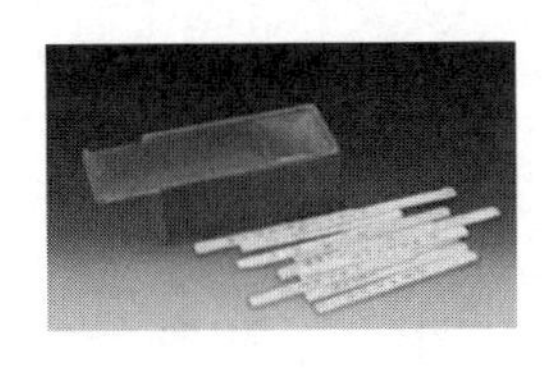

주령酒令
민국民國·상아주령전象牙酒令箋

주령酒令
행령음주行令飮酒

당인궁락도唐人宮樂圖

당명황 훌륭하구나. 이백의 비단같이 고운 시상詩想에, 귀비의 자수같이 고운 목소리, 둘 다 정말 기가 막히는구나. 궁녀들아, 큰 잔을 가져오너라. 짐이 귀비와 함께 대작對酌을 해야겠다.
(영신과 염노가 술을 가져온다.)

북투암순北鬪鵪鶉

당명황 참으로 흐뭇하게 박자 멈추고 노래 마치고,
흐뭇하게 박자 멈추고 노래 마치고,
빙그레 미소 지으며 술잔을 건네네.
귀비, 한잔 비우게.
(당명황이 술잔을 비운다.)
지긋지긋 지겹게 주령酒令[15]이나,
보물찾기놀이 하지 말고,
시끌벅적 요란하게 현을 튕기며,
박자 두드리지도 말자꾸나.
(당명황이 다시 술잔을 비운다.)
귀비, 한잔 더 비우게나.

양귀비 신첩은 더 못 마실 것 같습니다.

당명황 궁아들아, 무릎을 꿇고 술을 권해드려라.

영신·염노 분부를 받들겠사옵니다.

(무릎을 꿇고) 마마, 여기 한 잔 받으셔요.

(양귀비가 억지로 술을 마신다.)

(영신과 염노가 연거푸 권한다.)

당명황 내 여기서 말없이 술잔을 들고 자세히 살펴보니,

벌써 한 송이 꽃이 뺨 위에 피어났구나.

양귀비 (술에 취한 모습으로) 신첩 정말 취했나봅니다.

당명황 갑자기,

하늘하늘 힘없이,

버들가지처럼 늘어지고 꽃처럼 기울어져,

녹신녹신 힘없이,

버들개지처럼 휘늘어지고 꽃송이처럼 기울어져,

꾸벅꾸벅 피곤한 듯,

꾀꼬리처럼 연약하고 제비처럼 나른하구나.

당명황 귀비가 취했구나. 궁아들아, 마마를 부축하여 어가에 태워 궁으로 모셔가거라.

영신·염노 알겠습니다.

(영신과 염노가 양귀비를 부축한다.)

(양귀비가 술에 취해 외친다.)

양귀비 폐하, 만세를 누리소서!

(영신과 염노가 양귀비를 부축해서 간다.)

(양귀비가 술에 취해 노래한다.)

남박등아南撲燈蛾

양귀비 나른나른 가벼운 구름처럼 힘없는 사지四肢,
흐릿흐릿 눈꽃이 두 눈을 어지럽히네.
하늘하늘 버들허리 부축해도 일으키기 힘들고,
천근만근 가녀린 팔 억지로 들어 올리네.
휘청휘청 발걸음 힘없이 뒤로 물러나고,
부스스한 쪽머리 어깨 위로 늘어졌네.
달콤달콤 봉황베개 찾아가고픈 마음에,
느릿느릿 궁아에게 기대어 수놓은 휘장 사이로 들어가네.

(영신과 염노가 양귀비를 부축하여 퇴장한다.)
(고역사가 내시와 함께 몰래 등장한다.)
(안에서 북을 울린다.)
(당명황이 화들짝 놀란다.)

당명황 어디에서 갑자기 북소리가 울리는가?
(양국충이 급히 등장한다.)

양국충 "어양漁陽의 전고戰鼓가 지축을 울리며 다가와,
예상우의곡霓裳羽衣曲 파하고 말았구나."[16]
(고역사에게 물으며) 폐하는 어디에 계신지요?

고역사 폐하께서는 어화원에 계십니다.

양국충 군사 상황이 위급하니, 바로 들어가야만 하오.
(들어가 알현하며) 폐하, 큰일 났습니다. 안녹산이 무장 반란을 일으켜 동관潼關을 쳐부수고, 며칠 안에 장안에 들이닥칠 것으로 사료됩니다.
(당명황이 깜짝 놀란다.)

당명황 관문을 지키던 장병들은 어디에 있느냐?

양국충 가서한哥舒翰의 군대는 패전하고, 이미 적에게 항복하였습니다.

북상소루北上小樓

당명황 아아,
가서한이 전략에 실패하고,
안록산이 반란을 일으켜,
정말로 어양을 떠나,
동경東京[17]을 함락시키고,
동관을 쳐부수었단 말이냐.
놀라서 간담이 떨리고 심장이 요동치고,
놀라서 간담이 떨리고 심장이 요동치고,
창자가 울렁이고 복장이 타고,
혼이 날아가고 넋이 빠지는구나.
월명화찬月明花粲[18]일랑 애당초 깨져버렸구나.

당명황 경卿에게 적병을 물리칠 무슨 계책이 있소?

양국충 그때 소신은 일찍이 거듭 상소를 올려, 안녹산이 반드시 반란을 일으킬 것이라고 말씀드렸지만, 폐하께서는 들으려 하지 않으셨습니다. 이제 소신의 예언이 현실이 되고 말았습니다. 창졸간에 반란이 일어났으니, 어떻게 적을 막을 수 있겠습니까? 차라리 잠시 촉蜀으로 행차하시어, 천하天下의 근왕勤王[19]을 기다리는 것이 나을 듯합니다.

당명황 경의 말을 따르겠소. 속히 성지를 전하여, 제왕諸王 백관百官은 즉시 어가御駕를 따라 촉蜀[20]으로 행차하라고 이르게.

양국충 알겠습니다.

(양국충이 급히 퇴장한다.)

당명황 고역사. 속히 병사와 군마를 정비하라. 우용무장군右龍武將軍 진원례陳元禮에게 성지를 전하여, 우림군羽林軍[21] 삼천을 이끌고 어가를 호위하면서 전진하라 이르라.

고역사 알겠사옵니다.

(고역사가 퇴장한다.)

내 시 폐하, 궁으로 돌아가시옵소서.

(당명황이 몸을 돌려 궁으로 걸어가며 탄식한다.)

당명황 아아, 마침 즐거운 때에 갑자기 이런 변고가 생길 줄 미처 몰랐으니, 어쩌면 좋단 말인가!

남박등아南撲燈蛾

당명황 안락한 궁정에서 편안하게 지냈는데,
어수선한 변방에서 반란이 일어났네.
쿵쾅쿵쾅 전쟁의 북소리 울려 퍼지고,
훨훨훨훨 봉홧불 검게 타오르니,
우당탕탕 백성관리 도망쳐 흩어지네.
어둑어둑 새까맣게 천지가 뒤집히고,
처참하게 사직이 짓밟히니,
처참하게 사직이 짓밟히니,
쏴아쏴아 서풍에 다가오는 밤 막을 수 없고,
어둑어둑 석양에 장안長安이 식어가누나.

(당명황이 안을 향해 묻는다.)

당명황 궁아들아, 귀비 마마는 편히 잠들었느냐?

(영신과 염노가 안에서 대답한다.)

영신·염노 이미 깊이 잠드셨습니다.

당명황 깨우지 말거라. 내일 아침 오경五更이 되면, 함께 떠날 것이니라. (눈물 흘리며) 맙소사, 과인이 불행해서 파천播遷[22]을 당하는 바람에, 옥처럼 아름답고 꽃처럼 고운 그녀를 길 위에서 고생하게 만들었으니, 가슴이 어찌 찢어지지 않으랴!

남미성南尾聲

당명황 심궁深宮에서 이제껏 연약하고 편하게만 살아왔으니,
촉蜀으로 가는 험한 길을 어찌 견딜쏘냐?
(곡하며) 나의 귀비야,
옥처럼 연하고 꽃처럼 부드러운 너인데,
길을 재촉해야 하다니 걱정스러워 죽겠구나.

하장시下場詩 24[23]

당명황 석양에 비친 궁전 그림자 들쑥날쑥한데, 노 륜盧 綸
어양의 봉화 함관函關을 밝히고 있구나. 오 융吳 融
구름 멈추게 하던 노래 끝나자 불어오는 슬픈 바람, 호 증胡 曾
황운黃雲[24] 덮인 곳이 바로 농산隴山[25]이로구나. 무원형武元衡

주

1 옥루玉樓 : 화려한 누각. 전설 속 옥황상제와 선녀들이 사는 곳. 여기서는 궁중의 화려한 누각을 가리킨다.

2 생황笙簧과 노랫소리 : 원문은 생가笙歌로, 생황笙簧 연주와 노랫소리, 음악을 연주하면서 노래 부르는 것을 의미한다. 생황은 13개의 길고 가는 대나무가 둥글게 박혀 있는 악기이다.

3 어화원御花園 : 황궁의 화원.

4 철 기러기 떼 : 원문은 신안新雁으로, 북쪽에서 방금 남쪽으로 날아온 기러기를 가리킨다. 현재 계절이 가을임을 알려준다.

5 향긋한 둥지 : 원문은 향소香巢로, 남녀의 밀회 장소, 미녀가 사는 곳을 가리킨다.

6 은빛 연못 : 원문은 은당銀塘으로, 맑고 투명한 연못을 가리킨다.

7 미산眉山 : 여인의 수려한 눈썹. 미산은 사천성 성도의 시남쪽에 위치해 있으며 멀리서 보면 아름다운 여인의 버들가지 눈썹 같아 아미산峨眉山이라는 이름을 가지게 되었다.

8 천천히 ~ 노래하면서 : 원문은 천짐저창淺斟低唱으로, 매우 여유롭게 한가한 시간을 보낸다는 뜻의 성어이다.

9 삶은 용과 통째로 구운 봉황 : 원문은 팽룡포봉烹龍炰鳳으로, 풍성하고 진귀한 요리를 형용한 말이다.

10 선녀의 살결과 옥 같은 몸 : 원문은 선기옥골仙肌玉骨로, 비슷한 말로 빙기옥골冰肌玉骨이 있다. 여인의 살결과 몸이 옥처럼 깨끗하고 매끈함을 이르는 말이다.

11 한림翰林 : 당唐 이후 역대로 설치한 관직. 황제의 문학 시종을 맡거나, 조정의 문서를 저술하거나, 국사를 편찬하고 황제의 언행을 기록하는 등의 일을 하였다. 제4척 〈봄날의 낮잠〉의 한림 주석 참조.

12 명화名花 : 이름난 꽃. 이름난 미인.

13 국색國色 : 양귀비를 가리킨다.

14 봄날의 아쉬움 : 원문은 춘수春愁로, 봄이 쉬이 지나감을 아쉬워하는 뒤숭숭한 마음을 의미한다.

15 주령酒令 : 술자리의 흥을 돋우기 위한 벌주놀이.

16 어양漁陽의 ~ 말았구나 : 이 구절은 백거이白居易의 〈장한가長恨歌〉을 인용하였다.

17 동경東京 : 낙양洛陽을 가리킨다.

18 월명화찬月明花粲 : 달 아래 꽃 앞의 달콤한 시간.

19 근왕勤王 : 제왕에게 위기가 생겼을 때 신하가 군사를 일으켜 구원하는 일.

20 촉蜀 : 주周나라 때의 나라 이름으로, 지금의 사천성四川省 성도成都 일대.

21 우림군羽林軍 : 궁중의 금위군禁衛軍.

22 파천播遷 : 임금이 도성을 떠나 다른 곳으로 피난하는 일.

23 첫 번째 구는 노륜盧綸의 〈장안춘망長安春望〉(《당시유원唐詩類苑》 권10, 《전당시全唐詩》 권279), 두 번째 구는 오융吳融의 〈화청궁사수華淸宮四首〉(《당시유원》 권155, 《만수당인절구萬首唐人絶句》 권37, 《전당시》 권685), 세 번째 구는 호증胡曾의 〈영사일백수詠史一百首〉의 〈동작대銅雀臺〉, 네 번째 구는 무원형武元衡의 〈마가지송리시어지봉상摩诃池送李侍御之凤翔〉(《만수당인절구》 권23, 《전당시》 권317 참조)에 보인다.

24 황운黃雲 : 모래구름. 흙먼지. 변방의 구름.

25 농산隴山 : 섬서陝西, 감숙甘肅 일대에 위치. 장안長安에서 성도成都로 가려면 농산隴山 동록東麓을 지나 남쪽으로 가야 한다. 관중關中[섬서성 중부의 위수渭水 유역에 있는 평야] 서쪽의 요해처要害處이다.

제25척

미인을 묻다【매옥埋玉】

등장인물	진원례陳元禮(말末), 군사들, 당명황唐明皇(생生), 양귀비楊貴妃(단旦), 영신迎新(노단老旦), 염노念奴(첩帖), 고역사高力士(축丑), 병사들(잡雜), 양국충楊國忠(부정副淨)
배 경	마외파馬嵬坡

남려과곡南呂過曲 · 금전화金錢花

(진원례가 군사들을 이끌고 등장한다.)

진원례 깃발[1] 잡고 도끼[2] 들고 선봉을 달리나니,
선봉을 달리나니,
우림군羽林軍이여, 난여鑾輿[3]를 호위하라,
난여를 호위하라!
황급히 적군을 피해 장정에 오르니,
사람들은 산 넘고 물 건너느라 고생하고,
도로는 울퉁불퉁 평탄하지 않으니,
알 수가 없구나,
언제쯤 성도成都[4]에 도착할 수 있을지.

도끼
남조南朝의 동월銅鉞

하관下官은 우용무장군右龍武將軍 진원례다. 안녹산이 반란을 일으

켜 동관潼關을 함락시켰다. 폐하께선 반란군을 피해 촉蜀으로 행차하시면서, 나에게 금군禁軍을 통솔하여 어가御駕를 수행하라고 명하셨다. 한참을 달렸더니, 벌써 마외역馬嵬驛[5]에 도착했구나.

(무대 안에서 북을 울리고 함성을 지른다.)

진원례 병사들이 어인 일로 함성을 지르는가?

(병사들이 무대 안에서 대답한다.)

군사들 (안에서) 안녹산이 반란을 일으키고 폐하께서 파천하신 것은, 모두 양국충이 권력을 남용하는 바람에 반란을 격발시켰기 때문입니다. 만약 이 간신奸臣을 참수하시지 않는다면, 우리들은 죽어도 어가를 수행하지 않을 것입니다.

진원례 군사들은 북을 치며 함성을 지르지 말고, 잠시 막사에서 주둔하라. 내가 폐하께 아뢰고 나면, 나름 결정이 날 것이다.

(안에서 군사들이 "네."라고 응답한다.)

(진원례가 군사들을 이끌고 퇴장한다. 병사들은 "사람들은 산 넘고 물 건너느라 고생하고, 도로는 울퉁불퉁 평탄하지 않으니, 알 수가 없구나, 언제쯤 성도成都에 도착할 수 있을지." 네 소절을 다시 부르며 퇴장한다.)

(당명황이 양귀비와 함께 말을 타고 영신, 염노, 고역사를 대령하고 등장한다.)

중려과곡中呂過曲 · 분해아粉孩兒

당명황 눈물방울 흩뿌리며 총총히 궁중을 버리고 나온,

쓸쓸한 반쪽짜리 천자의 어가.

멀리 성도를 바라보니 그야말로 하늘 끝에 있고,

가면 갈수록 점점 멀어지는 장안長安.

남은 것이라곤 대여섯 군데 황폐해진 산하山河,[6]
두세 채 빈 집에 무너진 기와조각뿐.

고역사 여기가 벌써 마외역입니다. 폐하, 잠시 쉬어 가시옵소서.
(당명황과 양귀비가 말에서 내려, 안으로 들어가 자리에 앉는다.)

당명황 과인이 도리를 지키지 못하고 역신逆臣을 그릇 총애하는 바람에 이렇게 파천을 하기에 이르렀으니, 후회해도 소용이 없구려. 귀비, 그대마저 고생길에 오르게 했으니, 어쩌면 좋소!

양귀비 신첩이 자청하여 폐하를 따라온 것이니, 어찌 감히 고생을 마다하나이까. 바라는 것이 있다면, 하루 빨리 역적을 무찔러 폐하께서 환도還都하시는 것이옵니다.
(무대 안에서 군사들이 다시 함성을 지른다.)

군사들 (안에서) 양국충은 권력을 독점하여 나라를 망치고, 지금은 또 토번吐蕃[7]과 결탁하고 있으니, 우리들은 맹세코 이 원수와 같은 하늘 아래 살 수 없다. 양국충을 죽이려는 자는, 어서 우리를 따라 진격하라.
(잡雜이 네 명의 군사로 분장하여 칼을 들고 등장, 양국충을 뒤쫓으며 무대를 돌며 뛰어다닌다.)

당과 토번

(군사들이 양국충을 살해한 뒤, 함성을 지르며 퇴장한다.)
(당명황이 당황스러워한다.)

당명황 고역사, 바깥이 왜 이리 소란스러우냐? 어서 진원례를 들라 이르라.

고역사 알겠사옵니다.
(고역사가 진원례를 부른다.)
(진원례가 등장하여 당명황을 알현한다.)

진원례 신 진원례가 폐하를 알현하옵니다.

당명황 군사들이 왜 함성을 지르는가?

진원례 신이 폐하께 아뢰겠습니다. 양국충은 권력을 독점하여 변란을 초래한 것으로도 모자라, 토번과 밀통까지 하였습니다. 이에 격분한 육군六軍[8]이 결국 양국충을 주멸하였습니다.

당명황 (깜짝 놀라며) 아! 그런 일이 있었다니.
(양귀비가 돌아서서 눈물을 닦는다.)
(당명황이 중얼거리며 망설인다.)

당명황 그건 그만 됐으니, 출발하라고 전하라.
(진원례가 밖으로 나가 명령을 전한다.)

진원례 폐하의 어명이시다. 그대들이 독단으로 저지른 살인죄는 사면해 주신다고 하니, 속히 출발하라.
(안에서 군사들이 또다시 함성을 지른다.)

군사들 (안에서) 양국충은 비록 주멸당했지만, 귀비는 아직 생존해 있습니다. 귀비를 죽이지 않으면, 맹세코 어가를 수행하지 않겠습니다.
(진원례가 당명황을 알현한다.)

진현례 뭇 병사들이 말하기를, 양국충은 비록 주멸당했지만, 귀비 마마께서 아직 생존해계시기 때문에 출발하지 않겠다고 합니다. 폐하, 부디 정을 끊고 사형을 집행하십시오.

당명황 (크게 놀라며) 아니, 이런 말을 감히 어떻게 한단 말이냐!
(다급해진 양귀비가 당명황의 옷자락을 꽉 붙잡는다.)

당명황 장군,

홍작약紅芍藥

당명황 양국충은 지은 죄가 있기 때문에 처벌을 받아,
설령 지금 살해당했다 치더라도.
귀비는 심궁深宮에 있다가 스스로 어가를 수행했을 뿐인데,
무슨 상관이 있다고 육군이 의심한단 말이냐?

진원례 폐하의 말씀은 지극히 옳습니다. 하지만 군인들의 마음이 이미
돌아섰으니, 어떻게 할 도리가 있겠습니까!

당명황 경卿,
속히 그들을 타이르게.
이런 터무니없는 말을 하다니 위아래가 없지 않은가.
(안에서 군사들이 또 다시 함성을 지른다.)

진원례 폐하,
군사들의 저 함성을 들어보십시오.
소신더러 어떻게 진압하란 말씀이시나이까?
(양귀비가 곡한다.)

양귀비 폐하,

사해아耍孩兒

양귀비 예상치 못했던 변고가 일어나 심히 놀랍고도 의아합니다.
오라버니가 주멸을 당한 것도 가슴이 아픈데,
신첩 역시 위기에 처했으니 어찌해야 좋을지요.
이는 이미 전생에 정해진 일일 테니,
박명薄命[9]의 인간이 업보를 치러야 할 것입니다.

나의 폐하, 부디 속히 소첩을 버려주시옵소서.
다만 한 가지 마음 아픈 이야기가 있사오니….

당명황 귀비여, 그만.
(안에서 군사들이 또다시 함성을 지른다.)

군사들 (안에서) 귀비를 죽이지 않으면, 죽어도 어가를 수행하지 않을 것입니다.

진원례 신이 폐하께 아뢰옵니다. 귀비 마마는 비록 죄가 없다 할지라도 양국충이 사실 마마의 오라비이므로, 지금 폐하의 곁에 두시면 군사들의 마음이 불안해질 수밖에 없습니다. 군사들의 마음이 안정되어야만, 폐하께서도 안전해지십니다. 부디 심사숙고하시옵소서.
(당명황이 중얼거리며 망설인다.)

회하양會河陽

당명황 말없이 망설이나니,
마음은 엉클어진 삼실가닥 같도다.
(양귀비가 당명황의 옷자락을 끌어당기며 흐느낀다.)

양귀비 이렇게 슬프고 아픈데 어떻게 폐하를 떠날 수 있을지요!

함 께 가련한 한 쌍의 원앙,
불어오는 바람과 몰아치는 풍랑에,[10]
이렇게 억지 횡포를 당하다니!
(안에서 또다시 함성을 지른다.)
(양귀비가 곡한다.)

양귀비 수많은 군사들의 독촉에 심장이 터질 것만 같사옵니다.

(당명황이 멍하니 생각하다가, 갑자기 양귀비를 끌어안고 곡한다.)

당명황 귀비, 나도 정말 막아내기가 어렵구나!

(군사들이 함성을 지르면서 등장, 무대를 돌며 역을 포위한 후 퇴장한다.)

고역사 상감 마마, 바깥에서는 군사들이 이미 역정驛亭을 포위하였습니다. 만약 더 지체하시다가는, 또 다른 변고가 생길 것만 같습니다. 어떻게 하시겠나이까?

당명황 진원례, 어서 가서 삼군三軍[11]을 수습하시오. 짐에게 나름의 대책이 있소!

진원례 알겠습니다.

(진원례가 퇴장한다.)

(당명황과 양귀비가 끌어안고 곡한다.)

누루금縷縷金

양귀비 혼이 날아갈 듯 덜덜 떨리고,
눈물이 마구마구 흘러내립니다.

당명황 위풍당당 천자의 존엄이,
막수莫愁[12]의 남편보다 못하다니.
(당명황과 양귀비가 함께 곡한다.)

함 께 어떻게 사랑과 의리를,
삽시간에 버리란 말인가!

막수莫愁
남경南京 막수호莫愁湖

양귀비 (무릎을 꿇고) 신첩이 받은 폐하의 깊은 은혜는, 죽음으로도 갚을 수가 없었사옵니다. 지금 사태가 위급하오니, 군사들의 마음을 안정시킬 수 있게 부디 자진自盡[13]을 허락하시옵소서. 폐하께서 안전하게 촉蜀에 도착하신다면, 신첩은 죽어도 살아 있는 것과 같습니다.

앞으로도 군사들의 소동과 반란을 해소할 계책이 없을 터이니,
남은 생을 기꺼이 끝내겠사옵니다.
남은 생을 기꺼이 끝내겠사옵니다!
(양귀비가 소리 내어 울면서 당명황의 품안에 쓰러진다.)

당명황 귀비, 어디 그런 말을 하오! 그대가 만약 목숨을 버린다면, 짐에게 비록 황제의 존엄과 온 천하의 부귀가 있을지언정, 무슨 소용이 있겠소! 차라리 국가가 망하더라도, 결코 그대를 버리지 않을 것이오!

탄파지금화攤破地錦花

당명황 시끄럽게 떠들도록 내버려두고,
나는 한사코 귀머거리 벙어리인 척하리니,
다 짐이 잘못했기 때문이오.
지금 내 앞에 있는 한 송이 아리따운 꽃이,
비바람에 짓밟혀,
하늘가에 생매장되는 것을 어떻게 참고 볼 수 있겠소.
만약 한 번만 더 못살게 굴면,
그대 대신 목숨을 버리고 황천에 묻히겠소.

양귀비 폐하의 사랑이 깊어도, 일이 이 지경에 이르렀으니, 목숨을 구할 길이 없을 것입니다. 만약 더 이상 미련을 갖다가, 혹시 옥과 돌이 같이 불타버리면,[14] 소첩의 죄만 더 늘어날 것입니다. 부디 폐하께서는 소첩의 몸을 버려, 종묘사직[15]을 지켜내시옵소서.
(고역사가 눈물을 닦으며 무릎을 꿇는다.)

고역사 귀비 마마께서 이렇게 강개慷慨[16]하게 목숨을 바치기로 하셨으니, 상감 마마께서도 사직을 소중히 여기시어, 억지로라도 은혜를 잘라버리시옵소서.

(안에서 또 함성을 지른다.)

(당명황이 발을 구르며 통곡한다.)

당명황 그만, 그만. 귀비가 이렇게 고집을 부리니, 짐도 마음대로 할 수가 없구나. 고역사, 그저, 그저 귀비의 뜻에 따르도록 하라.

(당명황이 목이 메어, 얼굴을 가리고 곡한다.)

(양귀비가 황제를 향하여 절한다.)

양귀비 만세를 누리시옵소서!

(양귀비가 울면서 쓰러진다.)

(고역사가 안쪽을 향해 말한다.)

고역사 군사들은 들으라. 상감 마마께서 황명을 내려, 귀비 마마의 자진을 윤허하셨다.

(군사들이 안에서 소리를 지른다.)

군사들 (안에서) 만세, 만세, 만만세!

(고역사가 양귀비를 부축하여 일으켜 세운다.)

고역사 마마, 뒤편으로 가시옵소서.

(고역사가 양귀비를 부축하여 걸어간다.)

(양귀비가 곡한다.)

곡상사哭相思

양귀비 한 평생의 이별이 수유須臾[17]에 달려,

한 시대를 풍미했던 홍안紅顔이 폐하를 위해 사라지나이다.

(양귀비가 몸을 돌려 불당에 도착한다.)

고역사 여기 불당이 있습니다.

(양귀비가 불당 안으로 들어간다.)

양귀비 잠시만요. 부처님께 예불을 드릴 때까지만 기다려주세요.

(양귀비가 예불을 드린다.)

부처님, 부처님! 이 양옥환은,

월임호越恁好

양옥환 죄업이 깊고 무거우니,

죄업이 깊고 무거우니,

부처님께서 부디 저를 도탈度脫[18]하게 해주시옵소서.

(고역사가 예불을 드린다.)

고역사 귀비 마마의 극락왕생을 기원하나이다.

(양귀비가 일어나 통곡한다.)

(고역사가 무릎을 꿇고 통곡한다.)

고역사 마마, 하실 말씀이 있으면, 노비에게 몇 마디 분부해주십시오.

양귀비 고역사 환관님, 폐하께서는 이미 춘추春秋가 지긋하시고, 제가 죽고 나면 성심을 헤아릴 수 있는 오랜 벗은 환관님밖에 남아 있지 않을 것이니 부디 세심하게 모셔주세요. 그리고 부디 저를 대신해서 폐하께 말씀해 주세요. 오늘 이후로는 저를 그리워하지 마시라고요.

(고역사가 눈물을 흘리며 고개를 끄덕인다.)

고역사 노비 잘 알겠습니다.

양귀비 환관님, 한 말씀 더 드릴게요.

(양귀비가 비녀를 뽑고, 전합을 꺼낸다.)

이 금채 한 쌍과 전합 한 짝은 폐하께서 영원한 사랑을 약속하시면서 선물로 주신 것이에요. 이것을 가지고 계시다가 저와 함께 순장殉葬해 주세요. 절대로 잊어버리시면 아니 되어요.
(고역사가 금채와 전합을 받는다.)

고역사 노비 잘 알겠습니다.
(양귀비가 통곡한다.)

양귀비 애간장이 끊어질듯 마음이 아프고,
말로 다 하기 힘든 한恨은 끝이 없구나.
(진원례가 군사들을 이끌고 밀어닥친다.)

진원례 귀비 양씨는 이미 자진을 명하는 성지를 받았거늘, 어찌 우물쭈물하며 어가를 지체하게 만드는가.
(군사들이 함성을 지른다.)
(고역사가 앞으로 나가, 병사들을 가로막는다.)

고역사 군사들은 접근하지 마라. 귀비 마마께서 곧 귀천歸天하실 것이다.

양귀비 아, 진원례, 진원례.
그대는 군대의 위력을 역적을 향해 쓰지 않고,
나의 자진을 독촉하는 데 쓰는구나.
(군사들이 또다시 함성을 지른다.)

고역사 큰일입니다. 군사들이 밀어닥치고 있습니다.
(양귀비가 바라본다.)

양귀비 아, 끝이로구나, 끝이로구나. 이 한 그루 배나무가, 이 양옥환이 삶을 끝맺는 곳이로구나.
(허리춤에서 흰 명주를 풀고, 절을 한다.)
신첩 양옥환, 성은에 고개 조아려 사례하옵나이다. 지금 이후로는 다시는 서로 만날 수가 없겠지요.
(고역사가 흐느낀다.)

(양귀비가 통곡하며 목을 맨다.)

양귀비 나의 폐하시여,

저의 한줄기 목숨은 죽어 황천黃泉에 있겠지만,

저의 한줄기 넋은 오로지 폐하[19]를 따르겠나이다.

(양귀비가 목을 매달아 죽는다. 양귀비가 퇴장한다.)

진원례 귀비 양씨가 이미 죽었으니, 군사들은 속히 퇴각하라.

(군사들이 응답하고 일제히 퇴장한다.)

고역사 (통곡하며) 아아, 우리 귀비 마마!

(고역사가 퇴장한다.)

(당명황이 등장한다.)

당명황 "육군六軍이 움직이지 않으니 어쩔 도리가 없어,

미인이 전장을 전전하다 죽고 말았구나."

(고역사가 흰 명주를 들고 등장하여, 당명황을 알현한다.)

고역사 폐하, 아뢰옵나이다. 양귀비 마마가 귀천歸天하셨나이다.

(당명황은 멍하니 아무런 대답도 하지 않는다.)

(고역사가 다시 알린다.)

고역사 양귀비 마마께서 귀천하셨나이다. 스스로 목을 매었던 하얀 명주를 여기 가져왔습니다.

(당명황이 보고 대성통곡한다.)

당명황 아이고, 귀비, 귀비. 과인은 정말 고통스러워 죽을 것 같구나!

(당명황이 쓰러진다.)

(고역사가 당명황을 부축한다.)

(당명황이 통곡한다.)

홍수혜紅綉鞋

당명황 그때 그 모습 복숭아꽃,
복숭아꽃 닮았더니,

고역사 오늘 배꽃 아래,
배꽃 아래서 목숨을 버리셨네.
(고역사가 비녀와 전합을 꺼낸다.) 이 금채와 전합은 마마께서 순장해 달라고 분부하신 것입니다.
(당명황이 비녀와 전합을 보고 통곡한다.)

당명황 이 금채와 전합이,
화근의 싹이로구나.
장생전에선,
그렇게 행복했거늘,
마외역에서,
이렇게 끝나고 말았구나.

고역사 창졸지간에 어떻게 관을 준비해야 할지요?

당명황 어쩔 수 없구나. 잠시 비단요로 싸두어라. 잘 매장한 후에 눈에 띄게 표시를 해두었다가, 나중에 이장移葬을 할 것이니라. 이 비녀와 전합은 귀비의 옷에 묶어두게나.

고역사 알겠습니다.
(고역사가 퇴장한다.)
(당명황이 통곡한다.)

미성尾聲

당명황 따스하고 향기롭던 미인이 수유에 사라졌으니,
이 세상 이 삶에서 어떻게 그녀를 볼 수 있을까!

(진원례가 등장하여 무릎을 꿇는다.)

진원례 폐하, 어서 어가에 오르십시오.

(당명황이 발을 구르며 원망한다.)

당명황 허어,

내가 서천西川으로 가지 않는 게 뭐 그리 대단한 일이라고!

(안에서 함성을 지르고 호각을 불며 군사들이 등장한다.)

선려입쌍조과곡仙呂入雙調過曲 · 조원령朝元令

(고역사가 살며시 등장하여 당명황을 말에 태우고 인도하며 걸어간다.)

(고역사와 당명황이 함께 노래한다.)

함 께 광활한 하늘에 끈끈한 연무煙霧,

차디찬 바람에 펄럭이는 깃발.

갈 길은 먼데 노정은 지체되고,

군대의 무기는 누런 먼지로 물들었다.

임금과 신하가 함께,

위험에 처할 줄 그 누가 알았으랴.

역적이 반역의 기염을 토하자,

봉화烽火가 여기저기 동시에 피어오르니,

언제쯤 승냥이와 범[20]을 섬멸할 수 있으랴.

멀리 촉蜀을 바라보니 산세가 험하고,

고개 돌려 궁궐을 바라보니,

몇 점 뜬구름이,

지척咫尺 장안을 가로막고 있구나,

장안을 가로막고 있구나.

하장시下場詩 25[21]

함 께	취화翠華[22]는 서촉西蜀 비운飛雲을 스쳐 지나가고,	장 갈章 褐
	천지는 먼지에 뒤덮이고 나라[23]는 위기에 빠졌다.	오 융吳 融
	미인은 따라오지 않는데 황제의 마차는 출발하고,	고 병高 騈
	하늘에 놀란 원앙과 해오라기[24] 홀연 뒤따라간다.	전 기錢 起

주

1 깃발 : 원문은 모旄로, 깃대 끝에 야크yak의 꼬리털로 장식한 깃발을 가리킨다.
2 도끼 : 원문은 월鉞로, 큰 도끼 모양의 고대 병기를 가리킨다.
3 난여鑾輿 : 황제의 거마. 난은 원래 천자의 수레를 끄는 말고삐에 다는 방울을 의미한다.
4 성도成都 : 지금의 사천성四川省 성도 일대.
5 마외역馬嵬驛 : 마외파馬嵬坡의 역참. 유적지는 지금의 섬서성陝西省 흥평현興平縣 서북쪽에 있으며, 장안長安[지금의 서안西安]으로부터 백 여리 떨어져 있다. 756년 여름(천보天寶 15년 6월), 안녹산의 반군이 동관潼關을 격파하자, 현종은 피난을 떠난다. 마외역에 도착하자 육군六軍은 걸음을 멈추고 양국충을 주멸할 것을 요구한다. 설상가상 수행낭리隨行郎吏가 현종에게 세상의 원망을 막기 위해 양귀비를 죽일 것을 간청한다. 이를 마외지변馬嵬之變이라 부른다. 온정균溫庭筠의 칠언율시 〈마외역〉은 이 사건을 바탕으로 지어진 대표적인 작품이다.
6 황폐해진 산하山河 : 원문은 잉수잔산剩水殘山으로, 파괴된 산하, 전쟁이나 변란 후의 황폐해진 땅, 침략자에게 짓밟히거나 변란 이후에 처참히 파괴된 나라를 의미한다. 비슷한 말로 잔산잉수殘山剩水가 있다.
7 토번吐蕃 : 지금의 티베트에 웅거했으며, 당대에 매우 융성하였다.
8 육군六軍 : 금군禁軍. 금위군禁衛軍.
9 박명薄命 : 운명이 기구한, 박명한. 주로 여인에게 쓰이는 말이다.
10 불어오는 바람과 몰아치는 풍랑에 : 원문은 풍취랑타風吹浪打로, 거센 풍랑을 만나다, 온갖 풍상을 겪는다는 뜻의 성어이다.
11 삼군三軍 : 전군全軍. 군대 전체를 통칭하는 용어.
12 막수莫愁 : 악부樂府에 등장하는 전설의 여인, 민간의 평범한 여인을 상징한다. 남제南齊 때 낙양洛陽 출신의 소녀 막수가 멀리 강동江東 지방 노씨盧氏 집안으로 출가하였다. 현재 중국 강소성江蘇省 남경시南京市 수서문水西門에 총 면적 4100m², 수면면적 3300m², 둘레 길이 6km의 막수호莫愁湖가 있다. 막수가 출가하여 이 호숫가에 거주하였기에 붙여진 명칭이라 전해진다.
13 자진自盡 : 자살.
14 옥과 돌이 같이 불타버리면 : 원문은 옥석구분玉石俱焚으로, 좋은 것과 나쁜 것이 함께 훼손된다는 뜻이다. 여기서 옥은 당명황을 비유하고 돌은 양귀비를 비유하며, 당명황과 양귀비가 모두 죽임을 당하는 것을 의미한다.

15 종묘사직 : 왕실과 국토. 국가. 나라.

16 강개慷慨 : 의롭지 못한 것을 보고 의기가 북받쳐 원통하고 슬퍼하다.

17 수유須臾 : 준순逡巡[모호模糊의 10분의 1]의 10분의 1.

18 도탈度脫 : 중생을 제도濟度하여 번뇌와 미망迷妄에서 벗어나 오도悟道의 경지에 이르게 하는 것. 해탈解脫과 같은 말.

19 폐하 : 원문은 황기黃旗로, 천자의 깃발을 의미하며, 여기서는 황제를 가리킨다.

20 승냥이와 범 : 원문은 시호豺虎로, 흉포한 도적과 잔혹한 악인을 가리킨다.

21 첫 번째 구는 장갈章褐의 〈화청궁사수華淸宮四首〉(《당시유원唐詩類苑》 권155, 《전당시全唐詩》 권567), 두 번째 구는 오융吳融의 〈부수유개자운시마시중제손敷水有丐者云是馬侍中諸孫, 민이유증憫而有贈〉(《전당시》 권684), 세 번째 구는 고병高駢의 〈마외역馬嵬驛〉(《만수당인절구萬首唐人絶句》 권36, 《전당시》 권598), 네 번째 구는 전기錢起(일작에는 전후錢珝)의 〈동정구조입중서同程九早入中書〉(《전당시》 권349)에서 인용하였다.

22 취화翠華 : 물총새[비취새] 깃으로 장식한 깃발이나 거개車蓋로, 천사의 행차에 쓴다.

23 나라 : 원문은 구정九鼎으로, 하夏나라 우왕禹王이 구주九州로부터 조공으로 받은 쇠를 녹여서 만든 솥을 가리키며 보배로 전해졌다고 한다. 국가를 상징한다.

24 원앙과 해오라기 : 원문은 원로鴛鷺로, 원앙鴛鴦과 노사鷺鷥[해오라기], 원추새를 가리킨다, 조정의 신하들을 비유하는 말이다.

찾아보기

ㅎ

저자소개

홍승洪昇

『장생전』의 작자 홍승은 청대淸代를 대표하는 극작가이다. 자字는 방사昉思, 호號는 패휴稗畦와 패촌稗村으로, 절강성浙江省 전당錢塘 출신이다. 명明나라가 망하고 혼란스럽던 청淸 순치順治 2년에 태어나, 8종의 전기傳奇와 3종의 잡극雜劇을 지었지만 전기傳奇『장생전長生殿』과 잡극『사선연四嬋娟』만이 전해지고 있다. 시 창작에도 정통하여『소월루집嘯月樓集』과『패휴집稗畦集』을 남겼다. 강희康熙 43년 항주를 떠나 남경南京으로 여행을 갔다가 돌아오던 길에, 음력 6월 1일 가흥嘉興을 지나던 중 오진烏鎭이라는 곳에서 술에 취해 물에 빠져 세상을 떠났다. 그런데 마침 음력 6월 1일은『장생전』의 주인공 양귀비의 생일이기에, 양귀비가 홍승을 아낀 나머지 데려갔다는 전설이 만들어지기도 하였다.

역주자소개

이지은李知恩

고려대학교 중어중문학과에서『장생전의 양귀비 형상 연구』(2006)로 박사 학위를 받고, 중국 중산대학교에서 포스트 닥터를 역임했다. 고려대학교 중국학연구소 연구교수로 재직 중이며, 경북대학교에서 강의하고 있다.
주요 연구로『중국문학의 즐거움』(2009),『중국 고전극 읽기의 즐거움』(2011),「희곡 삽화의 서사성 고찰 – 난홍실본 장생전을 대상으로」(2014) 등이 있다.

長生殿 上